INDRA MARIA JANOS

DIE SUCHE NACH HEIMAT

MASCHA KALÉKOS LEUCHTENDE JAHRE

ROMAN

dtv

MIX
Papier | Fördert
gute Waldnutzung
FSC® C083411

Originalausgabe 2022

Umschlaggestaltung: wildesblut – Atelier für Gestaltung Stephanie Weischer
Umschlagmotive: Deutsches Literaturarchiv Marbach;
ullstein bild / Heinz Fremke; shutterstock.com
Satz: Uhl + Massopust, Aalen
Gesetzt aus der Adobe Caslon
Druck und Bindung: CPI books GmbH, Leck
Printed in Germany · ISBN 978-3-423-26341-2

Für meinen Vater
und alle Emigrantenkinder dieser Welt

Prolog

Berlin, März 1956

Zum ersten Mal wieder in Berlin. Achtzehn Jahre ist Mascha nicht hier gewesen, sie hat lange mit sich gerungen, noch einmal herzukommen. In diese Stadt, mit der sie eine seltsame Liebe verbindet, die sie einst verstoßen hat und nun seit Jahren um sie buhlt. Die ersten Jahre nach dem Krieg hat Mascha geglaubt, nie wieder etwas mit dieser Stadt, mit diesem Land zu tun haben zu wollen, das sie einst Heimat nannte. Aber die Liebe erlischt nie vollkommen, und auch wenn sie sich eingeredet hat, die New Yorker Minetta Street sei ihre neue Heimat geworden – spätestens jetzt weiß sie, dass es für sie kein Zuhause mehr geben wird, zumindest keines wie dieses.

Es ist Mitternacht. Dieser Tag war turbulent. Mascha ist heute Nachmittag in Hamburg in den Flieger gestiegen, um acht Uhr dann in Berlin gelandet. Ein Blizzard hat sie empfangen, innerhalb weniger Minuten war alles um sie herum weiß gewesen. Berlin im Schnee. Längst vergangene Bilder steigen in ihr auf und befördern Mascha in eine Zeit, in der diese Stadt voller Lachen, voller Leben und Leichtigkeit war. Oder war sie das in Wirklichkeit nie gewesen? War es Mascha nur so vorgekommen? Sie zuckt mit den Schultern und geht im schwachen Schein der Straßenlaternen die Bleibtreustraße entlang.

Was für eine Aufregung das war, als sie heute Abend in die Pension kam, die sie im Vorfeld gebucht hatte, und feststellen musste, dass sie dort nicht willkommen war. Vielleicht hatte es tatsächlich eine Doppelbuchung gegeben, wie der Gastwirt behauptete, vielleicht aber … Nein, Mascha will gar nicht erst anfangen, so zu denken. Dann würde sie diese Reise nicht überstehen. Berlin ist nicht mehr Berlin. Nicht mehr so, wie sie es kannte.

Mascha hat ihr Ziel erreicht. Sie bleibt vor dem Haus in der Bleibtreustraße 10/11 stehen. Tränen treten ihr in die Augen. Im Licht der Laternen und inmitten des allerletzten bisschen schimmernden Schnees liegt es vor ihr. Ein kleines Wunder, dass dieses Haus noch steht. Vor neunzehn Jahren hat sie hier gelebt. In diesem Haus hat sie geliebt, gelitten, geweint, gelacht, gehofft und gebangt. Hier kam ihr Sohn Steven zur Welt, hier hat sie ihren ersten Mann Saul betrogen und Chemjo geliebt. Hierher hat sie sich zurückgezogen, wenn die SS durch die Straßen marschierte und das Horst-Wessel-Lied aus der Kneipe tönte. Nachts ratterten die Züge der Stadtbahn vorbei.

Mascha bleibt noch einen Moment vor dem Haus stehen. Dann reißt sie sich von ihren Erinnerungen los und geht langsam zurück in die Pension, in die sie vorübergehend eingezogen ist. Morgen muss sie sich nach etwas Preiswerterem umsehen. Während sie die Bleibtreustraße zurückschlendert, fällt ihr auf, wie ruhig hier alles ist. In New York, das sie seit achtzehn Jahren ihr Zuhause nennt und das doch niemals Heimat geworden ist, brummt und summt es um diese Zeit. Hier scheint alles zu schlafen. Kaum ein Mensch begegnet ihr. Alles ist still, unheimlich still.

Mascha erinnert sich an den Lärm der Lautsprecher, die in den schlimmen Tagen damals in den Bäumen hingen und unablässig Propagandageschrei und Nachrichten absonderten. Sie denkt an die Scharen von Hitlerjungen, SA- und SS-Männern, die über das Pflaster marschierten. An die Lieder, die aus den Kneipen gegrölt wurden. Diese Ruhe heute ist beinahe unheimlich.

Am nächsten Tag liegt Berlin zum ersten Mal im Licht des Tages vor ihr. Der Schnee ist geschmolzen, und plötzlich kann sie den Frühling erahnen. Ein Spatz hat sie heute Morgen mit seinem Gezwitscher geweckt. Der Himmel ist von einem strahlenden Blau.

Mascha steht auf dem Auguste-Viktoria-Platz, und Tränen laufen ihr über die Wangen. Die Gedächtniskirche ist nur noch eine Ruine, der obere Teil zertrümmert. Der Eingang vorn und der Ausgang hinten sind noch intakt, dazwischen ist Luft. Wo das Romanische war, ist jetzt ein leerer Platz.

»Wat da so durchschimmert, det is Bahnhof Zoo«, sagt die Zeitungsfrau im Kiosk vor Hilbrich gegenüber der Gedächtniskirche zu Mascha.

Und noch während Mascha ihr zuhört, schlägt es von dem zertrümmerten Kopf der Gedächtniskirche halb elf.

Mascha zuckt erschrocken zusammen. »Ja, wieso geht denn die Glocke noch?«

»Die ham wa geschenkt gekriecht von Köln. Is 'ne neue Glocke. Von de Parfümfabrik mit die Nummer … Se wissen schon.«

»Ach, 4711 wohl«, vermutet Mascha.

»Ja, richtig, 4711.«

Die Frau folgt Maschas Blick zu dem zerstörten Kirchturm. »Ick bin aus Pankow. Hatten wa schon alles zusammenjespart für unser Alter, als die Russen kamen. Und wat hab ick jerettet? Den kleenen Köter hier.« Der Hund zu ihren Füßen reagiert mit lautem Bellen. Sein Frauchen fährt fort: »Ja, det is man alles nich mehr so richtig. Hätten eigentlich nich mehr arbeiten müssen ... is alles anders gekommen, durch den Krieg. Aber imma mit die Ruhe. Auch jetzt noch. Na, jetzt wohl jerade.«

Mascha kauft ihr eine Zeitung ab. Sie hat Mitleid mit der Frau und überlegt, ob sie vielleicht eine von denen war, die vor achtzehn Jahren mit dem Finger auf sie gezeigt haben. Hat sie damals ihre Kolleginnen, Nachbarn oder Freunde bei der Gestapo verraten? Hat sie dafür gesorgt, dass ihre Wohnsiedlung von Juden »gesäubert« wurde?

Mascha geht über den leeren Platz, an dem einst das Romanische Café gestanden hat. Sie betrachtet die Menschen, die ihr entgegenkommen. Sie gehen gebeugt, die Last der Welt auf ihren Schultern. Mascha erinnert sich an eine Zeit, als dieser Platz voller Leben war, als hier Lachen erklang und die Menschen sich fröhlich zugewunken haben. Berlin hat seine Leichtigkeit verloren. Die Menschen sind ernst geworden. Hitler, die Nationalsozialisten und ihre Ideologie haben über sie alle großes Leid gebracht, und doch fällt es Mascha schwer, zu verzeihen. Sie hasst es, jeden Menschen, den sie auf deutschen Straßen sieht, unter Generalverdacht zu stellen, von jedem anzunehmen, er wäre damals einer von ihnen gewesen. Aber es waren so viele, und irgendwo müssen sie heute ja alle sein ... Mascha seufzt. Aus diesem Grund hat sie sich so lange geweigert, ihre Texte wieder in Deutschland zu veröffentlichen. Sie kann nicht verzeihen. Nicht dieses Verbrechen.

Sie hat dieses Land und besonders diese Stadt geliebt und ist von ihr verraten worden. Und doch ist dieser Verrat nichts gegen das, was sie im Nachhinein über die Verbrechen der Nazis erfahren hat. Als Mascha in New York zum ersten Mal den Dokumentarfilm »Die Nürnberger Prozesse« gesehen hat, ist sie zusammengebrochen. Zu schrecklich waren die Bilder von den unsagbar vielen Toten, von den Gräueltaten und Folterungen, zu grausam war der Anblick der Leichenberge. Voller Entsetzen hatte Mascha sich gefragt, ob ihre Freunde aus dem Romanischen Café wohl darunter waren oder ihre Schwester Lea, deren Spur sich im Krieg verloren hatte. Auch Mascha, Chemjo und ihr Sohn Steven hätten unter den Ermordeten sein können, wenn sie nicht nach Amerika geflohen wären.

Sie bleibt vor dem Romanischen stehen, vor dem Gebäude, das nur noch in ihrer Erinnerung existiert. In Schutt und Asche liegt das Café, das einst der Mittelpunkt ihrer Welt war, und gleich daneben das Kü-Ka, das Künstler-Kabarett. Hier ist sie zur Dichterin geworden, zur Ehefrau und Geliebten. Alle Fäden in ihrem damals noch jungen Leben liefen in diesem Kaffeehaus zusammen. Saul hat ihr seinen Heiratsantrag im Romanischen gemacht, mit Franz Hessel, ihrem Freund und Lektor, hat sie hier an ihren Gedichten gefeilt und Verträge geschlossen. Doch das Romanische Café wird nie wiederauferstehen. Wo sind heute all die Freunde, mit denen sie hier gesessen, diskutiert, gefeiert und von der Zukunft geträumt hat? Nie wiedersehen werden sie einander, zumindest nicht auf Erden.

Mascha blinzelt, versucht, die verstörenden Bilder zu verdrängen und Platz zu machen für das, was davor war – vor dem Bösen. Aber das Böse hinterlässt Spuren … Mit Vergessen lässt sich das nicht ausradieren. Eher mit stillem Zuhören, Stellungnehmen, Neinsagen zu dem, was war. Laut Nein sagen.

Jetzt steht Mascha an dem Platz, der einst Heimat für sie gewesen ist, fühlt sich schutzlos, verloren und entwurzelt. An diesem Ort, im Romanischen Café, hat sie ihre ersten unbeholfenen Schritte als Dichterin unternommen, hier ist sie mit offenen Armen aufgenommen worden in das literarische Berlin, hat Freunde gefunden und ihre große Liebe. Im Kü-Ka hat sie zum ersten Mal auf der Bühne gestanden und ihren ersten Cognac getrunken, als Medizin gegen das Lampenfieber.

Mascha betrachtet die leere Stelle. Wenn sie die Augen schließt, kann sie Nietz und Lehmann sehen, die Portiers des Romanischen, die die Gäste in die Schwimmbecken schickten, die zwei Gasträume des Cafés. Sie sieht die Schauspielerinnen Claire Waldoff, Rosa Valetti und Annemarie Hase vor sich, die auf der kleinen Bühne des Kü-Ka Maschas Verse rezitierten. Mascha bemerkt erst jetzt, dass ihr die ganze Zeit Tränen über die Wangen laufen. Sie wischt sie fort.

Mascha reißt sich los von dem trostlosen Anblick der Gegend um die Gedächtniskirche und geht weiter. Auf ihrem Herzen geht sie durch die Straßen, wo oft nichts steht als nur ein Straßenschild. Aber wenn sie die Augen schließt, sieht sie es wieder vor sich, ihr altes Berlin. Nur finden kann sie es nicht mehr. Sie denkt an Berlin im Frühjahr und Berlin im Schnee, an ihren ersten Versband in den Bücherläden …

Die Sonne strahlt von einem wolkenlosen Märzhimmel. Mascha hat den Duft vermisst, den all das Blühen hier sendet, sie hat die Farben vergeblich gesucht, die nur die Jahreszeiten in Europa hervorbringen. Sie freut sich auf den ersten Specht, der auf die Birkenrinde klopft, und auf die Spatzen, die morgens an ihr Fenster klopfen.

Und doch fühlt sie sich allein in Berlin, auf ihrer Wanderung durch das Mark dieser Stadt. Sie hat Heimweh nach *ihrem* Berlin, mitten in Berlin …

Wiedersehen mit Berlin

Berlin, im März. Die erste Deutschlandreise,
seit man vor tausend Jahren mich verbannt.
Ich seh die Stadt auf eine neue Weise,
so mit dem Fremdenführer in der Hand.
Der Himmel blaut. Die Föhren rauschen leise.
In Steglitz sprach mich gestern eine Meise
im Schloßpark an. Die hatte mich erkannt.

Und wieder wecken mich Berliner Spatzen!
Ich liebe diesen märkisch-kessen Ton.
Hör ich sie morgens an mein Fenster kratzen
am Ku-Damm in der Gartenhauspension,
komm ich beglückt, nach alter Tradition,
ganz so wie damals mit besagten Spatzen
mein kleines Tagespensum durchzuschwatzen.

Es ostert schon. Grün treibt die Zimmerlinde.
Wies heut im Grunewald nach Frühjahr roch!
Ein erster Specht beklopft die Birkenrinde.
Nun pfeift der Ostwind aus dem letzten Loch.
Und alles fragt, wie ich Berlin denn finde?
– Wie ich es finde? Ach, ich such es noch!

Ich such es heftig unter den Ruinen
der Menschheit und der Stuckarchitektur.
Berlinert einer: »Ick bejrüße Ihnen!«,
glaub ich mich fast dem Damals auf der Spur.
Doch diese neue Härte in den Mienen ...
Berlin, wo bliebst du? Ja, wo bliebst du nur?

Auf meinem Herzen geh ich durch die Straßen,
wo oft nichts steht als nur ein Straßenschild.
In mir, dem Fremdling, lebt das alte Bild
der Stadt, die Tausende vergaßen.
Ich wandle wie durch einen Traum
durch dieser Landschaft Zeit und Raum.
Und mir wird so ich-weiß-nicht-wie –
vor Heimweh nach den Temps perdus ...

Berlin im Frühling. Und Berlin im Schnee.
Mein erster Versband in den Bücherläden.
Die Freunde vom Romanischen Café.
Wie vieles seh ich, was ich nicht mehr seh!
Wie laut »Pompejis« Steine zu mir reden!

Wir schluckten beide unsre Medizin.
Pompeji ohne Pomp. Bonjour, Berlin!

Literarische Träume

Berlin, Frühsommer 1928

»Lass uns heiraten!«

Mascha verschluckte sich an dem kalten Kaffee, vor dem sie seit fast einer Stunde saß. Sie musste husten, Tränen traten ihr in die Augen. Dann keuchte sie: »Was?«

Saul schnippte die Asche seiner Zigarette auf den Boden des Lokals.

»Ich liebe dich, Mascha, und ich habe es so satt, dass wir nirgendwo allein sein können. Wir wohnen beide möbliert, und nur sonntags, wenn wir ausnahmsweise mal in Karls Wohnung dürfen, können wir …«

»Ja, ja«, unterbrach Mascha ihn schnell und sah zum Nachbartisch, an dem eine junge Schauspielerin – Mascha kannte ihren Namen nicht – ihre Nase in eine der Tageszeitungen steckte. Richard, der rothaarige Zeitungskellner mit den vielen Sommersprossen, hatte sie ihr gebracht. »Aber deshalb gleich heiraten?«

»Wir lieben uns doch, oder nicht?« Saul schaute sie mit hochgezogenen Augenbrauen durch die Rauchschwaden an, die das Café einhüllten. »Und für gewöhnlich tun Liebende das doch: heiraten.«

»Ja«, antwortete Mascha und lehnte sich auf dem unbequemen Stuhl zurück. »Aber ich bin doch nicht einmal einundzwanzig.«

»In zwei Wochen wirst du es sein. Und damit auch alt genug

zum Heiraten, mein Liebling«, sagte Saul. »Und da ich etwas Geld bei der *Jüdischen Rundschau* verdiene und endlich die Anstellung als Hebräischlehrer bekommen habe, was auch ein bisschen was einbringt, könnten wir uns eine gemeinsame Wohnung suchen, nichts Möbliertes mehr ...«

»Vielleicht unterm Dach, oder etwas im Hinterhaus?« Mascha lächelte. Sie strich sich ihre schwarzen Locken aus der Stirn, die zu einer modernen Kurzhaarfrisur geschnitten waren, und betrachtete ihr Spiegelbild in der Fensterscheibe des Cafés. Ihre dunklen Augen blitzten frech und fast ein wenig herausfordernd in die Welt. Auf ihre vollen Lippen war sie stolz. Wenn sie nur ein wenig größer wäre, aber das konnte man sich leider nicht aussuchen.

Mascha wandte sich wieder Saul zu. Es wäre wunderbar, endlich eine eigene Wohnung zu haben und nicht mehr auf Schritt und Tritt von ihrer Wirtin kontrolliert zu werden. Ihre Arbeit als Kontoristin bei der *Jüdischen Organisation* würde sie natürlich behalten, auch wenn sie viel lieber von morgens bis abends an ihren Versen schmieden würde und die stupide Arbeit im Büro sie langweilte. Aber die Dichtkunst brachte leider kein Geld, und obwohl sie im Büro nur einhundertzwanzig Mark verdiente, war es doch eine sichere Einnahme, die ihr und Saul half.

Sie seufzte. Momentan blieb ihr kaum Zeit zum Dichten. Wenn sie um fünf Uhr am Nachmittag – freitags schon um drei – endlich müde aus dem Büro kam, wollte sie sich nur noch ausruhen, ein bisschen mit Saul durch den Grunewald oder Kladow schlendern, auf einer versteckten Parkbank in seinem Arm liegen oder sich mit den letzten fünfzig Pfennigen eine Tasse Kaffee hier im Romanischen Café gönnen.

Sie sah sich in dem großen, eher ungemütlichen Raum um. Ihr Blick glitt über die dicken Säulen, die bis zur Mitte mit

Holz verkleideten Wände und die vom Nikotin gelb gefärbte, hohe Zimmerdecke. Die Milchglasscheiben der Fenster ließen keinen Blick nach draußen zu, verhalfen dem Raum aber zu viel Helligkeit, was seine hässliche Einrichtung noch mehr hervorhob. Die runden Marmortische standen dicht an dicht, die Holzstühle waren abgenutzt, ihre Farbe an vielen Stellen abgesplittert, und die Plätze waren alle besetzt. Mascha rutschte auf dem harten Kaffeehausstuhl hin und her. Das Romanische bestach nicht gerade durch seine Atmosphäre, aber es zog alle wichtigen Künstler, Journalisten und Verleger Berlins an. Das, was einst das Café des Westens für die Szene gewesen war, war heute – in den 1920er-Jahren – das Romanische Café.

Und Mascha verbrachte viele Nachmittage und Abende hier, wann immer sie die fünfzig Pfennige übrig hatte, um die obligatorische Tasse Kaffee bezahlen zu können. Denn nur hier konnte sie die Kontakte knüpfen, die nötig waren, um eins ihrer Gedichte zu verkaufen. Natürlich hätte sie ihre Texte auch einfach an eine der Zeitungsredaktionen schicken können, aber sie wusste, was dann passieren würde. Einige Wochen später würde ein Brief eintreffen, der mit den Worten begann: »Die Redaktion bedauert …« Nein, Mascha wollte einen persönlichen Kontakt herstellen, vielleicht mit einem der wichtigen Männer ins Gespräch kommen, dann würden ihre Gedichte eine ganz andere Beachtung finden.

Oft begleitete Saul sie – wie heute –, und sie unterhielten sich an einem der Tische im Nichtschwimmerbassin, dem größeren der zwei Gasträume, und beobachteten all die merkwürdigen Leute, die hereinkamen. Ein paar Schriftsteller, die an ihren Werken arbeiteten, saßen auf der Galerie. Aber die meisten, die das Café besuchten, wollten sich mit Verlegern, Kritikern oder Künstlerkollegen treffen. Mascha konnte sich nichts Schöneres vorstellen, als eines Tages dazuzugehören und ihren eigenen Namen in der Zeitung zu lesen, über einem ihrer Texte.

Sie strich über die marmorne Tischplatte und sah Saul über das Stimmengewirr und Gläserklirren hinweg an, das den Raum füllte.

»Dann heiraten wir also?«, fragte Saul, während er seine Tasse leerte.

Mascha atmete tief durch. »Ja, tun wir es.«

Ein kribbliges Gefühl breitete sich in ihrem Magen aus. Sie würde heiraten! Bislang hatte sie noch nie darüber nachgedacht, sie war jung, und das Leben lag vor ihr. Sie war ihrem strengen Elternhaus entkommen, als sie letztes Jahr ein möbliertes Zimmer zur Untermiete bezogen hatte. Über ihre Zukunft hatte sie sich kaum Gedanken gemacht, sie wusste nur, dass sie Gedichte schreiben wollte. Und auch über eine Ehe hatte sie sich noch nie den Kopf zerbrochen.

Plötzlich sah sie Saul erschrocken an. »Aber ich werde nur deine Frau, wenn ich weiterhin Verse schreiben darf. Ich will kein Heimchen werden, das den ganzen Tag am Herd steht. Ich bin eine Schriftstellerin, und du musst mir versprechen, dass ich das immer sein darf.«

»Hoch und heilig«, Saul griff nach ihrer Hand, »Mascha, ich freue mich so sehr, dass du …«

»Oh, da kommt der Jacobs von der *Vossischen*«, unterbrach Mascha ihn aufgeregt und spähte über Sauls Schulter ins Schwimmerbassin. Unwillkürlich tastete ihre Hand nach dem Blatt Papier in ihrer Hosentasche. Seit Wochen trug sie es mit sich herum, in der Hoffnung, es Monty Jacobs, Egon Jacobsohn oder einem der anderen Kulturjournalisten zustecken zu können. Es enthielt eins ihrer Gedichte, aber sie hatte bislang nicht die Gelegenheit und, wenn sie ganz ehrlich war, auch nicht den Mut gefunden, sich einem dieser namhaften Männer vorzustellen.

Saul legte die Stirn in Falten. »Ich verstehe nicht, was du an diesem Laden hier findest. Es ist eher ein Wartesaal als ein Kaffeehaus, vollkommen ungemütlich.«

»Wenn det jemietlich haben wills, denn musste auffet Soffa«, übte sich Mascha im Berlinern.

Saul betrachtete sie liebevoll. »Unglaublich, wenn du Berliner Mundart sprichst, meint man, du wärst hier geboren.«

»Wir hatten immer deutsche Kindermädchen, als ich klein war, und sie kamen alle aus Berlin«, erklärte Mascha. »Da habe ich den Zungenschlag schon gehört.«

»Sozusagen mit der Muttermilch eingesogen«, erwiderte Saul mit einem Lächeln.

Mascha grinste. »Jenau.«

»Von deiner polnischen Herkunft merkt man gar nichts mehr«, sagte Saul, noch immer lachend.

Mascha biss sich auf die Unterlippe. Es wurde Zeit, dass sie ihm die Wahrheit sagte. Wenn sie wirklich heirateten, käme es sowieso heraus. Bislang hatte sie Saul wie alle anderen glauben lassen, ihre Familie käme aus Polen. Seit zwei Jahren belog sie ihn.

Sie räusperte sich und erklärte dann leise: »Das ist eigentlich nicht ganz richtig.«

»Was?« Saul sah sie fragend an.

Mascha rückte etwas näher an den Tisch heran. »Wir stammen aus Galizien.«

»Wirklich?«, erwiderte Saul erstaunt. »Warum hast du mir das denn nicht gesagt?«

»Pst, nicht so laut.« Mascha zog ärgerlich die Augenbrauen zusammen. »Wenn du als Kind immer damit gehänselt worden wärst, wenn man dich in der Schule ausgeschlossen und mit dem Finger auf dich gezeigt hätte, weil du in dem Land geboren wurdest, das alle am meisten verachten, dann würdest du es dir auch gut überlegen, wem du das auf die Nase bindest.«

Mascha dachte wieder an jenen Montag, sie war damals sieben oder acht Jahre alt gewesen und gerade nach Frankfurt gezogen, als eine der Lehrerinnen von einem Wochenendausflug zurückgekehrt war. Sie hatte für jedes Kind in der Klasse ein kleines Püppchen mitgebracht, nur für Mascha war keins dabei gewesen. »Kinder von *dort* brauchen kein Spielzeug«, hatte sie abfällig erklärt. »Das wird von dem Pack doch nicht gewürdigt und nur verkauft.«

Mascha hatte früh gelernt, dass über Galizien so gehässig gesprochen wurde wie über kein anderes Land. Warum das so war, hatte sie nie verstanden. Aber sie hatte sich dafür geschämt, Galizierin zu sein, deshalb hatte sie sich eine polnische Abstammung ausgedacht.

Saul hob beschwichtigend die Hände. »Allen musst du es ja auch nicht erzählen, aber vielleicht dem Mann, mit dem du dich seit zwei Jahren regelmäßig triffst.«

»Nun hab dich nicht so.« Mascha schob die leere Tasse auf dem Tisch hin und her. »Warum ist das wichtig?«

»Es prägt einen, oder nicht?«, fragte Saul.

Sie zuckte mit den Schultern. »Mich nicht. Ich war noch klein, als wir von dort weggegangen sind. Und jetzt lass uns von etwas anderem reden. Ich will an all das nicht mehr denken, es ist vorüber und vergessen.«

»Aber du wirst meine Frau werden, ich interessiere mich für dich, für deine Kindheit …« Saul wollte wieder nach ihrer Hand greifen, aber Mascha zog sie weg.

»Warum? Ich habe dir nur davon erzählt, weil du es ja doch erfahren wirst, wenn wir heiraten. Und jetzt will ich nichts mehr davon hören.« Sie lehnte sich auf ihrem harten Stuhl zurück und sah sich um. Das Café war nun zum Bersten voll, kaum ein Platz war mehr frei. Rauchschwaden hüllten sie ein. »Wir leben jetzt, heute! Und ich muss mir unbedingt überlegen, wie ich ins Schwimmerbassin komme.«

Mascha sah sehnsuchtsvoll zu dem kleinen rechteckigen Raum hinüber, in den nur hineinkam, wer bereits einen Namen hatte. Dort drüben gingen Leute wie Bertolt Brecht und Kurt Tucholsky, aber auch Else Lasker-Schüler oder Ernst Rowohlt ein und aus. Wenn Mascha es dorthin schaffen würde, konnte sie vielleicht einen Verleger von ihren Werken überzeugen.

Saul sah ebenfalls in Richtung des Ausgangs, um einen Blick in den Nebenraum zu erhaschen. »Was ist das überhaupt für eine alberne Bezeichnung mit diesen Schwimmbassins? Wir sind im Nichtschwimmerbereich, die da drüben im Schwimmerbecken?«

Mascha lachte auf, erleichtert darüber, dass Saul das Thema ihrer Herkunft nun ruhen ließ. »Keine Ahnung, wer sich das mal ausgedacht hat. Jedenfalls dürfen drüben nur berühmte Leute rein, da passen Nietz und Lehmann, die Portiers, ganz genau auf. Und oben auf der Galerie treffen sich die Spieler.« Mascha schielte zu der massiven Brüstung aus Eichenholz hinauf. Dahinter konnte sie Menschentrauben erkennen, die sich um die Tische drängten, an denen Schach oder Dame gespielt wurde.

»Wann wollen wir denn heiraten?«, riss Sauls Stimme sie aus ihren Betrachtungen.

»Hm?« Mascha nahm den Blick von der Galerie und sah Saul an. »Ich weiß nicht. Wir haben doch Zeit, es drängt uns niemand.«

»Mascha, wenn du nicht bei mir bist, sehne ich mich immerfort nach dir«, sagte Saul beinahe flehentlich.

Mascha nickte. »Ich doch auch. Ich wäre am liebsten den ganzen Tag mit dir zusammen.«

»Und die Nacht«, Saul zwinkerte, »besonders die Nacht. Ich habe keine Lust mehr auf die gestohlenen Stunden in Karls Wohnung.«

Mascha nickte. Karl war ein ehemaliger Schulkamerad von Saul, der ihnen hin und wieder seine Wohnung zur Verfügung stellte.

»Und wenn du dir jetzt, da du mehr Geld verdienst, erst mal was Eigenes suchst? Dann könnte ich dich immer besuchen, keine Wirtin mehr, an der man vorbeimuss …« Mascha lehnte sich zurück. »Heiraten können wir dann doch immer noch.«

Saul schüttelte den Kopf. »Das gibt ganz schnell Gerede. Das kann ich mir nicht leisten, nicht wenn ich meine Promotion abschließen und dann eine Stelle an der Hochschule bekommen möchte.«

Mascha nickte zerstreut, sie hatte ihm nur mit halbem Ohr zugehört, denn zwei beleibte Herren betraten gerade das Nichtschwimmerbassin.

»Mascha, was ist los? Willst du mich nicht?« In Sauls Augen trat ein neuer Ausdruck, den Mascha noch nie bei ihm gesehen hatte. »Ich … du bist der wichtigste Mensch für mich.«

»Ich weiß.« Mascha fasste nach seinen Händen und hielt sie fest. »Ich liebe dich, Saul. Von ganzem Herzen, und ich will dich heiraten. Es kommt nur alles so plötzlich, so schnell. Ich fühle mich noch so jung …«

»Du bist jung.« Saul drückte ihre Hände. »Aber ich nicht mehr. Ich bin neunundzwanzig. Verstehst du nicht, dass ich gern heiraten möchte? Ich will eine Familie gründen …«

»Eine Familie?« Mascha sah ihn entsetzt an. »Kinder?«

Darüber hatte sie noch gar nicht nachgedacht. Nein, im Augenblick wollte sie noch nicht Mutter sein. Sie wollte Verse schreiben.

Saul sah ihr tief in die Augen. »Ich werde dich zu nichts

drängen, mein Liebling. Wir lassen uns Zeit, so viel du willst. Aber ich wünsche mir, dass wir zusammengehören.«

»Saul, das alles wünsche ich mir doch auch.« Mascha strich ihm zärtlich über die glatt rasierte Wange. »Ich will deine Frau werden, mein Liebster.«

Saul führte ihre Hand an seinen Mund und küsste sie sanft. »Du machst mich unendlich glücklich.« Er schob sich seine runde Brille nach oben, die ihm immer wieder auf die Nasenspitze rutschte.

»Die Maler sind da!«, flüsterte Mascha aufgeregt mit einem weiteren Blick auf die beiden Herren, die gerade das Café betreten hatten.

Emil Orlik und Max Grossmann ließen sich ganz in Maschas Nähe am ersten Tisch neben dem Eingang nieder, der immer für sie reserviert war. Der Malerstammtisch, so hatte Mascha schnell erfahren, war der einzige Stammtisch mit namhaften Personen, der im Nichtschwimmerbassin angesiedelt war. Neben Orlik und Grossmann war wohl Max Liebermann das berühmteste Mitglied dieses Stammtisches. Allerdings hatte Mascha ihn bislang noch nie hier gesehen.

»Guten Abend, die Herren!« Ein schlanker, leicht gebeugt gehender Mann mittleren Alters war an den Stammtisch der Künstler getreten, noch bevor die Männer Gelegenheit gehabt hatten, ihre Bestellung bei dem Kellner aufzugeben, der nun diensteifrig neben ihnen wartete.

»John Höxter!« Orlik lehnte sich auf der Polsterbank zurück, die an der Wandseite des Tisches stand. »Alles in Ordnung?«

»Es geht, es geht. Hätten Sie wohl fünfzig Pfennige für eine Tasse Kaffee? Morgen zahl ich es zurück, versprochen.«

Orlik strich sich über den buschigen Bart und lachte laut. »Höxter, Sie und Ihre Beteuerungen! Eigentlich dürfte Nietz

Sie gar nicht mehr reinlassen. Sie stehen bei jedem Stammgast des Romanischen in der Kreide. Aber eine Tasse zahle ich Ihnen.« Er machte dem Kellner ein Zeichen.

»Danke, Orlik.« John Höxter entfernte sich unter einigen Verbeugungen und nahm an einem Tisch in der Nähe der Maler Platz.

»Hast du das gesehen?«, fragte Saul. »Er ist sich nicht zu schade, die Herren anzuschnorren.«

»Er ist dafür bekannt«, erklärte Mascha nachdenklich. »Höxter malt und schreibt, und er kennt jeden hier. Er kann im Schwimmerbassin ein und aus gehen und an beinahe jedem Stammtisch Platz nehmen. Er hat angeblich noch nie eine Tasse Kaffee selbst bezahlt. Und er ist nicht der Einzige. Es gibt noch mehr Schnorrer hier. Sie essen und trinken und warten, bis jemand kommt, der sie auslöst.«

»Dass die sich gar nicht schämen, so offenkundig um eine Tasse Kaffee zu betteln«, stellte Saul erstaunt fest.

Mascha hob eine Augenbraue. »Ich wette, mindestens jeder Zweite hier müsste darum betteln, einschließlich wir selbst. Das, was ich verdiene, reicht ja kaum für das möblierte …«

»Das ist bald vorbei, Mascha«, unterbrach Saul sie. »Ich bekomme endlich ein bisschen mehr, mach dir keine Sorgen.«

Mascha sog den Duft des Kaffees ein, den ein Kellner gerade an ihrem Tisch vorbeitrug. »Uns geht es besser als vielen anderen hier, aber trotzdem können wir uns den Kaffee kaum leisten. Und John Höxter ist vollkommen ehrlich, was seine finanzielle Lage angeht. So kommt er zu viel mehr Getränken als wir.«

Saul schmunzelte. »Du meinst, wir sollten uns auch durchs Romanische Café schnorren?«

Mascha musste lachen. Sie beobachtete, wie John Höxter den Kaffee vom Kellner entgegennahm. »Wenn ich fünfzig

Pfennige übrig hätte, würde ich ihn auch auf eine Tasse einladen. Wir kämen ins Gespräch, und ich könnte ihn bitten, mich Jacobsohn oder Jacobs vorzustellen oder irgendeinem anderen einflussreichen Menschen.«

»Meinst du, die würden deine Gedichte annehmen, wenn du ihnen von einem Schnorrer vorgestellt wirst?« Saul sah sie zweifelnd an.

»Wenn sie Höxter verachten würden, hätten sie ihm doch schon lange keinen Kaffee mehr bezahlt.« Mascha schüttelte den Kopf. »Aber so funktioniert das Romanische nicht. Hier ist es ganz gleich, was einer ist oder woher er kommt und was er hat. Es geht nur darum, was er tut. Um seine Kunst oder seine Arbeit, sein Wissen – es geht um ihn selbst.«

»Eine flammende Rede auf das Romanische Café«, stellte Saul belustigt fest.

Mascha seufzte und stand auf. »Ich wünschte nur, ich würde auch zum engeren Kreis gehören.«

Saul legte eine Mark auf den Tisch und winkte dem Kellner. Dann geleitete er Mascha, die Hand auf ihrem Rücken, zum Ausgang. »Eines Tages, Mascha, eines Tages …«

Mascha warf im Hinausgehen einen Blick ins Schwimmerbassin, das jetzt, um halb neun Uhr abends, langsam leerer wurde. Die beste Zeit fürs Romanische war zwischen fünf und sechs, hatte ihr ein namenloser Schauspieler verraten, der einmal neben ihr am Tisch gesessen hatte. Dann kamen die Berühmtheiten, bevor sie ins Theater oder zu dem angesagten Restaurant Schwannecke gingen. Aber Mascha musste bis fünf Uhr arbeiten, oft sogar länger, wenn ihr Chef Überstunden verlangte, weil wichtige Briefe diktiert oder Rechnungen geschrieben werden mussten.

Jetzt waren nicht mehr alle Tische im Bassin für Schwimmer besetzt. Mascha sah den Verleger Bruno Cassirer, der mit einer älteren Dame diskutierte, die Mascha nicht kannte. Die Schauspielerin Claire Waldoff lachte laut über einen Scherz, den der Herr neben ihr gemacht hatte. Mehr konnte Mascha nicht erkennen, weil sie mit einem jungen Mann zusammenstieß, ehe sie sich hastig wieder nach vorn drehte.

»Entschuldigung«, murmelte sie.

Der Herr lüftete seinen Hut »Verzeihung.« Dann grüßte er den Portier. »Guten Abend, Nietz.«

»Guten Abend, Herr Kästner«, antwortete der Portier.

Mascha sah dem Mann nach, der ins Schwimmerbassin abbog, das sich links hinter der Drehtür am Eingang befand. Wer auch immer der junge Mann namens Kästner war, er schien es geschafft zu haben.

Saul griff nach Maschas Arm. Sie nickten Nietz zu und traten durch die Eingangstür auf den Auguste-Viktoria-Platz hinaus. Mascha sog die warme Luft des Maiabends ein. Nach den Stunden im verrauchten Kaffeehaus tat es ihr gut. Vor ihnen erhob sich die Kaiser-Wilhelm-Gedächtniskirche, eine Straßenbahn rasselte vorbei. Eine Gruppe junger Frauen in modischen Cocktailkleidern und Mary Janes kam lachend auf sie zu. Reklametafeln leuchteten vom Capitol und vom Gloria-Palast herüber.

Mascha hakte sich bei Saul unter, während sie in die Tauentzien einbogen.

Er sah sie liebevoll an. »Eine große Feier können wir uns nicht leisten, aber was hältst du davon, wenn wir gleich am siebten, an deinem Geburtstag, das Aufgebot bestellen und dann Mitte Juni heiraten? Wenn wir eine Wohnung finden, ziehen wir da ein, mehr als ein Bett brauchen wir doch erst mal nicht.«

Mascha lachte. »Saul Kaléko, du bist schrecklich. Kannst du denn nur an das eine denken?«

»Ja«, gab Saul zu. »Weil wir es so selten tun können. Wenn wir erst verheiratet sind, werde ich nicht mehr so viel daran denken müssen.«

Saul beugte sich zu ihr herunter und küsste sie. Mascha genoss die Wärme seiner Haut, sie versank in seinen weichen Lippen. Ihr Bauch begann zu kribbeln. Sie schmiegte sich an ihn, und einen Moment lang gab es nur sie beide. Berlin und sein nächtliches Gewimmel waren plötzlich weit weg. Doch dann rempelte sie eine Gruppe junger Leute an, die auf dem Weg in das Tanzlokal waren, vor dem sie standen, und Saul und Mascha lösten sich seufzend voneinander.

Ja, auch Mascha wünschte sich mehr Privatsphäre mit Saul, sie sehnte sich danach, neben ihm einzuschlafen und aufzuwachen. Und sie wurde in zwei Wochen volljährig, dann brauchte sie nicht mehr das Einverständnis ihrer Eltern. Nicht, dass sie daran zweifelte, dass Fischel und Rozalia Engel ihr das verweigern würden – Saul war immerhin ein Jude und Akademiker, der bald einen Doktortitel tragen würde, was ihre Eltern sicher zu schätzen wüssten. Aber Mascha ging ihnen lieber aus dem Weg. Zu dunkel waren die Erinnerungen an ihre Kindheit, zu stark der Wunsch, alles hinter sich zu lassen, was sie an früher erinnerte. Ihre Mutter war ihr gegenüber stets streng und wenig liebevoll gewesen. Sie hatte Maschas jüngere Schwester Lea immer als Musterbeispiel angeführt und ihr vorgezogen. Von der engen Beziehung zwischen Lea und ihrer Mutter hatte Mascha sich immer ausgeschlossen gefühlt. Andererseits hätte sie die Erwartungen an eine brave Tochter nie so gut erfüllen können, wie Lea es tat. Mascha war wild und temperamentvoll. Sie fuhr oft aus der Haut und konnte leidenschaftlich und ehrgeizig sein. Das waren Eigenschaften, die ihre Mutter verachtete. Sie wünschte sich Töchter, die zu Hause saßen und Handarbeiten erledigten und ihre Nase nicht den ganzen Tag in Bücher steckten. Maschas Vater hingegen, zu dem sie sich mehr hingezogen fühlte als zu ihrer Mutter, hatte als Russe viele Jahre in Internierungshaft verbracht und war Mascha daher immer fremd geblieben.

Mascha vermisste nur ihre jüngste Schwester Rachel und besuchte sie so oft wie möglich. Die Kleine war geboren worden, als Mascha bereits dreizehn Jahre alt war, und von Anfang an bestand eine enge Bindung zwischen ihnen.

Plötzlich blieb sie stehen. »Wenn wir heiraten, muss ich es meinen Eltern sagen. Sonst halten sie mir das ein Leben lang vor. Und du weißt doch, wie gläubig sie sind. Wir müssen dann ein traditionelles Hochzeitsfest über uns ergehen lassen.«

Wenn sie nur daran dachte, wurde ihr schlecht. Jüdische Hochzeiten dauerten zwei Tage, und Mascha wusste nicht, ob sie ihre Verwandtschaft, allen voran ihre Mutter, so lange ertragen konnte. Vermutlich würde sie ihr die ganze Zeit wegen der schlechten Wahl ihres Kleides und ihrer Gäste Vorhaltungen machen und weil sie sich angeblich nicht ausreichend um ihre Verwandtschaft kümmerte, oder was auch immer.

»Lass uns heimlich heiraten, nur vor dem Standesbeamten, es braucht doch niemand zu erfahren«, schlug Saul vor.

Mascha schüttelte den Kopf und wich den Passanten aus, die gerade aus der Stadtbahn gestiegen waren. »Das können wir nicht lange verheimlichen. Und es würde sich auch nicht richtig anfühlen.«

»Ganz, wie du willst, mein Liebling.« Saul legte liebevoll den Arm um sie. »Ich bin zu allem bereit, Hauptsache, wir können endlich zusammenziehen.«

Mascha erschrak, als es neben ihnen laut knallte. Ein Laubfrosch hatte eine Fehlzündung. Mascha mochte die modernen grünen Wagen der Firma Opel, aber sie waren anfällig für Fehlzündungen und Reparaturen, wie sie gehört hatte. Ein anderes Automobil hatte inzwischen am Fahrbahnrand angehalten, und zwei Frauen stiegen aus. Dahinter wurde schon ungeduldig gehupt. Es stank nach Treibstoff. Das war Berlin! Und Mascha liebte Berlin und sein Gewimmel.

Als sie Frau Schuhmachers Haus erreicht hatten, bei der Mascha möbliert wohnte, zog Saul sie noch einmal an sich.

»Mascha, ich kanns kaum erwarten. Werde bald meine Frau!«

Sie fuhr mit ihren Fingerspitzen über Sauls Augenbrauen und stellte sich auf die Zehenspitzen, um seinem Gesicht näher zu sein. Ihre Nase berührte seine, sie sog den herben Duft seiner Haut tief ein. Saul küsste sie zärtlich. Mascha schloss die Augen und genoss seine sanften Berührungen, die allmählich drängender wurden.

»Fräulein Engel!«

Mascha zuckte zusammen und ließ von Saul ab. Sie fuhr herum.

Frau Schuhmacher stand mit verschränkten Armen in der geöffneten Tür. »Schämen Sie sich, Kind! Und jetzt schnell rein mit Ihnen! Und Sie, junger Mann, machen Sie, dass Sie nach Hause kommen!«

Mascha hörte Saul leise stöhnen. Sie drückte noch einmal kurz seine Hand, dann sprang sie die Treppenstufen zum Eingang hinauf. Hinter ihr schloss die Wirtin laut schimpfend die Eingangspforte. Mascha stieg die knarrende Stiege empor in die zweite Etage, wo sich ihr Zimmer befand. Als sie allein in ihrem stillen Kämmerchen war, lehnte sie sich einen Moment lang gegen die dünne Zimmertür. Was für ein Tag! Sie würde heiraten. Sie würde Frau Kaléko werden. Ob diese Entscheidung richtig war? Es kam ihr vor, als wäre sie eben noch in Kniestrümpfen und mit langen geflochtenen Zöpfen seilgesprungen und zur Schule gegangen. Und während all der Jahre musste sie sich bei Tisch auf die Zunge beißen, um ihrer Mutter nicht zu widersprechen, die von ihr nur verlangte, eine folgsame Ehefrau zu werden. Dabei hatte Mascha sich geschworen, das Leben zunächst in vollen Zügen zu genießen, bevor sie sich an einen Mann band. Und jetzt hatte sie Saul ihre Hand versprochen, obwohl sie kaum einundzwanzig war.

Mascha streifte die Schuhe ab und warf ihre zerschlissene Handtasche auf die Kommode. Dann ging sie zum Fenster und ließ sich auf die breite Bank davor fallen. Am Ende der Straße konnte sie Saul noch um die Ecke biegen sehen. Sie lächelte. Saul war ein großartiger Mann, und sie war schrecklich verliebt in ihn. Ein warmes Gefühl breitete sich in ihr aus, als sie sich daran erinnerte, wie sie ihn vor zwei Jahren an der Universität kennengelernt hatte, wo sie einen Abendkurs zum Thema Behaviorismus belegt hatte. Das Seminar entpuppte sich jedoch als sehr theoretisch, und schon am fünften Abend schob sie Kopfschmerzen vor, um die letzte halbe Stunde zu schwänzen. Sie hatte sich von ihren Abendstudien mehr erwartet. Den Menschen wollte sie kennenlernen, das Menschsein überhaupt. Das waren die Themen, die Mascha interessierten, in Psychologie- und Philosophiekursen wollte sie mehr darüber erfahren. Aber der Kurs über den Behaviorismus war nicht das, was sie gesucht hatte.

Als sie also verfrüht und mit schlechtem Gewissen aus dem Lehrsaal trat, stieß sie mit einem Studenten zusammen und ließ vor Schreck ihre Bücher fallen. Er half ihr, sie aufzuheben, und begleitete sie zur Stadtbahn. So hatte sie den Philologen Saul Kaléko kennengelernt, der gerade damit begonnen hatte, an seiner Dissertation zu arbeiten.

Mascha lehnte ihre Stirn gegen die kühle Scheibe. Was waren das für stürmische Wochen, die auf diese erste Begegnung folgten! Erst achtzehn war sie gewesen und hatte alles noch sehr schwergenommen. Ein falsches Wort von Saul, und sie war in Tränen oder Tobsucht ausgebrochen. Inzwischen gehörte er so selbstverständlich zu ihrem Leben wie ihr eigenes Spiegelbild. Ja, Saul war der Mann, der sie glücklich machen würde, davon war sie überzeugt.

Und doch war da dieser leise Zweifel in ihrem Inneren, der jetzt, da sie allein war, immer lauter wurde. Mascha hatte vor Saul nur einen einzigen anderen festen Freund gehabt, und das Leben lag noch vor ihr. Sie fühlte sich einfach noch nicht bereit, eine Entscheidung zu treffen, die für die nächsten Jahrzehnte gelten sollte. Mascha war eine junge Frau, sie wollte leben, sie wollte Berlin genießen, und sie wollte dichten. Schreiben – das war, was sie vor allem wollte. Sie hatte so viele Ideen, so viel zu sagen, aber statt an der eigenen Schreibmaschine saß sie im Büro und tippte Diktate ab und schrieb Rechnungen. Als Ehefrau würden vermutlich weitere Pflichten hinzukommen, und Saul hatte ja bereits gesagt, dass er sich Kinder wünsche. Irgendwann würde Mascha sicher auch einen Sohn oder eine Tochter haben wollen, aber doch nicht gleich! War es wirklich richtig, jetzt schon den Bund der Ehe einzugehen?

Mascha schüttelte den Kopf und stand auf. Was war nur los mit ihr? Sie liebte Saul, er war ein fürsorglicher, guter, treuer Mann, und sie war eine undankbare Frau. Statt sich zu freuen, saß sie hier oben, in ihrem schäbigen möblierten Zimmer, und wollte nicht so recht in Freudenstimmung kommen. Dabei sehnte sie sich genauso wie Saul nach Zeit, die sie zu zweit genießen konnten, nach einem Winkel, der ihnen gemeinsam gehörte.

Während sie ihre Bluse auszog, lachte sie, um die Zweifel zu vertreiben. Aber so ganz wollte es ihr nicht gelingen.

Nachdem sie sich mit dem kalten Wasser gewaschen hatte, das noch vom Morgen im Krug war, schlüpfte sie in ihr Nachthemd und unter die Bettdecke. Aber sie konnte lange Zeit nicht einschlafen. Immer wieder wanderten ihre Gedanken zu Saul und der bevorstehenden Hochzeit, die sie genauso fürchtete, wie sie sie herbeisehnte.

So schnell, wie sich das der Bräutigam wünschte, konnten sie dann ohnehin nicht heiraten. Mascha hatte ihren Eltern von ihrem Vorhaben erzählt, woraufhin Fischel und Rosa Engel darauf bestanden, dass die Hochzeit von einem Rabbiner in der Neuen Synagoge abgehalten würde. Dafür kam nur ein Dienstag infrage, nach jüdischer Tradition der Tag, der am meisten Glück brachte, aber auch nicht jeder Dienstag, es durfte nämlich kein Feiertag sein. Nachdem der Rabbiner hinzugezogen worden war, diverse Termine ausgeschlossen und schließlich eine Handvoll übriggeblieben waren, entschieden sich Mascha und Saul für den ersten möglichen Tag. Das war der 31. Juli 1928.

Am 7. Juni, Maschas einundzwanzigstem Geburtstag, überraschte Saul sie während eines Spaziergangs im Grunewald, indem er erklärte, für den Abend einen Tisch im feinen Restaurant Schwannecke reserviert zu haben.

»Im Schwannecke?« Mascha sah ihn ungläubig an. »Aber da ist doch gar kein Platz für Leute wie uns. Dahin gehen nur die Großen, die Berühmten.«

Saul strich ihr über den Arm. »Und Geburtstagskinder. Ich habe erklärt, dass meine zukünftige Braut etwas zu feiern hat.«

Mascha machte einen kleinen Luftsprung, besann sich jedoch gleich wieder darauf, dass sie ja bald eine verheiratete Frau sein würde. Derartige Albernheiten wären dann vorbei. Das waren genau die Temperamentsausbrüche, mit denen sie ihre Mutter seit jeher zur Weißglut getrieben hatte. Aber in diesem Moment musste sie sich zwingen, nicht vor lauter Aufregung über den Asphalt zu hüpfen.

»Ich habe gar nichts Geeignetes anzuziehen«, stellte sie besorgt fest, während sie sich bemühte, wieder gesittet neben Saul herzulaufen.

»Im Schwannecke verkehren auch viele Menschen mit wenig Einkommen, die sich von den anderen aushalten lassen. Ich habe schon darüber nachgedacht. Wir ziehen einfach unsere besten Kleider an.« Saul sah einer Meise nach, die, von ihnen aufgeschreckt, davonflog. »Ich bringe dich jetzt zu Frau Schuhmacher, und in zwei Stunden hole ich dich ab. Dann feiern wir zusammen deinen Geburtstag.«

»Oh, Saul, das ist großartig!« Mascha hakte sich bei ihm ein und wich einem alten Herrn aus, der, auf seinen Stock gestützt, unter einer Kastanie verschnaufte.

»Mascha, Liebes. Unser gemeinsamer Abend soll nicht nur deine Geburtstagsfeier sein, sondern wir feiern auch unsere Hochzeit vor, nur wir zwei. Ehrlich gesagt, graut mir vor den zweitägigen Feierlichkeiten.«

Mascha grinste. »Ich verstehe dich so gut. Aber wir werden diese jüdische Feier schon irgendwie aushalten.«

Maschas Eltern waren orthodoxe Juden und strenggläubig. Sie hielten sich an die jüdischen Gesetze und Rituale. Mascha hingegen hatte sich in der Synagoge nie sonderlich wohlgefühlt und sich auch nicht ernsthaft mit ihrer Religion auseinandergesetzt. Sie glaubte an Gott und an die Tora und kannte die biblischen Geschichten, aber sie hätte gut auf die jüdische Zeremonie verzichten können. Sie wusste jedoch, wie wichtig die Traditionen für ihre Eltern waren.

An Sauls Arm spazierte Mascha zwei Stunden später durch das abendliche Berlin, vorbei an Menschen, die nach ihrer Arbeit nach Hause gingen, an Feierlustigen, feinen Herrschaften in Abendgarderobe und leichten Mädchen in weniger eleganter

Aufmachung. Über das Schwannecke, das nur drei Gehminuten vom Romanischen Café entfernt lag, hatte Mascha schon viel gehört. Im Romanischen wurde immer wieder darüber gesprochen, und in den Zeitungen fanden sich Berichte über rauschende Feste dort nach Theater- und Opernpremieren.

Als sie die Rankestraße erreicht hatten und das Restaurant vor ihnen auftauchte, holte Mascha aufgeregt Luft. Wie oft schon war sie an dem Gebäude vorbeigegangen und hatte die Menschen mit neidischen Blicken bedacht, die in dem Lokal einkehrten. Jetzt würde sie selbst die heilige Schwelle übertreten.

Saul hielt ihr die Schwingtür auf, und sie kamen in einen kleinen Vorraum. Ein Ober im Frack trat auf sie zu. Er stellte sich als Johnny und Oberkellner des Etablissements vor und führte sie in den Gastraum.

Mit großen Augen sah Mascha sich um. Weiß gedeckte Tische standen in großzügigem Abstand voneinander im Raum, kleine Nischen sorgten für eine gewisse Privatsphäre. An den Wänden hingen Porträtbilder und Gemälde berühmter Schauspieler und Theaterleute. Johnny führte Mascha und Saul in eine der Nischen, und kein Geringerer als Viktor Schwannecke höchstpersönlich erschien, um Mascha zum Geburtstag zu gratulieren und ihr ein Glas Sekt zu kredenzen. Sein Haaransatz war schon etwas zurückgewichen, das Gesicht rundlich, die dunklen Augen wirkten stechend, mit einem humorvollen Funkeln darin. Er war recht beleibt und trug einen eleganten Frack mit weißer Fliege.

»Und Sie werden in Kürze heiraten?«, fragte Herr Schwannecke und reichte ihnen die Speisekarte, die in weinrotes Leder gebunden war.

»Im nächsten Monat«, erwiderte Saul, während er die Karte entgegennahm.

»Wunderbar!« Viktor Schwanneke verneigte sich. »Ich freue mich immer wieder, wenn ich junge Leute treffe, die den Schritt in die Ehe wagen.«

Saul strahlte, und Mascha lächelte verbindlich.

Als sie wieder allein waren, erklärte Mascha aufgeregt: »Herr Schwannecke kommt vom Theater. Er ist eigentlich ein Schauspieler. Ich glaube, manchmal führt er auch Regie. Und bis heute steht er hin und wieder auf der Bühne – zum Beispiel, wenn Kollegen erkrankt sind, dann springt er gern ein.«

»Ich weiß, Liebes.« Saul griff nach ihren Händen. »Gefällt es dir hier?«

»Und wie!«, rief Mascha begeistert.

Saul betrachtete sie liebevoll. »Die Überraschung ist mir also gelungen?«

»Auf jeden Fall.« Mascha beugte sich zu Saul hinüber und flüsterte: »Aber es ist viel zu teuer für uns.«

Plötzlich hatte sie ein schlechtes Gewissen. Saul hatte selbst nicht viel Geld, obwohl er neuerdings neben seiner Stelle als Journalist für die *Jüdische Rundschau* auch Fernunterricht in Hebräisch erteilte. Mit seinen hervorragenden Hebräischkenntnissen verfasste er Lektionen und Aufgaben, die in der *Jüdischen Rundschau* abgedruckt wurden. Die Kursteilnehmer konnten die Aufgaben, die Saul ihnen in den Artikeln stellte, einsenden und gegen eine Gebühr von ihm korrigieren lassen.

»Wir feiern ein besonderes Ereignis, das wichtigste unseres ganzen Lebens«, sagte er leise. »Ich möchte, dass wir diesen Abend nie vergessen.«

»Oh, Saul, wie könnten wir ihn je vergessen?« Mascha lächelte ihn verliebt an. Ihr war klar, dass er dieses Restaurant ausgesucht hatte, weil hier bekannte Literaten und Kritiker verkehrten. Saul war das nicht wichtig, aber er wusste, wie viel es Mascha bedeutete. Trotzdem wurde ihr ganz mulmig, als sie auf die Speisekarte sah. Das preiswerteste Gericht kostete beinahe ihren ganzen Wochenlohn.

»Erlaube mir, Liebste«, begann Saul, nachdem die Gläser gefüllt waren, »dir ein Geschenk zu überreichen.«

Er holte eine Schatulle hervor und gab sie Mascha.

»Oh, Saul.« Mascha schlug die Hand vor den Mund. »Das Essen hier ist doch schon mehr als genug.«

Sie biss sich auf die Unterlippe. Dann öffnete sie mit zitternden Fingern das in dunkelblauen Samt eingeschlagene Kästchen. Tränen traten ihr in die Augen, als sie den Inhalt sah.

Vorsichtig nahm sie das Fünfzigpfennigstück von dem Samtkissen. »Fünfzig Pfennige.«

»Eine Tasse Kaffee für den Höxter«, sagte Saul lächelnd.

Mascha beugte sich zu ihm. Sie hatte das Gefühl, ihr Herz müsse in diesem Moment vor Liebe überlaufen. Diese fünfzig Pfennige waren für sie so viel mehr als fünfzig Pfennige. Sie sagten Mascha, dass Saul ihren Wunsch zu schreiben, ihre Sehnsucht, eines Tages zum literarischen Kreis Berlins zu gehören, aus vollem Herzen unterstützte.

Mascha genoss das köstliche und sehr vornehme Essen im Schwannecke. Sie war streng orthodox erzogen worden und die Tochter eines Maschgiach, der sich vor der Flucht aus Galizien um die Befolgung der Speisegesetze in ihrer Gemeinde gekümmert hatte. Und obwohl Mascha längst nicht mehr nach den strengen jüdischen Regeln lebte, schlich sich immer noch ein Rest schlechtes Gewissen ein, wenn sie unreine Speisen aß. Schnell schüttelte sie diesen Gedanken ab.

Aber weil auch der schönste Abend einmal zu Ende gehen musste, winkte Saul wenig später dem Kellner und stand auf. Während er die Rechnung bezahlte, ließ Mascha sich von Herrn Schwannecke in ihren schäbigen Sonntagsmantel helfen.

»Vielen Dank für Ihren Besuch.« Viktor Schwannecke deutete eine Verbeugung an. »Alles Gute für Ihr gemeinsames Eheleben.«

»Oh? Ein Hochzeitspaar?« Eine füllige ältere Dame, mit Perlenketten und Edelsteinen behängt, trat auf sie zu. Ihre volltönende, resolute Stimme faszinierte Mascha sofort. »Ich gratuliere Ihnen ganz herzlich.«

»Danke«, erwiderte Mascha verlegen und musste sich zwingen, die Dame nicht zu sehr anzustarren. Ihr Herz schlug schneller, als ihr bewusst wurde, wer sie da gerade angesprochen hatte. »Aber wir heiraten erst in einigen Wochen. Heute ist nur mein Geburtstag, Frau Valetti.«

»Na, wenn das nicht ebenso ein Grund zum Feiern ist«, sagte die Schauspielerin lachend. »Besonders, wenn man noch so jung ist wie Sie, Fräulein.«

Mascha wollte etwas antworten, aber noch bevor sie den Mund öffnen konnte, hatte sich Rosa Valetti abgewandt. Mascha sah ihr noch einen Moment nach, dann nahm Saul ihren Arm und führte sie nach draußen.

»Das war Rosa Valetti!«, rief sie, während sie die Rankestraße hinunterliefen. »Ist sie nicht unglaublich? Diese Stimme! Die Ausstrahlung. Unvorstellbar, dass sie uns zur Hochzeit gratulieren wollte.« Sie kicherte. »Schade, dass heute nicht unser Hochzeitstag ist. Das hätte uns bestimmt Glück gebracht.«

»Wir brauchen kein Glück, Mascha. Wir haben doch uns.« Saul schmunzelte.

»Irgendwann wird sie meine Verse rezitieren!« Mascha strahlte Saul von der Seite her an. »Ich danke dir für diesen wunderschönen Geburtstag.«

»Ich wünschte nur, wir könnten ihn fortsetzen«, seufzte Saul. »Noch fünf Wochen, ich weiß nicht, wie ich es so lange aushalten soll.«

Der 31. Juli kam dann doch sehr bald und war ein grauer Dienstag. Die Sonne versteckte sich hinter dichten Wolken. Nachdem Mascha und Saul, beide ganz in Weiß gekleidet, aus dem Standesamt in Berlin Mitte traten, riss die Wolkendecke für einen kurzen Moment auf, und einige Sonnenstrahlen beleuchteten das frischgebackene Ehepaar Kaléko mit ihrem schwachen Licht. Aber so unvermittelt sie erschienen war, so schnell verschwand die goldene Kugel auch wieder hinter ihrem dunklen Vorhang.

Die eigentliche Vermählung nach jüdischem Brauch fand in der Neuen Synagoge statt. Nachdem Saul nach alter Tradition ein Weinglas zertreten hatte, begann die ausgelassene Feier in einem Nebenraum der Synagoge, und sie dauerte bis in den späten Abend. Es waren Verwandte aus dem ganzen Land gekommen, an die Mascha sich größtenteils nicht einmal erinnern konnte. Ein üppiges Büfett war aufgebaut worden, eine Gruppe Musiker spielte zum Tanz auf, Reden wurden gehalten, Geschenke überreicht, und es wurde viel gelacht. Mascha genoss es, ihre jüngste Schwester Rachel, die den Spitznamen Puttel trug und sich den ganzen Tag an Mascha hängte, um sich zu haben.

»Darf ich dann auch mal bei euch schlafen?«, fragte die inzwischen Achtjährige ihre große Schwester, als die eine Tanzpause eingelegt hatte, um ein Stück Kuchen zu essen.

»Auf jeden Fall«, sagte Mascha lächelnd und strich Puttel einen Krümel von der Wange. »Ich vermisse dich doch auch.«

Seit sie vor fast zwei Jahren von zu Hause in das Zimmer bei Frau Schuhmacher gezogen war, hatte sie keine Übernachtungsgäste dorthin mitbringen dürfen, nicht einmal ihre kleine Schwester.

»Warum konntest du nicht einfach bei uns bleiben?«, fragte Puttel jetzt.

»Ach, meine Süße.« Mascha seufzte. »Du weißt doch, dass

Mama und ich uns immer streiten müssen, wenn wir zusammen sind. Dabei hat sie so schwache Nerven – es war besser so, glaub mir.«

Dass ihre Mutter ihr seit dem Tag, an dem Mascha ihre Ausbildung bei der *Jüdischen Organisation* begonnen hatte, damit in den Ohren gelegen hatte, dass sie endlich ausziehen solle, verschwieg sie ihrer Schwester. Mascha hatte ihr Leben lang den Eindruck gehabt, ihre Mutter wisse nichts mit ihrer ältesten Tochter anzufangen, und dass sie sie so schnell wie möglich aus dem Haus haben wollte, lag vermutlich nicht nur an den engen Wohnverhältnissen, wie ihre Mutter immer behauptet hatte. Vielmehr kam es Mascha so vor, als fühlte Rozalia sich in Maschas Gesellschaft nicht wohl, weil sie so vollkommen anders dachte als sie selbst. Für Rozalia Engel war der Haushalt und das Bild, das man nach außen hin abgab, immer am wichtigsten, Mascha hingegen wollte ihre Träume leben, egal was andere davon hielten.

»Vielleicht war es besser für Mama, aber nicht für mich.« Puttel verschränkte ihre Arme trotzig vor der Brust und machte einen Schmollmund.

Mascha unterdrückte ein Lachen, um ihre Schwester nicht zu kränken. »Na ja, jetzt habe ich eine eigene Wohnung, und da darfst du auch bei mir übernachten. Dann machen wir uns abends Kakao und essen Kekse und Süßigkeiten, und von alldem sagen wir Mama nichts.«

»Au ja!«, rief Puttel begeistert und steckte sich ein Stück Kuchen in den Mund.

In diesem Moment kam Saul an den Tisch, an dem die beiden saßen.

»Das ist meine Schwester«, erklärte ihm Puttel und griff demonstrativ nach Maschas Hand. »Und ich darf bei ihr schlafen, hat sie gesagt.«

Saul lächelte sie an. »Natürlich, denn ich weiß ja, dass Mascha dich unendlich liebhat. Das hat sie mir gestern noch verraten.«

»Wirklich?« Die Kleine sah ihn stolz an.

Mascha musste unwillkürlich schmunzeln. Sie hatten gar nicht über Puttel gesprochen, aber Saul erkannte die Sorge des Kindes, er könnte ihr die geliebte Schwester nehmen.

»Ja, ja, sie hat sogar gesagt, dass sie mich nur heiratet, um endlich eine eigene Wohnung zu haben, damit du sie immer besuchen kannst, wenn du willst.« Er ließ sich auf den leeren Stuhl neben Mascha fallen. »Ich bin sehr eifersüchtig auf dich, Puttel.«

Die Kleine nickte zufrieden und warf ihre Arme um Maschas Hals.

Mascha drückte ihre Schwester fest an sich.

Puttel küsste sie auf die Wange. Dann lief sie davon, weil in einer anderen Ecke gerade Süßigkeiten an die Kinder verteilt wurden.

»Mascha, ich wünsche mir so sehr, von hier zu verschwinden«, flüsterte Saul seiner jungen Frau zu.

Mascha stand auf. Sie hatte heute Morgen ihr Möbliertes bei Frau Schuhmacher gekündigt und ihr bescheidenes Hab und Gut, das in zwei Koffer und einen Karton passte, in die neu angemietete Dachwohnung in der Waitzstraße, einer Querstraße des Kurfürstendamms, gebracht.

»Noch diesen Tanz, dann gehen wir.« Sie zog ihn auf die Tanzfläche und ließ sich zur Fiedelmusik in seinen Arm fallen.

Und als sie wenig später in ihrer spärlich möblierten, kargen Wohnung unter dem Dach auf der Matratze lagen, küssten sie sich und hörten nicht mehr damit auf, bis der neue Morgen begann.

Der brachte strömenden Regen und die Fortsetzung der

Hochzeitsfeierlichkeiten, denn es hieß, dass eine Hochzeit über zwei Tage gefeiert werden müsse, damit die Ehe glücklich werde. Die Feier des zweiten Tages war jedoch notgedrungen eher klein, weil die Wohnung von Maschas Eltern in der Grenadierstraße im Scheunenviertel nicht viel Platz bot. Maschas jüngere Schwestern Rachel und Lea sowie ihr Bruder Chajim wünschten noch einmal *Masel Tov* und bewarfen das Ehepaar mit Reis und Walnüssen. Einige Onkel, Tanten und Freunde ihrer Eltern waren gekommen, um dem Ereignis beizuwohnen.

Maschas Mutter beobachtete ihre Tochter mit dem kritischen Blick, unter dem sich Mascha schon immer unwohl gefühlt hatte. Mascha wusste, dass ihre Mutter ihre Frisur zu modern und das Kleid eine Handbreit zu kurz fand. Vermutlich gefielen ihr auch ihre Hochzeitsschuhe nicht und dass sie sich wild und wenig damenhaft zur Musik bewegte. Mascha hätte sehr gut auf diesen Tag verzichten können, aber das hätten ihr ihre Eltern sicher nie verziehen.

»Wie lange werden wir wohl bleiben müssen?«, raunte ihr Saul zu.

»Bis zum Abend bestimmt«, antwortete Mascha seufzend.

»Ich tue das nur für dich, das weißt du?« Saul sah sie liebevoll an.

»Danke«, flüsterte sie und küsste ihn unter dem strengen Blick von Fischel und Rosa, die sie von der anderen Seite des Zimmers aus beobachteten, flüchtig auf die Wange.

In diesem Moment bahnten sich ihre Eltern auch schon einen Weg mitten durch die feiernde Verwandtschaft auf Mascha und Saul zu, und Mascha unterdrückte den Reflex zu fliehen.

»*Masel Tov!*« Rosa reichte ihrer Tochter die Hand. »Ich wünsche euch alles Glück dieser Welt.«

»Danke, Mama«, sagte Mascha.

»Und was hast du jetzt vor?«, mischte sich ihr Vater ein. »Gibst du deine Anstellung auf? Es wird doch hoffentlich bald Nachwuchs kommen?«

Mascha errötete. Sie hatte nicht vor, mit ihren Eltern über ihre Familienplanung zu sprechen. »Ich werde vorerst weiter im Kontor bei der *Jüdischen Gemeinschaft* arbeiten.«

»Mit Kindern lassen wir uns Zeit«, erklärte Saul, dem das Thema nicht so unangenehm zu sein schien wie ihr. »Mascha möchte ihre Verse in Zeitungen veröffentlichen. Sie soll erst versuchen, damit erfolgreich zu werden, bevor wir eine Familie gründen.«

Fischel zog die dichten Augenbrauen zusammen und strich sich über den Vollbart, der sein Gesicht beinahe komplett bedeckte. Erste graue Haare waren darin zu erkennen.

»Schlag dir den Unsinn aus dem Kopf«, sagte Rosa, bevor ihr Mann etwas erwidern konnte. »Du hast eine gute Anstellung, warum willst du schreiben? Das ist etwas für Reiche, die nichts mit sich anzufangen wissen. Du bist jetzt eine Ehefrau. Wenn du keine Kinder bekommen und großziehen willst, wie es sich für eine gute Ehefrau gehört, dann trag wenigstens mit redlicher Arbeit etwas zum Familieneinkommen bei.« Sie setzte sich grazil auf einen der Stühle, die an den Rand des Zimmers geschoben worden waren, um etwas Platz zum Tanzen zu schaffen.

»Nun, die Zeitungen zahlen gutes Geld für solche Gedichte, wie ich sie schreiben möchte«, erwiderte Mascha zaghaft. Immer noch schüchterte ihre Mutter sie ein. Und auch wenn Mascha längst versuchte, nicht mehr enttäuscht über die fehlende Anerkennung und den ständigen Tadel zu sein, gelang ihr das nur gelegentlich. Zu gut erinnerte sie sich an ihre Kindheit in Galizien, wo alles verboten war, was auch nur annähernd interessant gewesen wäre. Himbeeren durfte sie nicht pflücken, sie wurden für Marmelade und Kuchen gebraucht, die sie jedoch nur höchst selten genießen durfte. Der See war zu gefährlich, ihr Spiel auf der Wiese zu laut, das Kleid zu schmutzig, die Haare zu strubbelig. Aus der guten Stube wurde sie verbannt – Mascha konnte sich überhaupt nur an einen einzigen Tag ihrer Kindheit erinnern, an dem sie sich in dem mit roten Plüschsofas ausgestatteten Zimmer hatte aufhalten dürfen. Das war 1914 gewesen, kurz vor ihrer Flucht aus Galizien. Sie hatten alle mucksmäuschenstill nebeneinander gekauert, voller Angst, die Rollläden waren verschlossen gewesen. Weinen war verboten. In diesen Tagen waren die Russen in Galizien einmarschiert, das damals noch zum Kaiserreich Österreich-Ungarn gehörte. Der Krieg war ausgebrochen, direkt vor ihrer Haustür. Und alles, was bislang Maschas Welt gewesen war, wurde von einem Tag auf den anderen lebensgefährlich.

Heute war Mascha klar, dass die Situation für ihre Eltern nicht leicht gewesen war. Ihre Mutter war Österreicherin und ihr Vater Russe. Beim Einmarsch der Russen hatten sie Hals über Kopf ihre Koffer gepackt und waren geflohen, weil Fischel zum Feind gehörte. Das hatte die Familie zu spüren bekommen, der man plötzlich nicht mehr vertraute. Außerdem hatte Maschas Vater Angst davor, von den Russen eingezogen zu werden und gegen die österreichischen Verwandten seiner Frau kämpfen zu müssen. Schon damals hatte Mascha erfahren, was es bedeutete, »nicht von hier« zu sein. Die Menschen in ihrem Dorf hatten mit dem Finger auf sie, die Tochter des Russen, gezeigt, und ein kurzes Klingeln an der Haustür hatte alle ängstlich zusammenfahren lassen. Diese latente Furcht saß tief in ihnen, sie hatte die Erinnerung an Maschas Kindheit dunkel und bedrückend werden lassen. In Frankfurt war Fischel Engel schließlich als »feindlicher Ausländer« inhaftiert worden.

»Mascha?«

Sie schrak auf. Nur langsam wurde ihr bewusst, dass sie auf ihrer eigenen Hochzeitsfeier war.

»Alles in Ordnung?« Saul sah sie besorgt an und rückte ihr einen Stuhl zurecht.

»Oh, ja.« Mascha verscheuchte die Gedanken an ihre Kindheit und nahm neben ihrer Mutter Platz. Seit Jahren bemühte sie sich, die Erinnerungen zu verdrängen, aber irgendwie schoben sie sich immer wieder in ihr Bewusstsein.

»Lea wird auch bald heiraten«, hörte sie jetzt ihre Mutter sagen, die mit stolzem Blick Maschas Schwester musterte, während Lea gerade versuchte, ihre jüngeren Geschwister von der Torte fernzuhalten.

»Gratuliere«, antwortete Saul höflich und hob sein Glas in Richtung seiner Schwägerin.

»Er ist umwerfend«, rief Lea zu ihnen herüber. »Er hat eine Anstellung in der Bank. Wenn er sich anstrengt, kann er es weit bringen. Ihr werdet ihn gleich kennenlernen. Er kommt nach Geschäftsschluss hierher.«

Mascha nickte. Sie kannte Elias Pels, Leas Verlobten, bereits flüchtig, er war der Sohn von Bekannten ihrer Eltern. Niemals hätte sie sich vorstellen können, einen Langweiler wie ihn zu heiraten, aber Lea war anders als Mascha.

»Und er hat uns schon eine hübsche Wohnung in Charlottenburg angemietet.« Leas Augen leuchteten, während sie zu ihnen trat.

»Wann soll denn die Hochzeit stattfinden?«, fragte Mascha.

»Im nächsten Mai«, mischte sich Fischel in die Unterhaltung ein, der neben seiner Frau stand.

»Und da mietet er jetzt schon die Wohnung?«, fragte Saul überrascht. »Will er so lange allein dort wohnen?«

»Natürlich.« Lea zog die Augenbrauen zusammen. »Meinst

du, ich würde zu ihm ziehen, obwohl wir noch nicht verheiratet sind? Er richtet alles her, bis es endlich so weit ist.«

»Lea wird ihm so bald als möglich Kinder schenken, nicht wahr, Liebes?«, sagte Rosa stolz.

Lea nickte eifrig. »Das ist schließlich meine Pflicht. Ich kann es kaum erwarten.«

Rosa betrachtete jetzt ihre älteste Tochter mit vorwurfsvollem Blick. »›Seid fruchtbar und mehret euch.‹ Es ist ein Gebot Gottes, sich fortzupflanzen, um den Fortbestand des Glaubens zu gewährleisten.«

Plötzlich hatte Mascha das Bedürfnis, dieses Fest, das eigentlich zu ihren Ehren stattfand, und ihre Familie so schnell wie möglich zu verlassen. Nur Puttel wollte sie mitnehmen. Die Vorstellungen ihrer Eltern unterschieden sich so sehr von ihren eigenen, ihre Werte waren so gänzlich anders als Maschas. Dabei warf sie ihren Eltern nicht einmal vor, dass sie ihr immer wieder Lea als die bessere Tochter vor Augen führten.

Schon als Kind hatte Mascha nicht durch Gehorsam geglänzt. Sie hatte früh das Abenteuer und die Freiheit gesucht. Mascha erinnerte sich daran, wie sie mit fünf Jahren zum ersten Mal fortgelaufen war. Was sie dazu gebracht hatte, das Haus ihrer Familie in Galizien zu verlassen, wusste sie nicht mehr, vielleicht hatte einfach das Tor offen gestanden, und sie hatte die Gelegenheit genutzt. Man fing sie wieder ein, und es gab eine Tracht Prügel, allerdings hielt sie das nicht davon ab, es schon bald erneut zu versuchen. Mascha war immer das wilde, das unangepasste Kind gewesen, Lea hingegen lieb und artig. Dass Lea die ältere Schwester unter dem Tisch kniff und hämisch grinste, wenn Mascha laut schrie und Ärger bekam, übersah Rosa großzügig.

Nein, Mascha schüttelte den Kopf. Sie wollte sich nicht über ihre Familie ärgern, Mascha war nur anders als sie. Und mit dieser Andersartigkeit kamen ihre Eltern eben nicht zurecht. Doch Mascha tat es nicht gut, hier zu sein, das erkannte sie in diesem Moment. Ihr Leben war nicht das ihrer Familie, sie wollte zum Romanischen Café gehören, ins Schwimmerbassin. Es war Heinrich Heine und sein literarisches Werk gewesen, das Mascha die Augen geöffnet hatte. Sie verspürte eine tiefe Verbindung zu diesem jüdischen Autor, der zum Christentum übergetreten war und genau wie sie die Erwartungen enttäuscht hatte, die man in ihn setzte. Seit sie seine Texte gelesen hatte, wollte sie es ihm nachtun. Und sie spürte, dass auch sie den Menschen mit ihren Versen etwas zu sagen hatte. Sie wollte keine Romane schreiben, sondern Alltagsverse. Mit einer Prise Humor, tiefsinnig und vielleicht auch ein wenig wehmütig.

Schon in der Schule hatte sie erste Gedichte verfasst. Mascha erinnerte sich noch gut an einen Schulausflug, den sie als Elfjährige in Marburg unternommen hatten. Damals hatte sie von ihrer Mutter ein Stück Kuchen als Proviant mitbekommen. Auf dem Spaziergang wollte sie das Gebäckstück ihrer Lehrerin schenken, als Dank dafür, dass sie ihren Gedichten gelauscht hatte. Fräulein Steinbach war von Maschas Versen gerührt gewesen, wollte den Kuchen aber nicht annehmen.

Seit jenen Kriegstagen hatte Mascha ihre Poesie verfeinert, sie und auch ihre Verse waren erwachsen geworden, und gleich nach ihrer Hochzeit würde sie sich endlich um die Veröffentlichung kümmern.

Der nächste Tag kam, und es war nicht nur Maschas erster Tag als verheiratete Frau, sondern heute würde sie auch zum ersten Mal mit der Stadtbahn von Sauls Wohnung aus zur Arbeit fahren. Als sie noch bei ihren Eltern wohnte, war der Weg in die Auguststraße ein Katzensprung gewesen, und auch ihr Möbliertes war keine zehn Gehminuten von ihrer Arbeitsstelle entfernt. Sie war sicherheitshalber eine Stunde früher als sonst aufgestanden, damit sie trotzdem pünktlich um acht im Kontor sein würde.

Jetzt ärgerte sie sich darüber, dass sie sich nicht auch den heutigen Tag frei genommen hatte, aber sie würden übernächste Woche auf Hochzeitsreise zu Sauls Eltern nach Thüringen fahren, und Mascha hatte Urlaubstage sparen wollen. Die zwölf Tage, die ihr zustanden, waren sowieso viel zu wenig für all das, was Mascha vorhatte. Sie freute sich auf die Reisen, die sie jetzt endlich, da sie über etwas mehr Einkommen verfügten, unternehmen wollte. Schon seit Jahren hatte sie davon geträumt, fremde Länder kennenzulernen. Ihr Geld reichte zwar noch nicht für Fernreisen, aber in Deutschland gab es genug hübsche Orte, die sie mit Saul besuchen konnte.

Sie verabschiedete sich von ihrem Mann, der gerade aufgestanden war, weil er heute erst später zur Arbeit musste, schnappte sich ihre Tasche und den Schirm und verließ die Wohnung.

Die Bahn kam, kaum dass Mascha sich in die Menge zu den Wartenden gestellt hatte. Aufgeregt studierte sie die unterschiedlichen Mitreisenden, betrachtete ihre finsteren oder heiteren Mienen, und plötzlich fiel ihr eine Verszeile ein. Wie von allein fügte sich bald die nächste dazu, und als sie am Oranienburger Tor aus der Bahn stieg, hatte sie schon ein halbes Gedicht im Kopf.

Sobald sie im Kontor angelangt war, zog sie hastig ihren Mantel aus und fischte ihr schwarzes Notizheft aus der Handtasche. Sie hatte gerade begonnen, die ersten Worte in das Heft zu schreiben, als Fräulein Horstmann auf sie zustürmte.

»Doktor Breslauer verlangt nach Ihnen, Fräulein Engel.«

»Frau Kaléko«, korrigierte Mascha ihre Kollegin und streckte ihr die Hand mit dem Ehering entgegen.

»Oh, Verzeihung, Frau Kaléko.« Fräulein Horstmann lächelte. »Meine herzlichsten Glückwünsche. Später müssen Sie mir von der Feier berichten, aber jetzt sputen Sie sich, der Herr Direktor erwartet Sie. Er will einen Brief an die Hirsch-Kupfer-Messingwerke AG in Eberswalde diktieren.«

Mascha unterdrückte ein Seufzen, kritzelte rasch die letzten Zeilen ihres Gedichts in ihr Buch und griff dann eilig zu Block und Stift, um zu Doktor Breslauer zu eilen.

Eigentlich hatte Mascha nach der Arbeit gleich zur Haltestelle Zoo fahren und ins Romanische gehen wollen, aber jetzt war sie doch lieber nach Hause zurückgekehrt. Das angefangene Gedicht juckte ihr in den Fingern. Noch war der Weg in die neue Wohnung ungewohnt, das Haus in der Waitzstraße fremd, und als sie in die Dachwohnung kam, hatte sie das Gefühl, zu Gast zu sein. Sie sah sich in den kleinen Zimmern um. Zwar war die Wohnung noch recht kahl und ungemütlich, aber es war immerhin ihr eigenes Reich. Es hatte zwei Zimmer und den Abort auf der halben Treppe. Die Ofenheizung war im Wohnraum angebracht, aber zur Wand zum Schlafzimmer, sodass sie im Winter beide Räume beheizte. Das hoffte Mascha zumindest. In einem der beiden Räume befand sich das provisorische Schlafzimmer, das bisher nur aus einer Matratze und einer alten Kommode bestand, im anderen stand ein wackliger Küchentisch mit zwei altersschwachen Stühlen.

Mascha holte Sauls Schreibmaschine hervor, die noch in einer Kiste in der Zimmerecke lagerte. Dann spannte sie einen neuen Bogen Papier ein und legte ihre Notizbücher neben sich auf die hölzerne Tischplatte. Ihre Finger flogen über die Tasten, während sie ihre Einfälle vom Morgen in ein Gedicht verwandelte. Eine Stunde später war es fertig, und sie zog das

Blatt zufrieden aus der Walze. Sie lehnte sich zurück, und ihr Blick fiel auf den Karton, in dem sie ihre Arbeiten aufbewahrte. Mascha klappte den Deckel auf und nahm die Blätter heraus. In den letzten Jahren hatte sie viele Verszeilen notiert. Sie würde allmählich Ordnung in die bunte Sammlung bringen müssen. Warum nicht gleich damit beginnen?

Bis es dunkel wurde, hatte sie die Hälfte ihrer Verse abgetippt und drei, wie sie fand, ganz brauchbare Gedichte produziert. Ein paar Sachen hatte sie weggeworfen, sie taugten nichts. Doch sie hatte auch neue Einfälle gehabt, die sie mit dem Bleistift in ihre Notizen kritzelte. Sobald sie ihr stimmig erschienen, tippte sie sie ab.

Als sie den Schlüssel in der Wohnungstür hörte, sah sie erstaunt auf. Saul war zurück aus der Redaktion der *Jüdischen Rundschau*, einen Stapel Pakete unter dem Arm, in denen sich offenbar die eingesandten Aufgaben seiner Hebräischschüler befanden. Vermutlich hatte er die gerade im Postamt an der Lietzenburger Straße abgeholt.

Mascha machte ihm Platz auf dem Küchentisch, aber ihre Unterlagen kamen sich immer wieder in die Quere. Schließlich stand sie seufzend auf.

»Ich kann sowieso eine Pause gebrauchen. Ich denke, ich gehe ins Kaffeehaus.« Sie sah auf die Uhr. Es war halb neun. Schon fast zu spät für das Romanische. Sie zwinkerte Saul zu. »Vielleicht habe ich ja Glück, und der Höxter ist noch da. Dann kann ich ihm eine Tasse Kaffee spendieren.«

Saul lachte und zog sie an sich. »Na schön, Liebes. Aber komm nicht zu spät zurück.«

»Oh nein, ganz bestimmt nicht!« Mascha küsste ihn und setzte dann ihre rote Baskenmütze auf, ehe sie in ihren dünnen Sportmantel schlüpfte.

Draußen nieselte es schon wieder. Glücklicherweise war es

nicht weit bis zum Romanischen Café, und sie brauchte nicht die Stadtbahn zu nehmen.

Bevor sie durch die Drehtür trat, hob sie den Kopf. Sie war jetzt eine verheiratete Frau. Die Zeit der Schüchternheit war vorbei. Sie würde dem Höxter einen Kaffee bezahlen, sich von ihm dem erlauchten Kreis der Literaten vorstellen lassen und sich dann ganz kess in ihre Diskussion einmischen.

Angebrochener Abend

Ich sitz in meinem Stammcafé.
Es ist schon spät. Ich gähne …
Ich habe Sehnsucht nach René
Und außerdem Migräne.

Der große Blonde an der Bar
Schickt einen Brief. – Beim Lesen
Denk ich: Zu spät. Vor einem Jahr
Wär der mein Typ gewesen.

Die Drehtür surrt und importiert
Ein Dutzend Literaten.
– Ein Lyriker ruft ungeniert:
»… Das Schnitzel scharf gebraten!«

Der Ober blickt impertinent,
Kassiert zwei Weingedecke.
Hierauf verschwindet sehr dezent
Ein Pärchen aus der Ecke.

Der Talmi-Herr sprach sehr gewählt.
Die Talmi-Dame nippte.
… Die Beiden geben – knapp gezählt –
Zwei Folio-Manuskripte.

Vom Ping-Pong-Tisch grüßt ein Tenor.
Ich kann den Kerl nicht sehen!
Und nehme mir wie immer vor,
Nie wieder herzugehen.

Ein Sportgirl zwitschert von Davos.
Ich seufze mit Begründung:
Ich habe nur ein Achtellos
Und eine Halsentzündung.

Jetzt macht die Jazzkapelle Schluß.
Der Asphalt glänzt vom Regen.
– Ich nehme einen Omnibus
Und fahr dem Schlaf entgegen ...

Erste Erfolge

Berlin, Frühsommer 1929

Mascha lief mit beschwingten Schritten die Straße hinunter. Die Sonne wärmte ihre Haut, und am liebsten wäre sie wie ein Kind über die Pflastersteine gehüpft. Inzwischen war sie seit fast einem Jahr verheiratet, und auch wenn sie selbstbewusst und erwachsen auftrat, wie es sich für eine Ehefrau, Dichterin und Kontoristin gehörte, packte sie manchmal der Übermut. Und so konnte sie einerseits messerscharf und schonungslos argumentieren, andererseits jedoch ausgelassen feiern und albern sein. Saul hatte anfangs noch mitgehalten, ließ seine Frau nun aber meistens, wie heute auch, allein zu ihren Abenden im Romanischen losziehen.

»Prächtiges Wetter, nicht wahr?« Ein junger Mann lüpfte seinen Hut und ließ Mascha den Vortritt durch die Drehtür.

Mascha erwiderte sein Lächeln und betrat dann das Kaffeehaus. Der gutaussehende Mann mit der hohen Stirn und den dunklen Augen war ihr schon des Öfteren aufgefallen, und sie musste gestehen, wenn sie nicht verheiratet wäre, dann wäre er genau ihr Typ gewesen. Sie sah ihm nach, wie er durch den dichten Zigarettennebel des Cafés in Richtung der hinteren Tische verschwand.

»Guten Tag, Nietz!« Mascha warf dem Portier eine Kusshand zu.

»Guten Abend, Frau Kaléko«, rief er und nickte ihr freundlich zu. »Gerade ist Herr Wittner gekommen und hat sich nach Ihnen erkundigt.«

Maschas Herzschlag beschleunigte sich. Sie hatte Victor Wittner, dem Hauslyriker und Redakteur der Kulturzeitschrift *Querschnitt*, letzte Woche eines ihrer neuesten Gedichte mitgegeben, und er hatte versprochen, es sich anzusehen. Sie atmete tief durch und steuerte auf das Schwimmerbassin zu, in dem sie seit einem halben Jahr wie selbstverständlich verkehrte. Ihr Plan, von John Höxter ins Schwimmerbecken gebracht zu werden, war aufgegangen. Seit der ersten Tasse Kaffee, die sie ihm spendiert hatte, war sie zwar nicht mehr sicher vor seinen Schnorrereien, aber er hatte sie dem Schriftsteller Hermann Kesten und Victor Wittner vorgestellt, die sie mit anderen Künstlern bekannt gemacht hatten. Mascha war weit gekommen. Vorüber waren die Zeiten im Bassin für Nichtschwimmer. Spätestens seit dem Winter kannte sie fast jeder hier im Schwimmerbecken.

Heute war Freitag, da hatte sie immer um drei Uhr Büroschluss, und sie war nach der Arbeit wie so häufig gleich nach Hause gefahren, um an einem Gedicht zu arbeiten. Jetzt war es halb sechs, und Mascha betrat den quadratischen Raum, der schon gut gefüllt war. Sämtliche Tische waren besetzt, dazwischen standen Menschen und unterhielten sich. Mascha versuchte Victor Wittner hinter den dicken Rauchschwaden auszumachen. Sie musste husten und versuchte, sich frische Luft zuzufächeln, was natürlich nicht gelang, weil keine vorhanden war.

»Ah, Frau Kaléko!« John Höxter schob sich neben sie. »Ich soll Ihnen ausrichten, der Herr Wittner erwartet Sie.«

»Wo ist er denn?« Mascha sah sich in dem Gedränge um.

»Da drüben, am Tisch neben der Heizung.« Höxter machte eine ungenaue Kopfbewegung.

Mascha stellte sich auf die Zehenspitzen, um besser sehen zu können.

»Haben Sie wohl noch mal fünfzig Pfennige für mich?«, fragte John Höxter und hielt ihr eine Hand hin.

Mascha unterdrückte ein Seufzen. Sie kramte in ihrer Tasche und zog ein Fünfzigpfennigstück heraus, das sie Höxter zusteckte.

»Danke«, sagte er grinsend und machte sich auf den Weg in den anderen Gastraum, um seinen Kaffee in der Nähe der Maler zu trinken.

Mascha bahnte sich einen Weg durch die Menge lautstark diskutierender und Texte rezitierender Gäste, während sie nach Wittner Ausschau hielt. Schließlich fand sie ihn an einem der runden Marmortische, im Gespräch mit dem Verleger Bruno Cassirer und Leo Lania, einem Journalisten und Dramaturgen.

»'n Abend, die Herren«, rief Mascha und beugte sich zu den Männern hinunter.

»Frau Kaléko!« Wittner sah sich nach einem freien Stuhl um. Er tippte einem jungen Mann auf die Schulter, der am Nebentisch saß. »Seien Sie bitte so liebenswürdig und überlassen Sie der Dame Ihren Stuhl.«

Mascha bedankte sich und nahm zwischen den drei Männern Platz.

»Haben Sie den neuen Film im Titania-Palast gesehen?«, fragte Bruno Cassirer sie.

»›Peter, der Matrose‹?« Mascha nickte. »Mein Mann und ich waren am Montag drin.«

»Wie hat er Ihnen denn gefallen?«, wollte er wissen.

»Ganz prima«, rief Mascha und lehnte sich vor. »Aber ich bin nicht hier, um über das Kinoprogramm zu reden, meine Herren. Haben Sie meinen Text gelesen?«, fragte sie, nun an Wittner gewandt. Sie bemühte sich, souverän und abgeklärt zu wirken, während sie vor Anspannung förmlich bebte. Es hatte Monate gedauert, bis sie sich endlich dazu durchgerungen hatte, Victor Wittner ihr Gedicht zu überreichen, damit er es sich einmal anschauen und eventuell für den *Querschnitt* erwerben konnte. Jetzt hatte sie unglaubliche Angst davor, dass er es ablehnen würde.

»Aber ja, deshalb bin ich froh, dass Sie sich heute Abend endlich zu uns gesellen, Frau Kaléko.« Wittner zog an seiner Zigarette. »Sie haben also noch nie etwas veröffentlicht?« Er strich über ein Exemplar des *Querschnitt*, das vor ihm auf dem Tisch lag.

Mascha schüttelte den Kopf. »Ich bin doch ein Küken. Gerade mal einundzwanzig.«

»Erstaunlich.« Wittner lachte. »Ihr Text wirkt … na ja, so erwachsen.«

»Innerlich bin ich das auch.« Mascha wurde unsanft von einer Gruppe junger Schauspieler angerempelt, die einen bösen Blick von Bruno Lania ernteten.

»Sehr gut beobachtet, sehr gut.« Victor Wittner verzog den Mund zu einem Grinsen und nickte anerkennend. »Ich denke, ich kann das Gedicht im *Querschnitt* unterbringen.«

Mascha wäre am liebsten aufgesprungen und hätte ihre Erleichterung laut herausgeschrien. Aber sie wusste, dass das ihre Verhandlungsposition dem Journalisten gegenüber verschlechtert hätte. Außerdem passte es nicht zu der abgeklärten Ehefrau, die sie jetzt war.

»Ich freue mich«, sagte sie deshalb nur und bemühte sich, nicht allzu enthusiastisch zu klingen. »Aber können Sie denn auch ein Honorar dafür zahlen?«

»Ich sag Ihnen was, Frau Kaléko.« Wittner schnippte die Asche seiner Zigarette auf den Boden. »Kommen Sie morgen in der Redaktion im Ullstein-Haus vorbei, dann verhandeln wir. Und bringen Sie mir ruhig noch ein zweites Gedicht mit.«

»Einverstanden.« Maschas Bauch kribbelte vor Aufregung. »Aber morgen ist Samstag. Sind Sie dann überhaupt im Büro?«

»Sechstagewoche«, sagte Victor Wittner und grinste. »Dafür mache ich meistens schon mittags Feierabend.«

Mascha trank einen Schluck Kaffee, um ihre Nervosität zu verbergen. Endlich hatte sie es geschafft. Sie hatte die ersten Gedichte bei einer namhaften Zeitschrift untergebracht, auch wenn der *Querschnitt* natürlich nicht so verbreitet wie das *Berliner Tageblatt* war. Aber die großen Tageszeitungen würden hoffentlich auch bald ihre Gedichte veröffentlichen.

Der nächste Tag war ein Samstag, Mascha hatte also frei. Sie stand früh auf und setzte sich an ihre Schreibmaschine. Victor Wittner wollte ein zweites Gedicht von ihr für den *Querschnitt* haben, aber alle Texte, die sie bisher geschrieben hatte, kamen ihr unfertig und stümperhaft vor. Sie las noch einmal sämtliche Werke durch, die sie im letzten Jahr geschaffen hatte, und entschied sich schließlich für das Gedicht »Zwischen zwei Fenstern«. Sie änderte einzelne Wörter, strich eine Zeile und ersetzte sie durch eine ähnliche. Dann tippte sie den gesamten Text sauber ab. Anschließend faltete sie das Blatt und steckte es in einen Umschlag. Sie sah auf die Uhr, die an der Wand gegenüber dem Fenster hing: Noch fast drei Stunden, bis sie bei Wittner sein musste.

Mascha setzte Wasser auf, um sich einen Kaffee zu kochen. Inzwischen war ihre kleine Wohnung unter dem Dach richtig gemütlich geworden. Nach und nach hatten sie sich einige brauchbare Möbelstücke angeschafft, denn Sauls Gehalt als Hebräischlehrer brachte jeden Monat mehr ein, weil er immer neue Schüler fand. Außerdem hatte er seine Dissertation über die Agrarverhältnisse in Weißrussland abgeschlossen, und der neue Doktortitel vor Sauls Namen verschaffte ihnen ein paar zusätzliche Mark. Bald würden sie sich nach einer anderen Bleibe umsehen können, denn die kleine Wohnung in der Waitzstraße war im Winter schrecklich kalt gewesen. Wie sich herausstellte, war der Ofen zu klein, um beide Zimmer ordentlich zu heizen. Die Fensterscheiben im Schlafzimmer waren den ganzen Tag mit Eisblumen überzogen, sodass Mascha es im Januar nicht mehr ausgehalten und Saul gebeten hatte, die Matratze in den Wohnraum zu tragen. Dort hatten sie dann einige Wochen geschlafen, eingezwängt zwischen Ofen und Küchentisch. Aber wenigstens hatten Mascha in dieser Zeit nachts nicht mehr die Zähne vor Kälte geklappert. Einen weiteren Winter wollte sie jedoch nicht im Wohnraum verbringen.

Sie goss das Wasser in den Porzellanfilter und sog den Duft des Kaffees ein. Das war ein Luxus, den sie sich bis vor Kurzem nicht hatte leisten können. Nun hatten sie immer ein Päckchen Kaffeebohnen im Haus, und ein- bis zweimal täglich konnte sie sich eine Portion davon mahlen und aufbrühen.

Wenig später trat Mascha mit ihrer Kaffeetasse ans Fenster. Sie sah auf die Straße und den Vormittagsverkehr hinunter, und in ihr breitete sich ein Glücksgefühl aus. Sie liebte Berlin, diese Stadt war ihre Heimat. Es waren nicht nur die großen Gebäude und Plätze, die Bäume und Parks mit ihren zahlreichen Vögeln, die sie ins Herz geschlossen hatte, sondern vor allem die Menschen mit ihrem schnoddrigen Tonfall, die sie immer wieder ins Gespräch zogen. Mascha hatte das Gefühl, diese Stadt von Grund auf zu verstehen.

»Rieche ich da frisch gebrühten Kaffee?«

Mascha drehte sich um und erkannte Saul, der verschlafen in der Tür aufgetaucht war. Seine Haare waren ganz zerzaust.

Mascha leerte ihre Tasse und griff nach einem zweiten Becher. »Ich hoffe, er ist noch heiß genug. Ich wusste nicht, wann du aufstehen würdest, sonst hätte ich auf dich gewartet.«

Saul kam zu ihr und schlang seine Arme von hinten um sie. »Ich habe einen ganzen Stapel Aufsätze, die ich dringend korrigieren muss. Was hast du heute vor?«

Mascha reichte ihm seinen Kaffee und berichtete ihm dann von ihrem bevorstehenden Besuch beim *Querschnitt.* Gestern Abend, als sie aus dem Romanischen Café zurückgekommen war, hatte Saul schon geschlafen, und sie hatte ihn nicht wecken wollen. Jetzt erzählte sie ihm begeistert von der Aussicht, dass bald zwei ihrer Gedichte in der Zeitschrift veröffentlicht werden würden.

»Großartig!«, rief Saul. »Es geht also voran.«

Mascha nickte. »Aber jetzt muss ich mich dringend umziehen, damit ich nicht zu spät in der Charlottenstraße ankomme.«

Mascha entschied sich für ihren Tweedrock und eine Bluse, um etwas reifer zu wirken. Obwohl sie im nächsten Monat immerhin ihren zweiundzwanzigsten Geburtstag feierte, wurde sie häufig für jünger gehalten, doch sie wusste, dass sie Victor Wittner gegenüber als starke Verhandlungspartnerin auftreten musste. Nachdem sie sich zurechtgemacht hatte, zog sie ihren Mantel über und setzte die rote Baskenmütze auf.

Da sie bis zu ihrem Termin im Ullstein-Gebäude, in dem auch die Redaktion des *Querschnitt* untergebracht war, noch viel Zeit hatte, beschloss sie, nicht mit der Stadtbahn zu fahren, sondern zu Fuß dorthin zu gehen. Sie schlenderte unter ausladenden Kastanien den Kurfürstendamm entlang, es roch nach Benzin und Pferdeäpfeln, nach Gebratenem, nach blühendem Flieder, und die Sonne schien auf den Asphalt. Die ersten Gäste des Tages saßen auf den Kaffeehaus-Terrassen, die weit in den Ku'damm hineinreichten. Autos hupten neben ihr, Bremsen quietschten. Menschen eilten an ihr vorbei, Zeitungsjungen riefen die Schlagzeilen aus.

Mascha lachte. In diesem Moment fühlte sie sich so leicht,

so froh. Sie war jung, das Leben lag vor ihr. Bald würden hoffentlich auch ihre Verse in den Zeitungen stehen, die diese Jungen verkauften. Wenn sie an die dunklen Stunden ihrer Kindheit dachte, wunderte sie sich manchmal, wie aus einem so unglücklichen Kind eine vergnügte junge Frau werden konnte. Sie hatte endlich ihre Heimat gefunden, hier in Berlin, mit Saul und ihren Gedichten.

Als sie am Romanischen Café vorbeikam, winkte Lehmann, der Portier, ihr fröhlich zu. Mascha streckte ihr Gesicht der Sonne entgegen und wich einem Schuhputzer aus, der seinen Wagen an der Straßenecke aufgestellt hatte. In Berlin war wieder Frieden eingekehrt. Nichts erinnerte mehr an die Mai-Unruhen, die erst vor wenigen Tagen stattgefunden hatten. Anfang des Monats waren die Polizei und Demonstranten der KPD aneinandergeraten, und dreiunddreißig Menschen hatten ihr Leben verloren. Diese Kämpfe hatten nicht nur Berlin erschüttert.

Als Mascha ins Zeitungsviertel in der südlichen Friedrichstadt kam, herrschte dort reges Treiben. Auf der Straße knatterten Automobile vorbei, auf den Gehwegen eilten Herren entlang, die in ihren Anzügen und mit den Aktentaschen in den Händen so geschäftig aussahen, dass man es nie wagen würde, sie auf ihrem Weg anzuhalten.

An der Ecke Kochstraße/Charlottenstraße blieb Mascha stehen und sah an dem imposanten Ullstein-Verlagshaus hinauf. Im Erdgeschoss zierten hohe Bogenfenster die Fassade, die oberen vier Etagen wirkten modern und schnörkellos. Mascha hielt ehrfurchtsvoll den Atem an. Hier gingen sie also ein und aus, die großen Literaten und Redakteure der namhaften Zeitungen wie dem *Berliner Tageblatt* oder der *Berliner Zeitung*. Hier befand sich auch die Druckerei, in der die Ullstein-Bücher und -Zeitschriften hergestellt wurden.

Mascha straffte die Schultern, ehe sie den Eingangsbereich betrat, wo sie ein Pförtner in seiner Loge erwartete. Er erklärte ihr, dass sie mit dem Lift in die dritte Etage hinauffahren solle.

Mascha durchquerte die Halle mit dem hellen Marmorboden und den dicken Teppichen und sah sich um. Sekretärinnen eilten an ihr vorbei, zwei Herren standen zusammen und unterhielten sich angeregt. Vor ihr befanden sich drei Personenaufzüge, an denen bereits einige Menschen warteten. Als der nächste Lift kam, fuhr Mascha mit fünf anderen nach oben.

In der dritten Etage fand sie sich in einem großen Raum mit einem langen Tresen wieder, hinter dem junge Männer standen und die Anliegen der Besucher bearbeiteten. Mascha reihte sich rasch in die Schlange der Wartenden ein.

Sie konnte hören, wie die Besucher vor ihr ihre Anfragen vortrugen.

»Ich habe ein neues Gedicht für das Feuilleton der *Berliner Zeitung*. Wäre es wohl möglich, dass ich mit einem zuständigen Redakteur spreche? Ich muss ihm unbedingt noch etwas erläutern«, erklärte gerade ein Mann in einem schäbigen Mantel.

»Bitte füllen Sie das Formular aus, und nehmen Sie dann im Warteraum Platz«, erwiderte der junge Mann hinter dem Tresen. Er reichte dem Autor einen Zettel, und der begann eifrig zu schreiben.

»Bitte sehr, mein Herr.« Der Mann hinter dem Schalter reichte ihm noch einen kleinen Zettel. »Ihre Wartenummer.«

Nachdem der Schriftsteller im Wartezimmer auf der linken Seite verschwunden war, kam der nächste an die Reihe.

»Ich habe eine Idee für einen Artikel und würde gern mit dem Journalisten Monty Jacobs darüber sprechen«, sagte der Mann, ohne seinen Hut abzunehmen.

Mascha überkam eine Welle der Mutlosigkeit, als sie erkannte, wie viele Schriftsteller ihre Träume teilten. Sie alle waren hier, weil sie sich eine Autorenkarriere erhofften, die häufig mit regelmäßigen Veröffentlichungen in den großen Tageszeitungen begann. Hier wurden Verleger auf Talente aufmerksam, und dann entstanden Buchverträge.

Der Mann hinter dem Tresen reichte auch diesem hoffnungsvollen Schreiberling ein Formular. »Bitte füllen Sie das aus, und begeben Sie sich in den Wartebereich.«

Als Mascha endlich an die Reihe kam, erklärte sie: »Ich bin mit Herrn Wittner verabredet.«

Der junge Mann gab auch ihr das Formular und bat sie, es auszufüllen.

Mascha musste ihren Namen auf das Dokument schreiben und wen sie zu sprechen wünschte, obwohl sie das ja bereits erwähnt hatte. Der junge Mann schickte sie ins Wartezimmer und verschwand dann mitsamt den Papieren, die er in den letzten Minuten eingesammelt hatte, durch eine rückwärtige Tür.

Mascha ließ entmutigt die Schultern hängen. Das Wartezimmer war voll mit Menschen wie ihr. Alle hatten schäbige Mappen unter dem Arm oder auf ihrem Schoß liegen und starrten vor sich hin. An den Wänden standen lange Holzbänke, und Mascha fand einen Platz neben einer Frau mittleren Alters und einem Herrn mit Vollbart. Zum ersten Mal wurde ihr bewusst, wie viele angehende Schriftsteller es gab und wie wenig Platz in den Zeitungen zur Verfügung stand. Machte das alles überhaupt Sinn?, fragte sie sich plötzlich. Würde sie je im Literaturbetrieb Fuß fassen, geschweige denn von ihren Gedichten leben können?

Mascha betrachtete die anderen Wartenden nun etwas genauer. Viele von ihnen kannte sie, ohne ihre Namen nennen zu können. Sie kamen ins Romanische Café, oder sie hatte ihre Konterfeie über den Kolumnen in den Zeitungen gesehen.

Aber einen einzelnen Beitrag in der Zeitung oder sogar eine ganze Kolumne veröffentlicht zu haben bedeutete noch lange nicht, dass man es geschafft hatte. Es war ein ständiger Kampf, einen eigenen Text oder ein Gedicht irgendwo unterzubringen. Das war Mascha durchaus bewusst, und doch hoffte sie darauf, den großen Durchbruch zu schaffen. Vielleicht wäre sie ja schon bald so bekannt wie Erich Kästner oder Kurt Tucholsky.

Durch die offene Tür konnte sie in den Anmelderaum blicken. An der Wand hing eine Art Fangnetz, in das von Zeit zu Zeit runde Kapseln fielen, die von Sekretärinnen eilig herausgefischt und weggetragen wurden. Vermutlich waren das die Telegramme mit den neuesten Meldungen, die bald in der Zeitung stehen würden.

»Mein Herr.« Einer der jungen Männer war zurückgekehrt und wandte sich an den entsprechenden Wartenden. »Herr Jacobs ist leider nicht im Hause, bitte rufen Sie doch morgen früh an.« Er nickte dem Mann zu und zog sich dann wieder hinter den Tresen zurück.

»Fräulein Meinhard«, sagte jetzt eine Kontoristin zu der Dame, die neben Mascha saß. »Leider ist Herr Lewinsohn in einer Konferenz. Sie möchten mir jedoch alles aushändigen, er meldet sich dann bei Ihnen.«

»Oh«, stieß die Dame aus. »Ich hätte es gern mit ihm persönlich …« Sie öffnete ihre Tasche und nahm einen Umschlag heraus. »Wenn er etwas geändert haben möchte … Ich kann auch noch mehr von dieser Art …«

»Er wird sich bei Ihnen melden«, wiederholte die Sekretärin mit einem kühlen Lächeln und riss ihr den braunen Umschlag aus der Hand.

Die Frau neben Mascha nickte und stand auf. Mit eiligen Schritten verließ sie den Raum. Mascha konnte nachvollziehen, wie sie sich jetzt fühlte. Auch ihr war plötzlich flau im Magen. Wenn sie sah, wie viele Schriftsteller es hier gab, die Aufträge brauchten, um überleben zu können, erschienen ihr ihre eigenen Ambitionen mit einem Mal unrealistisch und übertrieben. In diesem Moment war sie froh, dass sie ihre Anstellung bei der *Jüdischen Organisation* noch nicht aufgegeben hatte, die zwar langweilig war, ihr jedoch wenigstens ein bisschen Sicherheit gab. Wie viele der Menschen hier im Raum wohl nicht diesen Luxus eines festen Einkommens hatten?

Fünf Minuten später erschien ein junger Mann. »Frau Kaléko?«

»Ja.« Mascha stand erleichtert auf und folgte ihm zur Tür.

Er führte sie einen langen, hellen Flur entlang bis zu einer Treppe, die in die nächste Etage führte. Dort blieb der Mann vor einer Tür stehen, klopfte kurz an und öffnete sie dann. Er ließ Mascha den Vortritt.

Sie atmete tief durch.

»Ja, bitte«, hörte sie eine Stimme aus dem Zimmer.

»Frau Kaléko ist hier«, sagte ihr Begleiter und machte auf dem Absatz kehrt, um wieder zu verschwinden.

Mascha betrat das vollgestopfte Büro, das von einem wuchtigen Schreibtisch dominiert wurde. Er quoll über von Papieren, Büchern und Stapeln von Zeitungen und Zeitschriften. Irgendwo inmitten der Unordnung stand eine Schreibmaschine, auf die eine Frau wie wild einhämmerte.

»Guten Tag.« Mascha räusperte sich. »Ich habe einen Termin mit Herrn Wittner.«

»Oh, ja, ja.« Die brünette Frau zog einen Bleistift hinter ihrem Ohr hervor und machte eine Notiz auf dem Papier, das noch in der Maschine steckte. Dann tippte sie eine Weile weiter, bis sie den Bogen aus der Maschine zog.

»Victor, dein Besuch ist da«, rief sie in Richtung der Tür, die sich hinter ihr befand.

»Ja, Frau Kaléko«, rief in diesem Moment Victor Wittner aus dem Nebenraum. »Kommen Sie durch, nur keine Scheu!«

Mascha nickte der Dame an der Schreibmaschine zu, die sie jetzt neugierig musterte, und ging dann an ihr vorbei.

Victor Wittner streckte ihr zur Begrüßung die Hand entgegen. Seine hohe Stirn und die markante Nase ließen Mascha immer an eine Spitzmaus denken. Er war von seinem Stuhl aufgestanden, und Mascha fiel sofort die Ordnung in seinem Büro auf, die in deutlichem Gegensatz zu seinem Vorzimmer stand.

»Ich freue mich, dass Sie kommen konnten«, sagte Wittner.

Mascha nahm auf dem Stuhl Platz, der vor dem Schreibtisch stand. »Und ich freue mich, dass Sie an meinem Gedicht interessiert sind.«

»Es ist gut, sehr gut.« Er nickte anerkennend. »Ich könnte mir vorstellen, dass wir regelmäßig eins Ihrer Gedichte drucken. Wie schnell können Sie denn etwas Neues liefern?«

Maschas Herzschlag beschleunigte sich. Mit einem Mal waren die pessimistischen Gedanken, die sie gerade noch gequält hatten, vergessen. Mit frischer Selbstsicherheit zog sie den Umschlag mit ihrem Gedicht aus der Tasche. »Hier ist schon die neue Lieferung.«

Victor Wittner schmunzelte und nahm ihn entgegen. Doch statt den Umschlag zu öffnen, legte er ihn vor sich auf den Schreibtisch und schlug seinen Terminkalender auf.

»Ich schaue mir Ihr Gedicht nachher an. Ich denke, dass wir die Verse im Juni schon abdrucken können. Und hier ist Ihr Scheck.« Er reichte ihr einen weiteren Umschlag. »Schauen Sie rein, na los!«

Mit zitternden Fingern zog Mascha das bedruckte Papier

heraus. Fünf Reichsmark! Zum ersten Mal hatte ihr jemand Geld für ein Gedicht gegeben.

Sie lehnte sich auf dem harten Stuhl zurück. »Vielen Dank.«

Victor Wittner studierte mit gerunzelter Stirn den Kalender auf dem Tisch. »Sie können mir ruhig noch viel mehr Gedichte zukommen lassen. Ihre Verse gefallen mir außerordentlich gut.«

Mascha jubelte innerlich. Gleichzeitig versuchte sie, sich ihre Panik nicht anmerken zu lassen. Ja, sie schrieb gern, und noch mehr Gedichte im *Querschnitt* zu veröffentlichen, war eine großartige Aussicht. Sie hatte aber auch Angst, dass ihr nicht so schnell wieder ein gutes Gedicht gelingen würde. Sie holte tief Luft. »Nun haben Sie ja erst mal ein zweites von mir. Gucken Sie es sich an, dann reden wir weiter.«

Wittner grinste. »Recht haben Sie, Frau Kaléko, recht haben Sie.«

Als sie wenig später aus dem Ullstein-Haus trat, schwirrte ihr der Kopf. Konnte es wirklich so einfach sein, Gedichte zu verkaufen? Aber warum gab es dann all die hoffnungslosen Schriftsteller, die sie vorhin im Warteraum getroffen hatte? Mascha schien begabt zu sein. Seit sie schreiben und lesen gelernt hatte, hatte sie ihre Gedanken in Versform notiert. Sie hatte auch versucht, ein Tagebuch zu führen, aber schnell festgestellt, dass sie in Prosa-Form nicht das ausdrücken konnte, was sie tief in ihrem Inneren empfand. Wenn sie hingegen Gedichte schrieb, flossen die Worte nur so aus ihr heraus.

In diesem Moment stieß sie mit einem älteren Herrn zusammen, der ihr auf dem Gehsteig entgegenkam, und entschuldigte sich hastig bei ihm. Warum machte sie sich so viele Gedanken? Heute war ein Tag zum Feiern! Sie hatte den Grundstein für ihre Karriere als Dichterin gelegt. Sie beschloss, ihren Eltern spontan einen Besuch abzustatten, auch um Puttel zu sehen. Sie wollte ihnen gleich die Neuigkeit überbringen, dass ihre Gedichte in einer Zeitung erscheinen würden. Vielleicht würden sie dann erkennen, dass ihre Idee, als Schriftstellerin Geld zu verdienen, gar nicht so verkehrt war.

Mascha stieg also in die Stadtbahn und fuhr bis zum Alexanderplatz. Von dort aus brauchte sie nur wenige Minuten bis in die Grenadierstraße im Scheunenviertel, wo ihre Eltern wohnten. Hier hatte sie die letzten Jahre, bevor sie ausgezogen war, mit ihnen gelebt. Wie immer, wenn sie in diese Straße einbog, stieg ein Gefühl der Beklemmung in ihr auf. Sie kam an dem jüdischen Buch- und Schreibwarengeschäft des Ehepaars Levin vorbei, an Kemplers Café und Konditorei und schließlich an der Holzhandlung ihres Vaters. All diese Geschäfte lagen am heutigen Schabbat still und verschlafen da, hier wurde streng auf die Einhaltung der jüdischen Gesetze geachtet. Die Wohnung ihrer Eltern befand sich im selben Haus wie die Holzhandlung.

Mascha öffnete die alte Tür, von der die Farbe abblätterte. Als sie den Hausflur betrat, schlug ihr der Geruch von Bohnerwachs entgegen. Mascha stieg die ausgetretenen Treppenstufen hinauf bis in die zweite Etage. Sie drehte den Knopf der alten Türschelle und hörte das vertraute Geräusch bis zu ihr in den Hausflur rasseln. Schritte näherten sich, hinter der Milchglasscheibe der Wohnungstür konnte sie eine Gestalt erkennen.

»Mascha?« Ihre Schwester Lea öffnete die Tür und sah sie mit gerunzelter Stirn an. »Was willst du denn hier?«

»Dir auch einen schönen guten Tag«, sagte Mascha und hob leicht verärgert die Augenbrauen. »Ich bin auf dem Rückweg aus dem Zeitungsviertel und dachte, ich schaue mal schnell bei euch vorbei.«

Ihre Schwester hob die Schultern und trat zur Seite.

»Aber du wohnst doch auch nicht mehr hier«, fiel Mascha ein, während sie durch den langen Flur gingen, der mit Farnen und hübschen Korbsesseln dekoriert war. »Ich könnte dich also dasselbe fragen.«

»Wie du weißt, besuche ich Mutter jeden Schabbat, wenn sie aus der Synagoge kommt«, erklärte Lea mit einem Naserümpfen.

»Mascha!«, erklang in diesem Moment Puttels Stimme. Das Mädchen stürmte aus einem der hinteren Zimmer in den Flur und warf sich in die Arme ihrer großen Schwester.

Mascha drückte sie an sich. »Puttel, du musst sofort aufhören zu wachsen, sag ich!«

Die Kleine lachte. »Wie soll ich das denn machen? Ich wachse immer weiter. In meiner Klasse bin ich das größte Mädchen.«

Mascha schüttelte ungläubig den Kopf. »Es fehlt nicht mehr viel, und du bist größer als ich.«

Mascha zog ihren Mantel aus und folgte ihren Schwestern in den Salon, wie ihre Mutter Rosa das einfache Wohnzimmer nannte. In Galizien waren die Engels eine der reichsten Familien des Dorfes gewesen, mit Hausangestellten und einem großen Anwesen. Dort hatte es einen eleganten Salon gegeben, der jedoch so gut wie nie genutzt wurde. Als die Familie durch die Flucht in Geldnot geriet, wurden ihre Häuser zu Wohnungen und diese immer beengter. Aber an ihrem Salon hielt Maschas Mutter fest.

Als Mascha das Zimmer betrat, sah Rosa auf. »Oh, du?«

Mascha bemühte sich um ein Lächeln. »Komme ich ungelegen?«

»Allerdings.« Ihre Mutter zeigte auf den gedeckten Kaffeetisch. »Du hättest dich ankündigen sollen. Ich habe nicht genug Kuchen gebacken. Aber setz dich zu uns.« Ihre Mutter wandte sich an Puttel. »Rachel, hol deiner Schwester eine Tasse und sieh nach, ob noch Kekse in der Dose sind.«

»Mach dir keine Umstände«, sagte Mascha, die plötzlich bereute, dass sie hergekommen war.

Rozalia deutete auf den freien Brokatsessel, der zwischen den beiden Sofas stand, auf denen Lea und sie selbst saßen, und Mascha nahm widerwillig Platz.

Puttel brachte eine Kaffeetasse für Mascha und rutschte dann auf das Sofa neben ihre Mutter.

»Pass bloß auf den Bezug auf, Rachel.« Rosa sah ihre jüngste Tochter warnend an. Dann seufzte sie. »Du bist fast so schlimm wie Mascha.«

Lea kicherte und wandte sich an ihre ältere Schwester. »Ja, wo du auch warst, du hast es immer geschafft, dich schmutzig zu machen. Dich konnte man nirgendwo mit hinnehmen.«

»Du sprichst, als wärst du mein Kindermädchen gewesen«, sagte Mascha und lächelte. »Dabei bist du zwei Jahre jünger als ich.«

»Glaube mir, ich kam mir oft vor, als wäre ich deine Gouvernante.« Lea griff nach ihrer Tasse und trank einen Schluck Kaffee.

»Also, warum bist du hergekommen?«, fragte die Mutter und sah Mascha aus ihren dunklen Augen streng an. »Braucht ihr Geld? Ist es das? Ich hab dir doch gleich gesagt …«

»Ich wusste nicht, dass ich einen besonderen Grund brauche, um euch zu besuchen.« Mascha schluckte die Wut herunter, die unwillkürlich in ihr aufgestiegen war. »Und nein, wir brauchen kein Geld. Wir verdienen beide gut und leiden keine Not.«

»Dann verstehe ich nicht, warum du hier bist«, mischte sich Lea wieder ein. »Du lässt dich doch auch sonst nie hier blicken.«

Mascha seufzte und stand auf. »Da euch mein Besuch anscheinend eher durcheinanderbringt als erfreut, will ich mich lieber verabschieden. Vielleicht ist es erlaubt, dass ich Puttel mitnehme. Sie kann bei mir übernachten, wir könnten heute Nachmittag ins Kino gehen, was meinst du?«

»Oh ja!«, rief ihre kleine Schwester begeistert und stürzte sich auf Mascha, um sie zu umarmen.

»Es ist Schabbat!«, erwiderte ihre Mutter entrüstet. »Den verbringen wir nicht mit Kinobesuchen oder anderen Vergnügungen, sondern mit Gebeten und Tora-Lesungen. Gleich kommt Elias her, und wir wollen alle zusammen zu Onkel Noel und Tante Rachel zum Mincha-Gebet gehen.«

Mascha nickte und sah die Enttäuschung in Puttels Augen. Obwohl sie es besser hätte wissen müssen, verletzte sie die kühle Behandlung ihrer Mutter immer wieder. Sie verabschiedete sich schnell und ging nach Hause.

Saul saß in der kleinen Küche ihrer Wohnung und begrüßte sie freudig.

»Und wie war es beim *Querschnitt*?«, fragte er neugierig.

»Gut. Wittner will meine Gedichte bald veröffentlichen.«

Mascha legte den Scheck auf den Tisch, den sie im Ullstein-Haus bekommen hatte.

Saul pfiff anerkennend durch die Zähne.

»Für eine Dichterin, die gerade ihre ersten Werke verkauft hat, siehst du aber nicht sehr glücklich aus«, stellte er dann fest.

Mascha ließ sich auf den Küchenstuhl ihm gegenüber fallen. »Ach, ich bin selbst schuld, dass ich mir die Laune verdorben habe. Ich war bei meinen Eltern. Irgendwie dachte ich, sie wären vielleicht stolz, wenn sie erfahren würden, dass meine Texte bald in einer Zeitschrift abgedruckt werden.«

Saul sah sie durch seine runde Brille forschend an.

»Ich konnte es ihnen gar nicht erzählen. Anscheinend war

ich nicht sonderlich willkommen.« Mascha fuhr mit dem Finger über das alte Holz des wackligen Küchentisches. »Es war … als würde ich meine Mutter stören.«

»Das kennst du doch schon von ihr«, sagte Saul und stand auf. Er kam um den Tisch herum, zog Mascha von ihrem Stuhl und umarmte sie. Dann sah er sie eindringlich an. »Seit deinem vierzehnten Lebensjahr redet sie auf dich ein, dass du dir eine Stellung suchen sollst, damit du endlich ausziehen kannst.«

Mascha seufzte. »Ja, wir hatten nie ein gutes Verhältnis, aber ich hatte gehofft, dass jetzt, wo ich verheiratet bin …«

»Mein Liebling«, Saul strich ihr zärtlich übers Gesicht, »ärgere dich nicht darüber. Jetzt bin ich deine Familie. Und eines Tages werden wir Kinder haben und …«

»Eines Tages«, Mascha löste sich von ihm und sah ihn warnend an, »aber jetzt noch nicht.«

Mascha wusste, dass Saul darauf hoffte, dass sie bald schwanger werden würde, aber sie fühlte sich noch nicht bereit dafür. Sie war noch so jung, sie wollte ausgehen und feiern, ins Romanische verschwinden, wann immer sie Lust dazu hatte, und an ihren Versen arbeiten, ohne von einem Kind dabei gestört zu werden. Aber sie ahnte auch, dass Saul sich von ihr mehr Häuslichkeit wünschte. Er war immer seltener bereit, mit ihr auszugehen, und saß stattdessen lieber über seinen Büchern. Mascha störte das nicht, denn sie hatte sich im Romanischen Café inzwischen einen großen Freundeskreis aufgebaut. Vermutlich hoffte Saul, dass sie mehr zu Hause bleiben würde, wenn sie erst Kinder hätten.

Er zog sie wieder an sich und küsste ihre Stirn. Dann wanderten seine Lippen weiter zu Maschas Mund. Seine Hände glitten unter ihre Bluse, und sie ließ sich von ihm ins Schlafzimmer ziehen.

Als Mascha ein paar Wochen später ins Schwimmerbassin des Romanischen kam, zwinkerte ihr Victor Wittner zu und fragte, ob sie denn schon in die neueste Ausgabe des *Querschnitt* geschaut hätte.

Mit klopfendem Herzen rief sie den Zeitungskellner und ließ sich die Zeitschrift bringen. Ihre Finger zitterten, als sie darin blätterte. Und auf den Seiten 434 und 435 fand sie endlich, was sie suchte: *Berliner Gedichte von Mascha Kaléko*. Hier waren sie abgedruckt, ihre Verse. Stolz betrachtete sie die Zeilen, las sorgfältig jedes Wort und sah schließlich auf.

»Ein gutes Gefühl, oder?«, fragte Victor Wittner und rieb sich begeistert die Hände.

Mascha nickte strahlend. »Ich könnte mich daran gewöhnen.«

»Dann liefern Sie uns einfach neue Gedichte.« Wittner stand auf. »Ich spreche mit Wedderkopp, meinem Chef, man könnte eine feste Rubrik daraus machen.«

Von der Galerie her klangen aufgeregte Stimmen. Die Schachspieler waren in eine hitzige Diskussion geraten.

»Na, an mir soll es nicht liegen«, rief Mascha über den Lärm hinweg, mit so viel Überzeugung, dass sie es fast selbst geglaubt hätte. Dabei hatte sie es immer noch nicht geschafft, neue Texte zu schreiben, die sie für gut genug hielt, um sie beim *Querschnitt* einzureichen.

Victor Wittner wandte sich zum Ausgang. »Wollen Sie mich und Herrn Höxter vielleicht heute Abend ins Kü-Ka begleiten? Wir wollen uns die Hase anhören, die Tucholsky-Chansons dort singt.«

Mascha zögerte kurz, ehe sie den beiden Männern nach draußen folgte. Unterwegs dachte sie an Saul, der gleich aus der Redaktion kommen musste. Er wusste, dass Mascha im Romanischen war, wie fast jeden Abend. Sie beschloss, nicht lange im Künstler-Kabarett zu bleiben, damit Saul sich keine Sorgen machte.

Als sie das kleine Café betraten, war der Raum gerammelt voll. Rauchwolken schlugen ihnen entgegen, Stimmengewirr und Musik vermischten sich. Mascha erkannte viele Gesichter aus dem Romanischen, Erich Kästner stand neben dem Publizisten Erich Mühsam, der Journalist Carl von Ossietzky diskutierte lautstark mit Hermann Kesten.

Kaum hatte Mascha an einem der vollbesetzten Tische Platz genommen, gingen die Lampen in dem kleinen Raum aus, und ein flackernder Scheinwerfer richtete sich auf die winzige Bühne in der Ecke.

Als Erich Kästner kurz darauf ins Licht trat, raunte Maschas Sitznachbar ihr zu: »Kästner ist einer meiner besten Freunde geworden. Edith Jacobsohn hat uns letztes Jahr einander vorgestellt, und wir haben zusammen ein Kinderbuch gemacht. Es wird im Herbst herauskommen.«

»So?« Mascha sah den Mann neben sich mit neuer Aufmerksamkeit an. »Dann sind Sie auch Autor?«

Er schüttelte den Kopf und streckte ihr eine Hand hin. »Ich heiße Walter Trier und bin Zeichner. Und mit wem habe ich die Ehre?«

Am liebsten hätte Mascha ihm einen frischgedruckten *Querschnitt* unter die Nase gehalten und gerufen: »Das hier! Das bin ich. Die Berliner Gedichte sind von mir!«

Aber stattdessen sagte sie nur: »Mascha Kaléko. Dichterin.«

»Sehr verehrtes Publikum«, begann Erich Kästner in diesem Moment auf der Bühne. »Ich rezitiere aus meiner kleinen Versfabrik.«

Mascha lehnte sich zurück und lauschte den Worten des namhaften Lyrikers, der erst vor zwei Jahren nach Berlin gekommen und schon stadtbekannt war. Sie hatte ihn bisher noch nicht persönlich kennengelernt, obwohl sie ihn oft im Romanischen sah.

Das Kü-Ka war klein, die Zuhörer saßen eng nebeneinander, und immer wenn Kästner ein Gedicht beendet hatte, wurde geklatscht, gejubelt und laut kommentiert. Gelegentlich sprach er einen der Anwesenden an und forderte ihn auf, selbst etwas vorzutragen. Nachdem Hermann Kesten ein paar seiner Gedichte vorgelesen hatte, entdeckte er Mascha und rief in die Menge: »Mascha Kaléko ist hier, eine junge Kollegin, von der Sie heute zwei Gedichte im *Querschnitt* finden können.«

Alle Blicke richteten sich auf Mascha. Ihr Herz begann zu pochen, und sie spürte, wie sie errötete.

Kesten winkte sie zu sich auf die Bühne. »Kommen Sie, Mascha! Rezitieren Sie uns Ihre Verse.«

Sie schluckte. Plötzlich fühlte sie sich bleischwer. Mascha protestierte, aber die lauten Rufe des Publikums übertönten ihre Zweifel. Walter Trier stand auf und reichte ihr die Hand. Nun konnte sie nicht mehr anders, sie stand auf und ließ sich von dem Zeichner auf die Bühne führen.

»Gebt mir einen *Querschnitt*«, forderte Kesten das Publikum auf, und sofort wurden ihm von allen Seiten die Hefte gereicht.

Er drückte Mascha eines davon in die Hand und verließ dann die Bühne. Mascha hatte sich noch nie so allein gefühlt, obwohl der Raum voller Menschen war. Die Stimmen verstummten, und der Scheinwerfer, der auf sie gerichtet war, blendete sie. Ihr war mit einem Mal flau im Magen.

Ihre Hand zitterte, als sie sich ihre dunklen Haarsträhnen hinters Ohr steckte. Mit dünner, unsicherer Stimme begann sie, *Spiessers Frühlingserwachen* vorzutragen. Die ersten Worte klangen in Maschas Ohren steif, und sie traf den Berliner Zungenschlag nicht so, wie sie es eigentlich wollte. Aber sie hatte es ja vorher auch nicht üben können. Nach ein paar Zeilen wurde sie lockerer, die Zuhörer lachten, und sie berlinerte, was das Zeug hielt.

Als sie geendet hatte, klatschte das Publikum begeistert. Einige stießen wohlwollende Pfiffe aus, andere johlten. Dann wurden sie wieder ruhig, und Mascha fuhr mit ihrem zweiten Gedicht fort: *Zwischen zwei Fenstern*. Jetzt stockte sie nicht mehr, und ihre Stimme war fest und voller Kraft. Als sie fertig war und ihre Zuhörer wieder frenetisch Beifall spendeten, spürte sie, wie ihr der Schweiß den Rücken hinunterlief.

»Danke, Mascha.« Kesten begleitete sie zurück zu ihrem Platz, während Annemarie Hase begann, Tucholsky-Chansons zum Besten zu geben.

»Meine Güte, Herr Kesten«, sagte Mascha, während sie sich auf ihren Stuhl fallen ließ, »damit haben Sie mich aber ordentlich überrascht.«

Er zwinkerte ihr zu. »Das war nicht allein meine Idee, Victor bat mich darum.«

»Herr Wittner?«, rief Mascha erstaunt und sah sich nach dem Redakteur um, der irgendwo in der Menge verschwunden war. »Dann hatte er es also geplant, mich auf die Bühne zu bringen? Und ich dachte, es sei Zufall, dass er mich aus dem Romanischen hierhergeschleppt hat.«

»Nichts ist Zufall, Mascha.« Kesten lachte. »Und jetzt lade ich Sie zur Feier des Tages auf ein Glas Champagner ein.« Er winkte einem Kellner und bestellte eine Flasche des guten Tropfens.

Plötzlich tauchte auch Victor Wittner wieder neben Mascha auf und klopfte ihr anerkennend auf die Schulter. Dann stießen sie mit Kesten, Trier und einigen Fremden, die sich zu ihnen gesellt hatten, auf Maschas beginnende Dichterkarriere an.

»Das haben Sie prima gemacht«, sagte Kesten mit erhobenem Glas. »Sie werden sich auf der Bühne bald wie zu Hause fühlen.«

Mascha lachte übermütig. Der Champagner kribbelte auf ihrer Zunge und steigerte ihr Hochgefühl an diesem Abend. Sie plauderte mit Wittner, der ihr tatsächlich Egon Jacobsohn vorstellte, den Feuilletonchef der *Berliner Morgenpost*.

»Reichen Sie doch bei uns auch mal was ein«, forderte Jacobsohn sie auf.

»Hey«, mischte sich Wittner grinsend in die Unterhaltung. »Zuerst kommen wir an die Reihe, nicht wahr, Mascha? Dem *Querschnitt* gebühren die ersten Gedichte.«

Mascha lächelte verbindlich.

»Wann kann ich mit den nächsten Versen rechnen?«, fragte Wittner.

»Bald«, erwiderte sie möglichst vage und wandte sich verlegen ab. Ihr Blick wanderte über die ausgelassen feiernden Gäste in dem kleinen Café.

Plötzlich blieb sie an einem dunklen Augenpaar hängen, das ihr bekannt vorkam. Sie betrachtete den Mann genauer, der auf der anderen Seite des Raums an der Wand lehnte und sie zu beobachten schien. Sie war ihm immer wieder im Romanischen oder auch auf der Straße begegnet. Auf einmal hatte sie das Gefühl, dass er sie verfolgte. Der Mann war attraktiv, das musste sie zugeben, mit seinem dunklen Haar, der hohen Stirn und den beinahe schwarzen, melancholisch blickenden Augen. Vielleicht war es der Champagner, vielleicht das Glücksgefühl darüber, dass ihre Gedichte tatsächlich im *Querschnitt* erschienen waren, jedenfalls erlaubte sie sich, seinen Blick einen Moment lang zu erwidern. Als schließlich eine Gruppe Neuankömmlinge zwischen sie trat, war der Zauber des Augenblicks verflogen.

Mascha wandte sich an Hermann Kesten. »Schauen Sie

nicht so deutlich hin, aber wer ist der Herr, der gegenüber an der Wand lehnt?«

Kesten grinste. »Das ist ein Musiker. Ich glaube, er heißt Vinaver. Er schreibt Musik für den jüdischen Gottesdienst und arbeitet an der Berliner Musikhochschule, soweit ich weiß.«

Mascha nickte und bemühte sich, recht uninteressiert zu wirken. Aber Kesten schien zu ahnen, dass der Musiker Eindruck auf sie gemacht hatte.

»Na, Sie werden doch dem jungen Herrn Gemahl nicht untreu werden?«, sagte er grinsend.

Mascha lachte, eine Spur zu laut, wie sie selbst merkte. »Bloß nicht. Ich bin vollkommen zufriedengestellt.«

Als sie schließlich das Kü-Ka verließ, war es beinahe Mitternacht, und sie hatte ein schlechtes Gewissen. Saul würde schon auf sie warten, vermutlich machte er sich Sorgen um sie. Denn auch wenn sie es sich zur Angewohnheit gemacht hatte, am späten Nachmittag, gleich nach dem Büro, ins Romanische zu gehen, war sie doch immer spätestens um neun zu Hause.

Während sie durch die kühle Sommernacht lief, wanderten ihre Gedanken zu dem überwältigenden Abend zurück. Sie hatte Bewunderung und Anerkennung gespürt, und verschiedene Zeitungen schienen tatsächlich an ihren Versen interessiert zu sein. Gedichte hatte sie genug in ihrer Mappe im Küchenschrank liegen. Sie würde sich gleich morgen eins heraussuchen und so lange daran feilen, bis es vorzeigbar war.

Sie wich einem Schutzmann aus, der gerade ein paar Obdachlose aus einem Hauseingang verscheuchte. Ihr schlechtes Gewissen meldete sich wieder, als sie daran dachte, wie viel Zeit sie mit dem Dichten und im Romanischen Café verbrachte, statt sich um den Haushalt in ihrer Wohnung zu kümmern. Saul hatte bereits scherzhaft angemerkt, dass sie das Geld, das Mascha eines Tages mit ihren Gedichten verdienen würde, am besten in eine Haushälterin investieren sollten. Mascha hatte gelacht, aber ihr war bewusst, dass sie keine gute Hausfrau war. Es machte ihr keinen großen Spaß, zu kochen und Wäsche zu waschen oder Staub zu wischen. Und doch war sie nun einmal die Frau im Haus, auch wenn sie genauso viele Stunden zur Arbeit ging wie Saul. Ihre Mutter hatte ihr immer eingebläut, dass die Hausarbeit niemals unter der Selbstverwirklichung einer Frau leiden durfte. Warum eigentlich nicht?, fragte sie sich, während sie in die Waitzstraße einbog.

Als Mascha endlich den dunklen Flur ihrer Wohnung betrat, stellte sie fest, dass Saul noch wach war. Das Licht brannte und sie ging zu ihm in die Küche.

»Guten Abend, Liebes«, murmelte Saul, kaum dass Mascha die Tür geöffnet hatte. »Wie spät ist es?«

Erstaunt hielt sie inne. Er schien gar nicht bemerkt zu haben, dass sie viel später zurückkam als sonst. Über den ganzen Tisch lagen Papiere ausgebreitet, Saul war offenbar dabei, Aufgaben seiner Hebräisch-Schüler zu korrigieren.

»Es ist fast ein Uhr nachts«, antwortete sie.

»So spät schon?«, sagte er fahrig, während er Korrekturen an den Rand des Blattes schrieb, das vor ihm lag.

»Schau dir das an.« Mascha legte den *Querschnitt* aufgeschlagen auf seine Arbeitsunterlagen.

»*Berliner Gedichte von Mascha Kaléko*«, las er vor. Dann sah er auf. Ein Lächeln legte sich auf sein Gesicht, und er schob seine Brille hoch. »Wunderbar! Mascha, das ist ganz wunderbar. Ich gratuliere dir. Und jetzt lass mich noch diese Aufgaben zu Ende machen, dann können wir schlafen gehen.«

Enttäuscht nahm Mascha den *Querschnitt* wieder und ging ins Schlafzimmer. Sie hatte mit etwas mehr Euphorie gerechnet. Aber ihr Mann hatte die Gedichte kaum eines Blickes gewürdigt.

Nachdenklich streifte sie die Schuhe ab. Saul unterstützte sie in ihrem Schreiben. Noch nie hatte er bemängelt, dass sie lieber an der Schreibmaschine als an der Waschtrommel saß, dass sie ausging, ohne ihm zu sagen, mit wem, und dass sie ihm selten eine warme Mahlzeit vorsetzte, weil sie lieber in ihr Notizheft schrieb. Aber nahm Saul ihre Kunst wirklich ernst? Manchmal kam es ihr vor, als hielte er die Begeisterung für das Dichten nur für eine Phase in Maschas Leben, bis sie sich im nächsten Abschnitt dann ihrer Rolle als Hausfrau und Mutter widmen würde.

Mascha seufzte und zog den Rock und die Bluse aus. Wie gut, dass sie im Kü-Ka mit Champagner gefeiert hatte. Und im Nachhinein bereute sie das schlechte Gewissen Saul gegenüber.

Für Einen

Die Andern sind das weite Meer.
Du aber bist der Hafen.
So glaube mir: kannst ruhig schlafen,
Ich steure immer wieder her.

Denn all die Stürme, die mich trafen,
Sie ließen meine Segel leer.
Die Andern sind das bunte Meer,
Du aber bist der Hafen.

Du bist der Leuchtturm. Letztes Ziel.
Kannst, Liebster, ruhig schlafen.
Die Andern ... das ist Wellen-Spiel,

Du aber bist der Hafen.

Leuchtende Jahre

Berlin, Herbst 1929 bis Sommer 1930

Als sie an einem sonnigen Tag im September 1929 auf die Stadtbahn wartete, hörte sie eine Stimme hinter sich.

»Frau Kaléko!«

Mascha sah überrascht auf und erkannte Victor Wittner.

»Na, so was! Auf dem Weg zur Arbeit?«, fragte der Redakteur und lüpfte seinen Hut.

Mascha nickte, und im selben Moment fuhr die Bahn vor. Sie quetschten sich in den überfüllten Waggon, und Mascha klammerte sich an die Haltestange.

»Wie gut, dass ich Sie treffe«, rief Wittner über das Rattern der Bahn hinweg. »Ich habe nämlich den Auftrag, Sie zu fragen, ob Sie ein Engagement am Kü-Ka annehmen würden.«

Mascha sah ihn erschrocken an. »Ich? Aber ich bin doch keine Schauspielerin.«

»Im Kü-Ka darf jeder auf die Bühne, der etwas vorzutragen hat«, sagte Wittner lachend. »Leider sind viele Talentlose dabei. Aber nicht Sie, Mascha. Sie haben es das letzte Mal großartig gemacht.«

»Ich weiß nicht.«

Mascha drehte sich der Magen um, wenn sie nur daran dachte, wieder auf die kleine Bühne gehen und sich dem Publikum stellen zu müssen. Außerdem würde sie dann noch mehr Abende unterwegs sein. Nicht dass sie das störte, aber ihr schlechtes Gewissen Saul gegenüber wuchs immer mehr an.

Im Moment schienen sie aneinander vorbeizuleben. Mascha bemühte sich, mehr Zeit mit ihm zu verbringen, musste aber häufig feststellen, dass er einfach nicht bereit war, ihr entgegenzukommen. Er wollte abends lieber zu Hause bleiben, während es Mascha ins Berliner Nachtleben zog. Und wenn sie dann ausging, vermisste sie ihn. Sie schüttelte den Kopf. Konnten es tatsächlich die neun Jahre Altersunterschied sein, die sie einander so entfremdeten?

»Wissen Sie, was?«, sagte Wittner. »Kommen Sie heute Abend ins Romanische, dann reden wir noch einmal darüber, einverstanden? Oh, ich muss aussteigen. Also, bis später!«

Wittner winkte ihr zu, und schon im nächsten Moment hatte ihn die Menschenmenge verschluckt.

Als Mascha an diesem Tag nach der Arbeit nach Hause kam, war Saul noch nicht von seinem Hebräisch-Unterricht bei der *Zionistischen Vereinigung* zurück. Sie warf enttäuscht ihre Baskenmütze in die Ecke und zog ihren Mantel aus. In wenigen Stunden war sie mit Victor Wittner im Romanischen verabredet, und sie hätte vorher gern mit Saul über die geplanten Auftritte gesprochen. Aber die Arbeitszeiten ihres Mannes waren unregelmäßig, manchmal war er bis abends in der Redaktion oder hatte Unterricht.

Mascha hatte sich gerade umgezogen und Wasser für Kaffee aufgesetzt, als sie seinen Schlüssel in der Tür hörte.

»Da bist du ja!«, rief sie ihrem Mann zu. »Ich muss unbedingt etwas mit dir besprechen.«

Sie hörte, wie er seinen nassen Schirm aufspannte und zum Trocknen in den Hausflur stellte. Sie sah aus dem Fenster. Es hatte zu regnen begonnen. Ein paar Minuten später kam er zu ihr in die Küche. Er schlang seine Arme um sie und streichelte zärtlich ihre Wange. »Was gibt es denn?«

»Ich bin heute Abend mit Herrn Wittner im Romanischen

verabredet. Es geht um ein Engagement im Künstler-Kabarett.«

»Du meinst das Kü-Ka in der Budapester Straße?«, fragte Saul und ließ Mascha los.

Sie nickte. »Ich soll dort regelmäßig auftreten.«

»Das ist doch prima!«, rief Saul und griff nach dem Stapel Post, den Mascha auf den Küchentisch gelegt hatte. »Oder nicht?«

»Du bist gut.« Mascha seufzte. »Von dir wird ja auch nicht erwartet, regelmäßig auf der Bühne zu stehen. Ich bin fast gestorben, als ich im Sommer dort meine beiden *Querschnitt*-Gedichte vortragen sollte.«

Saul lachte. »Daran gewöhnst du dich ganz schnell. Als ich das erste Mal vor Studenten reden sollte, war ich auch nervös. Irgendwann wird es dann Routine. Sicher auch bei dir. Du bist eine so selbstbewusste Frau, Mascha. Wenn jemand das schafft, dann du!«

Mascha zögerte. »Würde es dir denn gar nichts ausmachen?«

Er sah sie erstaunt an. »Mir? Nein. Warum denn?«

Mascha schluckte die Verärgerung hinunter, die plötzlich in ihr aufgestiegen war. Es war schön, einen Mann zu haben, der ihr alle Freiheiten ließ, aber manchmal fragte sie sich, ob diese Art Gleichgültigkeit nicht eher ein Zeichen von fehlender Wertschätzung war.

»Wir müssten die Samstage dann regelmäßig im Kü-Ka verbringen«, erklärte sie ihm.

Saul lockerte den Knoten seiner Krawatte, bis er den Schlips über den Kopf ziehen konnte. Er seufzte erleichtert auf. »Ich bin nicht gerade wild darauf, jeden Samstag ins Kabarett zu gehen. Aber ich muss doch nicht unbedingt dabei sein, oder?«

»Nein, nicht unbedingt.« Mascha sog enttäuscht die Luft ein. »Auch nicht, wenn deine Frau auf der Bühne steht?«

»Natürlich werde ich mir das zu Beginn nicht entgehen lassen, Liebes«, beruhigte Saul sie. »Aber ich kann dich unmöglich jedes Mal begleiten. Das verstehst du doch, oder?«

Mascha biss sich auf die Unterlippe. Sie hatte insgeheim damit gerechnet, dass Saul ihr beistehen würde, wenn sie sich zu diesem Engagement durchrang. Aber anscheinend war es ihm nicht so wichtig.

Mit beleidigtem Ton fragte sie: »Würdest du denn wenigstens heute mit mir ins Romanische kommen?«

»Oh Mascha, ich muss arbeiten.« Saul holte zwei Tassen aus dem Schrank und stellte sie auf den Tisch.

Wut packte sie. Entweder begriff er nicht, wie schwierig diese Entscheidung für Mascha war, oder es war ihm tatsächlich egal.

»Seit wir verheiratet sind, begleitest du mich nur noch selten«, stellte Mascha fest. »Dabei hat es dir dort doch immer gut gefallen.«

»Ehrlich gesagt, finde ich es in diesen Cafés viel zu rauchig«, erwiderte Saul. Er nahm seine Brille ab und hauchte die Gläser an, bevor er sie mit dem Tischtuch putzte.

Mascha zog zornig die Augenbrauen zusammen. »Ich komme jedes Mal mit, wenn du einen Film im Kino sehen möchtest, zu einem Konzert in die Synagoge gehst oder wenn wir bei einem langweiligen Abendessen deiner Kollegen eingeladen sind. Ich sage nie, dass ich arbeiten muss.«

»Aber genau das ist es doch, Mascha.« Saul trat neben sie und fasste ihre Oberarme. Er drehte Mascha so, dass sie ihn ansehen musste. »Unser Leben spielt sich draußen ab. Aber als wir geheiratet haben, da habe ich mich auf das hier gefreut.« Er machte eine umfassende Handbewegung. »Ich möchte abends mit dir hier in unserer Küche sitzen, reden oder dich in meinen Armen halten. Aber du bist im Romanischen Café, wir gehen zusammen aus, oder wir arbeiten bis spät in die Nacht.«

Mascha stutzte. »Ich verstehe nicht, was dich daran stört. Wir sind jung, natürlich gehen wir aus, und du weißt doch auch, wie wichtig das Romanische für mich ist.«

Saul legte seine Arme um Maschas Schultern und betrachtete sie liebevoll. »Wollen wir nicht wenigstens zwei Abende in der Woche für uns reservieren? Mal keine anderen Menschen um uns herum, nur du und ich?«

»Du bist eben alt«, erwiderte Mascha leichthin und küsste Saul, bevor sie sich aus seiner Umarmung löste. »Das hättest du dir überlegen müssen, bevor du mich heiratest.«

Er sah sie flehentlich an.

»Na schön, du Langweiler.« Mascha lachte, goss das kochende Wasser in den Filter und sog das Aroma des Kaffees ein.

»Und dann sollten wir auch endlich mal über unseren Nachwuchs nachdenken«, sagte Saul. »Schließlich bin ich schon über dreißig und wünsche mir nichts sehnlicher, als mit dir Kinder zu haben.«

»Nein.« Mascha erschrak selbst über ihren barschen Ton. »Ich bin noch nicht bereit dafür, und das werde ich auch in absehbarer Zeit nicht sein. Also brauchen wir darüber wirklich noch nicht zu reden.«

»Ist ja gut.«

Saul hob beschwichtigend die Hände, aber Mascha erkannte die Enttäuschung hinter seiner heiteren Fassade.

»Ich muss erst meine Karriere als Dichterin ausbauen«, erklärte sie. »Die Veröffentlichung im *Querschnitt* ist eine große Chance für mich, die ich unbedingt nutzen muss. Und vielleicht werden im Kü-Ka ja auch noch andere Redakteure auf mich aufmerksam. Das darf ich mir nicht entgehen lassen, das verstehst du doch, oder?«

»Natürlich.« Saul zog sie zärtlich in seine Arme.

Wenig später stieg Mascha in die Bahn zum Auguste-Viktoria-Platz. Als sie ins Romanische Café kam, war das Schwimmerbassin zum Bersten gefüllt. Sie drängte sich an den wild diskutierenden Gästen vorbei, grüßte ihre Bekannten und nahm das Lob Hermann Kestens entgegen, der ihr erneut zu ihrem ersten Auftritt im Kü-Ka gratulierte.

»Mascha!«, rief Victor Wittner von der geschwungenen Treppe aus, die zur Galerie hinaufführte. »Hier entlang!«

Mascha kämpfte sich durch die Menge bis zur Treppe und atmete erleichtert auf, als sie das Gewimmel hinter sich lassen konnte. Sie war noch nie auf der Galerie gewesen und hatte die Schachspieler hier oben immer nur hören können, wie sie lautstark über einen zweifelhaften Zug stritten oder sich zu einem Sieg gratulierten. Jetzt stellte sie erstaunt fest, dass sich auf der Galerie noch zahlreiche andere Tische befanden. Hier saßen nicht nur die Schach- und Damespieler, sondern auch einige Künstler, die eifrig in ihre Notizbücher schrieben oder in Zeitungen, Bücher oder Gespräche vertieft waren. Hier oben ging es deutlich ruhiger und geordneter zu als in den beiden Schwimmbassins im Erdgeschoss. Als Mascha zwischen zwei Tischen an die Brüstung trat und nach unten sah, wurde ihr zum ersten Mal bewusst, wie es zu dieser Bezeichnung gekommen war. Ja, das Gewusel im Café erinnerte entfernt an einen Badesee im Sommer. Sie lächelte. Jemand anders hatte ihr erzählt, dass der Name Schwimmerbecken daher rührte, dass einst die trinkfesten Gäste in dem kleinen Raum gesessen hätten. Aber ganz sicher konnte es keiner mehr sagen.

»Wir sind hier«, hörte sie in diesem Moment Victors Stimme.

Mascha wandte sich um und steuerte auf den Redakteur zu, der an einem Tisch in der Ecke saß und ihr zuwinkte. Bei ihm war ein Herr in mittleren Jahren, der einen akkurat gezogenen Seitenscheitel trug.

»Das ist Herr Ganz, ein Mitarbeiter des Künstler-Kabarett, der sich um die Engagements kümmert«, stellte Wittner den Mann neben sich vor. »Und das ist Mascha Kaléko.«

Herr Ganz reichte ihr die Hand.

Mascha nahm Platz. Die Luft hier oben war, falls das überhaupt möglich war, noch dicker und noch verrauchter als unten. Hinter ihr wurde gerade über einen Schachzug diskutiert.

»Und wie ich höre, sind Sie vor wenigen Wochen als Gast auf unserer kleinen Bühne aufgetreten?« Herr Ganz lächelte.

Mascha stützte sich mit dem Ellbogen auf dem Tisch ab und nickte.

»Ich bin kein Mann, der lang um den heißen Brei herumredet«, erklärte Herr Ganz. »Was halten Sie von einem Engagement?«

»Ähm«, stotterte Mascha, die nicht damit gerechnet hatte, dass er so schnell auf den Punkt kommen würde. »Ich bin mir noch nicht sicher.«

»Ach was«, Herr Ganz machte eine wegwerfende Handbewegung, »wir könnten zunächst einen Vertrag über acht Wochen abschließen. Dann könnten Sie einmal pro Woche eine halbe Stunde im Kü-Ka ihre Gedichte vortragen. Gefällt Ihnen das?«

»Eine halbe Stunde?« Mascha lehnte sich erschrocken zurück. »Das kommt mir sehr lang vor.« Dieser Herr schien nicht zu bedenken, dass Mascha auch noch im Kontor arbeiten musste. Sie war keine Schauspielerin, die sich ausführlich auf ihre Auftritte vorbereiten konnte.

»Also gut, dann sagen wir, jeweils zwanzig Minuten?«, schlug Herr Ganz vor, und Mascha ahnte, dass er ein Nein nicht akzeptieren würde.

Mascha sah Victor an, der ihr aufmunternd zunickte. Aber selbst zwanzig Minuten waren eine lange Zeit. Mascha war davon ausgegangen, nur ein paar Minuten füllen zu müssen, vielleicht in einem Programm mit anderen Künstlern zusammen. »Ich weiß wirklich nicht, ob …«

»Ach was, Mascha«, mischte sich Victor Wittner nun ein. »Sie werden schnell genug Übung bekommen, um die kurzen Darbietungen gut über die Bühne zu bringen.«

»Und wir haben ein wohlwollendes Publikum«, fügte Ganz hinzu. »Allerdings kann ich Ihnen nicht viel zahlen. Die meisten Künstler bekommen gar nichts, sondern nur die Möglichkeit, ihre Werke zu präsentieren. Mein Chef ist ein hochdekorierter Major, er bietet Ihnen eine Mark und ein Freigetränk pro Abend. Was sagen Sie dazu?«

Mascha schluckte. Sie wollte sich nicht auf dieses feste Engagement einlassen. Acht Wochen lang regelmäßig auf der Bühne zu stehen war unvorstellbar für sie. Außerdem hatte sie nicht genügend Gedichte, und es graute ihr vor dem Lampenfieber.

»Vielleicht werden ja sogar noch weitere Redakteure auf Sie aufmerksam werden«, warf Victor Wittner ein. »Das Kü-Ka gilt als eine Art Talentschmiede. Sie können auf Ihre Gedichte hinweisen, und eines Tages stehen sie in sämtlichen Tageszeitungen.«

Dieses Argument war nicht von der Hand zu weisen. Mascha hatte schon öfter gehört, dass das Kü-Ka häufig von Redakteuren und Verlegern besucht wurde.

»Versuchen Sie es doch einfach«, schlug Ganz vor.

Maschas Blick wanderte über die Schachspieler, die konzentriert auf die Bretter vor sich starrten. Wenn sie ihre Verse im Kü-Ka vorlesen würde, dann würde das auf jeden Fall dazu beitragen, dass sie bekannter wurden. Und sie wäre gezwungen, ihre Gedichte aus der Hand zu geben. Momentan hielt sie sie lieber zurück, weil sie ihr noch nicht gut genug erschienen.

Außerdem würde sie unmittelbar erfahren, ob sie beim Publikum ankamen. Vielleicht sollte sie sich auf dieses Engagement einlassen, sie konnte später immer noch entscheiden, es nicht zu verlängern.

»Also schön«, sagte sie schließlich und streckte Herrn Ganz eine Hand hin. »Ich bin einverstanden.«

»Sehr gut«, Ganz schüttelte sie kräftig, »dann kommen Sie doch am Samstagabend. Da können Sie direkt anfangen und gleich den Vertrag unterzeichnen.«

Am Freitag blieb Mascha zu Hause, obwohl sie gern ins Romanische Café gegangen wäre. Sie hatte sich Sauls Worte zu Herzen genommen und wollte diesen Abend mit ihm allein verbringen. Als Mascha am Nachmittag von der Arbeit zurückkam, bereitete sie ein Rindergulasch vor und wusch den Feldsalat, den sie unterwegs gekauft hatte. Sie war keine gute Köchin, und es machte ihr auch keinen Spaß, in der Küche am Herd zu stehen. Trotzdem vergingen die nächsten Stunden wie im Flug, und das Fleisch duftete herrlich, während es in der Soße vor sich hin köchelte. Mascha hatte gerade die Kartoffeln geschält und aufgesetzt, als Saul nach Hause kam.

»Überraschung!«, rief sie, als er in die Küche trat. »Heute machen wir uns einen gemütlichen Abend, wie du ihn dir gewünscht hast. Ich bleibe hier, und wir essen zusammen.«

Saul umarmte sie. »Oh, das tut mir leid – ausgerechnet heute habe ich keine Zeit. Ich habe mit einigen Kollegen aus der Hochschule verabredet, einen neuen Hebräisch-Kurs vorzubereiten. Er soll morgen beginnen.«

»Morgen?«, fragte Mascha erschrocken. »Am Schabbat?«

Saul nickte. »Sie sind alle nicht sehr gläubig.«

»Ach, wie schade.« Mascha nahm den Deckel vom Kochtopf, da das Kartoffelwasser überzukochen drohte. »Ich habe morgen meinen ersten Auftritt im Kü-Ka und hatte gehofft, dass du dabei sein kannst.« Er schien es vergessen zu haben. War es ihm wirklich so unwichtig?

Saul öffnete die Knöpfe an seinen Hemdsärmeln und krempelte den Stoff hoch. »Natürlich, das schaffe ich. Ich denke, dass wir um halb neun fertig sein werden. Aber wenn dein Vater erfährt, dass du ausgerechnet am Schabbat deinen ersten Auftritt hast ...« Saul grinste und begann, den Tisch zu decken.

Mascha machte eine abfällige Handbewegung. »Ich glaube, er hat sich daran gewöhnt, dass ich nicht nach den strengen jüdischen Gesetzen lebe.«

Wenig später setzten sie sich, und Mascha servierte ihr liebevoll zubereitetes Essen. Doch kaum hatte Saul seinen Teller geleert, holte er seine Unterlagen hervor und breitete sie auf dem Küchentisch aus.

»Jetzt bin ich extra zu Hause geblieben, habe gekocht und einen gemütlichen Abend vorbereitet«, beschwerte sich Mascha, während sie das Geschirr abwusch. »Und du verkriechst dich gleich wieder hinter deinen Heften.«

»Ach, mein Liebling«, Saul sah auf und legte seinen Stift zur Seite, »wir haben eben viel zu tun. Aber das ist doch gut so. Wir verdienen Geld, damit wir uns endlich eine bessere Wohnung leisten können.«

Mascha stöhnte. »Ja, du hast recht. Wir müssen dringend etwas finden. Einen weiteren Winter in dieser Kälte halte ich nicht aus.«

»Bald, meine Liebe. Überlass das nur mir.« Saul küsste sie auf die Nasenspitze und wandte sich dann wieder seinen Aufgaben zu.

Enttäuscht ging Mascha ins kalte Schlafzimmer.

Am nächsten Nachmittag machte Mascha sich frühzeitig auf den Weg ins Romanische Café. Sie war schrecklich aufgeregt, wenn sie an den bevorstehenden Auftritt im Kü-Ka dachte, außerdem ärgerte sie sich immer noch über Sauls kühle Reaktion am Abend zuvor. Manchmal fragte sie sich, wie sie und Saul überhaupt zueinander gefunden hatten. Er schien so viel vernünftiger und ruhiger als sie zu sein und kam ihr häufig geradezu langweilig vor. Gleichzeitig war er aber auch ein starker Halt. Saul war ihr Zuhause, er war immer da, beständig und vorhersehbar.

Während sie an der Gedächtniskirche aus der Stadtbahn stieg, überlegte sie, dass sie vermutlich einfach zu jung war. In ein oder zwei Jahren würde sie sich bestimmt an ihr Leben als Ehefrau gewöhnt haben. Momentan hatte sie immer das Gefühl, viel zu viel zu verpassen, wenn sie zu Hause bei Saul war. Das dachte sie manchmal auch in Bezug auf andere Männer. Verpasste sie vielleicht auch aufregende Liebesabenteuer, weil sie sich verheiratet hatte?

Mascha betrat das Romanische Café und lief direkt Hermann Kesten und einigen seiner Freunde in die Arme. Es war später Nachmittag, und eine junge Frau aus der Gruppe schlug vor, einen Aperitif im Haus Vaterland, dem großen Vergnügungstempel am Potsdamer Platz, trinken zu gehen, wo es neben fremdländischen Restaurants auch Bars, ein Lichtspielhaus und sogar ein großes Tanzlokal gab. Mascha stieg mit der lustigen Truppe, die sehr an ihr und ihrer Arbeit interessiert war, in ein Taxi und ließ sich durch die Stadt kutschieren. Einer der Herren zahlte die kurze Fahrt, und bald darauf fand sich Mascha in einer Wild-West-Bar wieder. Erich Kästner kam ihnen mit einer Blondine am Arm entgegen und wechselte ein paar Worte mit Hermann Kesten.

Mascha folgte ihren neuen Bekannten in einen niedrigen

Raum mit roten Deckenbalken, und sie setzten sich an einen großen, runden Tisch. Mascha ließ sich in einen niedrigen Sessel fallen. Weitere Gäste gesellten sich zu ihnen, die Mascha noch nie gesehen hatte. Ein junger Kabarettkünstler schien Gefallen an ihr zu finden und flirtete heftig mit ihr. Mascha nutzte die Gelegenheit, um sich von ihrem bevorstehenden Auftritt abzulenken, und lauschte den Erzählungen des jungen Kabarettisten, der in der letzten Saison in Paris aufgetreten war. Sie genoss die Komplimente, die er ihr machte.

Irgendwann tippte Hermann Kesten ihr auf die Schulter und mahnte zum Aufbruch. Eine Handvoll Leute begleiteten Mascha und Kesten mit dem Taxi ins Kü-Ka. Inzwischen war es fast neun Uhr abends.

Mascha traf, blass und aufgeregt, im Künstler-Kabarett an der Gedächtniskirche ein und wurde von bekannten Gesichtern empfangen. Natürlich wollte es sich Hermann Kesten nicht nehmen lassen, ihren Auftritt mitzuerleben, aber auch John Höxter war da, Walter Mehring und viele andere Bekannte aus dem Romanischen Café, die sowieso oft ins Kü-Ka kamen.

Mascha setzte sich zu ihnen an den Tisch. Gerade war Annemarie Hase auf der Bühne, die kess ihre Chansons schmetterte. Während Mascha bei ihrer perfekten Performance zusah, wurde ihr immer elender zumute. Niemals würde es ihr gelingen, das Publikum auf ähnliche Weise in den Bann zu ziehen. Doch dann erinnerte sie sich daran, dass sie es ja schon einmal geschafft hatte, die Gäste des Künstler-Kabaretts zu begeistern. Sie musste es nur genauso machen wie beim letzten Mal!

Nervös sah sie sich in dem engen Raum um, der mit Tischen und Stühlen vollgestellt war. Jeder Platz war besetzt. Wo war Saul nur? Er hatte doch nach seiner Besprechung herkommen wollen.

Plötzlich tauchte Victor Wittner mit zwei Cognacgläsern neben ihr auf.

»Trinken Sie!« Er reichte ihr eins der Gläser.

»Jetzt? Ich muss doch gleich auftreten!« Mascha sah ihn entsetzt an. Sie hatte vorher in der Bar schon einen Cocktail getrunken.

Wittner musste lachen. »So, wie Sie ausschauen, haben Sie den Cognac dringend nötig. Er ist wie eine Medizin. Sie werden sehen, dass es damit viel leichter geht.«

Zögernd nahm Mascha das Glas entgegen und trank einen kleinen Schluck.

»Runter damit! Nicht so zimperlich!«

Mascha warf dem Redakteur noch einen kurzen Blick zu, ehe sie die bernsteinfarbene Flüssigkeit hinunterstürzte. Dann atmete sie tief durch, um den scharfen, unangenehmen Geschmack zu vertreiben.

»Und jetzt los! Die Hase ist fertig, rauf mit Ihnen auf die Bühne!«

Victor Wittner hielt ihr eine Hand hin und zog sie vom Stuhl auf die Bühne. Und ehe Mascha sich versah, stand sie auf dem kleinen Podium, das ein Stück weit in den Zuschauerraum hineinragte. Als sie oben stand, sah sie Saul zur Tür hereinkommen. Er winkte ihr zu, und seine Anwesenheit erleichterte sie. Jetzt war er da und konnte sie auffangen, sollte sie fallen. Aber sie fiel nicht. Im Gegenteil, ihre Vorstellung war perfekt. Das Publikum lachte an den richtigen Stellen, und wenn Mascha ein Gedicht beendete, brandete Applaus auf.

Hinterher war Mascha sich sicher, dass sie diesen Auftritt nur so souverän gemeistert hatte, weil der Cognac ihr genügend Sicherheit gab. Sie hatte immer Glück mit dem Publikum, das wohlwollend Applaus spendete. Und wenn sie dann spät in der Nacht neben Saul ins Bett kroch, war sie stolz und glücklich, diese Aufgabe wieder einmal gemeistert zu haben.

Saul kam nur selten ins Kü-Ka, er war mit seinen Hebräisch-Schülern beschäftigt. Aber Mascha war dankbar für die spärlichen Abende, die er sich freihielt, um sie auf der Bühne sehen zu können. Gleichzeitig wunderte sie sich über seine Gelassenheit. Er schien überhaupt nicht eifersüchtig zu sein, wenn Mascha ihm von den Männern berichtete, die sie umschwärmten.

»Macht es dir eigentlich gar nichts aus, dass ich immer allein ausgehe?«, fragte sie Saul eines Abends, als sie besonders spät nach Hause kam und er noch über seinen Heften saß.

»Nein.« Er sah sie überrascht an, die Brille auf der Stirn. »Warum?«

Mascha stieß wütend die Luft aus. Saul bemerkte offenbar nicht, dass er mehr und mehr aus ihrem Leben verschwand.

»Nun, ich flirte mit jungen Männern. Vielleicht lasse ich mich einmal auf einen Kuss ein, was sagst du dann?« Sie sah ihn herausfordernd an.

Saul griff nach seinen Papieren und legte sie ordentlich zu einem Stapel zusammen. Dann arbeitete er noch eine Weile schweigend weiter, ehe er sie prüfend musterte.

»Ich weiß, dass ich großes Glück mit dir gehabt habe. Es gibt schönere Männer als mich und sicher auch reichere. Aufregendere und charismatischere. Und du bist nicht nur wunderschön, sondern auch temperamentvoll und voller Tatendrang. Ich bin kein Narr, Mascha. Du wirst anderen Männern den Kopf verdrehen, wie du ihn mir verdreht hast. Aber das ist in Ordnung, solange du immer wieder zu mir zurückkommst. Versprich mir das, Mascha. Ich liebe dich und schenke dir alle Freiheiten, die du brauchst, um glücklich zu sein. Aber vergiss nie, dass dein Zuhause hier bei mir ist.«

Mascha schluckte. Sie hatte ihn nicht verletzen, sondern nur ein wenig aus der Reserve locken wollen. Sie hatte nicht damit gerechnet, dass er tatsächlich davon ausging, dass sie ihn mit einem anderen Mann betrügen könnte. Mascha genoss es, sich ins wilde Berliner Leben zu stürzen, um dann jedoch zu ihrem Mann zurückzukehren, der für sie wie ein sicherer Hafen war. Und auch wenn er ihr alle Freiheiten gewährte, ging Mascha nie auf die eindeutigen Angebote ein, die sie immer wieder von fremden Männern erhielt.

Einige Wochen später wurde sie von Victor Wittner in die *Querschnitt*-Redaktion gebeten. Sie hatte sich für diesen Nachmittag extra im Büro freigenommen. Der Chefredakteur Hermann von Wedderkop wollte sie kennenlernen, da ihre Gedichte so gut bei den Lesern ankamen. Wieder musste Mascha im Ullstein-Haus das Anmeldeformular ausfüllen, und wieder wartete sie zwischen anderen hoffnungsvollen Dichtern und Kolumnisten. Doch dieses Mal dauerte es nicht lange, bis Victor Wittner sie persönlich abholte. Er führte Mascha durch die langen Flure in von Wedderkops Büro.

»Hier ist Mascha Kaléko«, rief Wittner und deutete dann auf den älteren der beiden Männer, die sich vom Schreibtisch erhoben hatten. »Darf ich Ihnen Herrn von Wedderkop vorstellen, Mascha? Und das ist mein geschätzter Kollege Anton Kuh, der für seine geistreichen Bonmots bekannt ist.«

Mascha schüttelte den Herren die Hand.

»Ich freue mich, Sie persönlich kennenzulernen.« Hermann von Wedderkop ging um seinen Schreibtisch herum und rückte Mascha einen der Besucherstühle zurecht.

Anton Kuh fuhr sich durch sein Haar, das in alle Richtungen von seinem Kopf abstand, und rief: »Jo sagen S', liebster Wittner, das soll die Mascha Kaléko sein? Machen S' uns nix weis. Näxtens werden S' noch die Kinderwagen ausrauben!«

Mascha spürte, wie sie errötete, und freute sich gleichzeitig über die freche Bemerkung des Wieners. Sie wurde oft für jünger gehalten, als sie mit ihren zweiundzwanzig Jahren in Wirklichkeit war.

Während sie Platz nahm, stellte sie belustigt fest, dass Hermann von Wedderkop und Anton Kuh sie wie eine seltene Zirkusattraktion betrachteten.

»Und Sie haben diese Verse geschrieben?«, fragte der Verleger, als könne er es nicht glauben.

Mascha nickte. »Höchstpersönlich.«

»Ganz famos!«, rief Hermann von Wedderkop. »Ich hätte niemals geglaubt, dass ein so junges Ding zu solch klugen Versen fähig ist. Man sollte meinen, dass eine gewisse Lebenserfahrung dazu vonnöten ist. Sie sind doch sicher noch nicht einmal verheiratet.«

Mascha wollte ihm gerade widersprechen, als sie innehielt. Stattdessen zuckte sie nur amüsiert mit den Schultern. In diesem Moment wurde ihr bewusst, dass sie ihr jugendliches Aussehen zu ihrem Vorteil nutzen konnte. Dass sie als frühreifes Ausnahmetalent, als eine Art Wunderkind auftreten konnte, war sicher hilfreich.

»Ich weiß, man fragt eine Dame nicht nach ihrem Alter – aber sind Sie schon volljährig? Wollen Sie uns vielleicht Ihr Geburtsdatum verraten?«

»Sie haben recht, Herr von Wedderkop. Das ist keine anständige Frage an eine Dame.« Mascha dachte kurz nach. Noch kannte kaum jemand ihr Geburtsjahr. Wenn sie sich ein paar Jahre jünger machte, würde es bestimmt für Aufsehen sorgen, dass sie in einem so zarten Alter schon derart reife Gedichte schreiben konnte. Kurzentschlossen fuhr sie fort: »Und doch werde ich es Ihnen verraten. Ich bin 1912 geboren.«

Das waren fünf Jahre nach ihrem echten Geburtsdatum.

Würde ihr der Verleger diese Lüge abnehmen? Mit angehaltenem Atem beobachtete sie Hermann von Wedderkop, der begeistert die Handflächen zusammenschlug.

»Wusste ich es doch. Famos! Ganz famos!«

Mascha stieß erleichtert die Luft aus. »Ich freue mich jedenfalls, Sie kennenzulernen, Herr von Wedderkop. Dient Ihre Einladung einem bestimmten Zweck?«

Der Verleger sah sie mit seinen stechenden Augen an. »Ich wollte Sie kennenlernen, Fräulein Kaléko. Ich pflege den persönlichen Kontakt zu all meinen Mitarbeitern. Und Ihre Gedichte sind mir positiv aufgefallen.«

»Das höre ich gerne«, erwiderte Mascha und schob stolz ihr Kinn vor.

»Dann erzählen Sie mal ein wenig von sich. Sie sind Berlinerin, oder nicht? Ich höre doch den Berliner Zungenschlag.«

»Fast«, sagte Mascha und zwinkerte. »Ich bin in Marburg aufgewachsen, aber gleich nach dem Krieg nach Berlin gekommen.«

»Nach dem Krieg? Das war 1918. Dann sind Sie ja doch hier aufgewachsen.« Von Wedderkop lachte. »Mit sechs Jahren hergekommen, das erklärt den Berliner Zungenschlag.«

»Oh, ja! Sie haben natürlich recht.« Mascha schluckte. Da hätte sie sich beinahe schon verraten. Sie war so auf die Verschleierung ihrer galizischen Herkunft konzentriert gewesen, dass sie ihre kleine Flunkerei gleich wieder vergessen hatte. Vielleicht war es doch keine so gute Idee gewesen, sich fünf Jahre jünger zu machen. Sie musste höllisch aufpassen, sich nicht zu verplappern. Am besten war es wohl, wenn sie so wenig wie möglich über ihre Kindheit sprach. Das war sowieso ein Thema, mit dem sie sich nicht gern auseinandersetzte.

Sie blieb noch eine halbe Stunde im Büro des Verlegers und plauderte mit den beiden Männern. Auf dem Heimweg nahm sie sich vor, ihr Geburtsdatum fortan immer um fünf Jahre umzudatieren. Es schien gut anzukommen, wenn sie sich jünger machte.

Beschwingt lief sie den Ku'damm entlang, als sie eine Menschenmenge bemerkte, die sich um zwei Zeitungsjungen drängte. Sie riefen die aktuellen Schlagzeilen aus: »Kurssturz an Börse!« und »Schließung in Wall Street!«. Es schien einen Börsencrash in Amerika gegeben zu haben.

Mascha presste die Lippen zusammen. Es herrschte doch sowieso schon überall Armut. Die Schlangen vor den Obdachlosenasylen wurden immer länger. Mascha hatte Kolleginnen bei der *Jüdischen Organisation*, die das bisschen Gehalt, das sie bekamen, noch mit ihren Geschwistern und Eltern teilen mussten, weil sie die Einzigen in der Familie waren, die überhaupt Geld verdienten. Ihre Kollegin Rebecca Salomon wohnte mit ihrem Mann, zwei Kindern, den Schwiegereltern, ihrem Schwager, der Schwägerin und deren Baby in zwei Zimmern. Mascha konnte sich kaum vorstellen, wie es sein musste, keine Privatsphäre zu haben. Hoffentlich hatte der Börsenkrach nicht auch Auswirkungen auf die deutsche Wirtschaft und verstärkte die Armut hier nicht noch mehr.

Als sie am Romanischen Café vorbeikam, konnte sie nicht widerstehen und gönnte sich eine Tasse Kaffee. Auch wenn es noch zu früh für die meisten ihrer neuen Freunde war, konnte sie hier doch in Ruhe die Zeitung lesen. Sie begrüßte Nietz, der heute Dienst hatte, und setzte sich im halbgefüllten Schwimmerbassin an den sogenannten Ullstein-Stammtisch, an den Victor Wittner sie gebracht hatte. Es gab eine Menge verschiedener Stammtische, und es war wichtig, seinen Platz zu kennen.

»Mascha!« John Höxter kam freudig auf sie zu, eine Zeitung

unter den Arm geklemmt. Er deutete auf den leeren Stuhl, Mascha gegenüber. »Darf ich?«

Sie nickte, auch wenn sie wusste, dass sie hinterher nicht nur ihre Tasse Kaffee, sondern auch die von John Höxter bezahlen musste.

Höxter nahm Platz und legte die Berliner Illustrierte vor sich auf den Tisch.

»Das hier müssen Sie sich mal anschauen.« Er blätterte ein paar Seiten um und schien nach etwas zu suchen. Schließlich tippte er auf eine große Anzeige und drehte die Zeitung dann zu ihr herum.

Mascha beugte sich vor und las:

Preisausschreiben der Firma Heinrich Stern & Co. KG
Preisfrage: Welche Frau ist so schön, dass sie Marcella entbehren kann?

Mascha sah auf. »Eine Büstenhalter-Werbung?«

Höxter nickte. »Mir fällt dazu nichts ein. Aber Sie sind die Frau, Mascha. Vielleicht wollen Sie an dem Preisausschreiben teilnehmen?«

Mascha schüttelte den Kopf. »Ich bin keine Reklame-Expertin. Ich bin Dichterin.«

»Ja, aber schauen Sie sich das Preisgeld an. So viel bekommen Sie für ein Gedicht nicht.«

Mascha sah wieder in die Zeitung und hob erstaunt die Augenbrauen. Höxter hatte recht. Als erster Preis waren fünfhundert Mark ausgesetzt, als zweiter immerhin dreihundert. Für ihre Verse im *Querschnitt* hatte sie lediglich fünf Mark bekommen. Dafür müsste sie sehr viele Gedichte an Zeitungen verkaufen. Vielleicht war es gar nicht verkehrt, ihr Glück zu versuchen.

»Na? Interessiert?« Höxter grinste. »Wenn Sie gewinnen, habe ich eine Tasse Kaffee bei Ihnen gut.«

Mascha lachte und verkniff sich die Antwort. In ihrem Kopf reihten sich bereits erste Wörter aneinander. Je kürzer, desto besser, hatte in der Anzeige gestanden. In Gedanken versunken, verließ sie das Romanische. Sie warf einem jungen Bettler, der mit seinem Kind in löchrigen Lumpen in der Tauentzien hockte, einen Groschen zu. Die traurigen, hungrigen Augen des Kindes verfolgten sie noch lange. In den letzten Wochen schienen immer mehr Menschen auf der Straße zu landen, dabei war der Winter längst angebrochen, und in den Nächten gab es schon den ersten Frost. Mascha hoffte, dass die beiden für die Nacht einen Platz in einem der Obdachlosenheime finden würden. Als sie nach Hause kam, hatte sie den Text für die Büstenhalter-Werbung bereits im Kopf.

Sie setzte sich an Sauls Schreibmaschine und tippte: »Marcella entbehren/kann eine allein –/die Venus von Milo/und die ist von Stein.«

Am nächsten Morgen brachte sie den Umschlag mit ihrem Werbespruch zur Post.

Mascha hatte das Preisausschreiben schon fast vergessen, als sie im Dezember 1929 eine Antwort auf ihre Einsendung erhielt. Sie fand das Geschäftscouvert unter ihrer Post, als sie von der Arbeit nach Hause kam. Sie setzte sich an den Küchentisch in der eiskalten Wohnung und wartete, bis das Feuer im Ofen den Raum allmählich wärmte. Sie hatten noch immer keine Wohnung gefunden, die sie sich leisten konnten und die gleichzeitig wärmer war als diese hier. Dabei gab Saul sich solche Mühe, dass es Mascha rührte. Jeden Tag durchsuchte er die Anzeigenseiten der Zeitungen, machte Termine und besichtigte die Räumlichkeiten. Aber entweder gab es so viele

Interessenten, dass die Wohnung schon vermietet war, oder sie besaß keine Zentralheizung, sodass sie sich den Umzug sparen konnten.

Mascha griff zu einem Messer und schlitzte das teure Papier des Umschlags der Firma *Stern & Co. KG* auf. Sie zog den Brief heraus und keuchte überrascht auf, als ihr ein Scheck über dreihundert Mark entgegenfiel. Aufgeregt las sie das kurze Schreiben, in dem man ihr zum Gewinn des zweiten Platzes gratulierte. Sie schlug die Hand vor den Mund. Außerdem wurde in dem Brief angefragt, ob sie ein Foto von ihr erhalten und veröffentlichen dürften. Mascha starrte entsetzt auf die Zeilen. Ein Bild von ihr? Es hatte ihr zwar Spaß gemacht, den Text zu schreiben, aber sie wollte nicht damit in Verbindung gebracht werden. Schließlich arbeitete sie an einer ernsthaften Dichterkarriere. Wenn bekannt wurde, dass sie Reklametexte schrieb, würde das ihre Seriosität als Lyrikerin vermutlich infrage stellen. Ob sie den Gewinn überhaupt annehmen sollte? Vielleicht wäre es besser, den Preis abzulehnen. Aber das Geld war einfach zu verlockend.

Als Saul kurz darauf nach Hause kam, fand er eine vollkommen aufgekratzte Mascha vor, die gerade wild durch die Küche tanzte. Sie hielt ihm den Brief vor die Nase und winkte mit dem Scheck.

»Ich habe den zweiten Preis gewonnen!«, rief sie strahlend und vollführte ein paar Tanzschritte in seine Richtung.

»Was?« Saul stellte seine Tasche ab und kam zu ihr. »Gratuliere! Mit welchem Gedicht denn? Ich wusste gar nicht, dass du bei einem Wettbewerb teilgenommen hast.«

Mascha verdrehte die Augen. »Kein Gedichtwettbewerb. Die Reklame. Für die Firma *Heinrich Stern.*«

»Ach so.« Saul küsste sie flüchtig auf die Wange und umarmte sie. »Was war das noch gleich?«

Mascha hielt inne und starrte ihn ungläubig an. »Ich habe dir doch im Oktober davon erzählt und ewig lange überlegt, ob ich teilnehmen soll oder nicht.« Wie konnte er das vergessen haben?

»Richtig«, Saul griff nach dem Wasserkessel, »ich erinnere mich.«

Mascha konnte ihm ansehen, dass er sich an gar nichts erinnerte. »Interessiert dich überhaupt, was ich mache?«

»Sicher.« Er füllte Bohnen in die Kaffeemühle und begann, sie zu mahlen.

Mascha schüttelte den Kopf. Saul kümmerte sich zwar eifrig um eine neue Wohnung, reparierte die Schreibmaschine oder brachte Mascha Blumen mit, aber er schien sich immer weniger für das zu interessieren, was ihr wichtig war. Andererseits fand sie Sauls Arbeit auch nicht besonders spannend. Seine akademischen Forschungen waren ziemlich langweilig und nicht mit Maschas Gedichten zu vergleichen. Sie seufzte. Vielleicht war sie einfach zu kleinlich.

Trotzdem antwortete sie patzig: »Das kann ich mir nicht vorstellen, denn dann bräuchten wir jetzt nicht diese Diskussion zu führen, sondern würden stattdessen meinen Erfolg feiern.«

»Mascha«, stöhnte Saul. »Jetzt mach nicht wieder ein Drama daraus. Ich habe viel im Kopf und weiß nicht immer genau, woran du gerade arbeitest.«

Mascha war das Feiern plötzlich vergangen. Sie nahm den Brief der Firma *Stern* und überlegte, was sie antworten sollte.

»Nun komm, sei nicht böse auf mich«, sagte Saul. Er trat zu ihr und umarmte sie wieder. »Zeig mir doch mal das Gedicht, mit dem du gewonnen hast.«

Mascha atmete tief durch. Dann griff sie wortlos nach dem Brief, dem das Gedicht angehängt war, und reichte ihm das Papier.

Saul schmunzelte, während er den Text las. »Was für ein Foto wirst du denn hinschicken?«

»Gar keins«, sagte Mascha. Sie setzte sich an den Küchentisch und spannte einen neuen Bogen in Sauls Schreibmaschine. »Ich bin nicht mit der Veröffentlichung meines Namens und folglich auch nicht mit der meines Bildes einverstanden.«

Saul nickte. »Verstehe. Dann sollen sie es eben anonym veröffentlichen. Trotzdem meine herzlichsten Glückwünsche, Mascha.« Er zog sie vom Stuhl hoch. »Ich liebe dich, und nicht nur, weil du dreihundert Mark mit einem Werbegedicht verdient hast.«

Mascha lachte, und ihre Wut auf Saul verflüchtigte sich. »Dafür muss ich sonst mehr als zwei Monate lang ins Büro gehen.«

Saul strich mit dem Daumen über Maschas Wange. Er betrachtete ihren Mund. »Du bist das größte Glück für mich.«

Mascha schloss die Augen, und im nächsten Moment spürte sie Sauls Lippen auf ihren. Sie sog den Duft seiner Haut tief ein und ließ sich in seine Berührung fallen. Vergessen war die Enttäuschung darüber, dass er das Preisausschreiben ignoriert hatte. So war Saul eben, ein Wissenschaftler durch und durch. Mit den Gedanken meist ganz woanders, aber doch immer wieder ihr sicherer Anker, der die schäumenden Wogen von Maschas Temperament zu glätten wusste. Mit Saul zu streiten war fast unmöglich, weil er stets besonnen blieb, wo Mascha leidenschaftlich wurde. Er gab ihr recht, statt auf seine eigenen Ansichten zu bestehen. Und seine Liebe war ihre Konstante in den Wirren des Großstadtlebens.

Mascha seufzte und ließ sich in seine Arme fallen, als er sie zärtlich ins Schlafzimmer schob.

Anfang 1930 besuchte Mascha einen Englischkurs an der Universität. Sie hatte schon seit Längerem das Bedürfnis, sich weiterzubilden und Neues zu erlernen. Vor allem aber plante sie zu reisen. Und dafür musste sie sich fremde Sprachen aneignen. Sie hatte zuerst an Spanisch oder Französisch gedacht, aber die entsprechenden Kurse waren bereits ausgebucht. Deshalb hatte sie sich für den Englischkurs entschieden, bei dem sich zufällig auch Chemjo Vinaver angemeldet hatte, den Mascha aus dem Romanischen und dem Kü-Ka kannte.

Im Februar 1930 wurde der Betrieb des Kü-Ka eingestellt, weil der Besitzer, der ehemalige Major, sich mit seinem Hausdichter gestritten und daraufhin kurzerhand das ganze Künstler-Kabarett geschlossen hatte. Mascha war traurig darüber, sie hatte sich an ihre Vorstellungen dort schon fast gewöhnt, aber die Erleichterung, nicht mehr regelmäßig vor Publikum auftreten zu müssen, überwog ihre Enttäuschung. In Zukunft wollte sie sich ausschließlich auf das Schreiben ihrer Verse konzentrieren.

Im März 1930 lernte sie einen der ganz großen Literaten kennen, Kurt Tucholsky, von dem sie schon zahlreiche Gedichte in verschiedenen Zeitungen gelesen hatte. Sie war an diesem Abend im Romanischen Café, als eine Gruppe Männer das Schwimmerbassin betrat. Unter ihnen war auch Carl von Ossietzky, den Mascha bereits einige Male hier getroffen hatte. Als er sie am Tisch sitzen sah, kam er mit einem der Männer auf sie zu.

»Guten Abend, Frau Kaléko«, begrüßte er sie. »Wir haben heute Nachmittag von Ihnen gesprochen, als ich meinem Freund Tucholsky Ihre Berliner Gedichte im *Querschnitt* gezeigt habe.«

Kurt Tucholsky nickte ihr zu. »Unterhaltsam.«

Er sprach nasal, und Mascha fiel seine rote Schnupfennase auf.

»Danke.« Mascha ergriff die Hand, die Tucholsky ihr entgegenstreckte.

»Dürfen wir?« Von Ossietzky deutete auf die beiden freien Stühle an Maschas Tisch und setzte sich, ohne ihre Antwort abzuwarten. »Wir haben den ganzen Tag über Politik diskutiert und wollten uns hier im Café ein wenig amüsieren.«

Mascha zog ihre Tasse näher zu sich heran, um den Männern Platz zu machen. Sie betrachtete Kurt Tucholsky genau, schließlich hatte sie schon viel von dem berühmten Schriftsteller und Journalisten gehört. Er war rundlich, sein Haaransatz wich bereits zurück, und er hatte dunkle Schatten unter den Augen, die selbst im künstlichen Licht des Cafés deutlich zu sehen waren.

»Sie sind zu Besuch in Berlin?«, wandte sie sich an ihn.

Tucholsky nickte und zog ein großes Taschentuch aus seiner Tasche. »Ich breche nächste Woche wieder auf.«

»Nach Schweden«, warf von Ossietzky ein.

Mascha hatte gelesen, dass Kurt Tucholsky seit einigen Jahren in Schweden lebte. Sie fragte sich, warum jemand, der dermaßen erfolgreich in Berlin gewesen war, freiwillig aus der Stadt fortging, die Mascha so sehr in ihr Herz geschlossen hatte. Während sie in Galizien, Frankfurt oder Marburg immer als Fremde wahrgenommen und ausgeschlossen worden war, hatte Berlin sie willkommen geheißen.

»Stammen Sie ursprünglich aus Berlin?«, wollte Tucholsky wissen, als habe er ihre Gedanken gelesen.

Mascha zögerte nur kurz, bevor sie den Kopf schüttelte. »Wir sind nach dem Krieg hierhergekommen.«

»Aus Russland?«, fragte von Ossietzky.

Mascha nickte. Ihr Vater war ja auch russischer Staatsbürger, also war es nicht ganz falsch.

»Betrachten Sie die gegenwärtigen Entwicklungen nicht

ebenfalls mit Furcht?« Tucholsky schnäuzte sich in sein Taschentuch und sah sie fragend an. »Die Weltwirtschaftskrise kommt langsam auch bei uns in Europa an. Und eine hungernde Bevölkerung bereitet den Boden für radikale Politiker.«

Mascha überlegte, ob Kurt Tucholsky nicht ein wenig zu sehr schwarzsah. Ja, Mascha war besorgt wegen der zunehmenden Armut, die seit dem Krieg sowieso überall herrschte, aber der berühmte Essayist schien ihr doch allzu pessimistisch in die Zukunft zu sehen.

»Die Unruhen in letzter Zeit sind tatsächlich beängstigend«, gab Mascha zu. »Aber ich muss gestehen, dass ich mich nicht gut genug mit Politik auskenne, um Genaueres sagen zu können.«

Tucholsky betrachtete sie nachdenklich. »Ich kann auch nichts mehr sagen, mir hat es die Sprache über all die Dummheit der Menschen verschlagen. Das habe ich im letzten Jahr erkannt.«

»Tucholsky hat eine ausgedehnte Lesereise durch Deutschland unternommen, die ihm die Augen geöffnet hat«, warf von Ossietzky ein.

»Die Deutschen haben nur ihre Rache im Kopf, weil sie sich durch den Versailler Vertrag ungerecht behandelt fühlen. Und das paart sich mit Mittelmäßigkeit, Anpassungsbereitschaft und Dummheit.« Tucholsky starrte einen Moment lang vor sich hin. Dann schüttelte er den Kopf. »Um mich herum verspüre ich ein leises Wandern. Sie rüsten zur Reise ins Dritte Reich.«

Von Ossietzky seufzte. »Lasst uns von etwas anderem reden. Wir haben schon den ganzen Tag Trübsal geblasen und uns die schlimmsten Zukunftsszenarien ausgemalt.«

Sie wurden von Victor Wittner unterbrochen, der zu ihnen trat. »Mascha, Ihre Gedichte sind großartig!«

Tucholsky und von Ossietzky verabschiedeten sich, um zu einem der anderen Tische weiterzuziehen.

Mascha versuchte, den dichten Qualm der Zigaretten wegzuwedeln und damit auch die Gedanken über Herrn Tucholskys Bemerkung abzuschütteln. Er schien nicht besonders viel von seinen Landsleuten zu halten. Mascha fragte sich, ob seine Verbitterung gerechtfertigt war oder ob er nur ein entmutigter Schriftsteller war, der grundsätzlich mit Veränderungen haderte. Letzteres hätte sie zu gern geglaubt, aber Tucholsky kam ihr zu intelligent vor, als dass sie seine düsteren Vorahnungen einfach so abtun konnte. Sie atmete tief durch. Was half es, sich den Kopf darüber zu zerbrechen? Die Zeit würde schon zeigen, ob er recht hatte.

Sie wandte sich Victor Wittner zu. »Das freut mich, dass Ihnen meine Verse gefallen.«

Mascha hatte sich schwergetan, weitere Gedichte für den *Querschnitt* zu schreiben. Ihre Arbeit im Büro, die Stadtbahnfahrten und ihre Besuche im Romanischen Café hielten sie viel zu oft von der Dichtkunst ab. Außerdem besuchte sie seit dem Winter ja den Englisch-Abendkurs, um fremde Länder bereisen und anschließend darüber schreiben zu können. Auch das kostete Zeit. Aber im letzten Monat hatte sie dann endlich das Gedicht fertiggestellt, an dem sie schon seit dem vergangenen Jahr feilte. Sie hatte es *Sonntagmorgen* genannt und Victor Wittner vor ein paar Tagen in die Hand gedrückt.

»Es sind die kleinen Beobachtungen des Alltags, jeder kann sich in Ihren Versen wiederfinden«, lobte Wittner sie jetzt.

»Dann wollen Sie es also im *Querschnitt* drucken?«, fragte Mascha. Aufregung stieg in ihr auf. Es wäre großartig, wenn sie wieder Gedichte in dieser Zeitschrift veröffentlichen könnte.

»Ich habe darüber nachgedacht.« Wittner warf seine Zigarettenkippe auf den Boden und trat sie mit dem Fuß aus.

»Und ich frage mich, ob der *Querschnitt* das richtige Blatt dafür ist.«

Mascha zog die Augenbrauen zusammen. Wollte er ihr Gedicht etwa nicht? Sie hatte so viel Mühe und Arbeit hineingesteckt. War er gerade dabei, ihr zu sagen, dass ihre Dichterkarriere endete, noch bevor sie richtig begonnen hatte?

»Der *Querschnitt* ist eine Kulturzeitschrift, wie Sie wissen. Und auch wenn unsere Auflage an die zwanzigtausend Exemplare reicht, wird das Blatt doch hauptsächlich von Künstlern und Kulturinteressierten gelesen. Ihre Verse aber sind für viel mehr Menschen geeignet. Sie sollten nicht nur den Theaterbesucher erreichen, den Schauspieler und Opernsänger, sondern vor allem den Mann auf der Straße. Die Verkäuferin, den Kontoristen …«

Mascha nickte, während sie den rothaarigen Kellner beobachtete, der die Tageszeitungen vom Nebentisch räumte, die der letzte Gast dort liegengelassen hatte.

»Ja, davon handeln meine Verse«, bestätigte sie, »von den einfachen Menschen, zu denen ich mich selbst auch zähle. Und von ihren Sorgen, von *unseren* Sorgen.«

»Sehen Sie«, erwiderte Wittner. »Das denke ich auch. Und ich habe gleich an die *Vossische* gedacht. Sie wissen ja, dass auch diese Zeitung bei Ullstein erscheint. Genau wie der *Querschnitt*.«

Maschas Herz begann zu rasen. Die *Vossische* war eine der größten Tageszeitungen in Berlin.

»Ich habe mir also erlaubt, Ihr Gedicht an Monty Jacobs weiterzugeben, den Feuilletonchef der *Vossischen Zeitung*.« Wittner schüttelte eine weitere Zigarette aus der Packung.

Mascha schluckte. Das hatte sie nicht einmal zu träumen gewagt.

»Und er hätte gern mehr davon«, fuhr Victor Wittner fort. »Wie sieht es aus, Mascha? Was haben Sie noch?«

»Ich … also, ich muss überlegen«, stotterte Mascha, vollkommen überrumpelt.

Sie hatte in den letzten Monaten viele neue Verse im Kü-Ka vorgetragen, denn ihr Engagement war, bis das Kabarett geschlossen wurde, immer wieder verlängert worden. Aber es war eine Sache, ein Gedicht auf der Bühne vorzutragen, und eine andere, es für den Druck in einer auflagenstarken Zeitung abzugeben.

»Schicken Sie es am besten gleich zur *Vossischen*«, sagte Wittner und sah auf die Uhr. »Ich bin heute noch bei Schwaneckes verabredet.«

Mascha sah ihm hinterher, wie er in den Rauchschwaden des Romanischen Cafés verschwand. War das alles wirklich geschehen? Sie hatte das Bedürfnis, sich zu kneifen. Vielleicht schlief sie ja, und es war bloß ein Traum.

»Mascha!« Der Schriftsteller Walter Mehring bahnte sich einen Weg zu Maschas Tisch und ließ sich auf den Stuhl fallen, den Wittner gerade verlassen hatte. Walter Mehring war einer der Ersten, die Mascha hier im Kaffeehaus vorgestellt worden waren. Sie hatten seitdem so manchen schönen Abend zusammen verbracht.

Jetzt sah er sie fragend an. »Kommen Sie mit in die Katakombe? Heute Abend ist dort die Hölle los.«

Mascha schüttelte den Kopf, obwohl sie das berühmte Kabarett, das sich in einem Keller in der Bellevuestraße befand, gern einmal besucht hätte.

»Ich muss arbeiten. Ich habe gerade erfahren, dass ein Gedicht von mir in der *Vossischen* erscheinen wird, und ich muss mehr schreiben.«

»Glückwunsch!« Walter streckte ihr die Hand entgegen und schüttelte Mascha kräftig durch.

»Ja, im Moment sieht es gut für mich aus«, sagte sie mit

einem Kribbeln im Bauch. Es war der Beginn von etwas Großem, das spürte sie. »Ich habe übrigens gerade Kurt Tucholsky kennengelernt.«

Walter Mehring hob eine Augenbraue. »Ich habe schon gehört, dass er in Berlin ist.«

»Er wirkte ziemlich …«, Mascha suchte nach dem richtigen Wort, »müde. Und resigniert.«

Walter Mehring nickte. »Das sind viele von uns. Die Menschen sind unzufrieden, viele haben keine Arbeit und Hunger, und da ist so viel Wut.«

Mascha fröstelte plötzlich. Sie strich sich über die Oberarme. »Glauben Sie, dass es wieder Krieg geben könnte?«

Mehring hob die Schultern. »Ich hoffe nicht, aber ausschließen kann man es nicht. Viele Menschen behaupten, die ganze Wirtschaftskrise sei ein einziges Komplott gegen unser Land.«

Mascha schnaufte. »Das ist Unsinn. In anderen Ländern hungern die Menschen doch auch. Wir sind nicht die Einzigen, denen es schlecht geht.«

»Das wissen Sie und ich, aber die meisten unserer Landsleute sind dumm, Mascha. Sie glauben, was man ihnen sagt.«

Mascha biss sich auf die Unterlippe und dachte nach. War sie bislang zu blauäugig gewesen? Sie hatte immer gedacht, die Menschen hätten aus dem letzten Krieg gelernt. Und sie wollte das, was sie als Kind durchmachen musste, nicht noch einmal erleben: die Flucht, die Internierung ihres Vaters, die Armut, den Hunger, die Ausgrenzung, weil sie eine Fremde war, und die Angst vor dem Feind mit seinen Gewehrkugeln. Viele hatten ihre Väter und Brüder verloren – hatten sie denn die Schrecken des Krieges schon wieder vergessen?

»Machen Sie sich keine Gedanken«, sagte Mehring, der ihr Unbehagen bemerkt zu haben schien.

»Ich wünschte, ich könnte es«, antwortete Mascha und stand auf. »Aber ändern können wir es ja sowieso nicht.«

»Wir haben alle eine Stimme«, warf Mehring ein. »Und wir sollten sie nutzen. Schreiben Sie darüber!«

Mascha nickte und machte sich auf den Weg zum Ausgang, wo Lehmann stand und an seine Mütze tippte. Vor dem Café wäre sie beinahe mit Chemjo Vinaver zusammengestoßen.

»Was für ein unangenehmes Regenwetter!«, rief er. »Wird Zeit, dass es Frühling wird. Kommen Sie morgen zum Englischkurs?«

»Auf jeden Fall«, antwortete Mascha und spannte ihren Schirm auf. »Und Sie haben recht, der Frühling lässt viel zu lange auf sich warten. Aber bald zünden die Kastanien wieder ihre Kerzen an.«

Das Lächeln des Musikers begleitete sie noch eine ganze Weile durch die Straßen. Ihre Gedanken hingen an den dunklen, melancholisch blickenden Augen. Während sie durch die regennassen Straßen lief, hatte sie widersprüchliche Gefühle. Sie musste an Kurt Tucholsky denken, dem es die Sprache verschlagen hatte, und sah seine resignierte Miene vor sich. Und gleichzeitig jubelte sie innerlich, weil sie die Aussicht auf eine Veröffentlichung in einer großen Tageszeitung hatte. Nun, so war das Leben. Freud und Leid lagen eng beieinander, es gab immer etwas, um das man sich sorgen musste.

In den nächsten Tagen ging Mascha nach der Arbeit nicht ins Romanische, sondern setzte sich an Sauls Schreibmaschine, um an ihren Versen zu feilen. Zumindest versuchte sie es. Denn je mehr sie sich dazu zwingen wollte, ein brauchbares Gedicht zu schreiben, umso weniger schien es ihr zu gelingen. Sie starrte auf das weiße Papier. Was war nur los mit ihr? Nichts gefiel ihr. Sie schrieb einen Vers und strich ihn wieder durch. Dann stand sie auf und nahm ihr Notizbuch. In den letzten Monaten hatte sie sich immer wieder Einfälle notiert, doch jetzt kamen sie ihr fahl und langweilig vor. Als sie sich abends ins Bett legte, hatte sie nichts Brauchbares zu Papier gebracht.

Am nächsten Tag fiel ihr auch auf dem Weg zur Arbeit nichts ein. Sonst hatte sie unterwegs oft etwas aufgeschrieben, eine kleine Idee, manchmal fast ein ganzes Gedicht, aber jetzt schien nichts mehr zu klappen. Wenn sie nicht bald etwas vorweisen konnte, musste sie wohl akzeptieren, dass sie vielleicht ein, zwei schöne Texte geschrieben hatte, aber nicht zur Dichterin taugte, die regelmäßig ihre literarische Stimme erklingen ließ. Vermutlich machte sie sich selbst etwas vor, wenn sie glaubte, Talent zu haben.

Als sie an diesem Nachmittag nach Hause kam, wartete Saul schon auf sie. Er wollte sie umarmen, aber sie wandte sich ab und ließ sich auf den harten Küchenstuhl fallen.

»Was ist los?«, fragte ihr Mann besorgt.

»Ich kann nicht mehr dichten, das ist es«, fuhr sie ihn an.

»Du? Nie im Leben.« Saul nahm ihr gegenüber Platz. »Wie kommst du darauf?«

Und auch wenn sie keine große Lust hatte, darüber zu reden – es erschien ihr wie ein Eingeständnis ihrer Unfähigkeit –, erzählte sie ihm von ihrem Problem.

»Du setzt dich zu sehr unter Druck«, sagte Saul lächelnd, als sie geendet hatte. »Denk einfach nicht mehr daran. Wenn dir zufällig etwas einfällt – gut. Wenn nicht, stehst du genau da, wo du jetzt auch stehst. Schreib einfach auf, was dir in den Sinn kommt, ohne das Geschriebene gleich zu beurteilen.«

Mascha seufzte und spannte einen neuen Bogen in die Maschine ein. Na schön, dann würde sie eben Papier verschwenden und irgendetwas aufschreiben. Sie tippte drauflos, und plötzlich flossen ihr die Worte nur so aus den Fingern.

Aber genau wie Saul ihr geraten hatte, sah sie sich die Verse hinterher nicht noch einmal an, sondern steckte die beschriebenen Bögen in die Küchenschublade.

Dieses unbefangene Schreiben brachte ihre Kreativität wieder in Schwung. Manchmal fiel ihr auf diese Weise fast ein halbes Gedicht ein. Das konnte überall geschehen, in der Stadtbahn oder im Büro, auf dem Ku'damm oder mitten in der Nacht im Bett. Dann musste Mascha das nächstbeste Heft nehmen und alles aufschreiben, denn wenige Minuten später konnte sie es schon wieder vergessen haben. Erst ein paar Tage später, wenn sie zahlreiche Gedichte aufgeschrieben hatte, nahm sie die Hefte und die Papierbögen aus der Schublade und sah alles durch. Erstaunlicherweise war vieles davon zu gebrauchen. Mascha vervollständigte das ein oder andere Gedicht, rundete es ein wenig ab oder strich einzelne Zeilen. Und plötzlich hatte sie einige Texte, die sie gar nicht schlecht fand.

Saul hatte recht gehabt, Mascha hatte sich durch die Erwartungen, die sie an sich selbst gestellt hatte, zu sehr unter Druck gesetzt. Und nun war sogar Monty Jacobs von der *Vossischen* an ihren Versen interessiert. Das bedeutete, dass Mascha auf einmal in der obersten Liga mitspielte, ihre Gedichte sollten dort erscheinen, wo viele der Autoren, die sie im Wartesaal des Ullstein-Hauses gesehen hatte, nie hinkommen würden. Kein Wunder, dass sie Angst vor dem Versagen hatte. Erst als sie wieder unbefangen drauflosschrieb, trat ihre alte Leidenschaft hervor. Vielleicht hatte sie ja doch Talent. Auch wenn es ihr in Prosatexten nicht gelingen wollte – in ihren Gedichten entstanden großartige Zeilen, über die sie sich manchmal selbst wunderte.

Anfang Mai erschien das Gedicht »Sonntagmorgen« in der *Vossischen*. Stolz las Mascha es wieder und wieder. Von diesem Erfolg angetrieben, schickte sie gleich die nächsten Texte an Monty Jacobs. Mascha hatte sich hochwertige Geschäftscouverts besorgt, damit ihr Aussand professionell wirkte. Jedes ihrer Gedichte wurde abgedruckt.

Am 31. Juli 1930 überraschte Saul sie zu ihrem zweiten Hochzeitstag mit einem Strauß aus bunten Sommerblumen. In diesem trüben Juli, der verregnet und kühl gewesen war, taten ihr die leuchtenden, bunten Blumen gut.

»Zieh dein bestes Kleid an, Mascha«, sagte Saul, nachdem sie die Blumen ins Wasser gestellt hatte, und zwinkerte ihr zu. »Ich habe einen Tisch im Schwannecke reserviert.«

Mascha schlug überrascht die Hände vor den Mund. »Im Schwannecke? Oh Saul, was für eine wunderschöne Idee, unseren Hochzeitstag zu feiern.«

Sie wählte ihr neues rotes Kleid aus und benutzte ihren knallroten Lippenstift. Als sie wenig später durch den Regen zum Schwannecke liefen, waren ihre Pumps innerhalb weniger Minuten durchnässt. Mascha war froh, als sie endlich in der Rankestraße angekommen waren und das Schwannecke vor ihnen auftauchte. Der Oberkellner Johnny empfing sie, als wären sie alte Bekannte. Das Restaurant war gut gefüllt, und diesmal hatte Mascha tatsächlich das Gefühl, als gehörte sie dazu. Es waren einige Gesichter hier, die sie aus dem Romanischen Café kannte.

Sie genoss den Abend und achtete nicht auf die hohen Preise, die sie vor zwei Jahren noch abgeschreckt hatten. Nicht dass Mascha sich diesen Luxus mehr als einmal im Jahr hätte leisten können, aber er kam ihr nicht mehr ganz so sündhaft vor, da sie mit ihren Gedichten gutes Geld verdiente.

Als sie nach Hause kamen, holte Saul eine Sektflasche aus dem Kühlschrank.

Mascha lachte. »Saul, wir leben heute auf großem Fuß, wie

mir scheint. Blumen, das Schwannecke und jetzt auch noch Sekt? Ich könnte mich an diesen Lebenswandel gewöhnen.«

»Du hast es verdient, Liebes.«

Saul stellte die beiden Sektgläser auf den kleinen Tisch im Schlafzimmer, und Mascha nahm neben ihm auf dem schäbigen Sofa Platz, das unter dem Fenster stand.

»Auf uns und unsere Liebe!« Saul hob sein Glas und sah Mascha in die Augen. »Ich danke Gott jeden Tag dafür, dass er dich mir geschenkt hat.«

Mascha strich Saul über die Wange und trank einen Schluck. Dann lehnte sie sich zurück. »Unglaublich, zwei Jahre sind schon vergangen, seit wir geheiratet haben.«

Mascha holte ein Glas Apfelkompott, und dazu leerten sie die ganze Flasche Sekt. Irgendwann zog Saul sie liebevoll in seine Arme und trug sie zum Bett.

Als Mascha am nächsten Morgen wach wurde, hatte sie Kopfschmerzen. Offenbar war ihr der viele Alkohol nicht gut bekommen. Saul hingegen schien es bestens zu gehen, er lag neben ihr und gähnte ausgiebig. Dabei stieß er einen Laut aus, der Mascha an das Blöken eines Schafes erinnerte. Sie verzog das Gesicht und wandte sich ab. Zum ersten Mal fiel ihr auf, wie unattraktiv Saul morgens war. Rasch warf sie einen Blick auf ihre Armbanduhr, die auf dem Nachttisch lag. Es war höchste Zeit aufzustehen.

Saul hatte sich schon aus dem Bett geschwungen und stützte sich mit den Händen auf den Rand des Waschbeckens, um sich eingehend im Spiegel zu betrachten. Dann drehte er das kalte Wasser auf und wusch sich, laut prustend, das Gesicht. Mascha vergrub ihren Kopf unter der Bettdecke. Hatte er immer schon diese fürchterlichen Laute beim Waschen von sich gegeben? Wenig später wandte er sich der Rasur zu.

Mascha beobachtete ihren Gatten nachdenklich. Saul war ein Ehemann, wie er im Buche stand. Immer ordentlich frisiert, immer zuverlässig, nie würde er zu spät zur Arbeit kommen. Er war verlässlich, aber unendlich langweilig. Manchmal wünschte sich Mascha die Aufregung des ersten Verliebtseins zurück. Damals hatte sie seine kleine Fettrolle über der weißen Baumwollunterhose nicht gestört.

Jetzt richtete Mascha sich auf. Durch die grauen Jalousien fiel gedämpftes Licht, auf dem Tisch standen noch die leeren Sektgläser, die Flasche und die schmutzigen Kompottschalen. Mascha stöhnte leise auf. Wie hatte das passieren können? Wie war sie hier gelandet? Sie, das abenteuerlustige, wilde und unangepasste Kind, war zur Ehefrau des biederen Saul Kaléko geworden.

Mascha stand auf und schlüpfte in ihren Bademantel. Aus dem Nachbarzimmer duftete es nach Kaffee, und als sie in die Küche kam, hatte Saul schon den Tisch gedeckt.

»Guten Morgen«, murmelte sie und ließ sich ihm gegenüber auf den Stuhl sinken.

»Gut geschlafen, Liebes?«, fragte Saul.

Mascha hob die Hand. »Ich habe Kopfschmerzen.«

Saul griff zur Kaffeekanne und schenkte ihr eine Tasse ein.

Das heiße, starke Getränk tat gut, und Mascha ging es bald etwas besser. Saul bestrich sein Brot mit Butter und Marmelade. Konzentriert betrachtete er sein Werk. Dann tunkte er es in den Kaffee, und Mascha zog die Augenbrauen zusammen. Abrupt stand sie auf und ging ins Schlafzimmer. Während sie sich wusch und die Haare kämmte, überlegte sie, warum sie plötzlich so viele Dinge an Saul störten. Er hatte sich gestern große Mühe gegeben, sie zu überraschen, und der Abend war wunderschön gewesen. Aber am Morgen danach sah das alles nur bieder und langweilig aus.

Saul kam ins Schlafzimmer und betrachtete Mascha prüfend, während sie die teuren Seidenstrümpfe anzog. Es gab eine Laufmasche am rechten Bein, aber Mascha hatte sie mit Nagellack stoppen können. Sie knöpfte ihre Bluse zu und warf einen Blick auf die Uhr.

»Ich muss los«, sagte sie, schlüpfte in ihren Sportmantel und zog die Baskenmütze auf.

Als Mascha die Wohnung verließ, dachte sie: So ist das wohl mit dem Eheleben. Sämtliche alten Ehepaare, die sie kannte, brannten nicht gerade vor Liebe. Unwillkürlich zog sie ihr Notizbuch aus der Handtasche und schrieb im Gehen ein paar Stichworte auf. In der Stadtbahn fand sie einen freien Sitzplatz, und als sie bei der *Jüdischen Organisation* in der Auguststraße ankam, hatte sie ein neues Gedicht geschrieben.

Der nächste Morgen

Wir wachten auf. Die Sonne schien nur spärlich
Durch schmale Ritzen grauer Jalousien.
Du gähntest tief. ... Und ich gesteh es ehrlich:
Es klang nicht schön. – Mir schien es jetzt erklärlich,
Daß Eheleute nicht in Liebe glühn.

Ich lag im Bett. Du blicktest in den Spiegel,
Vertieftest ins Rasieren dich diskret.
Du griffst nach Bürste und Pomadentiegel.
Ich sah dich schweigend an. Du trugst das Siegel
Des Ehemanns, wie er im Buche steht.

Wie plötzlich mich so viele Dinge störten!
– Das Zimmer, du, der halbverwelkte Strauß,
Die Gläser, die wir gestern Abend leerten,
Die Reste des Kompotts, das wir verzehrten.
... Das alles sieht am Morgen anders aus.

Beim Frühstück schwiegst du.
(Widmend dich den Schrippen.)
– Das ist hygienisch, aber nicht sehr schön.
Ich sah die fette Röte deiner Lippen
Und sah dich Butterbrot in Kaffee stippen –
Und sowas kann ich auf den Tod nicht sehn!

Ich zog mich an. Du prüftest meine Beine.
– Es roch nach längst getrunkenem Kaffee.
Ich ging zur Tür. Mein Dienst begann um neune.
Mir ahnte viel … Doch sagt' ich nur das Eine:
»Ich glaub', jetzt ist es höchste Zeit! Ich geh …«

Düstere Schatten

Berlin, 1930 bis 1932

Mascha legte die Zeitung zur Seite. Es kam ihr vor, als herrschte heute selbst im Romanischen eine gedrückte Stimmung. Gestern, am 14. September 1930, war Reichstagswahl gewesen, und die Nationalsozialistische Partei hatte erschreckend hohe Stimmanteile erhalten. Sie war die zweitstärkste Partei geworden.

Mascha sah sich um. Die Menschen an den Tischen des Schwimmerbeckens unterhielten sich mit gedämpften Stimmen oder starrten dumpf vor sich hin.

Eine seltsame Lähmung schien die Gäste des Romanischen ergriffen zu haben, kein Lachen füllte den sonst so lauten, lebendigen Raum, und nachdem Mascha die Zeitungsberichte gelesen und ihren Kaffee getrunken hatte, machte sie sich auf den Weg nach Hause, in der Hoffnung, dass sich ihre Laune dort bessern würde.

Saul saß schweigend am Küchentisch. Als er Mascha sah, bemühte er sich um ein Lächeln, doch sie konnte die Sorge in seinen Augen erkennen.

»Du hast es gehört?«, fragte er und zog sie in seine Arme. »Ich frage mich, was mit den Menschen los ist. Über achtzehn Prozent für die NSDAP! Eine faschistische Partei, die leere Parolen verbreitet und nichts lieber tut, als die Bevölkerung gegen andere Länder aufzuhetzen. Was wollen die Menschen denn? Einen zweiten Krieg?«

»Bloß nicht«, stöhnte Mascha. Sie löste sich aus seinen

Armen und ließ sich auf den Küchenstuhl fallen. »Ist ihr Vorsitzender nicht ein Österreicher?«

»Hitler?« Saul stieß angewidert die Luft aus und nahm ihr gegenüber Platz. »Sicher.«

»Und dann macht es die Menschen nicht stutzig, dass er die deutsche Nation über alle anderen stellen will?«

»Anscheinend nicht«, seufzte Saul und streckte die Hand über den Tisch.

Unwillig legte Mascha ihre Finger in seine. In letzter Zeit war Saul besonders anhänglich geworden. Mascha hingegen verspürte immer weniger den Drang, ihm nah zu sein. Sie verstand nicht, woran das lag, und vermutete, dass es in einer Ehe normal war, dass sich die Gefühle mit der Zeit abkühlten. Sie drückte Sauls Finger noch einmal und zog dann ihre Hand zurück.

»In Neutempelhof ist eine Neubausiedlung entstanden. Ich habe gerade im Romanischen gehört, dass es dort wohl noch freie Wohnungen gibt. Was hältst du davon, wenn wir gleich mal hinfahren und sie uns anschauen?«

Saul verzog das Gesicht. »Ist das nicht zu weit außerhalb, um dort zu wohnen? Wir müssten immer mit der Bahn zur Arbeit fahren ...«

»Das muss ich auch jetzt schon«, erwiderte Mascha. »Aber ich halte keinen weiteren Winter mehr hier aus. Es ist viel zu kalt mit dem kleinen Ofen.«

»Na schön«, seufzte Saul und stand auf. »Dann lass uns nach Neutempelhof fahren. Vielleicht lenkt uns das ja ein bisschen von diesem schrecklichen Wahlergebnis ab.«

Während der Fahrt schwiegen sie größtenteils. In der Neubausiedlung wurden sie von einem geschäftig aussehenden Herrn in dunklem Anzug empfangen, der sie durch eine der Wohnungen führte.

»Im Grunde sind alle gleich geschnitten«, erklärte er ihnen. »Momentan werden noch die letzten Arbeiten durchgeführt, in wenigen Wochen sind sie bezugsfertig.«

»Und ich nehme an, es gibt eine Zentralheizung?«, fragte Mascha.

»Aber natürlich.« Der Mann sah sie an, als hätte sie gefragt, ob Vögel fliegen können. Dann wandte er sich an Saul. »Also, sind Sie interessiert?«

Saul zögerte. »Ich weiß nicht …«

»Auf jeden Fall«, fiel Mascha ihm ins Wort. »Wir würden uns freuen, wenn wir einziehen dürften.«

Der Makler nickte und machte sich eine Notiz in seinem schwarzen Buch, das Maschas sehr ähnlich sah. Nachdem sie ihre Adresse hinterlassen hatten, verabschiedeten sie sich.

»Warst du nicht ein wenig vorschnell mit deiner Zusage?«, fragte Saul, als sie wieder auf der Straße standen. »Ich verstehe ja, dass du unbedingt eine wärmere Wohnung haben möchtest. Aber das hier ist nicht nur weit weg von unseren Arbeitsstellen, sondern auch von unserem ganzen Leben. Denk an dein geliebtes Romanisches Café. Von hier aus kannst du nicht mal eben auf einen Kaffee dort vorbeischauen.«

Mascha zuckte mit den Schultern. »Ich kann mit der Bahn fahren. Und außerdem ist ja noch lange nicht sicher, dass wir die Wohnung auch bekommen.«

Aber zwei Wochen später, am 13. Oktober 1930, dem Tag, an dem der neugewählte Reichstag zum ersten Mal zusammenkam, erhielten sie die Zusage. Mascha war erleichtert, dass sie noch vor dem Winter dort einziehen konnten. Ja, Saul mochte recht haben, und die Fahrten mit der Bahn würden vermutlich einige Zeit in Anspruch nehmen, aber sie mussten ja nicht für immer dort bleiben.

Saul schlug vor, ins Romanische zu gehen, um auf ihre

neue Wohnung anzustoßen, und Mascha willigte nur zu gern ein, denn in letzter Zeit war er nur noch selten mit ihr in das Kaffeehaus gegangen.

Als sie dort ankamen, wurden sie von einem besorgten Victor Wittner empfangen. Mascha wollte ihm gerade davon erzählen, dass sie eine der begehrten Neubauwohnungen in der Siedlung ergattert hatten, als Wittners Miene sie innehalten ließ.

»Was ist los?«, fragte sie beunruhigt.

»Der Mob wütet.« Wittner fuhr sich durch die Haare, die ihm heute buchstäblich zu Berge standen. »Mitglieder der NSDAP haben nach ihrer ersten Sitzung im Reichstag Passanten angegriffen und im Kaufhaus Wertheim die Schaufenster eingeworfen.«

»Was?« Saul sah ihn entsetzt an. »Das ist ja schrecklich.«

Wittner stieß ein verbittertes Lachen aus und ließ sich auf einen der freien Stühle im Schwimmerbassin fallen. »Und keiner kann sie aufhalten. Die Abgeordneten kamen in Uniformen in den Reichstag, was ebenfalls verboten ist. Aber auch dafür können sie nicht bestraft werden, weil sie Immunität besitzen.«

»Warum haben sie denn die Schaufenster bei Wertheim eingeschmissen?« Mascha nahm ebenfalls Platz und legte ihren Schal ab. »Das macht doch gar keinen Sinn.«

»Die Besitzer sind Juden«, erklärte Wittner.

Mascha stutzte. »Und das reicht, um ihr Geschäft zu demolieren?«

Wittner zuckte mit den Schultern und lehnte sich zurück. »Für den gesunden Menschenverstand ist das nicht zu verstehen.«

»Hoffentlich hat dieser Spuk bald ein Ende«, seufzte Mascha. »Es wird sowieso bald neue Wahlen geben. Der Reichstag wird doch gerade ständig aufgelöst und neu gewählt. Ich kann mir nicht vorstellen, dass die Nationalsozialisten noch einmal so viele Stimmen erhalten. Nicht, wenn sie sich so benehmen.«

Saul schnaubte. »Ich will deinen Optimismus nicht dämpfen, Mascha. Aber ich glaube nicht, dass wir die NSDAP so schnell wieder loswerden.«

»Wie auch immer«, sagte Wittner und stand auf, »ich muss mich leider für heute verabschieden.« Er nickte ihnen noch einmal zu und verschwand.

Mascha sah Saul besorgt an. Plötzlich war ihr nicht mehr nach Feiern zumute. Sie dachte an die Holzhandlung ihrer Eltern. Ihrem Vater war schon viel Leid in seinem Leben zugefügt worden. Falls Randalierer sein Geschäft zerstören sollten, nur weil er Jude war, würde er das nur schwer verkraften.

»Glaubst du, es wird noch mehr Übergriffe auf jüdische Geschäfte geben? Ich meine, die Nationalsozialisten können uns vielleicht nicht leiden, aber ihre Hetze ging bislang doch eher gegen die Kommunisten.«

Saul betrachtete sie nachdenklich. »Die meisten von ihnen sind Raufbolde, denen es ziemlich egal ist, auf wen sie einprügeln.«

In diesem Moment kam der Kellner an ihren Tisch, und Saul bestellte zwei Tassen Kaffee. Als sie wieder allein waren, schob er seine Brille hoch und sprach ein anderes Thema an.

»Die neue Wohnung ist dreimal so groß wie unsere alte. Wir werden uns neue Möbel kaufen müssen. Das bisschen, das wir in unseren Dachzimmern haben, füllt ja höchstens einen Raum darin.«

Mascha nickte. Sie dachte an das hübsche Sümmchen auf ihrem Bankkonto, das sich dort angesammelt hatte, seit ihre Gedichte regelmäßig Geld einbrachten.

Saul überlegte eine Weile und faltete die Hände auf der Marmortischplatte.

»Du bist nicht wie andere Frauen, Mascha«, sagte er dann zögernd.

Sie sah ihn erstaunt an. »Natürlich nicht. Wer ist das schon?«

»Ich will damit sagen«, er lehnte sich vor, »dass eine so große Wohnung sich nicht von allein sauber hält.«

Mascha zog die Augenbrauen zusammen. »Du meinst, dass ich künftig etwas mehr für den Haushalt tun sollte, richtig?«

»Ja«, antwortete Saul unverblümt.

Mascha schluckte. Natürlich war ihr bewusst, dass sie kaum Zeit damit verbrachte, zu putzen, zu kochen oder aufzuräumen. »Aber dir ist klar, dass ich zwei Berufe habe und nicht unerheblich zu unserem Lebensunterhalt beitrage?«

»Natürlich! Und ich will dir auch gar keinen Vorwurf machen.« Saul zögerte und beobachtete zwei junge Schauspielerinnen, die gerade lachend ins Schwimmerbassin kamen. Dann wandte er sich wieder Mascha zu. »Aber ich bin nun einmal dein Mann, und als Frau hast du andere Aufgaben zu erledigen. Du weißt, ich unterstütze dich in allem, was du tust, ich bin stolz auf dich und deine Dichterkarriere, aber wie stellst du dir das vor, wenn wir erst Kinder haben? Soll das Baby in seinem Dreck liegen und schreien, während du an deinen Versen schmiedest?«

»Genau aus diesem Grund möchte ich ja noch keine Kinder.« Mascha atmete tief durch, um die aufsteigende Wut zu unterdrücken. Warum musste Saul immer wieder mit diesem Thema anfangen? »Ich fühle mich nicht bereit dazu, und wenn du damit sagen willst, dass die Zeit für Kinder gekommen ist, kannst du dir deine Worte sparen. Ich habe meine Meinung nicht geändert.«

Mascha schwieg, als sie den Kellner mit ihrem Kaffee auf sie zukommen sah. Die Vorstellung, jetzt ein Kind zu bekommen, löste Panik in ihr aus. Es würde sie ans Haus fesseln, und ihre Welt würde zusammenschrumpfen auf ihren Mann und das Baby. Nein, so weit durfte sie es nicht kommen lassen. Sie würde vor Langeweile sterben.

»Wir können uns nicht mehr ewig damit Zeit lassen«, riss Sauls Stimme sie aus ihren Gedanken. Der Kellner hatte den Kaffee serviert und war zum Nebentisch weitergegangen. »Ich bin bald Mitte dreißig und sehne mich nach einem Kind.«

Mascha sah ihn entsetzt an. Plötzlich empfand sie einen unerklärlichen Widerwillen dagegen, mit Saul ein Kind zu haben. Je mehr er es sich wünschte, umso weniger wollte Mascha es ihm gewähren. Vielleicht war sie einfach noch zu jung für ein Kind.

»Aber vergessen wir dieses Thema doch für heute«, fuhr Saul fort und griff nach Maschas Hand, die an ihrer Kaffeetasse lag. »Mir ging es zunächst einmal um den Haushalt, der, genaugenommen, zu deinen Pflichten gehört.«

»Pff«, machte Mascha, weil ihr keine andere Erwiderung einfiel. Natürlich hätte sie ihm sagen können, dass er doch selbst zu Wischlappen und Staubwedel greifen konnte, wenn ihn der Schmutz störte, aber im Grunde hatte er ja recht. Die Frau war für die Haushaltsführung verantwortlich, auch wenn es längst nicht mehr zeitgemäß war, da viele Frauen heutzutage auch arbeiten gingen. Und doch durfte der Haushalt nicht unter der weiblichen Selbstverwirklichung leiden.

»Darf ich dich daran erinnern, dass du es warst, die unbedingt in die große Wohnung ziehen wollte?«, fragte Saul mit hochgezogenen Augenbrauen.

»Ich weiß«, gab Mascha kleinlaut zu. Sie zog ihre Hand aus seiner und sah auf. »Ich kann aber weder meine Dichtkunst aufgeben noch in der *Jüdischen Organisation* kündigen. Sonst hätte ich Angst, dass wir mit dem Geld nicht mehr hinkommen.«

Saul nickte verständnisvoll. »Deshalb habe ich mir eine andere Lösung überlegt. Wir verdienen inzwischen beide genügend Geld, dass wir eine Hauswirtschafterin einstellen können, und vielleicht noch ein Hausmädchen dazu.«

»Ja«, stieß Mascha erleichtert aus. Sie hatte diesen Gedanken selbst auch schon einmal gehabt. Aber bisher wäre es ihr lächerlich vorgekommen, für die zwei alten zugigen Zimmer unter dem Dach Personal zu beschäftigen. »Das wäre perfekt! Ich kann für das Gehalt der Hauswirtschafterin mit meinen Gedichten sorgen.«

»Dann brauchen wir uns nicht selbst mit den leidigen Hausarbeiten herumzuärgern.« Saul lächelte. »Schließlich hast du genug anderes im Kopf.«

»Oh ja«, sagte Mascha und lehnte sich in ihrem Stuhl zurück.

Sie musste an ihren bevorstehenden Auftritt im Radio denken, der in der nächsten Woche stattfinden sollte. Edlef Köppen, der Leiter der literarischen Abteilung des Senders, hatte sie im Romanischen Café angesprochen und gebeten, in der *Funk-Stunde Berlin* ein paar Gedichte live vorzutragen. Saul war ganz aufgeregt gewesen, als Mascha ihm von Köppens Anfrage erzählt hatte. Ein Redaktionskollege von Saul besaß nämlich ein Rundfunkgerät. Er hatte nun angekündigt, eine kleine Feier zu veranstalten, bei der alle – Saul natürlich eingeschlossen – Maschas erstem Rundfunkauftritt lauschen sollten. Mascha wurde ganz flau im Magen, wenn sie darüber nachdachte, dass Hunderte, vielleicht sogar Tausende von Menschen an den Radiogeräten sitzen und ihre Worte hören würden.

»Ich werde morgen bei der Stellenvermittlung vorbeigehen und mich nach einer entsprechenden Person umsehen«, unterbrach Saul Maschas Grübeleien.

Mascha griff nun ihrerseits nach Sauls Hand und küsste

sie. Saul war so verständnisvoll, so lieb und fürsorglich. Sie wünschte sich, ihn leidenschaftlicher lieben zu können, so wie früher, als sie sich kennengelernt hatten. Doch inzwischen erschien er ihr immer spießiger mit seiner Häuslichkeit und Vorhersehbarkeit. Mascha kam sich gemein vor, wenn sie manchmal davon träumte, sich von anderen Männern verführen zu lassen.

Wie aufs Stichwort betrat in diesem Moment der Musikwissenschaftler Chemjo Vinaver das Romanische Café, der sich immer wieder unvermittelt in Maschas Träume schlich. Sie unterdrückte ein Seufzen, als sie den Blick seiner dunklen Augen auf sich spürte. Sie war schrecklich undankbar. Saul ließ ihr so viel Freiheit, und sie konnte ihn nicht so lieben und begehren, wie er es verdiente.

Der Auftritt in der *Funk-Stunde Berlin* war weniger spektakulär, als Mascha erwartet hatte. Sie stellte erfreut fest, dass es viel leichter war, in ein Studio-Mikrofon zu sprechen, als auf der Bühne zu stehen und in die erwartungsvollen Gesichter der Zuschauer blicken zu müssen. Edlef Köppen gratulierte ihr im Anschluss zu ihrem souveränen Auftritt, und sie war erleichtert, dass ihre Stimme nicht gezittert und sie keinen Hustenanfall bekommen hatte.

In den nächsten Tagen herrschte große Hektik. Mascha und Saul packten ihre Besitztümer ein und bezogen die große Wohnung in Neutempelhof, einem Vorort im Süden Berlins. Saul stellte eine Hauswirtschafterin ein, die künftig für sie arbeiten sollte. Neue Möbel wurden angeschafft, und Mascha genoss es, hübsche Bilder, Lampen und Zimmerpflanzen auszusuchen. Als sie endlich alles fertig eingerichtet hatten, war Mascha urlaubsreif. Doch bis zum Frühjahr hatte sie keine freie Zeit für eine Reise.

Mascha war froh, endlich der kalten Dachgeschosswohnung in der Waitzstraße entkommen zu sein. In Neutempeldorf hatten sie prächtige Räume in der ersten Etage eines Neubaus bekommen. Ein kleiner Balkon ging ins Grüne hinaus, und Mascha freute sich schon jetzt auf den Frühling, wenn sie Blumen kaufen würde, um ihn zu schmücken. Das Wichtigste war jedoch die Zentralheizung dieser Wohnung. Der Winter stand kurz bevor, und sie würden nicht mehr frieren müssen.

Jetzt ging sie den Hohenzollern-Korso entlang zur U-Bahnstation Belle-Alliance-Straße. Es waren knapp zehn Minuten Fußweg, bis der U-Bahnhof vor ihr auftauchte, der vor sechs Jahren fertiggestellt worden war. Sie war bisher erst wenige Male mit der Untergrundbahn gefahren, und es stieg noch immer ein mulmiges Gefühl in ihr auf, wenn sie sich in die Tiefen der unterirdischen Tunnel begab. Eilig lief sie die Treppen hinunter zu den drei Gleisen. Ein Schupo war gerade dabei, eine Gruppe Obdachloser aus der Halle zu verscheuchen.

Mascha stellte sich am Fahrkartenschalter an und kaufte für zwanzig Pfennige eine Fahrkarte. Eine halbe Stunde später hatte sie ihr Ziel erreicht und stieg am Bahnhof Oranienburger Tor die Treppen hinauf. Mascha war froh, als sie wieder ins Tageslicht trat. Ob sie sich je an diese U-Bahn-Fahrten gewöhnen würde? In der Straßenbahn konnte sie zum Fenster hinausschauen oder die anderen Passagiere beobachten. In der Untergrundbahn befielen sie klaustrophobische Ängste. Hier würde ihr bestimmt keine Verszeile einfallen.

»Guten Morgen«, grüßte sie in diesem Moment Chemjo Vinaver, der ihr auf dem Bürgersteig in der Auguststraße entgegenkam. Wieder begegneten sich ihre Blicke.

Hastig nickte Mascha ihm zu und eilte weiter. Wieso musste sie ausgerechnet ihm ständig begegnen, wo es in Berlin so viele Tausende Menschen gab? Es war, als wollte das Schicksal sie in

Versuchung führen, weil sie eine heimliche Schwäche für den attraktiven Musiker mit den melancholischen Augen hatte.

Mascha war bereits spät dran. Der längere Weg zur Arbeit aus Neutempelhof kostete sie wertvolle Zeit, die sie eigentlich für das Schreiben von Versen verwenden sollte. Während sie im Büro diktierte Briefe tippte, Rechnungen schrieb und Telefonate annahm, dachte sie darüber nach, wie sie die U-Bahn-Fahrten umgehen konnte, aber die Verbindung mit der Stadtbahn würde noch länger dauern.

Nach der Arbeit beschloss sie, direkt zum Romanischen zu fahren, um eine Tasse Kaffee zu trinken und sich ein wenig abzulenken.

Als sie ins Café trat, eilte Walter Mehring ihr entgegen.

»Mascha, wie schön, Sie zu sehen!«, begrüßte er sie.

»Darf ich Ihnen Claire Waldoff vorstellen?«

Der Journalist ging einen Schritt zur Seite, und Maschas Blick fiel auf die berühmte Schauspielerin, die hinter ihm stand.

»Oh«, rief sie erstaunt aus, »was für eine angenehme Überraschung! Ich bewundere Sie sehr für Ihre Schauspielkunst, Frau Waldoff.«

Die elegante Frau mit dem ausdrucksstarken, eher rundlichen Gesicht lachte.

»Und ich mag Ihre Gedichte.« Sie klopfte Mascha jovial auf die Schulter. »Ich hab Sie im Rundfunk gehört. Großartig!«

»Danke«, sagte Mascha lächelnd und nahm den Kaffee vom Kellner entgegen, den sie bestellt hatte. »Ich hatte längst nicht so viel Lampenfieber wie bei meinen Auftritten im Kü-Ka.«

Nun mischte sich Walter Mehring ein. »Claire, Mascha hat schon mehrfach erwähnt, dass sie sich gut vorstellen könnte, dass du ihre Gedichte auf der Bühne vorträgst«, sagte er, an die Waldoff gewandt.

Mascha sah ihn erschrocken an. Auch wenn sie das gelegentlich erwähnt hatte, würde sie sich nie trauen, die berühmte Schauspielerin wirklich darum zu bitten.

»Na klar, das würde ich sehr gerne tun!«, rief Claire Waldoff. »Wenn Sie damit einverstanden wären?«

»Aber ja!« Mascha lachte und bat die beiden mit einer Handbewegung, an ihrem Tisch Platz zu nehmen. Maschas Herz klopfte plötzlich laut in ihrer Brust. Sie hätte nie geglaubt, dass Claire Waldoff eines Tages ernsthaft in Erwägung ziehen würde, Maschas Gedichte vorzutragen. Sie strahlte. »Frau Waldoff, ich habe einige Gedichte sozusagen für Sie geschrieben.«

Die Schauspielerin sah sie überrascht an. »Sagen Sie bloß – für mich?«

Mascha nickte aufgeregt, während sie ihre Tasse zur Seite schob. »Meine ›Berliner Gedichte‹. Ich hatte Ihre Stimme dabei förmlich im Ohr.«

Claire Waldoff klatschte begeistert in die Hände. »Und gerade die finde ich besonders gelungen! Abgemacht. Ich rezitiere Mascha Kalékos Gedichte. Aber Sie müssen mir versprechen, dafür am Sonntag zu mir zum Kaffee zu kommen.«

Mascha starrte sie sprachlos an. Sie bewunderte die große Kabarettistin, und von ihr eingeladen zu werden, zu ihr nach Hause, war etwas, mit dem sie niemals gerechnet hätte.

»Heißt das, ja?«, fragte die Waldoff und grinste.

»Ja!«, stieß Mascha aus und atmete tief durch. »Ich freue mich sehr darauf.«

Am nächsten Sonntag fuhren Mascha und Saul morgens mit der Stadtbahn in den Grunewald, um einen Spaziergang zu machen. Es war ein klarer, kalter Herbsttag mit wunderschönem blauem Himmel. Hand in Hand schlenderten sie über das bunte Laub. Die Bäume hatten schon die meisten Blätter verloren, in wenigen Tagen würde der November beginnen. Mascha atmete die kalte Luft tief ein. Es roch nach Moos, Erde und Feuchtigkeit.

»Bist du glücklich, Mascha?«, fragte Saul unvermittelt.

»Ja«, antwortete sie, ohne lange nachzudenken. »Und wie! Ich habe hier in Berlin eine Heimat gefunden, meine Verse werden in Zeitungen gedruckt, und ich bin heute zum Kaffee bei Claire Waldoff eingeladen!«

»Das ist wirklich ein großartiger Erfolg.« Saul drückte Maschas Hand. »Und das alles mit vierundzwanzig Jahren. Wo soll das noch hinführen?« Er schmunzelte.

»Aber verrate bloß niemandem mein richtiges Alter. Ich lasse lieber alle Welt glauben, ich sei erst neunzehn.« Mascha lachte. »Du bekommst eine reiche, berühmte Frau. Ich hoffe, du kannst damit umgehen.«

»Ich kann mit allem umgehen, solange du an meiner Seite bist.« Saul blieb stehen und drehte Mascha zu sich herum. Zärtlich fasste er nach ihrem Kinn. Sein Blick ruhte sanft auf ihr. »Ich liebe dich.«

Mascha lächelte. »Ich liebe dich auch.«

Während sie schweigend weitergingen, fragte Mascha sich, ob es stimmte, was sie da gerade gesagt hatte. Liebte sie Saul wirklich? Immer noch? Ja, entschied sie, aber ihre Empfindungen hatten sich geändert. Sie spürte nicht mehr dieses Flattern im Bauch, wenn sie an ihn dachte, das Kribbeln, wenn er sie berührte. Vermutlich war das vollkommen normal, schließlich waren sie ein Ehepaar. Das erste Verliebtsein hatte sich in Liebe verwandelt. Und die war eben nicht mehr aufregend, dafür aber beständig und verlässlich. Das verlorene Prickeln fand Mascha jetzt bei den jungen Männern, deren Namen sie meist nicht einmal kannte und die sie abends in den Hotelbars traf, wenn sie mit ihren Freunden durch die Straßen zog. Rund um Mascha und Hermann Kesten hatte sich eine Gruppe gebildet, die nun regelmäßig in einem der Hotels in der Budapester Straße einen Aperitif zu sich nahm, um anschließend gemeinsam ins Kino oder Kabarett zu gehen. Mascha sog die Aufmerksamkeiten, mit denen die Männer sie bedachten, gierig auf. Sie flirtete kess mit ihnen und genoss ihr Herzklopfen, wenn sie dem einen oder anderen in einem dunklen Winkel einen unschuldigen Kuss gewährte.

Jetzt tauchte vor ihnen am Ufer des Grunewaldsees das Jagdschloss auf, auf dessen Zinnen sich ein paar Krähen versammelt hatten. Mascha betrachtete den eher schmucklosen Renaissancebau, in dem bald ein Museum entstehen sollte, so hatte es zumindest in der Zeitung gestanden. Sie schlugen den Weg am Seeufer ein.

»Wenn du pünktlich um drei bei Claire Waldoff sein willst, sollten wir bald umkehren«, unterbrach Saul ihre Gedanken.

Mascha sah auf die Uhr an ihrem Handgelenk, die Saul ihr zu ihrem Geburtstag im Juni geschenkt hatte. Es wurde tatsächlich allmählich Zeit, sich auf den Rückweg zu machen.

»Es war eine gute Idee, den Vormittag zu nutzen, das war bestimmt einer der letzten schönen Tage vor dem Winter«, sagte Saul und deutete auf einen der Waldwege, die vom See wegführten.

Langsam spazierten sie zurück. Mascha sah in das tiefe Blau des Himmels und lauschte dem Rauschen der Föhren und Kiefern, die im Wind hin und her schwankten. Die letzten Spatzen und Amseln des Herbstes hüpften durch das Laub.

Sie erreichten die Regensburger Straße pünktlich um kurz vor drei. An der gegenüberliegenden Ecke fanden sie ein kleines Café, in dem Saul auf Mascha warten wollte, während sie bei der Kabarettistin Kaffee trank. Aufgeregt verabschiedete sie sich von ihm und machte sich auf den Weg zur Hausnummer 33, wo die berühmte Frau wohnte.

Das Eckhaus besaß einen schmalen, heckengesäumten Vorgarten, von dem aus ein paar Stufen zu einer imposanten Haustür führten. Maschas Hand zitterte, als sie die Klinke herunterdrückte und in den Flur trat. Sie wartete einen Moment, bis sich ihre Augen an das dämmerige Licht gewöhnt hatten, dann sah sie sich um. Rechts und links befanden sich zwei Wohnungstüren, geradeaus führte eine Treppe nach oben. Es roch nach Sonntagsbraten und Rosenkohl. Mascha las die Namen an den Türen und folgte dann den Stufen an einem hellen Fenster vorbei bis in die erste Etage. An der Eingangstür zu ihrer Linken fand Mascha den Namen »Waldoff«. Sie drehte die Klingel, die in die Tür eingelassen war, und lauschte ihrem rasselnden Nachhall. Schritte näherten sich, und kurz darauf öffnete ein junges Dienstmädchen in schwarzem Kleid und mit weißer Schürze.

»Frau Kaléko?«, fragte sie und Mascha nickte.

Die junge Frau führte sie in einen großen Raum, in dessen Mitte ein runder Tisch mit einer großen Vase stand.

Mascha schlüpfte aus ihrem Mantel und reichte ihn zusammen mit der Baskenmütze dem Hausmädchen. Dann folgte sie der jungen Frau zu einer der vielen Türen der Wohnung.

»Frau Kaléko ist da«, sagte das Hausmädchen und entfernte sich leise.

Mascha sah sich um. Sie fand sich in einem eleganten Salon wieder, der mit dunkelgrünen Tapeten ausgestattet war. Teure Sofas und Tischchen aus Kirschbaumholz waren im Zimmer verteilt. In einer Fensternische saß Claire Waldoff in einem Sessel an einem Schreibtisch. Jetzt erhob sie sich und kam Mascha mit ausgestreckter Hand entgegen.

»Wie schön, wie schön, dass du da bist!« Sie breitete die

Arme aus, ergriff Maschas Rechte mit beiden Händen und tätschelte ihre Finger. »Und was für ein Wetter haste mitgebracht, Mascha!«

Mascha strahlte. Die große Claire Waldoff duzte sie wie eine alte Freundin. »Es ist herrlich draußen. Wir kommen direkt aus dem Grunewald.«

»Wir?«

»Mein … Freund …« Mascha erinnerte sich daran, dass sie in ihren Lebensläufen, die sie den Zeitungen mitsamt ihren Gedichten zugeschickt hatte, ja fünf Jahre ihres wahren Alters abgezogen hatte. Ein Ehemann passte da nicht gut ins Bild. »Saul, er wartet an der Ecke in dem kleinen Café.«

»Im Café?«, schnarrte Claire Waldoff. »Na, sag mal, das nächste Mal bringste den Amicus gefälligst mit rauf, statt ihn in die Garderobe abzuschieben. Det geht ja nich.«

Mascha nahm an einer üppig gedeckten Tafel Platz, auf der Kaffee und Tee standen, neben Schokoladenplätzchen und Apfelkuchen. Die elegante Atmosphäre, die unkonventionelle Art der Schauspielerin und ihre Komplimente, Maschas Arbeit betreffend, lockerten die Zunge der jungen Dichterin. Und ehe sie sich versah, plapperte Mascha drauflos. Sie erzählte von ihrer Arbeit in der *Jüdischen Organisation*, von ihren Auftritten im Kü-Ka und in der *Funk-Stunde Berlin* und über gemeinsame Bekannte aus dem Romanischen Café. Claire Waldoff befragte Mascha zu ihrer Familie, über die Mascha nur das Nötigste verriet, aber auch zu den Versen und ihren Erfolgen im Feuilleton. Claire wiederum berichtete Mascha von ihrem aktuellen Kabarettprogramm und gab Anekdoten vom Theater zum Besten. Mascha kam es vor, als wären sie schon ewig Freundinnen. Der Nachmittag verging im Nu, und als Mascha irgendwann auf die Uhr sah, stellte sie erschrocken fest, dass es schon nach fünf Uhr war.

Sie bedankte sich bei Claire Waldoff und versprach, bald wieder bei ihr vorbeizukommen, um über Gedichte zu sprechen, die Mascha für Claire schreiben wollte. Als sie kurz darauf aus dem Haus trat, lehnte Saul schon am Zaun gegenüber und sah ihr gespannt entgegen.

»Und?«, fragte er. »Wie war es?«

»Wunderbar«, schwärmte Mascha. »Sie ist so echt wie auf der Bühne. Vielleicht nicht ganz so laut, aber genau die Berliner Pflanze, als die man sie allgemein kennt.«

Saul sah sie nachdenklich von der Seite an. »Dann bist du jetzt eine von ihnen?«

»Was meinst du?«

»Ich nehme an, das war dein Ritterschlag. Jetzt gehörst du endgültig zu den großen Künstlern und Literaten Berlins.« Er strahlte.

Mascha lachte. Saul hatte vermutlich recht, sie war in den letzten Stunden nicht die kleine Bittstellerin bei ihrem Idol gewesen, sondern eine gleichwertige Gesprächspartnerin.

Mascha berichtete ihrem Ehemann von der eleganten Wohnung, dem Hausmädchen und den Köstlichkeiten, die ihr aufgetischt worden waren. Es begann bereits zu dämmern, und als sie bei ihrer Wohnung in Tempelhof ankamen, leuchteten die Straßenlaternen. Mascha breitete die Arme aus und drehte sich im Kreis. Die kühle Abendluft berauschte sie. In dieser Stadt war alles möglich. Hier war sie endlich jemand und wurde sogar von großen Künstlern und Literaten geschätzt. Seit ihrer Kindheit war Maschas Leben durch ein Gefühl der Fremdheit geprägt gewesen, sie hatte nirgends dazugehört. Aber in dieser Stadt wurde sie herzlich empfangen. Sie wollte Berlin tief in sich aufsaugen, ihre Stadt, ihre Heimat, von der sie noch so viel zu erwarten hatte!

In den nächsten Monaten war die Armut auf den Straßen immer deutlicher wahrzunehmen. Mascha fiel auf, dass die Schlangen vor den Obdachlosenasylen länger wurden und dass es deutlich mehr Bettler gab, die in Hauseingängen und am Straßenrand um einen Pfennig baten. Mascha hatte Mitleid mit ihnen, und es verging kein Tag, an dem sie nicht fleißig ihr Kleingeld verschenkte. Und doch hatte sie den Eindruck, bei Weitem nicht genug tun zu können, um den Menschen zu helfen.

Mascha überarbeitete ihre Berliner Gedichte und schickte sie dann an Claire Waldoff, die sie in verschiedenen Kabaretts rezitierte. Mascha liebte es, bei diesen Veranstaltungen im Publikum zu sitzen, während die Waldoff ihre Verse warmherzig und witzig präsentierte, und sie beschloss, fortan alles daranzusetzen, ihre Werke nur noch von professionellen Schauspielerinnen vortragen zu lassen. Wenn sie es selbst tat, starb sie jedes Mal geradezu vor Lampenfieber, außerdem waren die Schauspielerinnen viel besser darin als Mascha selbst.

Ein neuer Frühling und ein neuer Sommer kamen. Mascha genoss ihren Balkon, den sie tatsächlich mit Blumen geschmückt hatte. Im Juli 1931 gab es einen großen Börsenkrach, nachdem die *Danat-Bank* und die *Dresdner Bank* ihre Zahlungsunfähigkeit verkündet hatten. Kurz darauf zogen die Anleger ihre Gelder auch von den anderen Banken ab, sodass die Kreditinstitute innerhalb kürzester Zeit zusammenbrachen. Hinzu kam, wie Mascha sich von Saul erklären ließ, die Verunsicherung des Auslands durch die starken Zugewinne der NSDAP bei der letzten Reichstagswahl, sodass ausländische Kredite gekündigt wurden.

Schon in den letzten Jahren war die Zahl der Arbeitslosen stetig gewachsen, nachdem die Börse an der Wall Street eingebrochen war und weltweit viele Firmen Konkurs anmelden mussten. Auch in Deutschland mussten zahlreiche Fabriken schließen, weil sie ein großes Vermögen verloren hatten. Die Arbeiter waren auf der Straße gelandet. Aber jetzt schien es noch schlimmer zu werden. Hatte es 1927 noch eineinhalb Millionen Arbeitslose gegeben, waren es inzwischen viereinhalb, und die Zahl schien stetig weiterzuwachsen. Mascha bekam diese Probleme hautnah mit, denn sie arbeitete als Kontoristin in einer Abteilung der *Jüdischen Organisation*, die für die Arbeitsvermittlung osteuropäischer Juden zuständig war. Von Monat zu Monat wurde es schwieriger, Stellen zu finden. Mascha war froh, dass sie nur Diktate tippen und Rechnungen schreiben und nicht selbst neue Stellen akquirieren musste.

Eines Abends kam sie zufällig an einem städtischen Obdachlosenasyl vorbei, und als sie die lange Schlange sah, die sich davor gebildet hatte, traten ihr Tränen in die Augen. Es war offensichtlich, dass niemals all die Leute dort ein Bett finden konnten. Und zwischen den Wartenden standen sogar Kinder. Ebenso lange Schlangen fanden sich auch morgens vor den Arbeitsämtern. In den Parks schliefen die Menschen auf den Bänken, und im Romanischen Café wuchs die Zahl derer, die die Waschräume zum Zähneputzen und Säubern benutzten und auf einen spendablen Gast hofften, der ihnen eine Tasse Kaffee bezahlte. Mascha taten die armseligen Gestalten leid, sie wusste, dass die meisten von ihnen unverschuldet in Not geraten waren, und war jeden Tag dankbar dafür, dass sie und Saul sichere Arbeitsplätze hatten. Am liebsten hätte sie allen geholfen, die sie um einen Groschen baten, aber ihre Mittel waren begrenzt. Wenn sie entmutigt nach Hause kam, berichtete sie Saul immer wieder von der Armut, der sie unterwegs begegnet war.

»Ich komme mir so machtlos vor, wenn ich an ihnen vorbeigehen muss, ohne helfen zu können«, seufzte sie eines Nachmittags.

Saul sah von seinen Heften auf. »Aber du kannst doch helfen, Mascha. Du kannst ihnen mit deinen Gedichten eine Stimme geben.«

Saul hatte – wie immer – recht, Mascha schrieb über den kleinen Mann von der Straße. Auch wenn es vielleicht nicht viel war, aber Mascha konnte mit ihren Versen auf die Situation der Menschen hinweisen, die kaum etwas zu essen und oft nicht einmal einen Schlafplatz hatten.

Um sich von all dem Elend um sie herum abzulenken, verbrachte Mascha viel Zeit im Romanischen Café, bei Diskussionen und Gesprächen mit ihren Freunden. Manchmal gingen sie auch ins Haus Vaterland, den großen Vergnügungstempel, wo es jede erdenkliche Möglichkeit von Amüsement gab. Hin und wieder begleitete Saul sie. Aber während Mascha es genoss, wenn er mit ihr ins Romanische kam, wo er inzwischen viele Bekanntschaften geschlossen hatte, störte es sie, wenn er mit ihr in den Tanzpalast ging. Saul tanzte nicht gern, und Mascha hatte ein schlechtes Gewissen, sich vor seinen Augen von anderen Männern auffordern zu lassen.

Eines Abends fuhr sie direkt von der Arbeit ins Romanische, um die lange Strecke nach Neutempelhof und zurück zu vermeiden, die sie immer viel Zeit kostete.

»Guten Abend, Mascha!«, rief ihr die Kabarettistin Annemarie Hase zu, die Mascha inzwischen sehr vertraut geworden war. Sie stand mit einem Glas Wein mitten im Schwimmerbassin. »Wie schön, dass ich Sie treffe. Darf ich Ihnen Werner Finck vorstellen?«

Mascha reichte dem jungen Mann die Hand, der neben der Schauspielerin aufgetaucht war.

»Wir haben gerade von Ihnen gesprochen«, erklärte Finck. »Ich habe ein kleines Kabarett, die Katakombe.«

Mascha nickte. Sie hatte schon viel darüber gehört. Finck führte als Conférencier durch das Programm.

Der Mann mit der Halbglatze und der dicken schwarzen Brille strahlte. »Und Annemarie hat eben vorgeschlagen, dass sie auch ein paar Ihrer Gedichte dort vortragen könnte.«

»Das wäre schön«, sagte Mascha und lächelte. Noch immer kam es ihr wie ein kleines Wunder vor, dass berühmte Darsteller ihre Gedichte rezitieren wollten.

»Selbstverständlich werden wir Sie entsprechend dafür bezahlen«, sagte Finck.

Bevor er fortfahren konnte, trat noch ein weiterer Fremder zu ihnen.

»Frau Kaléko! Ich bin froh, Sie hier anzutreffen«, sagte er und reichte Mascha die Hand. »Mein Name ist Werner Langen, und ich bin ein großer Freund Ihrer Gedichte. Kann ich irgendwo ungestört mit Ihnen sprechen?«

»Jetzt?« Mascha konnte sich vage an seinen Namen erinnern. Sie wusste nur nicht, woher sie den Mann kannte.

»Warum nicht?«, erwiderte Langen. »Frau Hase, Werner – ich hoffe, Sie verzeihen mir, wenn ich Ihnen Ihre Gesprächspartnerin entführe.« Er legte Mascha die Hand in den Rücken.

Mascha ließ sich von Werner Langen an den Journalisten-Stammtisch in der hinteren Ecke des Cafés führen. Sie bestellte eine Tasse Kaffee, während Langen einen Tee wählte. Dann trug er ohne Umschweife sein Ansinnen vor.

»Sie wissen vielleicht, dass ich der Herausgeber der *Welt am Montag* bin. Mein Vater hat die Zeitung vor einigen Jahren gegründet.«

Mascha lächelte. Natürlich kannte sie die *Welt am Montag*, es war eine der großen Berliner Zeitungen. Aufregung stieg in ihr auf. Was Langen wohl von ihr wollte?

»Jedenfalls sind mir Ihre Gedichte in verschiedenen Zeitungen aufgefallen. Könnten Sie sich vorstellen, auch für uns einige Ihrer melancholischen Texte zu verfassen?«

Mascha hielt inne. Das Lachen und Gläserklirren um sie herum schien plötzlich weit weg, der Zigarettenrauch mit einem Mal verschwunden. Es gab nur noch sie und Werner Langen, den Verleger einer der renommiertesten Zeitungen der Stadt. Am liebsten hätte sie einen wilden Freudentanz aufgeführt. Was für ein Kompliment für ihre Arbeit!

»Das ist sehr freundlich«, erwiderte Mascha und bemühte sich, ihre Stimme unter Kontrolle zu halten. Ihr Bauch kribbelte vor Aufregung. Es lief grandios. Sie hatte keinen ihrer Texte bei ihm einschicken, sie hatte nicht betteln müssen, er bat sie einfach um ihre Mitarbeit. »Ich kann Ihnen gern ein Gedicht zusenden.«

Werner Langen wartete, bis der Kellner, der die Getränke vor ihnen abstellte, wieder gegangen war. Dann sagte er: »Ich habe eigentlich etwas anderes im Sinn. Was halten Sie davon, wenn Sie uns jeden Montag ein Gedicht abliefern, und wir zahlen Ihnen ein ansehnliches Honorar.«

»Was?«, erwiderte Mascha erschrocken. »Jeden Montag?«

Langen nickte und nannte dann eine Summe, die Mascha nach Luft schnappen ließ.

»Das … ist wirklich viel Geld«, stotterte sie. »Aber ich fürchte, ich kann das nicht.«

»Warum denn nicht?« Langen lehnte sich vor und sah sie über die Dampfschwaden seines Tees hinweg an, die sich mit dem dichten Zigarren- und Zigarettenrauch vermischten. »Sie haben doch bestimmt eine Menge Gedichte in der Schublade liegen.«

Mascha überlegte fieberhaft. Vermutlich war Ehrlichkeit in diesem Fall am besten.

»Ich befürchte, ich kann einen solchen Vertrag nicht unterzeichnen, denn der Gedanke daran, jeden Montag ein druckfertiges Gedicht abliefern zu müssen, bereitet mir schon jetzt

Albträume. Es tut mir schrecklich leid, zumal Ihr Angebot wirklich sehr großzügig ist.«

Werner Langen nippte an seinem Tee. »Na schön, wenn Sie kein neues Gedicht für uns haben, dann schieben wir eben Zweitdrucke ein, von Texten, die Sie früher schon veröffentlicht haben.« Er lächelte väterlich. »Was sagen Sie? Kommen wir ins Geschäft?«

Mascha starrte ihn an. Ein solches Angebot hatte sie bislang noch nie erhalten. Sie würde damit mehr Geld verdienen, als sie im Büro für einen ganzen Monat Arbeit erhielt. Und vielleicht würde es ihr ja guttun, zur regelmäßigen Produktion gezwungen zu sein.

»Abgemacht«, sagte sie und streckte dem Verleger die Hand entgegen. »Ich werde den Vertrag unterschreiben.«

Auch wenn sie sich insgeheim fragte, ob sie die Aufgabe, die sie eben so blauäugig angenommen hatte, tatsächlich erfüllen konnte.

Doch Maschas Sorgen waren unbegründet. Von Dezember 1931 bis Mai 1932 erschien jeden Montag ein neues Gedicht von ihr in der *Welt am Montag*. Sie hatte sich dafür eine Routine angewöhnt, die ihr half, das Pensum zu erfüllen. Dienstags und mittwochs ging sie nach Feierabend nicht mehr ins Romanische, sondern setzte sich an die Schreibmaschine. Wenn es ihr gelang, in dieser Zeit ein passables Gedicht zu schreiben, belohnte sie sich ab Donnerstag wieder mit den Kaffeehausbesuchen. Außerdem hielt sie sich streng an Sauls Rat, den eigenen Kritiker in ihr zu unterdrücken und erst einige Tage verstreichen zu lassen, bevor sie sich die Gedichte noch einmal ansah. Ihre Inspiration waren die Menschen, denen sie begegnete. So schrieb sie beispielsweise ein Gedicht über die Mannequins, die sie einmal beobachtete, als sie sich eine neue Bluse kaufte, über einen Mann, der an der Stadtbahn auf jemanden wartete, der niemals kam, über ihre Kolleginnen im Büro oder über Hausangestellte. Aber sie verarbeitete auch eigene Erinnerungen, zum Beispiel an ihre ersten Schwärmereien, oder sie schrieb über Szenen aus dem Romanischen Café, über die Jahreszeiten und immer wieder über die Vergänglichkeit des Lebens, die sie mit Wehmut erfüllte.

Am Wochenende verbrachte sie dann einige Stunden, manchmal auch einen ganzen Tag damit, die Gedichte zu überarbeiten, bevor sie abends mit ihren Freunden in Bars, ins Kino oder Kabarett ging. Manchmal kehrte sie erst am frühen Morgen nach Hause zurück. Dennoch stand sie am Sonntagmorgen zeitig auf, um weiter an ihren Versen zu feilen. So gelang ihr in der Regel jede Woche mindestens ein vorzeigbares Gedicht. Sie war nicht nur stolz, diese Verpflichtung erfüllen zu können, sondern überwand dadurch auch ihre Angst, nie wieder etwas Gutes schreiben zu können.

Im Januar 1932, Mascha hatte gerade begonnen für die *Welt am Montag* zu schreiben, machte Hermann Kesten ihr ein spannendes Angebot. Sie hatten sich zufällig in der Insel getroffen, einem Lokal mit Bildern an den Wänden, die eine bunte Mischung an gegenwärtiger Kunst darstellten. Kesten war nicht nur Hausautor beim Kiepenheuer Verlag, sondern auch seit Jahren einer der wichtigsten Lektoren des Verlags. Er hatte schon vor einem Jahr dafür gesorgt, dass Maschas Gedichte auch in ausländischen Zeitungen abgedruckt wurden. Auf diese Weise war inzwischen eine beachtliche Anzahl ihrer Gedichte auch in fernen Großstädten wie Prag oder Wien erschienen.

»Mascha, ich bekomme immer wieder Zuschriften von Lesern, die fragen, ob Ihre Verse auch als Buch erhältlich sind«, erklärte Kesten. »Was halten Sie davon, wenn wir einen Gedichtband in Angriff nehmen?«

Mascha atmete tief durch. Ihr Blick wanderte zu Saul, der sie an diesem Abend begleitete und neben ihr am Tisch saß.

Ihr Ehemann hob die Schultern. »Das scheint mir eine wunderbare Möglichkeit für dich zu sein, deine Gedichte einem noch breiteren Publikum präsentieren zu können.«

Mascha konnte es kaum glauben. Ein eigener Versband, das wäre großartig.

»Und Sie meinen, ein solches Buch würde sich auch verkaufen?«, fragte sie vorsichtig.

»Natürlich«, antwortete Kesten. »Also, was sagen Sie?«

Mascha lächelte. »Das ist eine fantastische Idee.«

Da deutete Hermann Kesten plötzlich auf einen kleinen, untersetzten Mann mit weit auseinanderstehenden Augen und einer langen, spitzen Nase, der an einem der Tische saß und den Wein in großen Schlucken trank, während er sich lebhaft mit seiner Begleiterin unterhielt.

»Ringelnatz!«, rief er und winkte ihn heran.

Mascha hatte natürlich schon viel von dem berühmten Schriftsteller und Seemann Joachim Ringelnatz gehört, der vor Kurzem nach Berlin übergesiedelt war, weil ihn die Presse in München wohl schlecht behandelt hatte. Neugierig betrachtete sie den ungewöhnlichen Mann. Eine jüngere, braunhaarige Frau mit einem sympathischen Lächeln saß an seiner Seite.

Hermann Kesten deutete auf Mascha und rief ihm zu: »Das hier ist Mascha Kaléko. Du hast sicher schon den einen oder anderen Vers von ihr gelesen.«

Mascha musste sich bemühen, ihren Blick von Ringelnatz loszureißen. Er sollte angeblich auch ein recht begabter Maler sein.

»Sicher«, sagte Ringelnatz und schüttelte Maschas Hand. In seinem Mundwinkel schaukelte eine dünne Zigarette. »Ich lese

Ihre Gedichte immer sehr gern in der Zeitung. Und meiner Frau Muschelkalk gefallen sie auch, nicht wahr?«

Die Frau neben ihm nickte. »Ich freue mich, Sie kennenzulernen.«

»Und ich erst!«, sagte Mascha strahlend. »Oh, und das ist mein Mann Saul.«

»Ich habe Mascha gerade zu einem Versband überredet«, berichtete Kesten mit einem Augenzwinkern.

»Was für eine gute Idee«, erwiderte Ringelnatz, der leicht schwankend sein Weinglas leerte. »Muschelkalk wird ihn bestimmt haben wollen, nicht wahr?«

»Natürlich«, sagte die Frau, die Mascha sofort sympathisch war.

»Ich werde das mit meinem Verleger besprechen«, versprach Hermann Kesten und entschuldigte sich, denn er wollte einen anderen Bekannten begrüßen, den er gerade im Lokal entdeckt hatte.

Ringelnatz zeigte Mascha und Saul seine Bilder, die der Gastwirt hier aufgehängt hatte. »In diesen Zeiten, in denen die großen Galerien alle schließen mussten, ist die Insel meine einzige Ausstellungsmöglichkeit.«

Saul nickte. »Die Menschen haben nicht mehr viel Geld, um sich schöne Dinge zu leisten.«

»Oh, das auch«, antwortete Ringelnatz, der mit sächsischem Dialekt sprach. »Aber vor allem haben die Galeristen ihr Geld verloren. Flechtheim, bei dem ich immer ausgestellt habe, hat es schwer getroffen. Er hatte eine Menge Geld bei den Banken angelegt, die jetzt zusammengebrochen sind.«

»Leben Sie von der Schriftstellerei?«, wandte sich Muschelkalk an Mascha.

»Nein, ich habe noch eine langweilige Anstellung im Büro«, antwortete Mascha und verdrehte die Augen. In knappen Sätzen berichtete sie von ihren täglichen Aufgaben bei der Arbeiterfürsorge.

»Da müssen Sie im Moment doch eine Menge zu tun haben, nicht wahr?« Muschelkalk deutete auf den Stuhl, von dem Ringelnatz gerade aufgestanden war, um mit Saul zu einem seiner Bilder zu gehen. »Bei den vielen Arbeitslosen, die wir haben.«

Mascha nahm Platz. »Eigentlich nicht viel mehr als zuvor. Wir sind für die osteuropäischen Juden zuständig, die nach Berlin kommen. Ihr Zuzug hat sich wegen der Wirtschaftskrise nicht verstärkt. Es ist jedoch deutlich schwieriger geworden, Stellen für sie zu finden, weil so viele Unternehmen schließen mussten. Und außerdem herrscht gerade in der gesamten deutschen Bevölkerung ein starker Vorbehalt gegen diese Juden.« Sie seufzte. »Eigentlich ist das schon lange so.«

»Ich glaube, nicht nur gegen die osteuropäischen Juden. Mir kommt es vor, als radikalisierten sich zurzeit viele Menschen. Es geht ihnen schlecht, und sie suchen einen Sündenbock.« Muschelkalk hatte ihren Ellbogen auf den von unten beleuchteten Tisch gestellt und den Kopf in die Hand gestützt. »Seien Sie froh, dass Sie eine feste Stelle haben und regelmäßig Geld bekommen.«

Mascha nickte. Sie betrachtete die Frau, die etwas älter zu sein schien als sie selbst. »Woher stammt eigentlich Ihr ungewöhnlicher Name? Muschelkalk?«

»Ringelnatz hat ihn mir verpasst«, sagte die Frau und lachte. »In Wirklichkeit heiße ich Leonharda Pieper. Aber Ringelnatz findet, ich sei eine muschelverkalkte Perle.«

Mascha musste lächeln. Was für ein liebevoller Spitzname. »Sind Sie auch berufstätig?«

Muschelkalk seufzte. »Ich gebe Sprachunterricht in Englisch und Französisch und nehme immer wieder vorübergehende Anstellungen an. Und natürlich kümmere ich mich um die vielen Dinge, die bei der Arbeit meines Mannes anfallen: Ich muss seine Texte abschreiben, Auftritte arrangieren, Ausstellungen organisieren und Texte von ihm übersetzen. Aber das Geld ist immer knapp.« Sie lächelte, beinahe entschuldigend. »Immerhin wird es im Herbst eine neue Ausstellung geben.«

»Hier in der Insel?«, fragte Mascha.

Muschelkalk nickte.

»Hoffen wir, dass sich die Wirtschaft bald erholt und die Künstler wieder mehr Möglichkeiten für Ausstellungen haben.« Mascha nahm den Mokka vom Kellner entgegen, den sie bestellt hatte.

»Es sieht nicht danach aus.« Muschelkalk legte die Stirn in Falten und lehnte sich auf ihrem Stuhl zurück. »Wenn die Menschen kein Geld haben, dann geben sie das, was sie noch haben, für Essen und Kohlen aus, nicht für die Kunst.«

Mascha musste ihr recht geben. Und doch wollte sie sich nicht von ihrem Pessimismus anstecken lassen. Sie nahm die Sorgen durchaus ernst, auch ihr war nicht wohl bei dem Gedanken an die radikalen Parteien – die Deutsch Nationale Volkspartei, die Kommunistische Partei Deutschlands und die Nationalsozialistische Deutsche Arbeiterpartei. Sie hatten sich alle eigene Wehrabteilungen zugelegt. Dabei gerieten die Stahlhelme der DNVP und die Sturmabteilung der NSDAP immer wieder aneinander, weil beide die Interessen ihrer Parteien durchsetzen wollten. Oft kamen aber auch unbeteiligte Dritte in ihre Schusslinie. Wie vor eineinhalb Jahren, als Mitglieder der SA wahllos jüdisch aussehende Menschen angegriffen und beim Kaufhaus Wertheim die Schaufenster eingeschlagen hatten.

»Es herrscht zurzeit viel Wut und Verzweiflung«, gab Mascha

zu. »Die Mehrheit der Deutschen ist der Meinung, die Versailler Verträge wären zu streng und die ganze Welt sei gegen uns. Wir können nur hoffen, dass es bald besser wird.«

Muschelkalk fasste über den Tisch und legte ihre Hand auf Maschas. »Bewahren Sie sich Ihre Zuversicht.«

Eine Woche nach dem Gespräch mit Muschelkalk kam im Romanischen Café ein junger Mann an Maschas Tisch. Sie hatte sich schon ein- oder zweimal mit ihm unterhalten, er arbeitete als Journalist bei den Ullstein-Zeitungen.

»Hören Sie«, begann der junge Mann, »ich bin befreundet mit Franz Hessel. Er liest immer Ihre Gedichte in der Zeitung und schneidet sie sogar aus, um sie zu sammeln.«

»Der Schriftsteller Hessel?«, fragte Mascha ungläubig.

»Sie kennen ihn?«

»Aber ja. Ich liebe seine Bücher über Paris und Berlin. Sie sind so feinsinnig, er scheint diese Städte zu kennen wie kein anderer.« Mascha bedeutete dem Mann, auf dem freien Stuhl neben ihr Platz zu nehmen.

»Hessel würde gern einen Band von Ihnen bei Rowohlt herausbringen«, fuhr der Journalist fort. »Er hat mich gebeten, Sie um unveröffentlichte Texte zu bitten, die sich für einen kleinen Versband eignen würden. Er ist Lektor dort«, fuhr er fort. »Und ich habe ihm versprochen, dass ich auf Sie zugehen werde. Ich habe ihm verraten, dass wir uns hier im Romanischen oft begegnen.«

Mascha lehnte sich auf ihrem Stuhl zurück und breitete entschuldigend die Arme aus. »Es tut mir schrecklich leid, aber ich habe kaum Unveröffentlichtes. Und außerdem bin ich leider schon mit einem anderen Verlag im Gespräch.«

Der junge Mann zuckte enttäuscht mit den Schultern. »Das ist bedauerlich. Aber bitte, tun Sie mir den Gefallen und treffen Sie sich mit Franz Hessel. Es schadet ja nicht, sich anzuhören, was er Ihnen zu sagen hat.«

Der Mann reichte Mascha eine Visitenkarte, und sie versprach ihm, sich die Sache zu überlegen.

Als Mascha nach Hause kam, berichtete sie Saul von diesem Gespräch, doch er erinnerte sie daran, dass sie sich bereits mit Kesten auf einen Gedichtband geeinigt hatte. Dennoch war ihre Neugier, den von ihr sehr bewunderten Autor Hessel kennenzulernen, so groß, dass Mascha gleich am nächsten Tag in ihrer Mittagspause von einem öffentlichen Fernsprecher aus im Rowohlt Verlag anrief.

Sie verabredeten sich für den kommenden Freitag in seinem Büro in der Passauer Straße, denn freitags hatte Mascha ja immer schon um drei Uhr Feierabend.

»Liebe Frau Kaléko«, Franz Hessel streckte ihr die Hand entgegen, als sie in sein Arbeitszimmer trat. »Ich freue mich sehr, Sie kennenzulernen. Ich liebe Ihre Gedichte. Sie sind eine Schwester von Ringelnatz und Morgenstern.«

Mascha starrte ihn einen Moment lang an. Sie wusste nicht, was sie auf dieses große Lob antworten sollte.

»Das beruht auf Gegenseitigkeit«, erwiderte sie schließlich. »Ich liebe Ihre Romane und bewundere Sie zutiefst.«

»Bitte.« Hessel rückte ihr den Stuhl vor seinem Schreibtisch zurecht.

Eine Sekretärin kam und stellte zwei mit Kaffee gefüllte Tassen auf den Tisch.

Mascha nutzte die Gelegenheit, den Schriftsteller genauer zu betrachten. Große dunkle nachdenkliche Augen standen in seinem glatten Gesicht. Während er auf dem Stuhl hinter dem Schreibtisch Platz nahm, wirkte er besonnen und ruhig, als hätte er alle Zeit dieser Welt.

Sobald die Frau mit dem Tablett wieder verschwunden war, begann er zu sprechen: »Ich habe gehört, dass Sie schon mit einem anderen Verlag einen Vertrag geschlossen haben?«

Mascha errötete. »Nun, so gut wie. Ich bin mit Hermann Kesten befreundet, der als Lektor bei Kiepenheuer arbeitet.«

Franz Hessel lächelte. »Das bedeutet, Sie haben noch nicht unterschrieben?«

»Nein«, gestand Mascha.

»Was kann ich tun, um Sie davon zu überzeugen, den Gedichtband besser bei uns herauszubringen?«, fragte Hessel, während er Zucker in seine Tasse löffelte.

»Nun … ich …«, stotterte Mascha.

»Zeigen Sie doch mal her, was Sie haben.« Er streckte eine Hand nach der Mappe aus, die Mascha mitgebracht hatte.

»Die meisten davon sind schon in großen Tageszeitungen erschienen«, erwiderte sie.

Franz Hessel las eine Zeit lang schweigend in Maschas Versen. Dann sah er auf und lächelte wieder.

»Ich glaube, ein solcher Lyrikband könnte erfolgreich sein. Das ist es doch, was die Menschen lesen wollen. Ich kenne Berlin ganz gut, denke ich. Und Ihre Gedichte sind Zeitdokumente und beschreiben die kleine Ewigkeit junger Herzen.«

»Wirklich?«

Maschas Bauch kribbelte. Diese Worte aus dem Mund des Mannes, der Berlin kannte wie kein anderer, bedeuteten ihr sehr viel. Beinahe wäre sie vor Rührung in Tränen ausgebrochen, aber sie riss sich zusammen.

»Ihr Witz und Geist, gepaart mit leiser Melancholie, werden bei den Lesern gut ankommen. Ich sage Ihnen was: Wir warten ein paar Monate, bis Sie noch ein paar Gedichte mehr haben, und dann lassen wir den Versband steigen. Was halten Sie davon, wenn wir uns auf nächstes Jahr festlegen?«

Mascha unterdrückte einen begeisterten Aufschrei. Sie atmete tief durch. Einen eigenen Lyrikband von dem großartigen Franz Hessel in Aussicht gestellt zu bekommen, war schon fantastisch genug, ihn aber mit ihm zusammen zu planen, übertraf ihre kühnsten Träume. Schon als junges Mädchen hatte sie seine Bücher gelesen – heimlich unter der Bettdecke, denn bei Rosa und Fischel Engel wären niemals Bücher toleriert worden, die das sündige Großstadtleben zum Thema hatten, wie zum Beispiel Hessels »Pariser Romanze«.

Im nächsten Moment fiel ihr jedoch Hermann Kesten ein, dem sie ebenfalls einen Versband versprochen hatte. Das dämpfte ihre Freude sofort. Vorsichtig warf sie ein: »Nun, ich muss natürlich zuerst mit Herrn Kesten sprechen.«

Hessel nickte. »Klären Sie alles in Ruhe. Ich lasse inzwischen den Vertrag fertig machen.« Er griff nach seiner Kaffeetasse und trank einen Schluck. »Und wir sollten uns beizeiten zusammensetzen, um schon einmal die ersten Gedichte auszuwählen, die in das Büchlein kommen sollen.«

Mascha atmete tief ein. Franz Hessel schien sich ziemlich sicher zu sein, dass sie sich für Rowohlt entscheiden würde.

Hessel sah auf seine Armbanduhr. »Was halten Sie davon, wenn wir unsere Unterhaltung im Romanischen Café fortsetzen?«

Am nächsten Tag rief Mascha Hermann Kesten an und traf sich mit ihm zum Aperitif in der Wild-West-Bar im Haus Vaterland. Sie berichtete ihm ganz ehrlich von Franz Hessels Angebot und ihrem Wunsch, den Lyrikband bei Rowohlt zu veröffentlichen.

Hermann Kesten lehnte sich zurück und sah Mascha ernst an. »Wollen Sie sich denn nicht einmal unser Angebot anhören?«

Mascha kaute auf der Unterlippe. »Angebot?«

»Nun, ich habe bereits mit meinem Verleger gesprochen, und auch der Kiepenheuer Verlag ist tatsächlich daran interessiert, einen Versband mit Ihnen zu machen. Außerdem«, er hielt kurz inne, um sich eine Zigarette anzuzünden. »Ich dachte, wir sind Freunde …«

»Das sind wir auch«, antwortete Mascha schnell. Sie streckte ihr Kinn vor. »Aber beim Geschäftlichen hört die Freundschaft auf. Heißt es nicht so?«

Kesten musste grinsen. »Das stimmt. Und ich glaube, dass Rowohlt Ihnen vermutlich mehr zahlen wird. Mein Verleger ist eher sparsam. Außerdem passen Ihre Gedichte gut in Rowohlts Programm. Auch Kurt Tucholsky wird dort verlegt, und Ringelnatz und Musil, um nur einige wenige zu nennen.«

»Dann sind Sie mir nicht böse, wenn ich den Vertrag mit Rowohlt abschließe?«, fragte Mascha.

Kesten zog an seiner Zigarette. »Oh doch. Aber ich bin bereit, Ihnen zu verzeihen, wenn Sie mir ein Exemplar schenken.«

Mascha lachte erleichtert auf. »Das wird sich wohl einrichten lassen.«

In den folgenden Monaten trafen sich Mascha und Franz Hessel regelmäßig, um über Maschas Gedichte zu sprechen. Hessel war ein kluger und sanfter Redakteur, und seine Vorschläge machten ihre Verse immer noch ein Stück besser. Mascha genoss die Zusammenarbeit mit ihm sehr. Oft gingen sie anschließend ins Romanische, wo auch Saul zu ihnen stieß. Manchmal saßen auch andere Rowohlt-Lektoren dabei, und Mascha befreundete sich mit ihnen.

Als sie eines Abends das Kaffeehaus verließ und aus der Drehtür hinaus auf den Auguste-Viktoria-Platz trat, hielt sie inne. Vor ihr stand Chemjo Vinaver und lächelte sie an.

»Guten Abend, Frau Kaléko.« Er tippte an seinen Hut.

Irritiert sah sie ihm nach, wie er hinter ihr im Café verschwand. Er kannte also ihren Namen, obwohl sie einander nie vorgestellt worden waren. Anscheinend hatte er sich nach ihr erkundigt oder ihn von dem Englischlehrer erfahren, dessen Kurs sie zusammen besucht hatten.

Mascha lächelte noch einen Moment lang bei dem Gedanken an den gutaussehenden Musiker und ging dann durch den dichten Feierabendverkehr, vorbei an stinkenden, lauten Automobilen und Omnibussen, zur U-Bahn-Haltestelle. Wieder einmal fiel ihr auf, dass die Wohnung in Neutempelhof viel zu weit von ihrem Lebensmittelpunkt entfernt war. Maschas Welt war der Platz vor der Gedächtniskirche, wo sich das Romanische Café befand, von hier aus war sie schnell in den verschiedenen Bars und Kabaretts in der Tauentzien und der Budapester Straße. Sie würde mit Saul sprechen müssen und ihn darum bitten, noch einmal umzuziehen.

Saul.

Mascha unterdrückte ein Seufzen, während sie dem Schaffner ihre Monatskarte hinhielt. Seit einiger Zeit, vielleicht schon seit Jahren, belastete sie der Gedanke an ihren Mann. Sie konnte selbst nicht sagen, wie es dazu gekommen war. Saul war der liebste und gütigste Ehemann, den sie sich vorstellen konnte. Und doch sah sie ihn in den letzten Monaten anders. Hatte er sich tatsächlich so sehr verändert? Oder war sie es, die sich verändert hatte? Mascha verstand es selbst nicht. Aber sie spürte keine Schmetterlinge mehr im Bauch, wenn sie an ihn dachte. Wenn er sie küsste, breitete sich kein Verlangen mehr in ihr aus, und wenn sie in seinen Armen lag, wollte sie eigentlich weit fort sein. Sie sehnte sich nicht mehr nach ihm und sah ihn nicht mehr stundenlang an, stumm und schrecklich verliebt.

Mascha ließ sich auf einen der freien Sitzplätze im Waggon fallen. Vielleicht war das aber auch vollkommen normal. Sie war schließlich verheiratet, und bedeutete das nicht zwangsläufig, dass ihre Liebe verblasste? Sie hatte nur nicht damit gerechnet, dass es so schnell geschehen würde.

Während sie zur Seite rückte, um einer Mutter mit zwei Kindern Platz zu machen, sehnte sie sich danach, noch einmal verliebt zu sein. Manchmal, wenn sie im Romanischen verliebte Pärchen sah, die sich küssten, bereute sie es fast, damals der Heirat mit Saul zugestimmt zu haben. Aber schon im nächsten Moment hatte sie ein schlechtes Gewissen wegen dieses Gedankens.

Die Bahn hielt kurz an, und eine Wolke Fahrgäste entschwebte auf den Bahnsteig. Gleich darauf zwängten sich neue Passagiere in den Waggon.

Als Mascha endlich ihre Wohnung erreicht hatte, saß Saul auf ihrem neuen Sofa und las. Mascha blieb einen Augenblick in der Tür stehen und betrachtete ihren Mann. Er schien so vollkommen zufrieden zu sein mit seinem Buch, in diesem Wohnzimmer, jenseits des Lebens, das draußen tobte. Müsste Mascha sich nicht auch genau danach sehnen? Hier neben Saul zu sitzen?

In diesem Moment blickte er auf. Ein Lächeln legte sich auf sein Gesicht. »Da bist du ja.«

Mascha nickte. Plötzlich wäre sie am liebsten wieder gegangen.

»Heute gibt es einen Tucholsky-Abend in der Katakombe. Wollen wir nicht mal wieder zusammen ausgehen?«, fragte sie.

Saul ließ das Buch sinken und verzog das Gesicht. »Jetzt noch ausgehen? Ich weiß nicht … Ich hatte mich auf einen ruhigen Abend zu Hause gefreut.«

»Du hast doch ständig ruhige Abende«, antwortete Mascha, ein wenig schnippisch. »Ich kann mich kaum noch daran erinnern, wann du zum letzten Mal ausgegangen bist.«

»Mascha«, stöhnte Saul. »Ich arbeite viel. Das bisschen Freizeit verbringe ich eben gern zu Hause auf dem Sofa. Und ich komme doch oft mit dir ins Romanische.«

»Manchmal«, korrigierte ihn Mascha. »Aber sonst gehst du nirgendwo mehr hin. Du bist ein Spaßverderber.« Sie streifte die Schuhe ab und schlüpfte aus ihrem Mantel. »Immer muss ich allein ausgehen.«

Mascha bückte sich nach den Schuhen und ging zur Garderobe in den Flur.

»Aber du hast doch auch allein deinen Spaß«, rief Saul ihr nach.

Mascha atmete tief durch. Eine diffuse Wut stieg in ihr auf. Saul machte es sich immer so einfach. Sie schüttelte den Kopf und ging zurück ins Wohnzimmer.

»Ich frage mich manchmal, warum du mich überhaupt geheiratet hast, wenn du doch nie etwas mit mir zusammen unternehmen willst.«

Saul sah sie erschrocken an. »Das stimmt nun auch wieder nicht. Ich komme doch manchmal mit, aber …«

»Immer muss ich ein schlechtes Gewissen haben, wenn ich allein ausgehe«, sagte Mascha, die sich in Rage geredet hatte. Sie erschrak selbst über diese Worte, die nicht einmal stimmten. Denn natürlich begleitete Saul sie hin und wieder ins Romanische Café. Und doch hatte Mascha den Eindruck, sie entfernten sich immer mehr voneinander.

»Nein, das musst du nicht«, warf Saul ein, aber Mascha ließ ihn nicht ausreden.

»Ich flirte nämlich gern mal mit fremden Männern, und wenn du nicht dabei bist, lasse ich mich durchaus ein wenig umwerben, nur um nicht zu vergessen, wie das früher einmal war.« Mascha stemmte trotzig die Hände in die Hüften.

»Ach, Mascha …« Saul rieb sich müde die Augen.

»Mehr hast du dazu nicht zu sagen?«

Mascha stürmte ins Schlafzimmer, in der Annahme, dass Saul ihr folgen würde. Aber er kam nicht. Warum hatte sie das alles gesagt? Ihr war bislang nicht einmal klar gewesen, dass sie so empfand. Und ja, sie flirtete gern, aber sie hatte immer gewusst, wie weit sie gehen konnte, und es hatte sie auch nie gestört, dass Saul zu Hause auf sie wartete. Bisher hatte sie nur selten einen unschuldigen Kuss zugelassen, aber vielleicht sollte sie doch einmal eines der Angebote wahrnehmen, die Männer in ihre Wohnungen zu begleiten. Nein, sie schüttelte den Kopf. Erstens käme sie sich schäbig vor, wenn sie sich wie eine Hure benahm, und zweitens hatte sie Saul ein Versprechen gegeben.

Zornig verließ sie wenig später die Wohnung und fuhr zurück zum Romanischen Café. Als sie spät in der Nacht wieder nach Hause kam, war sie noch immer wütend auf Saul. In den letzten Jahren war er so gleichgültig geworden. Nach ihrem Streit am Abend hätte er einlenken, sie begleiten oder zumindest jetzt auf sie warten müssen. Mascha ging in die Küche, um sich eine Tasse Tee zu kochen, den sie vor dem Schlafengehen gerne trank, als sie auf dem Tisch einen Briefumschlag fand, auf dem in Sauls Schrift ihr Name geschrieben stand.

Sie hielt einen Moment lang den Atem an. Sofort wandelte sich die Wut in eine unbestimmte Angst. Plötzlich stieg Beklemmung in ihr auf. Sie war heute Abend ziemlich deutlich geworden – ob er sie vielleicht verlassen wollte? Oder sogar Schlimmeres? Er machte kein Geheimnis daraus, dass er Mascha über alles liebte, und sie hatte ihm vorgeworfen, sie in ihrer Freiheit einzuschränken, und sogar angedeutet, dass sie ihn mit anderen Männern betrog. Hatte sie ihn damit vielleicht derart zur Verzweiflung gebracht, dass er sich das Leben nehmen wollte? Nein, so etwas Unüberlegtes passte nicht zu Saul.

Mit zitternden Fingern öffnete sie den Brief. In Sauls gestochen scharfer Handschrift stand da:

Es ist mir gleich ob du mir treu
Nur – will ich dich nicht missen.
Sei untreu mir so viel du willst
Doch – lass es mich nicht wissen.

Mascha schluckte. Sie fühlte sich schrecklich. Wie gemein sie zu Saul gewesen war. Ja, er war langweilig geworden, aber auch sie könnte sich mehr Mühe geben. Sie seufzte. Sie hatten sich in den letzten Jahren einfach in völlig entgegengesetzte Richtungen entwickelt. Während Mascha immer mehr Kontakte geknüpft und Bekanntschaften geschlossen hatte, zog es Saul zu einem ruhigeren Leben im Haus. Mit einem Mal hatte sie ein schlechtes Gewissen, weil sie ihm so deutlich ihre Meinung gesagt hatte.

Sie strich noch einmal über das Papier, dann ging sie ins Schlafzimmer, wo sie einen schlafenden Saul vorfand. Sie nahm sich vor, künftig mehr auf seine Wünsche einzugehen und nicht so schnell wütend zu werden, wenn er sein eigenes Leben führen wollte.

Mascha hatte schon lange davon geträumt, eine größere Reise zu unternehmen. Bislang waren sie und Saul gern nach Hiddensee gereist. Doch Mascha wollte die ganze Welt sehen. Sie wollte nach Amerika und Asien, aber auch nach Afrika und England. Eines Tages fiel ihr eine Werbeanzeige für eine organisierte Rundreise in die Hände, die als Beilage in einer der Zeitungen im Romanischen Café gesteckt hatte. Diese Reise sollte von Spanien nach Afrika und schließlich nach Frankreich führen – allesamt Länder, die Mascha gern sehen wollte. Da sie und Saul inzwischen recht gut verdienten, sprach Mascha das Thema nach dem Abendessen an.

»Ich komme mir manchmal so unerfahren vor«, begann sie, während sie den Kessel für das Spülwasser aufsetzte. »Franz Hessel hat davon gesprochen, dass ich mich doch einmal in kleineren Prosatexten versuchen soll. Aber ich habe kein Thema, über das ich schreiben könnte.«

Saul stellte die schmutzigen Teller auf die Anrichte und griff schweigend nach dem Wischlappen.

»Ich habe einfach noch nicht genug erlebt«, fuhr Mascha fort. »Meine Gedichte behandeln das alltägliche Leben, aber meine Prosatexte stelle ich mir …«, sie dachte einen Moment nach, ehe sie das richtige Wort fand, »spannender vor. Ich möchte eine Fernreise machen, etwas, über das es sich hinterher zu schreiben lohnt.«

»Aber wir waren doch letztes Jahr in Kopenhagen. Ist das nicht interessant genug?« Saul zog eine Augenbraue hoch und wischte den Tisch ab.

»Es ist zu gewöhnlich. Kopenhagen war schön, aber ich habe überlegt, in den Süden zu fahren.« Sie berichtete ihm von dem Reklameblatt.

Saul lachte. »Da hast du dir ja ein ordentliches Programm ausgedacht.«

»Und es ist nicht einmal allzu teuer. Oh, bitte, Saul. Lass uns dieses Jahr im Sommer so etwas machen. Ich will nicht schon wieder an die Ostsee«, fuhr sie aufgeregt fort.

Saul grinste und warf den Lappen in den Spülstein. »Von mir aus, wenn du es unbedingt möchtest. Aber ich weiß nicht, ob ich genug Urlaub dafür nehmen darf. Nur für eine Woche wird sich eine solche Reise kaum lohnen.«

Mascha machte vor Freude ein paar ausgelassene Tanzschritte in der Küche und rief: »Ich werde morgen sofort in das Reisebüro in der Budapester Straße gehen und mich erkundigen.«

Es stellte sich heraus, dass Saul keine drei Wochen Urlaub in der Redaktion bekam, weshalb Mascha beschloss, diese Reise allein zu unternehmen. Sie würde sich ja einer Gruppe anschließen, die Route war schon im Vorhinein festgelegt, und die Unterkünfte waren alle reserviert. Im Sommer 1932 verabschiedete sie sich also von Saul und stieg in den Zug in Richtung Süden. Sie fuhr nach Granada, wo sie sich mit den anderen Mitgliedern der Reisegesellschaft traf, einer bunt zusammengewürfelten Truppe. Neben einigen Ehepaaren unterschiedlichen Alters waren noch weitere Alleinreisende dabei. Es herrschte die ganze Zeit eine drückende Hitze, aber Mascha konnte viele Eindrücke in den fremden Ländern sammeln.

Sie war nicht besonders traurig darüber, dass sie ohne Saul reisen musste, sondern freute sich eher über die Freiheit, die sie ohne ihn hatte. Sie befreundete sich mit einem Herrn Schmidt, der ebenfalls zu der Gruppe gehörte, und flirtete ein wenig mit ihm. Der Mann wurde ihr jedoch schnell zu anstrengend, weil er alles mit seiner Kodak-Kamera aufnehmen wollte.

Gleich in Granada erfuhr sie aus der Zeitung, dass die NSDAP bei den Reichstagswahlen stärkste Kraft geworden war. Mascha schauderte, obwohl die Temperatur weit über dreißig Grad betrug. Zu lebhaft konnte sie sich noch daran erinnern, wie die Sturmabteilung der Nationalsozialistischen Partei die Scheiben bei Wertheim eingeworfen hatte. In den nächsten Tagen verfolgte Mascha die politischen Entwicklungen mit großer Sorge. Es war allgemein bekannt, dass die Nationalsozialisten nicht besonders viel von Juden und Andersdenkenden hielten. Und auch wenn Mascha selbst nicht sonderlich religiös war, machte sie sich Sorgen um ihre orthodoxe Familie. Würde auch das Geschäft ihrer Eltern überfallen werden? Es zeichnete sich ab, dass Hindenburg den Reichstag ein weiteres Mal auflösen und es zu erneuten Wahlen kommen würde.

In Portugal bestieg Mascha mit der Reisegruppe das Schiff *Yokonda*, um nach Nordafrika überzusetzen. Um sechs Uhr morgens erreichten sie Ceuta, von dort aus fuhren sie über Land in Richtung Tétouan. Mascha bestaunte unterwegs die maurischen Reliefs an den Gebäuden, die filigran-zackige Häuser verzierten. In Malaga hatte sie zuvor für zwei Peseten einen Sombrero gekauft, der sie vor der heißen Sonne schützte. Als sie Tétouan endlich erreicht hatten und Mascha aus dem klapprigen Reisebus stieg, wurde sie von Afrika geradezu überwältigt. Das bunte Völkergemisch, die krummen Gassen, die in Tore mit Rundbögen mündeten, und die vergessenen Höfe mit den uralten Brunnen aus maurischen Zeiten hinterließen bei ihr einen bleibenden Eindruck. Immer wieder kam Mascha an verwahrlosten Hütten vorbei, vor denen die Alten mit ihren Pfeifen im Mundwinkel kauerten und Baststreifen zu Henkelkörben flochten. Mit ihrer Reisegruppe besuchte sie einen Basar, auf dem es nach Pfefferminz duftete und exotische Gewürze, Früchte und Kleidung angeboten wurden. Straßenhändler versuchten ihre Waren loszuwerden und verfolgten Mascha und ihre Reisegefährten hartnäckig.

Auch Marseille verzauberte sie. Als Mascha mit dem Schiff im dortigen Hafen eintraf, verspürte sie ein heimatliches Gefühl, als sei sie in einem früheren Leben schon einmal hier gewesen. In einem Hafenrestaurant schrieb sie Postkarten an

Saul und Franz Hessel und ließ ihren Blick über das tiefe Blau des Wassers wandern. Plötzlich fielen ihr ein paar Verse zu dem bunten Hafenleben um sie herum ein, und da sie ihr Notizbuch auf dem Schiff gelassen hatte, notierte sie die Zeilen auf einer Ansichtskarte. Schon wieder tauchte Schmidt mit seiner Kodak auf, um den Hafen abzulichten. Und Mascha hatte den Titel für ihr Gedicht gefunden – Schnellfoto: Marseille.

Sie fuhren weiter durch Frankreich, und sie verliebte sich in die Stadt Paris. Es war wunderschön, im Laternenschein an der Seine zu spazieren, die großen Kirchen zu besichtigen und in kleinen Spelunken Wein zu trinken. Mascha genoss morgens einen Café crème in einem Straßencafé und besuchte die Mona Lisa im Louvre. In dem malerischen Künstlerviertel Montmartre, wo Katzen auf karierten Kissen in den Fenstern lagen, ließ sie einen Scherenschnitt von sich anfertigen und schickte ihn als Postkarte an ihren Ehemann zu Hause.

So schön Paris und die gesamte Reise auch gewesen waren, Mascha freute sich, als sie wieder zurück in ihrem Berlin war, die hässliche Gedächtniskirche wiedersah und ihre Freunde im Romanischen Café traf. Dort waren alle nervös wegen der politischen Entwicklungen. Manche versuchten sich zu beruhigen, indem sie sich einredeten, dass die Menschen bald wieder vernünftig werden und Hitler, Goebbels und ihre Anhänger im Nu Vergangenheit sein würden. Mascha war sich nicht sicher, was sie glauben sollte. Sie sah die Armut auf den Straßen, die Verzweiflung der Menschen – und Hitler versprach ihnen Arbeit. Aber konnte er dieses Versprechen auch einlösen?

Franz Hessel machte Mascha mit Bertolt Brecht bekannt, der zurzeit für ziemliches Aufsehen in Berlin sorgte. Er hatte eine neue Form des Theaters geschaffen, das sogenannte epische Theater, bei dem kaum Emotionen auf der Bühne dargestellt wurden, sodass die Zuschauer sich nicht mit den Protagonisten identifizierten, was Konflikte durchschaubar und die Gesellschaft besser machen sollte. Mascha sah sein Stück »Die Dreigroschenoper« im Theater am Schiffbauerdamm. Die Sturmabteilung der Nationalsozialisten störte diese Brecht-Aufführungen immer wieder, indem sie mitten in der Vorstellung mit lautem Geschrei und Parolen in den Saal marschierte.

Mascha verbrachte lange Abende im Romanischen Café in Gesellschaft von Hessel, Kesten, Brecht, Fritz Kortner und vielen anderen Schauspielern. Es wurde über Politik diskutiert, über die Armut und die stetig steigenden Arbeitslosenzahlen. Die langen Fahrten mit der Straßen- und U-Bahn kosteten Mascha viel Zeit, und sie hatte längst eingesehen, dass Saul mit seinem Zögern, nach Neutempelhof zu ziehen, recht gehabt hatte. Doch es war gar nicht so leicht, eine neue Wohnung zu finden, die denselben Komfort bot wie die in der Neubausiedlung. Die Wirtschafterin war fleißig, und Mascha genoss es, dass sie zu Hause keine weiteren Pflichten hatte und sich ganz ihren Gedichten widmen konnte. Weil sie inzwischen immer besser verdienten, stellte Saul eine zusätzliche Haushaltshilfe ein. Sie beschlossen, den bevorstehenden Winter 1932/33 noch in Neutempelhof zu verbringen.

Mascha dachte in letzter Zeit häufig über ein Kind nach. Es war nicht so, dass sie grundsätzlich keines wollte, aber es gab einfach zu viele kleine Dinge an Saul, die sie störten. Mascha wusste, dass sie Saul gegenüber ungerecht war. Und doch waren diese Empfindungen nun einmal da, und sie konnte sie nicht ignorieren. Es fühlte sich einfach falsch an, mit ihm ein Kind haben zu wollen.

Als das Jahr zu Ende ging, hatte Mascha mit Franz Hessel insgesamt siebenundfünfzig Gedichte für ihren ersten Versband ausgewählt, der den Titel »Lyrisches Stenogrammheft«

tragen sollte. Mascha erhielt zweihundert Reichsmark Vorschuss. Das Buch sollte eine Mark achtzig kosten und im Januar 1933 erscheinen.

Als sie ihren Lyrikband in den Bücherläden liegen sah, vergaß sie die ganze Aufregung um sich herum über die letzten Wahlen, die den Nationalsozialisten wieder hohe Stimmanteile eingebracht hatten, und war einfach nur glücklich. Der Schnee draußen leuchtete heller denn je, Berlin war ihre Stadt, sie gehörte spätestens jetzt dazu.

Franz Hessel überreichte ihr einige Exemplare des Büchleins, und im Romanischen Café stießen sie mit ihren Freunden auf Maschas Erfolg an. Hessel, dieser ruhige und kluge Mann, war ihr inzwischen nicht nur ein guter Lektor, sondern auch ein treuer Freund geworden.

Dem »Heiligen Franziskus«

vom Rowohlt Verlag anno dazumal

Dies Versbuch, lang vergriffen und verboten,
Widme ich dem Gedächtnis eines Toten –
Franz Hessel, Dichter, Heiliger und Lektor,
Mein Schutzpatron und lyrischer Protektor,
Der milde tadelnd, und mit strengem Lob
Das »Stenogrammheft« aus der Taufe hob.

Er ruht voll Sanftmut und Melancholie
In Frankreichs Erde, nah bei Sanary,
Und redigiert im Schatten edler Palmen
Fürs Paradies die allerneusten Psalmen.
– Und wenn sein ferner Blick sich erdwärts neigt,
Dann lächelt er geheimnisvoll, und schweigt …

Abschiede und Veränderungen

Berlin, 1933

Mascha war 1914 zwar erst sieben Jahre alt gewesen, doch sie würde ihr Leben lang nicht vergessen, wie ihr Vater am 28. Juli des Jahres von seiner Arbeit nach Hause kam und ihnen allen verkündete, dass Österreich-Ungarn Serbien den Krieg erklärt hatte.

Aber noch mehr sollte sich der 30. Januar 1933 in Maschas Gedächtnis einprägen. An diesem Tag saß sie an ihrem Schreibtisch in der Hauptverwaltung der *Jüdischen Organisation*, als ihr Kollege Kurt Lublin ganz blass von der Mittagspause zurückkehrte. Er fuhr sich fahrig durch sein schütteres Haar.

»Haben Sie es gehört?«, fragte er Mascha, während er unruhig vor den Schreibtischen auf und ab ging.

»Was denn?«, erwiderte Mascha, die an diesem Tag früh Feierabend machen wollte, weil sie sich mit Franz Hessel im Romanischen verabredet hatte.

»Hitler ist Reichskanzler geworden«, stieß Lublin hervor und blieb unmittelbar vor dem großen Kalender stehen, der an der Wand hing. »Merken Sie sich diesen Tag, denn es ist der schwärzeste unserer Republik.«

Mascha starrte ihn ungläubig an. Dann schüttelte sie den Kopf. »Das ist bestimmt wieder so ein dummes Gerücht. In den letzten Tagen hat es viele davon gegeben.«

»Nein!« Lublin fuhr herum. Seine Stimme zitterte vor Zorn.

»Ich habe es selbst im Rundfunk gehört, und es steht sogar schon in der Zeitung. Sosehr ich mir auch wünsche, es wäre nur ein Gerücht, es ist leider die bittere Wahrheit.«

Einen Moment lang dachte Mascha hektisch nach. Die Nationalsozialisten hatten in den letzten Jahren immer mehr Einfluss gewonnen, dabei waren ihre Aussagen und Vorhaben so platt und dumm, dass Mascha nie geglaubt hatte, dass sie wirklich einmal an einer Regierung beteiligt sein würden.

Sie stand auf. »Aber ich verstehe nicht, wie das passieren konnte. Hat Hindenburg ihn ernannt?«

»Angst«, Lublin deutete zum Fenster, »die Menschen haben Angst vor einem Bürgerkrieg mit den Kommunisten, und vermutlich hat unser Reichspräsident sich davon beeinflussen lassen. Anders ist es nicht zu erklären.«

Mascha ging zum Fenster und sog scharf die Luft ein. Unten auf der Straße herrschte ein ungewöhnlicher Tumult. Die Menschen versammelten sich auf den Bürgersteigen. Mascha öffnete das Fenster und konnte aus der Ferne Marschkapellen und laute Durchsagen hören. Erschrocken schloss sie es wieder und sah zu ihrem Kollegen hinüber.

»Es herrscht Feierstimmung«, stellte sie erschrocken fest.

»Die Dummheit der Menschen macht mich fassungslos.« Kurt Lublin stützte sich auf seinen Schreibtisch und ließ den Kopf sinken.

In diesem Moment erschien ihr Vorgesetzter, Dezernent Rockmacher, in der Tür. »Ich sehe, Sie haben es schon gehört.«

Mascha nickte.

Lublin fuhr auf. »Unvorstellbar. Das ist entsetzlich!«

»Gehen Sie nach Hause, alle beide.« Rockmacher sah durch das Fenster auf die Menschenmenge hinunter. »Im Regierungsviertel marschiert bereits die SA auf. Und niemand weiß, was noch passieren wird.«

Beklommenheit stieg in Mascha auf. Gerade noch hatte sie sich gefragt, ob ihr Kollege Kurt Lublin nicht ein wenig übertrieb mit seiner Schwarzseherei. Aber Dezernent Rockmacher neigte nicht zu unbegründeter Sorge.

Mascha schlüpfte schweigend in ihren Mantel und setzte die Baskenmütze auf.

Als sie auf die Straße trat, war der Lärm unerträglich. Menschen jubelten und klatschten, eilten fröhlich über die Gehwege und stürmten, ungeachtet der Automobile, einfach auf die Fahrbahn. Andere standen mit schreckgeweiteten Augen daneben, unfähig, etwas zu unternehmen. Und über allem lag die dröhnende Marschmusik. Mascha stieg meist bei der Haltestelle Friedrichstraße in die Bahn, heute jedoch war nicht daran zu denken. Denn je näher sie dem Regierungsviertel kam, umso mehr Menschen drängten sich auf den Straßen. Und als sie die ersten marschierenden SA-Männer sah, machte Mascha auf dem Absatz kehrt und lief in einem großen Bogen um das Regierungsviertel in Richtung Tiergarten.

Alles um sie herum kam ihr seltsam entfernt vor. Was hatte die Ernennung Hitlers zum Reichskanzler zu bedeuten? Plötzlich fiel ihr Saul ein, der im Auftrag der *Jüdischen Rundschau* schon mehrmals dabei gewesen war, wenn Adolf Hitler oder Joseph Goebbels öffentlich Reden gehalten hatten. Er hatte Mascha besorgt davon berichtet. Es sei so viel Hass und Wut zu spüren gewesen, dass es ihm Angst gemacht habe. Mascha überlegte einen Moment lang, zu Saul in die Redaktion zu fahren, entschied sich dann jedoch dagegen. Saul hatte jetzt vermutlich alle Hände voll zu tun und musste über die aktuellen Ereignisse berichten. Sie würde stattdessen zum Romanischen laufen, um zu versuchen, Saul von dort aus anzurufen. Heute schien die ganze Stadt verrücktzuspielen. Mascha sehnte sich nach der scheinbar abgeschlossenen Welt des Romanischen, nach ihren Freunden und Bekannten, mit denen sie die neuen Entwicklungen besprechen wollte.

Als sie das Café eine Stunde später endlich erreicht hatte, herrschte dort lähmendes Entsetzen. Mascha betrat das gut gefüllte Schwimmerbassin. Keine lautstarken Diskussionen, wie sie sonst dort herrschten, kein fröhliches Lachen, keine Neckereien. Die meisten Gäste saßen stumm an den runden Tischen oder sprachen mit gedämpften Stimmen mit ihren Nachbarn. Seit ihren Kindertagen, als sie überstürzt ihr Elternhaus hatte verlassen müssen, hatte Mascha Unsicherheit und Angst nicht mehr so greifbar spüren können wie in diesem Moment im Schwimmerbecken.

»Frau Kaléko«, hörte sie plötzlich Franz Hessels Stimme neben sich. »Kommen Sie, setzen Sie sich zu uns.«

Mascha nahm auf dem einzigen freien Stuhl am Lektoren-Stammtisch Platz. Neben Hessel saß Hermann Kesten.

»Was haben Sie jetzt vor?«, fragte Kesten.

Mascha zuckte ratlos mit den Schultern. »Was kann ich denn tun? Vermutlich müssen wir es aussitzen und abwarten, bis Hitler und seine Leute vorüberziehen.«

Kesten presste die Lippen zu einem schmalen Strich zusammen und schüttelte den Kopf. »Hitler ist kein vorübergehendes Phänomen. Er wird Deutschland in eine dunkle Zeit führen.«

Mascha schüttelte heftig den Kopf. Auch ihr war bewusst, dass die Entwicklungen ernst zu nehmen waren, aber es hatte in den letzten Jahren immer wieder neue Regierungen gegeben, und dieser Hitler schien nicht sonderlich viel auf dem Kasten zu haben. »Ich kann nicht glauben, dass sich niemand wehren wird.«

»Dazu wird es kaum eine Möglichkeit geben«, ereiferte sich Kesten. »Hitler führt uns geradewegs in einen Krieg.«

Mascha fröstelte es plötzlich. Am schlimmsten war, dass sie ihrem Kollegen recht geben musste.

»Ich versuche es auch Hessel klarzumachen. Wir müssen schnell von hier weg. Wir sind in Berlin nicht mehr sicher. Ob Jude, Kommunist oder einfach nur ein Gegner der Hitler-Partei – es ist gefährlich, in Deutschland zu bleiben.«

»Sie wollen Berlin verlassen?«, fragte Mascha erschrocken.

»So bald wie möglich«, sagte Kesten leise und sah sich um, ob sie belauscht wurden. »Ich fange morgen an, alles für meine Emigration vorzubereiten. Und ich kann Ihnen nur raten, selbst nicht zu lange damit zu warten. Zumal Ihr Mann doch fließend Hebräisch spricht. Sie könnten nach Palästina auswandern.«

Mascha lehnte sich zurück und ließ ihren Blick über die Menschen wandern, die ihr inzwischen so vertraut geworden waren. Niemals würde sie Berlin verlassen, sie liebte diese Stadt, sie war ihre Heimat, hier lebten ihre Freunde.

»Wäre das nicht ein wenig voreilig?«, fragte sie vorsichtig. »Wir haben immerhin die Verfassung, es gibt Gesetze, an die sich auch der Reichskanzler halten muss.«

Hermann Kesten sah sie nachdenklich an. »Ich befürchte, dass diese Gesetze nicht mehr lange Bestand haben werden. In den letzten drei Jahren wurden schon verschiedene Notverordnungen erlassen.«

Franz Hessel nickte. »Dieser Hitler wird uns noch ordentlich Probleme bereiten. Aber ich bin auch der Meinung, dass weglaufen nicht der richtige Weg ist. Wir müssen bleiben, unsere Stimme erheben und gegen diese braune Front ankämpfen.«

»Nein«, erwiderte Kesten finster. »Die NSDAP ist ein übermächtiger Gegner. Und unterschätzen Sie die Brutalität und Entschlossenheit der SA nicht.«

Mascha strich sich unbehaglich über die Arme. Um sie herum sah sie ähnliche Gefühle auf den Gesichtern der Menschen:

Angst, Ratlosigkeit, Wut, Unsicherheit. Sie hoffte inständig, dass Hermann Kesten mit seinen Voraussagen falschlag, allerdings war ihr klar, dass es schwieriger werden würde, besonders für Juden und Andersdenkende.

»Und jetzt bringe ich Sie nach Hause, Mascha«, sagte Franz Hessel. »Es ist heute gefährlich auf der Straße, ganz Berlin scheint mir ein Pulverfass zu sein. Es soll schon Übergriffe auf jüdisch aussehende Menschen und Kommunisten gegeben haben.«

Mascha konnte ihm nicht widersprechen. Es herrschte eine seltsam aufgeladene Stimmung in der Stadt, die Mischung aus Fröhlichkeit und Aggressivität hatte sie schon auf ihrem Weg zum Romanischen Café bemerkt.

»Ich will nur schnell versuchen, meinen Mann zu erreichen«, erklärte sie und stand auf.

Als sie jedoch zu den beiden Fernsprechgeräten kam, musste sie feststellen, dass das eine Telefon besetzt war und an dem anderen ein Zettel mit der Aufschrift »defekt« hing. Mascha seufzte und kehrte zu den beiden Männern zurück, die inzwischen ihre Mäntel angezogen hatten.

Am Eingang verabschiedeten sie und Hessel sich von Hermann Kesten. Während sie die Tauentzien hinuntergingen, mussten sie immer wieder ausgelassen feiernden Menschen ausweichen. Mascha wollte gerade auf die U-Bahn-Station zusteuern, als Hessel sie am Arm zurückhielt. Eine Gruppe SA-Männer, mit neuen Uniformen ausgestattet, stürmte im Stechschritt auf den Eingang zu.

»Wir gehen lieber zu Fuß«, sagte er leise und sah sich schnell in der Menschenmenge um.

Mascha nickte. Im nächsten Moment tauchten weitere SA-Leute auf, die einen Mann, etwa zwanzig Meter vor Mascha und Franz Hessel, ohne Vorwarnung an den Oberarmen packten.

»So, da haben wir dich ja, Bürschchen. Du Judensau, du!«, riefen sie laut.

Die Menge um sie herum grölte.

Mascha sog scharf die Luft ein. »Das können sie doch nicht einfach machen«, raunte sie Hessel zu. »Sie können nicht willkürlich Menschen verhaften. Was soll der Mann denn getan haben?«

Franz Hessel antwortete ihr nicht, sondern starrte mit zusammengezogenen Augenbrauen auf den Unglücklichen, der unter lautem Protest von den SA-Männern weggebracht wurde. Hessel führte Mascha mit zügigem Schritt die Tauentzien hinunter. Sie stiegen auch an den nächsten Haltestellen nicht in die Bahn, sondern gingen zu Fuß bis zu Maschas Wohnung in Neutempelhof. Obwohl Mascha ahnte, dass es hier draußen auch nicht sicherer war als in der U-Bahn. Vielleicht waren Kestens Befürchtungen doch nicht so übertrieben gewesen, wie sie vor wenigen Minuten noch gedacht hatte. In Berlin wütete der Mob, und er schien skrupellos vorzugehen.

Den Rest des Weges legten sie schweigend zurück. Als sie Maschas Haus am Hohenzollernkorso erreicht hatten, verabschiedete sich Franz Hessel von ihr. Mascha hatte kein gutes Gefühl dabei, ihn allein fortgehen zu lassen, aber ihre Einladung, bei ihr und Saul zu bleiben, schlug er aus. Sie hoffte inständig, dass er gut nach Hause kommen würde.

Als Mascha die Wohnung betrat, war Saul noch nicht da. Er kam erst nach acht Uhr, müde und erschöpft. Mascha ging ihm beunruhigt im Korridor entgegen.

»Ich habe mir schon Sorgen um dich gemacht. Bist du gut hierhergekommen? Wir haben SA-Männer gesehen, die jemanden festgenommen haben.« Mascha umarmte Saul. »Judensau, so haben sie ihn genannt.«

Er atmete tief durch. »Der Geist des Judentums muss lebendig gehalten werden. Mit der Anpassung und Selbstverleugnung ist es jetzt vorbei. Das habe ich gerade in einem Artikel für die *Rundschau* geschrieben.«

Mascha ließ Saul wieder los und setzte sich an den Küchentisch. »Glaubst du, es wäre besser, zu emigrieren?«

»Ich fürchte, wir haben keine andere Wahl.« Saul seufzte und ließ sich auf den anderen Stuhl fallen. »Eigentlich sollten wir hierbleiben und für unser Recht kämpfen. Wir sind Deutsche, wir sollten uns nicht vertreiben lassen. Aber ich fürchte, gegen diese braune Brut kommen wir nicht an. Dutzende von Regimegegnern wurden bereits verhaftet. Und die Nationalsozialisten haben es auf die Juden genauso abgesehen wie auf die Kommunisten.«

»Meinst du auch, dass wir hier nicht mehr sicher sind?«, fragte Mascha und fuhr mit den Fingerspitzen nervös über die geblümte Wachstuchtischdecke.

Saul lehnte sich vor und sah sie ernst an. »Es gilt immer noch das Gesetz. Auch ein Herr Hitler kann sich nicht darüber hinwegsetzen. Versteh mich nicht falsch, ich sehe sehr wohl, dass diese Entwicklungen fatal sind, aber das kann doch kein Dauerzustand bleiben. Wir sind am Tiefpunkt, Mascha! Aber wir müssen abwarten. Entweder wird es bald besser werden und Hitler im hohen Bogen aus dem Reichstag fliegen, oder wir müssen auswandern. Viele unserer Freunde gehen ja heute schon ins Ausland.«

Mascha zuckte erschrocken zusammen. Die Küchenuhr tickte laut, während sie für eine Weile schwiegen.

»Ich wüsste gar nicht, wohin wir ausreisen sollten. Hier ist unsere Heimat«, sagte Mascha dann leise.

»Nach Palästina«, seufzte Saul, während er ihre Hand drückte. »Eine andere Möglichkeit haben wir nicht. Unser Englisch und unser Französisch ist nicht sonderlich gut. Und wenn wir nicht mehr auf Deutsch publizieren können, bleibt uns nur noch Hebräisch.«

»Dir«, warf Mascha traurig ein. »Ich spreche viel zu schlecht Hebräisch.«

»Ich kenne einen guten Lehrer«, sagte Saul lächelnd und griff über den Tisch hinweg nach Maschas anderer Hand.

Zwei Tage später löste Hindenburg den Reichstag auf, und für den 5. März wurden Neuwahlen anberaumt. Wieder drei Tage später, es war der 4. Februar 1933, kam Mascha abends müde nach Hause. Sie hatte einen anstrengenden Tag in der *Jüdischen Organisation* gehabt. Da die Nationalsozialisten besonders gegen die Ostjuden wetterten, kamen diese nun in Scharen zur Arbeiterfürsorge, um sich zu erkundigen, ob sie das Land nun rasch verlassen mussten, ob es weiterhin die Möglichkeit gab, eine Arbeit für sie zu finden, und wie es jetzt um ihre Einbürgerung aussah. Obwohl Mascha inzwischen in der Verwaltung arbeitete, musste sie sich um viele dieser Fragen kümmern. Es war beispielsweise ihre Aufgabe, bei den Firmen anzurufen, die bisher Ostjuden beschäftigt hatten, und nachzufragen, ob sie diese Arbeitskräfte noch behalten wollten. Da die meisten dieser Unternehmen jedoch von jüdischen Mitbürgern gegründet und geleitet wurden, erteilte ihr kaum jemand eine Absage.

Jetzt schloss Mascha ihre Wohnungstür auf. Saul saß im Wohnzimmer auf dem Sofa.

»Du bist heute aber früh zu Hause«, stellte sie fest und küsste ihn zur Begrüßung auf die Wange.

»Du aber auch«, entgegnete ihr Mann. »Warst du nicht im Romanischen?«

»Ich bin zu müde. Hitler hat alles durcheinandergebracht.« Sie berichtete Saul von den verunsicherten Menschen, mit denen sie es heute den ganzen Tag zu tun gehabt hatte.

»Ich kann ihre Angst gut verstehen«, sagte Saul und lehnte sich auf dem Sofa zurück.

Mascha setzte sich zu ihm. »Aber vor ein paar Tagen hast du doch noch gesagt, es wird nicht so schlimm werden.«

Saul hob die Augenbrauen. »Heute hat das Kabinett eine Verordnung zum sogenannten Schutz des deutschen Volkes erlassen, die die Pressefreiheit enorm einschränkt. Es ist nicht die erste ihrer Art, das haben wir in den letzten Jahren immer wieder erlebt, und dass dieser Hitler sich so etwas ausdenken würde, war eigentlich zu erwarten gewesen.« Saul lehnte den Kopf zurück und schloss einen Moment lang die Augen. »Wir sollten zum Palästina-Amt gehen und alles für eine Auswanderung vorbereiten. Wahrscheinlich wird es eine Weile dauern, bis wir die nötigen Papiere erhalten. Wir können uns dann ja immer noch dagegen entscheiden, aber ohne diese Einwanderungsbewilligung lassen sie uns nicht nach Israel.«

»Vielleicht hat du recht«, erwiderte Mascha nachdenklich. Plötzlich überlief sie ein Schauer. Bislang war alles nur Theorie gewesen, aber wenn sie jetzt zum Palästina-Amt gehen würden, hätten sie den ersten Schritt in Richtung Emigration getan. Ihr Herz krampfte sich schmerzhaft zusammen. Sie presste die Lippen aufeinander. Sie konnte es sich einfach nicht vorstellen, ihre Heimat zu verlassen. Mascha schluckte. Es war undenkbar für sie, nicht mehr hier in Berlin zu leben. Und doch musste sie ihrem Mann beipflichten. Sie sollten sich für den Ernstfall vorbereiten.

»Die Stadt vermietet nicht mehr an jüdische Organisationen«, sagte Saul nachdenklich und lachte bitter.

In den folgenden Tagen veränderte sich Berlin. Auf den großen Plätzen, auch auf dem Auguste-Viktoria-Platz vor dem Romanischen Café, wurden Lautsprecher aufgestellt, durch die Hitlers Reden erschallten. Immer wieder patrouillierten SA-Trupps mit ihren Stahlhelmen durch die Straßen, es gab überall Festnahmen. Mascha wurde einmal Zeugin eines besonders brutalen Übergriffs, als sie abends im Romanischen saß und plötzlich SA-Männer hereinstürmten, um einen Journalisten festzusetzen. Als der Mann versuchte, sich zu wehren, schlugen sie ihm die Nase blutig. Mascha erfuhr, dass er für eine kommunistische Zeitschrift tätig war.

Wenige Tage später, es war Rosenmontag, saß sie mit Franz Hessel im Schwimmerbassin an einem Tisch direkt am Eingang, als sie draußen einen Tumult hörte. Ihr wurde kalt, als wenig später erneut einige SA-Männer zur Tür hereinspazierten.

»Wir sind auf der Suche nach Walter Mehring«, hörte sie den Anführer zu Nietz sagen.

Mascha sah sich um und erkannte Mehring weiter hinten im Raum, offenbar sorglos in ein Gespräch vertieft.

»Schnell«, wandte sie sich an Franz Hessel, »Mehring muss verschwinden. Die SA ist hier, um ihn abzuholen.«

Franz Hessel folgte Maschas Blick, ehe er nickte.

Im selben Moment sprang Mascha auf und rannte aus dem Schwimmerbassin.

»Nietz, wo ist denn Richard? Ich habe heute noch gar keine Zeitung bekommen«, rief sie und ging mit klopfendem Herzen auf den Portier zu, der an seinem Platz im Foyer von vier SA-Männern umringt war. »Oh, guten Abend, die Herren.«

Die Männer nickten ihr knapp zu.

»Kommen Sie, um einen Kaffee zu trinken?« Mascha sah sie mit einem frechen Lächeln an. »Dann sollten Sie nämlich wissen, dass wir hier so etwas wie eine inoffizielle Regel haben: Wenn Sie noch keinen berühmten Namen haben, sitzen Sie im Nichtschwimmerbecken, andernfalls im Schwimmerbassin.

Obwohl Sie ja sehr schneidig aussehen … Es wäre mir also eine Ehre, mich von Ihnen auf eine Tasse Kaffee einladen zu lassen.«

Die SA-Männer musterten sie irritiert. Schließlich ergriff der Anführer das Wort. »Wir sind nicht hier, um Kaffee zu trinken, junges Fräulein. Vielleicht können Sie uns helfen. Wir sind auf der Suche nach Herrn Walter Mehring. Haben Sie ihn vielleicht gesehen?«

Mascha schüttelte den Kopf und tat so, als überlegte sie angestrengt. »Den habe ich seit Tagen nicht mehr gesehen. Wann war er zuletzt hier, Nietz? Letzte Woche nicht, oder? Vielleicht die Woche davor?«

Nietz zuckte unbehaglich mit den Schultern und schwieg.

Mascha plapperte weiter, obwohl ihr Herz so schnell schlug, dass sie den Eindruck hatte, es müsste ihr beim Reden aus dem Mund springen.

»Hier ist es sowieso eigenartig mit den Leuten. Manche kommen wochenlang jeden Tag, und dann, auf einmal, von heute auf morgen, sind sie fort. Vielleicht haben sie sich zerstritten, oder sie sind verreist, manche ziehen sich auch zum Schreiben zurück. Früher, ja, da sollen die Autoren angeblich noch im Café gesessen und geschrieben haben. Aber das ist aus der Mode gekommen. Ein paar machen das ja noch, aber nicht mehr so, wie das damals …«

»Ja, ja«, unterbrach der Anführer Maschas Redestrom. »Los, Männer. Zwei nach rechts, zwei nach links. Marsch!«

Mascha biss sich auf die Unterlippe und sah den Uniformierten besorgt hinterher. Hatte Walter Mehring das Café noch rechtzeitig durch den Hinterausgang verlassen können?

»Das war mutig von Ihnen, Frau Kaléko«, sagte Nietz leise. »Sie bringen sich durch solche Manöver allerdings selbst in Gefahr, ist Ihnen das klar?«

Mascha zog unbehaglich die Schultern hoch. »Vielleicht. Aber ich habe Gerüchte gehört, die zurzeit kursieren. Angeblich soll es Folterkeller in der ganzen Stadt geben, in die sie die Gefangenen bringen.«

»Glauben Sie, dass das stimmt?«, fragte Nietz, ohne die Eingänge zu den beiden Gasträumen aus den Augen zu lassen.

»Ich weiß es nicht«, gab Mascha zu. »Aber wenn ich einen unschuldigen Menschen möglicherweise vor solchen Qualen retten kann, dann muss ich es einfach tun.«

Mascha machte sich gerade wieder auf den Weg zu Franz Hessel, als ihr die SA-Männer entgegenkamen – ohne Walter Mehring.

Während sie an Hessels Tisch trat, merkte sie, wie ihre Beine weich wurden. Mit letzter Kraft ließ sie sich auf den Stuhl fallen.

»Mascha, was Sie da getan haben, war eine große Tat!« Franz Hessel winkte dem Kellner und bestellte zwei Cognacs. »Sie haben Walter Mehring vermutlich das Leben gerettet.«

Mascha legte den Kopf in ihre zitternden Hände. »Ich … ich habe gar nicht groß nachgedacht. Aber nach der Sache mit dem KPD-Journalisten habe ich mir geschworen, dass ich so etwas nicht noch einmal erleben möchte. Wo sind wir nur gelandet, dass Menschen ohne Grund abgeführt werden können?«

»Es ist beängstigend«, stimmte Franz Hessel ihr zu. »Und ich befürchte, wir stehen erst am Anfang dieser Katastrophe.«

In diesem Moment kam der Kellner und stellte die Cognacgläser auf den Tisch.

Mascha trank die bernsteinfarbene Flüssigkeit, die sie seit ihren Auftritten im Kü-Ka zu schätzen gelernt hatte. Auch dieses Mal tat der Alkohol seine Wirkung, und sie entspannte sich, kaum dass das Brennen in ihrer Kehle nachgelassen hatte.

Da es inzwischen schon nach neun Uhr war, brachen sie bald auf. Hessel bot an, Mascha zur Stadtbahnhaltestelle zu begleiten. Doch als sie auf die Straße traten, lag Rauch in der Luft, und plötzlich ertönten von überallher Sirenen. Feuerwehrautos brausten an ihnen vorbei, die Tauentzien hinunter. Von ferne konnte Mascha laute Rufe hören.

»Was ist da passiert?«, fragte sie Hessel und betrachtete entsetzt das Durcheinander auf der Straße.

»Es muss ein ziemlich großer Brand sein«, erwiderte er, während zahlreiche Schupos und Feuerwehrmänner in Einsatzwagen an ihnen vorüberfuhren.

»Der Reichstag brennt! Der Reichstag brennt!«, rief irgendjemand.

Mascha und Franz Hessel sahen sich erschrocken an. In diesem Moment fuhr eine Kolonne gepanzerter Wagen an ihnen vorbei. Jetzt nahm Mascha auch die vielen Polizisten wahr, die von allen Seiten her auftauchten.

»Los, ich bringe Sie nach Hause, das gefällt mir nicht«, rief Hessel, fasste Mascha am Arm und zog sie aus der schreienden Menge, die sich in Richtung Regierungsviertel bewegte. Je weiter südlich sie kamen, umso ruhiger wurde es – auch wenn man in dieser Nacht wohl nicht von Ruhe sprechen konnte. Der Rauch des Feuers lag über den Straßen, Asche fiel vom Himmel, und immer wieder fuhren die Feuerwehr und gepanzerte Wagen mit großem Getöse an ihnen vorbei.

Saul kam erst am frühen Morgen nach Hause. Mascha hatte vor Sorge um ihn die ganze Nacht wachgelegen.

»Du kannst dir nicht vorstellen, was in der Stadt los ist«, stieß er aus, sobald er die Wohnungstür hinter sich geschlossen hatte. Er brachte eine Wolke rußgeschwängerter Luft mit herein.

»Der Reichstag brennt«, antwortete Mascha und stellte den

Wasserkessel auf den Herd, um Saul einen Kaffee aufzubrühen.

»Schon vor dem Brand, gestern Abend gegen sechs, gab es die Meldung, dass Kommunisten angeblich Überfälle planen.« Saul löste seinen Krawattenknoten. »Sie haben Marinus van der Lubbe, einen Holländer, verhaftet, der hinter dem Brand stecken soll. Hitler hatte sehr schnell eine Presseerklärung parat, die uns heute Nacht zugestellt wurde. Er glaubt, dass die Kommunisten hinter van der Lubbe stehen und für die Tat verantwortlich sind. Die ganze Nacht lang wurden KPD-Leute, Funktionäre und sogar Sozialdemokraten verhaftet. Unsere Telefonleitung stand nicht mehr still. Ich musste jetzt einfach nach Hause und ein paar Stunden schlafen, aber in der Redaktion ist die Hölle los.«

Mascha schüttelte ungläubig den Kopf, während sie das kochende Wasser in den Porzellanfilter goss. »Aber selbst wenn tatsächlich irgendeine Partei oder Gruppierung hinter dem Brand steckt, können doch nicht sämtliche Gegner des Regimes wahllos festgenommen werden. Man braucht wenigstens einen konkreten Verdacht, um sie in Polizeigewahrsam zu nehmen.«

»Das sollte man meinen«, stöhnte Saul und schloss erschöpft die Augen. »Wie ich gehört habe, wurde vor zwei Stunden Carl von Ossietzky festgenommen.«

Mascha schlug erschrocken die Hand vor den Mund.

Saul nickte düster.

Mascha füllte zwei Tassen und sog das kräftige Aroma ein. »Ich bin auch völlig zerschlagen. Hoffentlich kehrt bald wieder Ruhe ein.«

Schweigend tranken die beiden ihren Kaffee, und als Mascha sich bald darauf für die Arbeit zurechtmachte, ging Saul schlafen.

Am späten Nachmittag, als Mascha ins Romanische Café kam, war der Raum ungewöhnlich leer. Am Lektoren-Stammtisch, an dem sie meistens saß, war niemand außer ihr. Sie bestellte sich Kaffee und ließ sich von Richard ein paar Zeitungen bringen. Kurz darauf erschien Victor Wittner und setzte sich zu ihr.

»Haben Sie es schon gehört?«, fragte er.

Mascha sah ihn mit gehobenen Augenbrauen an. »Was meinen Sie? Momentan hört man so viele Neuigkeiten, dass man sich am besten die Ohren zuhalten sollte.«

Wittner nickte mit verbissenem Gesichtsausdruck. »Brecht ist fort, Döblin ebenfalls. Thomas und Heinrich Mann schon lange.«

Mascha sah sich um. »Es wird hier immer leerer. Und es herrscht eine schrecklich bedrückte Stimmung.«

»Ich werde auch gehen, Mascha«, sagte Victor Wittner leise. »Ich bereite gerade alles für meine Abfahrt nach Wien vor. Meine Familie lebt dort, und in Österreich sind wir vor den Braunhemden sicher.«

»Oh«, stieß Mascha erschrocken aus. »Aber … glauben Sie, dass das wirklich nötig ist?«

»Mehr als das«, er sah sie eindringlich an, »und auch Sie sollten sich gut überlegen, ob Sie in diesem Land bleiben wollen, das einen Mann an seine Spitze gestellt hat, der Juden als ›Ungeziefer‹ oder ›Bazillen‹ bezeichnet.«

Mascha schluckte. Sie musste Wittner zustimmen, und doch wollte sie die Hoffnung nicht aufgeben, dass es hier in Berlin eine Zukunft für sie gab.

»Die Zeiten werden wieder besser«, erwiderte sie. »Warten Sie noch die Wahl am 5. März ab. Vielleicht wird alles nicht so schlimm, wie es jetzt erscheint.«

Der Redakteur des *Querschnitt* schüttelte traurig den Kopf.

»Was glauben Sie denn, warum der Reichstag gestern gebrannt hat?«

Mascha zuckte die Schultern. »Es war anscheinend ein Brandanschlag.«

»Ganz genau, aber bestimmt nicht von den Kommunisten, wie sie uns glauben machen wollen. Und auch der Holländer ist höchstens ein kleiner Helfer gewesen. Nein, das waren sicher die Nationalsozialisten selbst. Finden Sie es nicht auffällig, dass Hitler kaum zwei Stunden nach dem Ausbruch des Brandes, während die Feuerwehr noch im Einsatz war, schon eine Presseerklärung bereit hatte?«

Mascha runzelte die Stirn. Etwas Ähnliches hatte Saul heute Morgen auch behauptet.

»Und seitdem werden sämtliche KPD-Leute und Sozialdemokraten festgenommen. Wenn die im Gefängnis oder in einem der Folterkeller sitzen, wer wird dann ihren Wahlkampf machen?«

Mascha musste ihm zustimmen. Das passte ganz hervorragend in die Strategie der nationalsozialistischen Partei. In einer Woche war Reichstagswahl. Der Brand gestern Abend hatte ihnen einen guten Grund geliefert, die Gegner auszuschalten.

»Und schauen Sie«, Victor Wittner deutete auf die *Berliner Zeitung*, die vor Mascha auf dem Tisch lag. »Heute hat Hindenburg eine weitere Notverordnung unterschrieben. Auch die war seltsam schnell zur Hand. Darin steht, dass sie ab sofort jeden festnehmen können, ohne triftigen Grund. Wenn einem Schupo oder einem SA-Mann Ihre Schuhe nicht gefallen, kann er Sie einfach einsperren. Sie dürfen nicht einmal widersprechen.«

»Aber das ist doch gegen unsere Grundrechte«, stieß Mascha hervor, während sie den Text in der Zeitung überflog.

»Es kann nicht angehen, dass irgendwelche Zeitungen willkürlich verboten werden können.«

»Dabei gibt es noch einiges mehr, was nicht angeht.« Wittner stieß laut die Luft aus. »Aber wir können nichts dagegen unternehmen. Ja, wir sollten eher vorsichtig sein, irgendetwas dagegen zu sagen, denn Sie wissen ja, jeder kann jederzeit verhaftet werden. Und es könnte wohl keinen besseren Grund dafür geben, als wenn man sich gegen die Nationalsozialisten und ihr menschenverachtendes Vorgehen äußert.«

Mascha fasste sich reflexartig an die Kehle und fröstelte.

»Also, Mascha«, Victor Wittner stand auf, »ich wünsche Ihnen alles Gute! Denken Sie über meine Worte nach. Ich verabschiede mich und hoffe, dass wir uns irgendwann einmal wiedersehen.«

Mascha erhob sich ebenfalls. Tränen standen ihr in den Augen. »Ich wünsche Ihnen auch alles Gute. Und danke, dass Sie meine Gedichte als Erster abgedruckt haben. Und dass Sie mich an die *Vossische* vermittelt haben. Ich verdanke Ihnen viel.«

Er nickte, drückte ihre Hand und verließ dann das Schwimmerbassin.

Mascha sah ihm lange nach. Der leere Platz, auf dem er eben noch gesessen hatte, wirkte plötzlich traurig und trostlos. Victor Wittner war fort, und Hermann Kesten würde auch bald gehen. Das waren nur zwei der vielen Freunde und Bekannten, die Mascha in den letzten Jahren hier kennengelernt hatte. Wer würde übrig bleiben? Wen würde sie künftig hier im Romanischen noch treffen, wenn alle weggingen?

In den nächsten Tagen wurden immer mehr Gerüchte laut, dass angeblich ein kommunistischer Umsturz geplant und vorbereitet wurde. Zahlreiche Menschen wurden verhaftet, vor allem Abgeordnete und Funktionäre der KPD, kommunistische Zeitungen wurden verboten und Büros der Partei geschlossen. Mascha dachte oft über Wittners Worte nach, dass all das einem nationalsozialistischen Plan folgte, um die Gegner des Regimes auszuschalten. SA-Truppen gehörten in diesen Tagen zum Straßenbild. Immer wieder musste Mascha mitansehen, wie Passanten von ihnen aus der Menge gezogen und mitgenommen wurden. Vor den öffentlichen Gebäuden standen nun Wachen. Und Mascha fühlte sich zum ersten Mal nicht mehr sicher in Berlin, eine latente Bedrohung schien über der Stadt zu liegen. Den Wahlen, die am kommenden Sonntag stattfinden sollten, sah sie mittlerweile angstvoll entgegen. Und tatsächlich, wie ihr Freund Wittner und inzwischen auch Saul vorhergesagt hatten, verloren sämtliche Parteien Stimmen, nur die NSDAP konnte einen Zuwachs an Wählern von fast elf Prozent verzeichnen.

Am nächsten Tag war Mascha auf dem Kurfürstendamm unterwegs, um ein Geburtstagsgeschenk für ihre Wirtschafterin zu kaufen, als sie hinter sich plötzlich Schreie und eilige Schritte vernahm. Sie drehte sich um und sah am Ende der Straße eine Gruppe von Menschen, die in ihre Richtung stürmten. Wenig später erkannte Mascha erschrocken, was die Ursache für diese Unruhe war: Ein paar wenige wurden offenbar von anderen durch die Straße gehetzt. Die Verfolger schrien etwas, das Mascha erst verstehen konnte, als sie sie schon fast erreicht hatten. Ihr wurde übel.

»Wenns Judenblut vom Messer spritzt, dann gehts noch mal so gut«, grölten sie.

Mascha schaffte es gerade noch, sich in einem Hauseingang in Sicherheit zu bringen, als die Menge an ihr vorüberzog. Es waren hauptsächlich junge Männer, die Augen schwarz vor Hass und Begeisterung. Mascha sackte in sich zusammen, als sie die Kraft der Wut erkannte, die hinter den hetzerischen Worten steckte. Sie verharrte voller Angst in ihrem Versteck und zitterte am ganzen Leib. Das hier konnte nicht Berlin sein, *ihr* Berlin, die freie Stadt, ihre Heimat. Erst als das Getrampel und Gegröle längst verklungen war, trat sie auf den Kurfürstendamm und betrachtete die Zerstörung, die der Pöbel hinterlassen hatte. Blumenkübel, die vor den Geschäften gestanden hatten, waren umgestoßen und zerschlagen worden, Zäune lagen auf dem Boden, und erschrockene Passanten standen fassungslos da und schienen ebenso wenig zu verstehen, was hier gerade geschehen war, wie Mascha selbst.

Wenige Tage später kam Saul abends von der Redaktion nach Hause und berichtete Mascha davon, dass die SA die Gerichtsgebäude gestürmt und jüdische Richter und Anwälte hinausgeworfen hätte. Sie dürften künftig nicht mehr in Rechtsangelegenheiten für die Stadt tätig werden. Dasselbe sei im Urban-Krankenhaus in Kreuzbach geschehen, wo jüdische Ärzte und Mitarbeiter festgesetzt worden waren. Bald darauf erschien Maschas Vorgesetzter Rockmacher in ihrem Büro, um ihr und ihrem Kollegen Lublin zu erklären, dass sich ein Regierungsvertreter bei ihm gemeldet habe. Offensichtlich empörte sich die ausländische Presse über die aktuellen Ereignisse, was die Nationalsozialisten den Juden anlasteten, die ins Ausland emigriert waren. Nun wurde von jeder jüdischen Organisation eine Richtigstellung gefordert, die sich an die Juden in anderen Ländern wenden sollte, um dieser Gräuelpropaganda, wie der Reichspropagandaminister Goebbels es nannte, entgegenzuwirken.

Kurt Lublin weigerte sich, einen derartigen Text zu verfassen, und so blieb diese Aufgabe an Mascha hängen. Aber was sollte sie schreiben, wenn sie doch selbst der Ansicht war, dass hier gerade schreckliche Dinge geschahen? Nach einigem Zögern verfasste sie einen Text, in dem sie versicherte, dass es das Beste sei, abzuwarten und die kommenden Entwicklungen zu beobachten. Dass es den Juden in Berlin gut ging, konnte sie nicht mit gutem Gewissen behaupten, denn sie hatte mit eigenen Augen immer wieder das Gegenteil gesehen. Da Mascha den Text bis zum Abend nicht fertighatte, legte sie ihn in die Schublade, um am nächsten Tag daran weiterzuarbeiten.

Als sie nach Hause kam, berichtete Saul, dass alle Zeitungen im Land gezwungen worden seien, einen Aufruf der Parteileitung abzudrucken, in dem am morgigen 1. April zu einem Boykott aller jüdischen Geschäfte aufgerufen wurde. Und als sie am nächsten Tag aus der Stadtbahn stieg, stellte sie entsetzt fest, dass die Berliner diesem Aufruf anscheinend mit großer Vehemenz folgten.

Mascha starrte auf die Schaufenster des Kaufhauses *Tietz* am Dönhoffplatz. Große Davidsterne waren mit weißer Farbe auf die Scheiben gemalt worden, daneben prangten Wegweiser mit der Aufschrift »nach Jerusalem«. Vor dem Eingang standen SA-Männer, die jeden abfingen, der es wagte, das Kaufhaus zu betreten. Erst jetzt fielen Mascha die roten Plakate auf, die überall angebracht worden waren und auf denen zu lesen stand: »Lasst das Geld in deutscher Hand, Jude schleppt es aus dem Land!« und »Mit dem Geld, das Juden stahlen, fremde Hetzer sie bezahlen.«

Mascha strauchelte und brauchte einen Moment, um wieder sicheren Stand zu finden. Ihr war eiskalt geworden. Sie atmete tief durch, bis sie sich so weit beruhigt hatte, dass sie weitergehen konnte. Doch der Weg bis zur Auguststraße war schrecklich. An sämtlichen jüdischen Geschäften, an denen sie vorbeikam, erwartete sie ein ähnliches Bild. Die Schaufenster waren mit Worten wie »Nicht kaufen, Lebensgefahr!«, »Juden raus!« oder »Tod den Judenhetzern!« beschmiert. Vor den Eingängen standen SA-Leute, die die Kunden davon abhielten, einzutreten. Nur wenige Mutige zwängten sich an ihnen vorbei.

Als Mascha ihre Arbeitsstelle erreicht hatte, blieb sie fassungslos stehen. Auch dieses Haus war nicht verschont geblieben. Neben dem Eingang hatte jemand mit Farbe hingeschmiert: »Wenn die Juden weiterhetzen, wird die SA das Messer wetzen.«

Angst ergriff Mascha. Und zum ersten Mal, seit sie vor fast zehn Jahren bei der *Jüdischen Organisation* zu arbeiten begonnen hatte, betrat sie das Gebäude mit einem mulmigen Gefühl. In ihrem Büro nahm sie die Stellungnahme, die sie gestern angefangen hatte, aus der Schublade und zerriss sie. Sie konnte ihre Augen nicht mehr davor verschließen: In Deutschland war die Gerechtigkeit verloren gegangen, und Mascha ahnte, dass all die schrecklichen Vorkommnisse erst der Anfang des Unheils waren.

Am Mittag erreichte sie ein Telegramm ihrer Eltern, die sie um ein Treffen baten. Beunruhigt verließ Mascha das Büro, und als sie im Scheunenviertel ankam, sah sie die gepanzerten Wagen der SA, die die ganze Straße absperrten. Erschrocken hielt sie inne. Dort würde man sie nicht durchlassen. Noch während sie überlegte, was sie tun sollte, hörte sie eine vertraute Stimme hinter sich.

Es war ihre Schwester Lea. »Mascha, wir kommen da jetzt nicht durch. Aber ich war heute Morgen bei ihnen. Es geht ihnen gut, auch wenn Vaters Holzhandlung beschmiert wurde. Es wird gerade eine Razzia bei allen jüdischen Bewohnern der Straße durchgeführt.«

»Eine Razzia?«, sagte Mascha entsetzt. »Aber was suchen sie denn? Ist Puttel in Sicherheit?«

Lea zuckte die Schultern. »Die brauchen keinen Grund, um so etwas zu machen. Puttel geht es gut. Aber unsere Eltern wollen so schnell wie möglich fort. Sie haben schon alles gepackt und wollten sich nur noch von uns verabschieden. Elias und ich überlegen auch, fortzugehen.«

»Oh nein.« Maschas Beine wurden weich.

Lea fasste ihr unter die Arme, und Mascha stützte sich dankbar auf ihre Schwester.

»Ich …«, begann sie, wusste aber nicht, was sie sagen sollte.

»Komm, wir sollten lieber von hier verschwinden und nachher wiederkommen, wenn die Braunen weg sind«, erklärte Lea.

Wie von selbst führten Maschas Schritte sie zum Romanischen Café, während Lea stumm neben ihr herging.

Am Eingang zum Schwimmerbassin begegnete ihr Chemjo Vinaver.

»Frau Kaléko, ich bin froh, Sie zu sehen. Darf ich Sie kurz sprechen?«

»Ja«, antwortete Mascha, ohne ihm richtig zuzuhören.

Er sah sie mit traurigem Blick an. Nicht zum ersten Mal fiel Mascha auf, wie dunkel seine Augen waren und wie viel Schwermut darin lag. Er war ein schöner Mann.

»Ich möchte mich verabschieden«, sagte Vinaver leise. »Zurzeit ist es für mich schwer, hier in Deutschland als Chordirigent zu arbeiten. Ich werde mit meinem Chor *Hanigun* auf eine Europatournee gehen.«

»Auch Sie verlassen uns?« Mascha hörte, wie enttäuscht ihre Stimme klang. Sie kannte Chemjo Vinaver kaum, und sein Weggang würde ihr Leben nicht beeinträchtigen. Nicht so wie das Vorhaben ihrer Eltern, Berlin zu verlassen und die jüngeren Geschwister mitzunehmen. Mascha würde besonders ihre Schwester Rachel, ihre kleine Puttel, vermissen. Und doch hinterließ auch Chemjo Vinaver, zusammen mit den vielen anderen, die gerade von hier fortgingen, eine Lücke, die kaum wieder zu schließen sein würde.

»Für immer?«, fragte sie.

Vinaver schüttelte den Kopf. »Berlin ist mein Zuhause, und ich habe mein Herz hier verloren. Ich komme wieder. Werde ich Sie dann noch hier antreffen?«

Mascha betrachtete ihn nachdenklich. »Davon gehe ich aus. Ich wüsste nicht, wo ich sonst sein sollte.« Es erschien ihr zu kompliziert, ihm ihre Pläne vom Palästina-Amt zu erläutern. Und die Emigration sollte ja nur ihren letzten Ausweg darstellen.

Chemjo Vinaver fasste nach Maschas Hand und drückte sie. »Passen Sie gut auf sich auf, versprechen Sie es mir.«

Sie bemühte sich um ein unbekümmertes Lächeln, was ihr jedoch aufgrund der Angst, die sie in seinem Blick erkannte, nicht gelang. »Versprochen.«

»Ich werde an Sie denken. Jeden Tag.« Er hielt für ein paar Sekunden ihre Hand und sah sie dabei so intensiv an, als wollte er sich ihr Gesicht für immer einprägen. Dann ließ er sie widerwillig los und ging davon.

Mascha schaute ihm noch einen Moment lang nach. Was hatte das zu bedeuten? Verspürte der Musiker etwa tiefere Gefühle für sie? Es kam immer wieder vor, dass junge Männer sie umschwärmten, und Mascha hatte sich auch manchmal auf den einen oder anderen Flirt eingelassen. Sie sehnte sich nach Leidenschaft und Zärtlichkeit, die der stets beherrschte Saul ihr nicht geben konnte. In den letzten Wochen war allerdings sämtliche Leichtigkeit aus ihrem Leben verschwunden.

Mascha wandte sich um und betrat das Schwimmerbecken. Sie spürte noch die Wärme von Vinavers Hand auf ihrer Haut, und sein Blick schmeichelte noch ihr Gesicht. Innerlich aufgewühlt rutschte sie auf den Stuhl neben ihrer Schwester.

»Wer war das?«, wollte Lea wissen.

»Ein Musikwissenschaftler und Dirigent«, erklärte Mascha. »Er heißt Vinaver.«

»Er ist in dich verliebt«, stellte Lea fest. Sie musste die ganze Zeit hinter ihrer älteren Schwester gestanden haben, was Mascha jedoch nicht mitbekommen hatte.

»Möglich.« Mascha zuckte mit den Schultern.

»Aber du gehst nicht darauf ein, oder?«

»Natürlich nicht«, sagte Mascha und lächelte. »Zumal er auch fortgeht. Auf eine Europatournee mit seinem Chor.«

»Außerdem bist du verheiratet«, sagte Lea mit einem empörten Ton in der Stimme, der Mascha an ihre Mutter erinnerte.

»Ja«, seufzte sie und dachte an Chemjo Vinavers dunkle Augen. »Ich bin verheiratet.«

Am nächsten Tag verabschiedeten sich ihre Eltern, ihre geliebte Schwester Puttel und ihr kleiner Bruder Chajim von Mascha. Sie wollten zunächst nach Frankreich fahren und sich dort um eine Einreisebewilligung für Palästina bemühen. Ihr Ziel war Jerusalem. Sosehr Mascha ihre Mutter auch ablehnte – als sie ihre Familie in den Zug steigen sah, liefen ihr Tränen über die Wangen.

In der nächsten Woche nahm Mascha sich einen Tag frei, um zum Palästina-Amt zu gehen. Das Amt befand sich im Haus der *Zionistischen Organisation*, wo auch die Redaktion der *Jüdischen Rundschau* untergebracht war.

Am Eingang musste Mascha sich anmelden und erhielt einen kleinen Zettel mit einer Wartenummer. Dann wurde sie in ein Vorzimmer geschickt, in dem bereits einige andere Leute warteten. Sie setzte sich auf eine der langen Holzbänke und betrachtete die Wände, an denen vergilbte Bilder hingen, die die sandige Hügellandschaft Palästinas zeigten. Nach über einer Stunde Wartezeit wurde Maschas Nummer aufgerufen.

Sie musste an einem Schreibtisch Platz nehmen, hinter dem ein Herr mittleren Alters saß. Mascha trug ihm ihr Anliegen vor, und er reichte ihr ein Formular, das sie ausfüllen musste. Als sie dem Mann das Dokument zurückgab, musterte er sie durch seine kleine runde Brille.

»Warum wollen Sie nach Palästina auswandern?«, fragte er mit gerunzelter Stirn.

Mascha sah ihn erstaunt an. War das nicht offensichtlich? Hatte er die Angriffe auf Juden und jüdische Einrichtungen in den letzten Wochen etwa nicht mitbekommen? Sie unterdrückte eine bissige Bemerkung und antwortete nur: »Wir sehen hier keine Zukunft für uns.«

»Die glauben Sie aber in Palästina zu haben?«, fragte er, während er sich mit dem Bleistift Notizen machte.

Mascha hätte beinahe mit den Augen gerollt. Stattdessen sagte sie: »Ja, das tun wir.«

»Was sind Sie von Beruf?«, fragte der Mann weiter.

Auf dieses Kreuzverhör war Mascha nicht vorbereitet. Sie räusperte sich. »Mein Mann ist Hebräischlehrer und hofft, in Palästina eine Anstellung zu bekommen. Außerdem arbeitet er als Journalist bei der *Jüdischen Rundschau*. Er spricht fließend Hebräisch und könnte vielleicht auch in Palästina als Redakteur arbeiten.«

»Und Sie?« Der Mann zog eine Augenbraue hoch.

»Ich bin Abteilungssekretärin bei der *Jüdischen Organisation* in der Auguststraße«, antwortete Mascha und beobachtete, wie sein Bleistift über das Papier kratzte.

»Ich will ganz ehrlich zu Ihnen sein«, sagte er und blickte auf. »Ich sehe keine Möglichkeit, Ihnen die Einwanderungsbewilligung zu beschaffen. Wenn Ihr Mann einen handwerklichen oder landwirtschaftlichen Beruf hätte, würde er in Palästina mit offenen Armen empfangen, aber Schreiberlinge …«

»Wir sind keine Schreiberlinge«, antwortete Mascha empört. »Mein Mann ist Lehrer und Journalist, und ich arbeite als Sekretärin und nebenbei als Dichterin.«

Der Mann hinter dem Schreibtisch sah sie mitleidig an. »Vielleicht sollten Sie einmal über einen Berufswechsel nachdenken. Zumindest Ihr Gatte.«

»Was stellen Sie sich denn vor?«, fragte Mascha irritiert.

Der Mann wiegte den Kopf hin und her. »Wie gesagt, ein handwerklicher Beruf wäre von Vorteil. Maurer vielleicht.«

Mascha atmete tief durch. Dann erklärte sie: »Ich sehe meinen Mann nicht mit einer Kelle Wände verputzen. Er kann kaum einen Nagel in die Wand schlagen. Wenn wir an unseren Berufen festhalten, können wir die entsprechenden Papiere also nicht bekommen?«

Der Beamte griff nach einem Messer und spitzte seinen Bleistift.

»Bitte machen Sie sich keine allzu großen Hoffnungen«, sagte er und klang dabei irgendwie müde. »Ich werde mich bei Ihnen melden, sobald mir der Bescheid vorliegt.«

Mascha stand auf und bedankte sich bei dem Mann. Dann bahnte sie sich einen Weg nach draußen, zwischen rasselnden Telefonen und klappernden Schreibmaschinen hindurch und an mappenschwingenden Kontoristinnen vorbei.

In den nächsten Wochen gab es keinen Tag ohne eine Schreckensmeldung. Zeitungsredakteure wurden entlassen, und die Pressefreiheit wurde massiv eingeschränkt, sodass nirgendwo mehr regimekritische Artikel zu lesen waren. Zahlreiche Unternehmen, darunter auch die *Karstadt AG*, kündigten fristlos sämtlichen jüdischen Mitarbeitern, was Aufsichtsratsmitglieder, Geschäftsführer und einfache Angestellte gleichermaßen betraf.

Wenn Mascha abends ins Romanische kam, erfuhr sie bei jedem Besuch von weiteren Personen, die das Land verlassen hatten.

Als sie an einem späten Nachmittag Mitte April 1933 aus dem Büro trat, hingen überall Plakate, auf denen unter der Überschrift »Wider den undeutschen Geist« zwölf Thesen zu lesen waren. Mascha lief es kalt den Rücken hinunter, denn da stand unter anderem: »Unser gefährlichster Widersacher ist der Jude, und der, der ihm hörig ist.« Mascha wurde schlecht, als sie weiterlas: »Jeder Jude kann nur jüdisch denken, schreibt er deutsch, dann lügt er.« Sie schüttelte ungläubig den Kopf, während sie auf das Plakat an der Litfaßsäule starrte. »Jüdische Werke erscheinen in hebräischer Sprache. Erscheinen sie in Deutsch, sind sie als Übersetzung zu kennzeichnen. Deutsche Sprache steht nur Deutschen zur Verfügung.«

Dem Verfasser schien nicht klar zu sein, dass nur die wenigsten Juden Hebräisch konnten. Deutsch war ihre Muttersprache – und auf einmal sollten sie sie nicht mehr benutzen dürfen! Was für eine schreiende Dummheit, die aus diesen Thesen sprach!

Mascha wandte sich ab. Saul hatte ihr schon vor einigen Tagen von dieser Aktion erzählt, doch er hatte keine genauen Einzelheiten genannt. Dahinter steckten wohl Studenten, hatte er berichtet. Wo Mascha auch ging, überall waren diese Plakate zu sehen. An Wänden und Litfaßsäulen, an Schaufensterscheiben und Baumstämmen.

Als sie den Potsdamer Platz erreicht hatte, bemerkte sie einige junge Männer, die Flugblätter verteilten. Sie brauchte sich die Zettel nicht genauer anzusehen, um zu wissen, dass diese zwölf schrecklichen Thesen darauf abgedruckt waren. Mascha machte auf dem Absatz kehrt und schlug eine andere Richtung ein.

Beinahe jeden Tag wurden jetzt jüdisch aussehende Menschen auf offener Straße angegriffen, unter den neugierigen, manchmal sogar schadenfrohen Blicken der Umstehenden. Es gab einzelne Passanten, die Protest äußerten, aber das kam selten vor. Denn wer nicht mit dem gewaltsamen Vorgehen der SA- und SS-Männer einverstanden war, musste befürchten, selbst Opfer zu werden. Überhaupt wurde die Angst vor den Konsequenzen kritischer Äußerungen immer größer. Auch im Romanischen, wo in der Vergangenheit heiß diskutiert und gestritten worden war, verstummten die wenigen, die hiergebliebenwaren. Es wurde immer stiller in den hohen Räumen des Cafés, und es herrschte eine bedrückte Stimmung.

Mascha hatte seit dem Weggang ihrer Eltern nach Palästina noch nichts von ihnen gehört und schrieb regelmäßig Briefe, um sich nach ihnen zu erkundigen. Aber ihre Eltern waren noch nicht dort angekommen. Vermutlich saßen sie in Frankreich fest und warteten auf ihre Ausreisegenehmigung. Dabei war ihre Familie vorsichtig, was sie schrieb, denn niemand konnte sicher sein, ob der Brief nicht bei der Post abgefangen und gelesen wurde.

Bald hörte Mascha davon, dass die Studenten ihre jüdischen Professoren und Kommilitonen nicht mehr in die Universitäten ließen, und Ende April 1933 zogen Horden von ihnen mit Fahnen durch die Stadt, um Bücher, die sie als schändlich empfanden, einzusammeln. Besonders hart traf es Anfang Mai das Berliner Institut für Sozialwissenschaft, in dem sie beinahe alle Bücher konfiszierten, medizinische Geräte zerstörten und Tinte über Teppiche und Unterlagen ausleerten.

Aber auch andernorts wurde randaliert, und Lehrbücher wurden entwendet. Am zehnten Mai 1933 verbrannten die Studenten einen riesigen Haufen Bücher auf dem Opernplatz, während der Reichspropagandaminister Joseph Goebbels eine flammende Rede hielt. Mascha blieb an diesem Abend zu Hause und starrte durch das Fenster in die Nacht hinaus. Sie wusste, dass auch die Bücher von Kurt Tucholsky, Erich Kästner und vielen anderen Autoren, die sie kannte, darunter waren. Mascha fragte sich, warum ihr »Lyrisches Stenogrammheft« verschont geblieben war, das erst vor wenigen Monaten erschienen war. Wussten sie nicht, dass die Verfasserin ebenfalls Jüdin war? Sie seufzte und drückte die Stirn gegen die kalte Fensterscheibe. Sollte sie erleichtert darüber sein, dass ihr kleiner Versband nicht vernichtet worden war? In diesem Moment hörte sie das Geräusch von Sauls Schlüssel in der Wohnungstür.

»Mascha?«, rief er und drehte das Licht im Flur an, ehe er zu ihr ins Zimmer kam. »Warum stehst du denn hier im Dunkeln?«

Mascha zuckte mit den Schultern, und statt zu antworten, sagte sie: »Sie verbrennen Bücher auf dem Opernplatz.«

»Ja«, erwiderte Saul tonlos und ging zurück Garderobe, um seinen Mantel auszuziehen.

»Dort, wo man Bücher verbrennt, verbrennt man auch am Ende Menschen«, zitierte sie den von ihr sehr geschätzten Heinrich Heine. Dann schüttelte sie sich, um die trüben Gedanken aus ihrem Kopf zu vertreiben, was ihr jedoch nicht so richtig gelang.

Mascha ließ sich auf das Sofa fallen, und Saul setzte sich in den Sessel gegenüber. Er hatte einen Stapel Hebräisch-Hausaufgaben seiner Schüler dabei.

»Ich verstehe nicht«, sagte er, »warum niemand seine Stimme erhebt. Wir Juden können uns kaum wehren, wir werden sofort niedergeschrien. Vor ein paar Tagen habe ich mitangesehen, wie ein jüdischer Geschäftsmann sich mit dem Eisernen Kreuz, das er im Krieg für seine Tapferkeit erhalten hat, in die Tür seines Ladens gestellt hat. Die Fenster waren mit schamlosen Schmierereien verunstaltet. Aber die Leute sind einfach an dem Mann vorbeigegangen. Kein Kunde hat das Geschäft betreten. Was ist mit den christlichen Kirchen, die Nächstenliebe predigen? Was sagt der Papst dazu? Sie alle sehen zu und schweigen.«

Er verbarg sein Gesicht in den Händen. »Wir können nicht einmal offen in der *Rundschau* berichten, weil wir dann jederzeit damit rechnen müssen, dass das Blatt verboten wird. Und wie ernähren wir dann unsere Familie, und wie informieren wir unsere Leser?«

»Ja, das ist alles unglaublich«, pflichtete Mascha ihm bei. »Vor allem, wenn man bedenkt, dass hier Deutsche gegen Deutsche vorgehen. Albert Einstein hat den Nobelpreis bekommen, und damals hat keiner geschrien, er sei Jude. Nein, es wurde der deutschen Wissenschaft als Erfolg zugeschrieben. Auch Heinrich Heine, einer unserer größten Dichter überhaupt, wurde als Jude geboren. Und heute sagen ein paar Grünschnäbel, er hätte eigentlich nicht in deutscher Sprache schreiben dürfen?«

»Die Nationalsozialisten versuchen gerade, unser gesamtes kulturelles Selbstverständnis zu zerstören«, brummte Saul und lehnte sich im Sessel zurück. »Wie viele unserer Bekannten und Freunde sind schon fortgegangen? Journalisten, Autoren, Künstler, Schauspieler ... Adolf Hitler ist noch nicht einmal drei Monate Reichskanzler, und schon hat er die gesamte Elite der deutschen Literatur- und Kunstszene vertrieben.«

Eine Weile lang saßen sie schweigend da. Mascha dachte an den Scheiterhaufen auf dem Opernplatz. Wie lange würde dieser Terror noch andauern? Wann würden die Menschen endlich zur Vernunft kommen?

»Wird es je wieder so werden wie vorher?«, fragte Mascha, und zum ersten Mal beschlich sie das Gefühl, dass sich ihr Leben, ihre Welt, vielleicht für immer verändert hatte. Dass es möglicherweise keine Rückkehr zur alten Normalität mehr geben könnte. Würden ihre Eltern, ihre Freunde und die Bekannten aus dem Romanischen Café jemals nach Berlin zurückkommen können?

»Nein«, hörte sie Sauls Stimme, die in ihre Gedanken drang. »Und ich befürchte, wir stehen erst am Beginn der Veränderung. Es könnte alles noch viel schlimmer werden.«

Mascha sah ihn erschrocken an, sie war nicht in der Lage, ihm zu widersprechen.

»Mascha, ich glaube, wir sollten nun auch dieses Land verlassen.« Saul lehnte sich nach vorn und fasste Maschas Hand.

»Ich warte noch immer auf die Antwort des Palästina-Amts«, erwiderte sie und presste die Lippen aufeinander. »Was sollen wir tun, wenn wir diese Papiere nicht erhalten?«

»Warten wir es ab«, sagte Saul kraftlos. »Ich werde demnächst selbst dort vorbeigehen. Vielleicht kann ich ja etwas erreichen.«

Aber auch als Saul in der Meinekestraße vorsprach, erhielt er keine andere Auskunft als die, die Mascha schon bekommen hatte.

Und dann begann die Welt immer mehr zusammenzubrechen. Als Mascha an einem schönen Frühsommertag im Mai 1933 im Treppenhaus ihre sonst so freundliche Nachbarin Frau Müller traf, grüßte sie Mascha nicht mehr. Zuerst dachte Mascha, dass es ein Versehen sei, aber als auch andere Nachbarn sie ignorierten, ahnte sie, was der Grund dafür war. Sie waren nicht mehr willkommen in dem neu gebauten deutschen Haus, und man sähe es am liebsten, wenn die jüdischen Kalékos wegzögen. Als sie im Warenhaus ein neues Notizbuch bestellen wollte und ihren Namen nannte, fragte die Angestellte, eine junge Frau mit pickeligem Gesicht, entsetzt: »Sind Sie Jüdin?«

Mascha runzelte die Stirn und nickte.

Daraufhin beschimpfte die Frau sie als »Judenschwein« und erklärte, dass man in diesem Hause ihr jüdisches Geld nicht haben wolle.

Nichtjüdische Schauspieler und Schauspielerinnen, mit denen Mascha schon länger im Romanischen Café verkehrte, schauten neuerdings weg, wenn sie den Gastraum betrat, und waren bald nicht mehr hier anzutreffen. Wahrscheinlich hatten sie sich ein anderes Stammlokal gesucht, wo sie keine Angst haben mussten, ihre Karriere aufs Spiel zu setzen, weil sie freundlich zu einer Jüdin waren.

Am 7. April 1933 war ein Gesetz zur Wiederherstellung des Berufsbeamtentums beschlossen worden, das Beamte nichtarischer Abstammung in den Ruhestand zwang. Zum ersten Mal hörte Mascha das Wort »nichtarisch«, das immer häufiger verwendet wurde und bald zum täglichen Sprachgebrauch gehörte.

Das Schlimmste jedoch war, dass Mascha allmählich Angst davor hatte, aus dem Haus zu gehen. Die Stadt, die sie einst so geliebt hatte, war innerhalb weniger Wochen zu einer feindlichen Zone geworden. Mascha wusste nie, wie der Straßenbahnfahrer auf sie reagieren und ob er für sie anhalten würde, ob die Kellnerin im Restaurant sie noch bedienen würde und ob Menschen sie grüßten oder bei ihrem Anblick lieber die Straßenseite wechselten. Saul hatte in einem Bericht für die *Jüdische Rundschau* geschrieben: »Die jüdische Gleichberechtigung ist zu Ende.« Und Maschas Herz zog sich schmerzhaft zusammen, als sie erkannte, dass er recht hatte. Die schlimmsten Gerüchte drangen an ihre Ohren. Immer wieder hörte sie von Ärzten, die aus ihren Sprechstunden geholt, und von Anwälten, die aus den Kanzleien gezerrt wurden. Mascha sah Verzweiflung, Elend und Angst in den Gesichtern der einen, Süffisanz, überlegenes

Grinsen und Hass in denen der anderen. Das Volk war gespalten, und Juden gehörten nirgends mehr dazu.

Der *Jüdischen Organisation* wurden die städtischen Subventionen gestrichen. Mascha war besorgt. Wenn kein Geld mehr da war, wie sollten sie dann weiterarbeiten?

Und gleichzeitig gab es immer mehr begeisterte Kritiken zu ihrem Gedichtband. Die Zeitschrift *Das blaue Heft* schrieb eine Lobeshymne auf die Alltagsverse eines arbeitenden Mädchens, und auch in vielen anderen Zeitungen wurde ihr Buch gepriesen. Der Rowohlt Verlag übersandte ihr stapelweise Leserbriefe, in denen die Menschen Mascha für ihre Zeilen dankten, denn sie sahen ihre eigenen Nöte darin zum Ausdruck gebracht. In den Buchläden lag das rosa Buch aus, und oft ging Mascha stolz hinein, nur um es ansehen zu können. Wer nicht wusste, dass sie Jüdin war, blieb freundlich zu ihr. Aber sie suchte jetzt immer mehr die Gesellschaft ihrer Glaubensgenossen, und auch im Romanischen Café schienen sich Juden und Nichtjuden in zwei Gruppen aufzuteilen. Mascha verbrachte diese Tage in einer seltsamen Stimmung zwischen Hochgefühl und Entsetzen. Beruflich hatte sich ihr größter Traum erfüllt, und sie war eine gefeierte Literatin geworden, doch ihr Leben und ihre Dichtkunst waren in Deutschland bedroht, und das nur, weil sie eine Jüdin war. Was um alles in der Welt, fragte sie sich, hatten ihre Verse denn mit ihrem Glauben zu tun? Sie musste einfach durchhalten, irgendwann würden der Reichskanzler Hitler und seine braune Brut Geschichte sein. Hoffentlich war es schon bald so weit.

Zeitgemäße Ansprache

Wie kommt es nur, dass wir noch lachen,
Dass uns noch freuen Brot und Wein,
Dass wir die Nächte nicht durchwachen
Verfolgt von tausend Hilfeschrein.

Habt ihr die Zeitung nicht gelesen,
Saht ihr des Grauens Abbild nicht?
Wer kann, als wäre nichts gewesen
In Frieden nachgehn seiner Pflicht?

Klopft nicht der Schrecken an das Fenster,
Rast nicht der Wahnsinn durch die Welt,
Siehst du nicht stündlich die Gespenster
Vom blutdurchtränkten Trümmerfeld –?

Des Tags, im wohldurchheizten Raume:
Ein frierend Kind aus Hungerland,
Des Nachts, im atemlosen Traume:
Ein Antlitz, das du einst gekannt.

Wie kommt es nur, dass du am Morgen
Dies alles abtust wie ein Kleid
Und wieder trägst die kleinen Sorgen,
Die kleinen Freuden, tagbereit.

Die Klugen lächeln, leicht ironisch:
Ça c'est la vie. Des Lebens Sinn.
Denn ihre Sorge heisst, lakonisch:
Wo gehn wir heute Abend hin?

Und nur der Toren Herz wird weise:
Sieh, auch der grosse Mensch ist klein.
Ihr lauten Lärmer, leise, leise.
Und lasst uns sehr bescheiden sein.

Freundschaft in dunklen Zeiten

Berlin, 1933 bis 1935

Die Welt drehte sich weiter. Der Schock der ersten Monate über die Ausgrenzung und Diskriminierung wich einer latenten Resignation. Die immer neuen Ungeheuerlichkeiten des herrschenden Regimes konnte Mascha bald nur noch mit einem verwunderten Schulterzucken quittieren – ob es sich um das Verbot von Parteineubildungen handelte oder um die Ausbürgerungslisten, die die Regierung Ende August 1933 veröffentlichte und auf denen auch Namen von Menschen standen, die die Kalékos persönlich kannten, wie zum Beispiel Kurt Tucholsky und Alfred Kerr. Aber die ständigen Zurückweisungen durch Nachbarn, Bekannte oder auch Fremde blieben Mascha unerträglich. Im Sommer unternahm sie eine ausgedehnte Reise nach Siena, Mailand und Wien. Saul konnte wieder nicht mitkommen, weil momentan jeder Mann in der Redaktion der *Rundschau* gebraucht wurde.

Im Ausland konnte Mascha die Bedrohung durch die Nationalsozialisten beinahe vergessen, und sie genoss die Zeit, die sie allein verbrachte. Denn Sauls Gegenwart wurde ihr immer unerträglicher. Es war nicht so, dass er etwas tat, was Mascha nicht guthieß – ganz im Gegenteil, es gab wohl keinen perfekteren Mann auf der Welt als Herrn Doktor Saul Kaléko. Doch die Kleinigkeiten des Alltags störten sie zunehmend. Sie mochte es nicht, wie er morgens beim Aufwachen laut gähnte, konnte nicht mehr mitansehen, wie er penibel seine Brille putzte, und hasste das Geräusch, das er beim Kaffeetrinken von sich gab. Dieses Schlürfen machte sie wahnsinnig. Vor allem aber missfiel ihr seine Beherrschtheit. Er ließ sich nie zu einem leidenschaftlichen Ausbruch hinreißen, der sie überrascht hätte, ja, es war beinahe unmöglich, sich mit Saul zu streiten. Immer blieb er der besonnene, nachdenkliche Akademiker, der zuerst überlegte, bevor er sprach. Mascha sehnte sich nach Emotionen, nach Wutanfällen, aber vor allem sehnte sie sich nach dem Gefühl des Verliebtseins.

Franz Hessel war Mascha inzwischen ein enger Freund geworden. Und auch wenn sie mit ihm nie über ihre Ehe sprach, schien er zu ahnen, dass es Probleme gab, und er ermutigte Mascha, darüber zu schreiben. Überhaupt drängte er sie, weiter zu dichten, und stellte ihr einen neuen Versband in Aussicht. Auch ein paar Prosatexte könnten darin vorkommen, meinte er. In den ersten Monaten des Jahres 1933 hatte Mascha kaum etwas schreiben können, sie war von den politischen Ereignissen viel zu schockiert gewesen. Doch inzwischen war sie zu ihrer Routine zurückgekehrt und arbeitete wieder regelmäßig. Auf Franz Hessels Rat hin vermied sie es, in ihren Texten politische Themen zu verarbeiten oder das Regime zu kritisieren. Sie konzentrierte sich auf kleine Alltagssorgen, wie sie es auch zuvor schon getan hatte. Dabei beschäftigte sie die politische Lage momentan am meisten.

In der Neubausiedlung in Neutempelhof, wo sie seit letztem Jahr wohnten, nahmen die Anfeindungen durch die Nachbarn täglich zu. Mascha und Saul wurden bald von niemandem mehr gegrüßt, und in ihrem Briefkasten fanden sich Zettel mit hingekritzelten Botschaften wie »Juden haben in diesem Haus nichts zu suchen!« oder »Nach Palästina geht's nach Osten!«. Als Mascha von ein paar Kindern bespuckt und ausgelacht wurde, hatte sie endgültig genug. Saul meinte zwar, dass sie nicht davonlaufen sollten, aber als sie eine hübsche Wohnung in der Meierottostraße im Stadtteil Wilmersdorf fanden, zogen sie sofort um. Die Wohnung war zwar kein Neubau, sie war kleiner als die vorige, und die Fenster waren zugig, aber es gab eine Heizung, und sie lag ganz in der Nähe des Romanischen Cafés. Doch auch dieses Kaffeehaus hatte für Mascha seinen Reiz verloren, seit so viele ihrer Freunde fort waren. Trotzdem ging sie weiter regelmäßig hin, um sich den Erinnerungen an frühere Zeiten hinzugeben. Dass diese Zeiten nicht einmal ein Jahr her waren, kam ihr unglaublich vor.

Anfang Oktober 1933 kam Saul eines Tages mit besorgtem Gesicht nach Hause. Die Regierung hatte wieder ein neues Gesetz erlassen, das sogenannte »Schriftleitergesetz«. Es ermöglichte die Zensur der Presse und bildete die Grundlage für eine umfassende Kontrolle ihrer Inhalte. Saul fragte sich, wie lange es wohl noch jüdische Zeitungen geben würde. Nicht nur er hatte Angst um seine Stellung, sondern auch viele andere Redakteure und Journalisten. Selbst Mascha bekam diese Veränderung zu spüren, denn ihre Gedichte fanden plötzlich nur noch schwer einen Platz in den Zeitungen.

»Was hältst du davon, wenn du ein paar journalistische Beiträge schreibst?«, schlug Saul ihr eines Sonntags vor, als sie beim Frühstück saßen und Mascha ihm gerade ihr Leid geklagt hatte, weil sie wieder einmal eine Absage erhalten hatte. »Solange es noch Zeitungen wie die *Jüdische Rundschau* gibt, könntest du dir ein zweites Standbein aufbauen. Ich habe gehört, dass das *Palästinische Familienblatt* noch Redakteure sucht.«

Mascha strich Butter auf ihre Scheibe Graubrot und sagte: »Ich weiß nicht, eigentlich verstehe ich ja nichts vom Journalismus.«

»Du kannst schreiben und brauchst bloß über irgendwelche

Ereignisse zu berichten. Mich hat gestern in der Synagoge ein Kollege von diesem Blatt angesprochen. Sie suchen jemanden, der zum Beispiel über das Konzert von Mascha Benjakonskyte in der übernächsten Woche schreibt. Warum machst du das nicht?«

Mascha legte die Stirn in Falten und biss in ihr Brot. Erst nachdem sie eine Weile gekaut hatte, sagte sie: »Wenn du es mir zutraust, werde ich es versuchen.«

Saul grinste. »Prima, ich rufe ihn gleich morgen an und sage für dich zu.«

Am Tag, nachdem ihr erster Artikel im *Palästinischen Familienblatt* abgedruckt worden war, meldete sich ein Mann namens Julius Martin Kupfer bei ihr. Mascha war gerade von der Arbeit nach Hause gekommen, als das Telefon klingelte.

»Hallo, Frau Kaléko«, hörte sie eine sympathische Stimme am anderen Ende der Leitung. »Ich möchte Ihnen ein Angebot machen.«

Mascha überlegte, woher sie diese Stimme kannte. Irgendwo musste sie dem Mann schon einmal begegnet sein.

»Ich leite die Werbeabteilung der *Deutschen Grammophon* und bin ein großer Verehrer Ihrer Gedichte. Ich schaue die Zeitungen immer als Erstes danach durch und habe mir im Januar natürlich auch Ihr wundervolles ›Lyrisches Stenogrammheft‹ gekauft.«

»Wie schön«, sagte Mascha und lächelte.

»Ich möchte Sie gern zu einer Mitarbeit in unserem Haus überreden«, fuhr er fort. »Wir geben regelmäßig eine Zeitschrift heraus, *Die Stimme seines Herrn*. Und ich würde mich sehr freuen, wenn Sie darin eine Rubrik übernehmen würden.«

»Ich … also, das ist eine ganz andere Sache als meine Verse«, stotterte Mascha überrascht und setzte sich auf den Stuhl, der neben dem Telefontisch im Flur stand.

»Sie müssen sich ja noch nicht entscheiden«, antwortete Kupfer. »Vielleicht können wir uns in den nächsten Tagen einmal zusammensetzen und ausführlich darüber sprechen.«

Mascha nickte, und sie verabredeten sich für die kommende Woche im Romanischen Café.

Am Wochenende war der 12. November 1933, und es fand wieder eine Reichstagwahl statt. Während Mascha mit dem Stimmzettel in der Hand zur Wahlurne ging, hätte sie am liebsten laut und zynisch gelacht. Aber die strengen Blicke der SA-Männer, die überall im Raum postiert waren, hielten sie davon ab. Dabei war das, was auf dem Zettel stand, eigentlich eher zum Weinen, denn man konnte gar nichts auswählen. Nachdem in den letzten Monaten alle Parteien außer der nationalsozialistischen verboten worden waren, befand sich auf dem Stimmzettel nur ein einziger großer Kreis zum Ankreuzen, neben dem der Name der NSDAP stand. Darunter waren die Namen Hitlers und einiger weiterer NS-Männer aufgeführt.

Mascha passte einen Augenblick ab, in dem der SA-Mann nicht hinsah, und malte dann eine große Schlangenlinie über den gesamten Zettel. Schnell faltete sie das Papier zusammen und trat an die Urne. Als sie den Stimmzettel einwarf, zitterten ihre Finger so sehr, dass sie Angst hatte, sie würde sich dadurch verraten. Mascha konnte sich vorstellen, dass nicht viele Wähler den Mut hatten, etwas anderes zu tun, als ein Kreuz hinter die NSDAP zu setzen. Denn die SA-Männer wirkten sicher nicht nur auf Mascha einschüchternd. Und so überraschte es sie auch nicht, als sie am nächsten Tag das Ergebnis in der Zeitung las: Die NSDAP hatte über neunzig Prozent der Stimmen erhalten.

Als Mascha am folgenden Mittwoch das Schwimmerbassin betrat, erhob sich ein Mann am Journalisten-Stammtisch und winkte ihr zu.

»Herr Kupfer?« Mascha ging zu ihm und reichte ihm die Hand. Sie hatte ihn tatsächlich schon öfter hier gesehen, ohne zu wissen, dass es sich um einen Mitarbeiter der *Deutschen Grammophon* handelte.

»Ich freue mich, dass Sie es einrichten konnten.« Julius Martin Kupfer deutete auf einen der Stühle. »Bitte, nehmen Sie doch Platz.«

Der Kellner kam, und sie bestellten Kaffee. Als sie wieder allein waren, zog Kupfer ein paar Hefte aus seiner Aktentasche und legte sie vor Mascha auf den Tisch. »Das ist die Zeitschrift, für die ich Sie gewinnen möchte.«

Mascha blätterte durch die Seiten. »Das ist Reklame, nicht wahr? Ein vollkommen neues Gebiet für mich.«

»Das Sie vermutlich großartig beherrschen werden. Ihre Gedichte haben genau den leichten, lockeren Tonfall, der in der Werbung gefragt ist.«

Mascha schlug die Blätter wieder zu und lehnte sich zurück. »Das mag stimmen, aber ich verstehe trotzdem nichts davon. Vor einigen Jahren habe ich einmal einen Werbespruch für einen Büstenhalter eingereicht, aber das ist auch schon alles, was ich zu bieten habe.«

»Ach, tatsächlich?«, fragte Kupfer überrascht. »Was haben Sie denn damals geschrieben?«

Mascha rezitierte den kurzen Text über Marcella und die Venus von Milo, so gut sie sich daran erinnern konnte.

»Ach, der stammt von Ihnen?« Kupfer schlug die Hände über dem Kopf zusammen und erwischte dabei fast den Kaffee in der Hand des Kellners, der in diesem Moment an ihren Tisch kam. »Ich führe diesen Reim oft als Ideal-Beispiel für einen humorvollen Werbetext an. Jetzt müssen Sie aber unbedingt mein Angebot annehmen. Es ist so verlockend, dass Sie es nicht ausschlagen können.«

Kupfer schrieb eine Zahl auf ein Stück Papier und reichte es Mascha, die ihre Augenbrauen hob. Die Summe war hoch, sehr hoch sogar, aber sie bemühte sich, ihre Begeisterung zu verbergen.

»Und ich lege noch einen Kurs für Reklamegrafik an der angesehenen Werbefachschule Reimann obendrauf.« Kupfer trank einen Schluck Kaffee und sah Mascha abwartend an.

Sie biss sich auf die Unterlippe, um einen Freudenschrei zu unterdrücken. Das wäre großartig. In diesem Kurs würde sie etwas über die Reklame lernen und sich sicherer fühlen, wenn sie die Werbetexte schrieb, die die *Deutsche Grammophon* von ihr verlangte.

»Einverstanden«, sagte Mascha und nickte. »Aber sagen Sie hinterher nicht, ich hätte Sie nicht gewarnt. Ich bin Dichterin, keine Reklametexterin.«

»Noch nicht«, sagte Kupfer schmunzelnd. »Aber das wird sich bald ändern.«

Eines Nachmittags traf Mascha im Romanischen auf Muschelkalk Ringelnatz, sie schien in den letzten Wochen stark gealtert zu sein.

»Wie geht es Ihnen?«, fragte Mascha die Frau des Dichters, die sich zu ihr an den Lektoren-Stammtisch setzte.

Muschelkalk schüttelte traurig den Kopf. »Joachim hat Auftrittsverbot erhalten.«

Mascha sah sie mit gerunzelter Stirn an. »Was? Aber er ist doch weder Kommunist noch Jude. Was hat er denn getan, das die Nationalsozialisten stören könnte?«

Muschelkalk lachte bitter. »Dazu muss man heute nichts Großartiges mehr tun. Es ist seine Kunst, die ihnen nicht gefällt.«

»Das tut mir leid«, sagte Mascha und griff nach Muschelkalks Hand. »Kommen Sie zurecht? Können Sie sich finanziell über Wasser halten?«

Muschelkalk schüttelte den Kopf. Tränen schimmerten in ihren Augen. Sie presste die Lippen zusammen.

Mascha atmete tief durch. »Hören Sie, Saul und ich haben selbst nicht viel, aber wir wollen Ihnen helfen. Ich habe jetzt keinen größeren Betrag dabei, aber ich werde gleich morgen zur Bank gehen. Hier ist meine Adresse«, Mascha riss eine Seite aus ihrem Notizbuch, auf die sie Straße und Hausnummer notierte. »Können Sie morgen Abend bei uns vorbeikommen?«

»Danke«, presste Muschelkalk hervor und zog ein Taschentuch aus ihrem Mantel. »Joachim ist im Krankenhaus. Ich weiß nicht, wie wir das alles bezahlen sollen.«

»Oh nein, das auch noch!« Mascha sah sie erschrocken an. »Darf ich erfahren, was ihm fehlt?«

»Tuberkulose«, sagte Muschelkalk leise. »Aber es ist Hitler, der ihn eigentlich krank gemacht hat. Ringelnatz, der nicht mehr auftreten darf – das ist wie ein Fisch, der nicht mehr im Wasser schwimmen kann.«

Am nächsten Tag hob Mascha eine hohe Summe von ihrem Konto ab. Glücklicherweise hatte sie in letzter Zeit viel Geld mit ihrem Versband, den Zeitungsberichten und den Gedichten verdient, die in jüdischen Zeitungen erschienen. Außerdem hatte sie ja noch den lukrativen Werbeauftrag für die *Deutsche Grammophon* vor sich.

Muschelkalk bedankte sich unter Tränen bei ihr, als sie das Geld am nächsten Abend abholte, und reichte ihr einige Flugblätter, mit denen Geld für den kranken Ringelnatz gesammelt wurde. Mascha versprach, die Flugblätter unter ihren Freunden und Bekannten zu verteilen. Und doch hatte Mascha das Gefühl, nicht genug getan zu haben. Überall gab es jetzt

Künstler, die in Not gerieten, weil sie und ihre Kunst plötzlich verboten wurden. Mascha dagegen durfte ungehindert weiter publizieren, vermutlich war noch niemandem aufgefallen, dass sie eine Jüdin war. Jetzt war es gut, dass sie in ihren Gedichten bislang nie politisch geworden war.

Anfang Dezember 1933 erhielt Mascha einen Brief des Rowohlt Verlags, in dem ihr mitgeteilt wurde, dass alle Autoren sich, laut einem Gesetz vom 15. November, umgehend der Reichsschrifttumskammer anschließen mussten, da sonst ein Publizieren nicht mehr möglich war. Mascha stöhnte auf, als sie das Rundschreiben las, doch sie wusste, dass sie keine andere Wahl hatte, als sich bei der Nazi-Behörde zu melden.

In diesen grauen Dezembertagen konnte sie wenigstens der Reklamekurs ein wenig aufheitern. Julius Kupfer hatte Wort gehalten und ihr einen Platz darin besorgt. Die Unterrichtsstunden fanden montags und donnerstags abends statt, und Mascha lernte nicht nur viel über kurze, aussagekräftige Texte, sondern auch über Grafik. Sie sog alles Wissen in sich auf und stellte erstaunt fest, wie viel Spaß ihr auch das Zeichnen und Malen bereitete.

Da sie immer noch nichts vom Palästina-Amt zu ihren Ausreisepapieren gehört hatte, nahm sie sich an einem schneeverwehten Dezembertag frei und machte sich auf den Weg in die Meineckestraße, um dort nachfragen. Wieder musste sie lange warten, bis endlich ihre Nummer aufgerufen wurde.

»Was kann ich für Sie tun?«, fragte die Angestellte, die sie hinter ihrem Schreibtisch erwartete.

»Ich habe vor mehr als einem halben Jahr mit Ihrem Kollegen gesprochen, der sich bei uns melden wollte. Mein Mann und ich haben ein Palästina-Zertifikat beantragt.« Mascha nannte der freundlichen Dame ihre Namen und die Anschrift.

Die Frau verschwand im hinteren Bereich des Raumes,

wo ein großer Aktenschrank stand. Sie zog eine der riesigen Schubladen heraus und wühlte sich durch die abgelegten Akten. Schließlich kam sie mit einer Kladde zurück zum Schreibtisch.

»Ich verstehe gar nicht, warum man Sie nicht informiert hat«, sagte sie kopfschüttelnd. »Aber Ihr Antrag ist schon im September abgelehnt worden.«

»Oh«, stieß Mascha hervor, und die Enttäuschung lag plötzlich schwer in ihrem Magen. »Aber ... kann man da gar nichts tun? Ich habe Verwandtschaft in Jerusalem ... wenn ich persönlich hinfahren würde ...«

Die Frau schlug die Akte zu. »Das können Sie natürlich gern versuchen, aber ich glaube kaum, dass das viel bringen würde. Sie müssen bedenken, dass momentan viele nach Palästina wollen.«

»Ich danke Ihnen«, sagte Mascha und stand auf. Sie fühlte sich benommen. Auch wenn sie schon fast mit der Ablehnung gerechnet hatte, war diese Endgültigkeit nun doch ein Schock.

Während sie durch die verschneiten Straßen nach Hause ging, überlegte sie, ob es vielleicht sogar eine gute Fügung war, dass ihnen die Einreise nach Palästina verweigert wurde. Auf diese Weise hatte sich die Auswanderung für sie erledigt, und sie mussten in Berlin bleiben. Vielleicht wäre der böse Spuk ja doch bald vorbei, und alles würde wieder wie zuvor, als Adolf Hitler noch kein Reichskanzler gewesen war. Als sie jedoch am Abend mit Saul darüber sprach, hob der nur die Schultern.

»Dann lass es uns in einem anderen Land versuchen.«

Mascha sah ihn erschrocken an, während sie die Kartoffeln vom Herd nahm. »An welches Land denkst du?«

»England vielleicht, oder Amerika«, sagte Saul, der gerade den Tisch deckte. »Österreich ist nicht weit genug entfernt.

Und Frankreich käme zwar infrage, nur sprechen wir kaum ein Wort Französisch. Immerhin können wir beide ein bisschen Englisch.«

»Aber das reicht doch nicht für ein Leben dort«, erwiderte Mascha zweifelnd.

»Dann sollten wir uns dringend mit der Sprache beschäftigen.«

Saul nahm am Tisch Platz, während Mascha den Topf mit dem Gemüse brachte und sich ebenfalls hinsetzte.

»Vielleicht sollte ich meine Abendkurse wieder aufnehmen«, sagte sie. »Allerdings habe ich kaum Zeit dafür. Neben meiner Arbeit muss ich ja noch die Werbetexte schreiben, meinen Kurs bei Reimann beenden und Gedichte für meinen zweiten Versband verfassen …«

»Und wenn du deine Stellung bei der *Jüdischen Organisation* kündigst?«, schlug Saul vor. »Finanziell sind wir zurzeit nicht darauf angewiesen.«

Mascha hielt inne. Sie hatte gerade begonnen, sich Salzkartoffeln auf den Teller zu legen. »Meinst du, dass das schlau ist? In diesen unsicheren Zeiten?«

»Aber wir müssen uns doch dringend auf eine Auswanderung vorbereiten.« Er füllte nun ebenfalls seinen Teller mit Gemüse und Kartoffeln. »Und du weißt selbst, wie schwierig es ist, auch die notwendigen Papiere zusammenzubekommen. Einer von uns muss sich die Zeit dafür nehmen.«

Mascha seufzte. »Ich werde darüber nachdenken.«

Im Januar 1934 kam die Honorarabrechnung von Rowohlt für das »Lyrische Stenogrammheft«, und Mascha starrte ungläubig auf die guten Zahlen. Die Startauflage von fünftausend Exemplaren war tatsächlich schon fast verkauft. Bei einem ihrer gemeinsamen Spaziergänge teilte Franz Hessel ihr mit, dass schon im kommenden Monat eine Neuauflage geplant sei. Mascha genoss diese Ausflüge mit ihrem Lektor sehr, zumal sie ihn auch als Autor verehrte und sein Buch »Spazieren in Berlin« schon mehrmals gelesen hatte.

Nachdem im März 1934 sämtliche Rundfunkanstalten dem Reichspropagandaministerium unterstellt worden waren, ließ die Regierung in allen größeren Straßen und auf den öffentlichen Plätzen große Lautsprecher in den Bäumen, an Laternenmasten und Hauswänden anbringen, durch die nun immer wieder die laute Stimme Joseph Goebbels' oder eines seiner Parteigenossen zu vernehmen war, was jede Unterhaltung unmöglich machte.

Als sie an einem warmen Frühlingstag im Mai durch die Kaiserallee schlenderten und diese Lautsprecher einfach nicht schweigen wollten, drehte sich Franz Hessel zu Mascha um und sagte: »Hier ist eine Schlusszeile, zu der mir noch das Gedicht fehlt. Vielleicht fällt es Ihnen ja ein: *Heimat ist Geheimnis – nicht Geschrei.*«

Mascha lächelte traurig. »Ich hoffe, das Gedicht dazu werden Sie selbst einmal schreiben.«

Doch zu Hause schrieb sie ihre Unterhaltung mitsamt dieser Verszeile in ihr braunes Notizbuch, in dem sie sich Zitate großer Schriftsteller notierte, die sie bewegten. Darin standen viele Zeilen von Heine, aber auch von Goethe, Schiller und anderen Autoren, die Mascha verehrte.

Inzwischen waren die ersten Texte von Mascha in *Die Stimme seines Herrn*, der monatlichen Zeitschrift der *Deutschen Grammophon*, erschienen, und sie erhielt begeisterte Leserbriefe. Mascha hatte jetzt eine eigene Rubrik mit dem Titel: *Wir legen eine neue GRAMMOPHON-Platte auf.* Sie erhielt die Platten sämtlicher Lieder, über die sie einen Text schreiben sollte. Saul hatte ihr ein Grammophon gekauft, und sie saßen abends oft im Wohnzimmer und lauschten den neuesten Schlagern und Operettenmelodien.

Auch für die *Jüdische Rundschau* und ein paar andere Zeitungen hatte Mascha inzwischen Berichte geschrieben, und ihre Einnahmen aus der schriftstellerischen Tätigkeit wuchsen. Da sie für die *Zionistische Zeitung* immer wieder Artikel über religiöse Veranstaltungen oder Feste schreiben musste, setzte sie sich zum ersten Mal intensiv mit dem Judentum auseinander. Sie ging häufiger in die Synagoge und fand Trost im Gebet und im Wort der Tora.

Mascha machte sich jedoch Sorgen darüber, dass nur noch selten Gedichte von ihr in den Berliner Zeitungen abgedruckt wurden. Seit der Ullstein-Verlag nach dem Schriftleitergesetz sämtliche Blätter eingestellt hatte, wollten nur noch die *Jüdische Rundschau*, das jüdische Gemeindeblatt und andere kleine jüdische Publikationen ihre Verse veröffentlichen.

Doch Mascha freute sich auf ihren zweiten Gedichtband, und die Vorbereitung dieses neuen Buches, die Werbetexte und die Zeitungsberichte nahmen ihre wenige Freizeit komplett in Anspruch. Als die *Jüdische Organisation* einigen Mitarbeitern kündigen musste, weil nur noch wenige Ostjuden nach Berlin kamen und sie deshalb nicht mehr genug Arbeit hatten, bot Mascha an, ihre Anstellung aufzugeben. Kurz darauf bekam sie den Auftrag, Werbetexte für den berüchtigten Vergnügungstempel Haus Vaterland am Potsdamer Platz zu schreiben. Sie erinnerte sich daran, wie sie mit ihren Freunden einst dorthin gegangen war, um in einem seiner Restaurants zu essen, das Varieté zu besuchen oder im Ballsaal zu tanzen. Diese Zeiten schienen ihr heute unendlich weit entfernt und beinahe unwirklich.

Im August 1934, Mascha verbrachte gerade zwei unbeschwerte Wochen auf Hiddensee, starb der Reichspräsident

Paul von Hindenburg. Mascha starrte auf die Schlagzeile in der Abendzeitung. Auch wenn sie nie große Hoffnungen auf den über Achtzigjährigen gesetzt hatte, war er doch so etwas wie ein Rest Normalität in Hitlers Schreckensregierung gewesen. Es wunderte Mascha nicht sonderlich, als sie wenige Wochen später lesen musste, dass es keinen neuen Reichspräsidenten geben würde, sondern dass Adolf Hitler diese Funktion nun ebenfalls übernahm.

An einem grauen, nassen Herbsttag fand Mascha eine Trauerkarte in ihrem Briefkasten. Sie stammte von Muschelkalk Ringelnatz. Ihr geliebter Mann Joachim Ringelnatz war am 17. November 1934 verstorben. Ungläubig starrte Mascha auf die Schrift, die vor ihren Augen verschwamm. Er hatte es also nicht geschafft, sich von seiner Krankheit zu erholen. Mascha hatte in den letzten Monaten immer wieder an die beiden gedacht und vermutet, dass sie Berlin inzwischen verlassen hatten. Jetzt hatte sie ein schlechtes Gewissen und wünschte, sie hätte sich nach ihnen erkundigt. Sofort setzte sie sich an den Küchentisch und schrieb einen langen Brief an Muschelkalk.

Als sie am nächsten Tag zu einem Treffen mit Ernst Rowohlt in den Verlag kam, erfuhr sie von ihm, dass bei Ringelnatz' Beerdigung nur neun Personen seinem Sarg gefolgt seien, darunter auch Rowohlt selbst. Mascha schluckte, sie sah den ungewöhnlichen kleinen Mann noch genau vor sich und wusste, dass die Welt einen großen Maler und Dichter verloren hatte.

Maschas zweiter Versband, das »Kleine Lesebuch für Große«, erschien im Dezember 1934. Diesmal hatte sie die Konditionen mit Ernst Rowohlt persönlich verhandelt und erhielt zwölf Prozent vom Umsatz und 350 Reichsmark Vorschuss. Im Romanischen Café hatte sie von jüdischen Schriftstellern gehört, die seit dem Frühjahr 1933 nicht mehr veröffentlicht wurden. Sogar zugesagte Verträge wurden gekündigt, wie es beispielsweise Victor Klemperer passiert war. Bei dem Verlag S. Fischer wurden die Werke namhafter Autoren wie Alfred Döblin, Arthur Schnitzler, Alfred Kerr oder Jakob Wassermann aus dem Programm genommen. Mascha war froh, dass sie einen so treuen Verleger wie Ernst Rowohlt hatte, der fest hinter ihr stand.

Im Frühjahr 1935 fuhr sie zu ihren Eltern nach Palästina, die inzwischen eine Bewilligung zur Einreise bekommen hatten. Dort würde Mascha ihre geliebte Puttel wiedersehen und noch einmal selbst bei den Ämtern vorsprechen, um ein Palästina-Zertifikat zu erhalten. Von Berlin aus reiste sie mit der Bahn nach Italien, wo sie in Triest an Bord der *Roma* ging, einem großen Schiff, das 1700 Passagiere beförderte. Mascha teilte die Fahrgäste insgeheim in »Rübergeher« und »Rüberfahrer« ein. Erstere verfügten über das Zertifikat und waren gerade dabei, ihre Heimat zu verlassen. Man konnte sie an ihren wehmütigen Gesichtern erkennen, mit denen sie stundenlang ins Wasser starrten. Letztere wirkten eher unbeschwert, schließlich fuhren sie – wie Mascha auch – nur für einen kurzen Besuch nach Palästina. Dreieinhalb Tage dauerte die Überfahrt, und als sie schließlich in den Hafen Jerusalems einliefen, verstummten sämtliche Gespräche. Alle Passagiere schienen beim Anblick des Heiligen Landes, das ihrer aller Ursprung war, von Ehrfurcht ergriffen zu sein.

Das Wiedersehen mit ihren Eltern und Geschwistern berührte Mascha sehr, und sie erschrak, als sie die Schwermut ihrer Mutter bemerkte. Rozalia war immer eine starke Frau gewesen, aber jetzt war sie nur noch ein Schatten ihrer selbst. Sie verließ das kleine, weiß angestrichene Haus in Jerusalem nur selten, und sie war einsilbig geworden. Puttel verriet

Mascha, dass die Mutter sich verändert hatte, seit sie Deutschland verlassen hatten, dass es im Laufe der Zeit aber immer schlimmer geworden war. Mascha wusste nicht, was sie dagegen unternehmen konnte.

Nach den ersten zwei Wochen, in denen sie sich an das heiße, trockene Klima, die Sandstürme und sengende Sonne hier gewöhnen musste, machte sie sich schließlich auf den Weg zu den Ämtern, aber dort erhielt sie dieselben Antworten wie in Berlin. Wenn sie einen handwerklichen oder landwirtschaftlichen Beruf hätten oder erlernen könnten, würde man ihnen die entsprechenden Bescheinigungen ausstellen – aber so …?

Als sie nach mehreren Monaten wieder nach Hause kam, war sie trotzdem nicht allzu enttäuscht. Das trockene Klima in Palästina war ihr nicht gut bekommen, sie war den ganzen Tag antriebslos gewesen und hatte nur darauf gewartet, dass es etwas kühler wurde. Kein Wunder, dass es ihrer Mutter dort nicht gut ging. Und auch so viel war sicher: Mascha würde in Palästina nicht als Dichterin arbeiten können, es sei denn, sie schrieb fortan in hebräischer Sprache, die sie jedoch nicht ausreichend beherrschte. Sie würde sich kaum wohlfühlen in einem Land, in dem sie die Sprache nur unzulänglich verstand. Nein, dachte sie, als sie endlich wieder in ihrer Wohnung in Berlin war, hier war ihr Zuhause und nicht in Palästina!

»Was ist mit Amerika?«, fragte Saul, als sie ihm von ihren Überlegungen erzählte.

»Vielleicht«, antwortete Mascha und dachte an den Englischkurs, den sie nie abgeschlossen hatte. Es wurde nun wirklich Zeit, wieder zur Abendschule zu gehen. Anfang des Jahres hatte sie ihren Reklamekurs an der Reimann-Schule abgeschlossen.

»Es gibt Intensivkurse für Auswanderer, die von der Reichsvertretung deutscher Juden angeboten werden«, erklärte Saul. »Vielleicht solltest du auch da mal hingehen.«

Mascha nickte. Sie hatte auch ohne ihre Büroarbeit genug zu tun.

An einem Samstagnachmittag im Juli 1934 schlenderte Mascha in Begleitung von Franz Hessel über den Kurfürstendamm. Die Sonne brannte vom Himmel, aus den Lautsprechern plärrte Marschmusik, immer wieder unterbrochen von Propagandasprüchen. Es roch nach Rosen, Dahlien und Glockenblumen, die in großen Blumenkübeln blühten, und dem Benzin der Automobile, die sich Stoßstange an Stoßstange durch die Straßen schoben.

»Ihre Reisegedichte gefallen mir gut«, schrie Franz Hessel gerade über den Lärm hinweg. »Ich habe nur ein paar kleine Anmerkungen dazu.«

Mascha lächelte. Es erfüllte sie mit Stolz, wenn ihr Lektor mit ihren Versen zufrieden war. Sie bewunderte kaum einen Menschen so sehr wie Franz Hessel, der ihre Gedichte mit mildem Tadel noch besser machte.

»Über den Prosatext, den Sie mir letzte Woche gegeben haben, müssen wir aber noch einmal reden«, fuhr er fort. »Der ist noch nicht pointiert genug.«

»Einverstanden«, antwortete Mascha und bemühte sich, ihre Enttäuschung nicht zu zeigen. Er hatte ja recht, sie wusste selbst, dass ihre Erzählungen nicht immer gelungen waren. Und doch wollte sie ein paar längere Texte mit in das Buch aufnehmen.

»Kommen Sie morgen in mein Büro, dann schauen wir uns den Text gemeinsam an, was meinen Sie?« Er legte ihr die Hand auf den Rücken, um sie an ein paar SA-Männern vorbeizuschieben. »Was halten Sie von einem Vanilleeis?«

Er deutete auf das Schild der Eisdiele Cohn, auf dem auch halbgefrorenes Eis angepriesen wurde.

»Oh ja«, erwiderte Mascha erfreut. Es war ein warmer Tag, und eine Erfrischung würde ihr sicher guttun.

Als sie wenig später mit ihren Eistüten wieder auf die Straße traten, stürmten plötzlich SA-Männer auf sie zu und schlugen ihnen das Eis aus der Hand.

Mascha schrie erschrocken auf.

Im nächsten Moment wurde sie hart zur Seite gestoßen und strauchelte. Sie fiel zu Boden und konnte sich gerade noch zur Seite rollen, bevor die trampelnden Stiefel der Uniformierten sie trafen. Schnell rappelte sie sich wieder auf.

»Herr Hessel?«, schrie sie in Panik. Sie sah sich um, aber plötzlich schienen die SA-Männer überall zu sein. Sie beobachtete mit weit aufgerissenen Augen, wie die Gäste, die an den Tischen vor dem Eissalon saßen, von ihren Korbstühlen gerissen und grob weggedrängt wurden. Im nächsten Moment wurden die Sitzmöbel mit brachialer Gewalt zertrümmert.

»Mascha!« Franz Hessel stand neben ihr und fasste ihre Arme. »Kommen Sie schnell weg hier.«

»Meine Güte«, keuchte Mascha und folgte ihm mit weichen Beinen. »Wie geht es Ihnen? Ist etwas passiert?«

»Alles in Ordnung, aber Sie haben sich das Knie aufgeschlagen.«

Mascha sah, wie ein rotes Rinnsal an ihrem Schienbein hinunterlief. Tränen traten ihr in die Augen, nicht wegen der oberflächlichen Verletzung an ihrem Knie, sondern wegen der unsichtbaren, die man ihr zugefügt hatte. Sie hatte es nicht kommen sehen. Würde sie sich je weder sicher in dieser Stadt fühlen, die sie einst so geliebt hatte?

Sie konnte nichts dagegen tun, auf einmal wurde sie von Schluchzern geschüttelt.

In diesem Moment spürte sie Franz Hessel, der sie behutsam in seine Arme nahm und festhielt. Sie überließ sich ihrer Verzweiflung, bis Hessel sich von ihr löste und sagte: »Mascha, wir müssen sehen, dass wir von hier wegkommen. Dahinten kommen noch weitere Schlägertrupps.«

Mascha strich sich über die feuchten Wangen und folgte seinem Blick. Ein Stück entfernt von ihnen wütete ein anderer SA-Trupp in einem Kaffeehaus. Mascha zuckte zusammen, als einer der Uniformierten einem Mann mehrmals mit der Faust ins Gesicht schlug. Rasch zog Franz Hessel sie in Richtung der Gedächtniskirche davon.

Als sie wenig später im Romanischen Café Zuflucht suchten, zitterte Mascha am ganzen Körper. Franz Hessel bestellte ihr einen großen Cognac, den Mascha begierig trank.

»Geht es wieder?«, fragte der Lektor sie besorgt.

Mascha schüttelte den Kopf. »Es … Ich verstehe das einfach nicht.«

Sie hatte nicht zum ersten Mal einen Gewaltausbruch von SA-Männern beobachtet, aber noch nie war sie inmitten einer solchen Szene gefangen gewesen. In den letzten Wochen hatte es immer wieder Angriffe auf jüdische Geschäfte gegeben. Einige Geschäftsleute hatten sich sogar das Leben genommen, weil sie diese zermürbenden Überfälle nicht mehr ertragen konnten.

Mascha starrte in die bernsteinfarbene Flüssigkeit. »Es kam so überraschend. Warum haben sie das getan?«

Hessel hob eine Augenbraue. »Die Eisdiele gehört einem Juden.«

Mascha verstummte.

Am nächsten Morgen erfuhr sie aus der Zeitung, dass die SA vom Ufa-Palast aus über den Kurfürstendamm gezogen war, um sämtliche jüdischen Kaffeehäuser, Eisdielen und Restaurants zu überfallen. Sie hatten Menschen verprügelt, die sie für »nichtarisch« hielten.

Im September 1934 erließ der Kanzler neue Gesetze. Das »Gesetz zum Schutz des deutschen Blutes und der deutschen Ehre« verbot Ehen zwischen Juden und Nichtjuden, und das »Reichsbürgergesetz« degradierte Juden nun auch offiziell zu Menschen zweiter Klasse.

Saul schüttelte nur stumm den Kopf, als er nach Hause kam und Mascha ihn fragte, ob denn überhaupt bekannt sei, wer ein echter Jude sei und wer nicht. Schließlich hätten viele Menschen irgendwo unter ihren Vorfahren einen Juden aufzuweisen.

Im November wurde diese Frage mit der »Ersten Verordnung zum Reichsbürgergesetz« geklärt. Fortan galt der als Jude, der mindestens drei jüdische Großeltern hatte. Juden verloren mit dieser Verordnung ihr Stimmrecht und die Reichsbürgerschaft.

Mascha und Saul bekamen die antisemitischen Ressentiments erneut zu spüren, als ihr Vermieter, eigentlich ein freundlicher Finanzbeamter, ihnen die Wohnung kündigte.

»Sie müssen verstehen«, erklärte Herr Hofer, als er eines Abends vor ihrer Tür stand, er drehte verlegen den Hut in den Händen, »ich persönlich habe ja nichts gegen Juden, aber ich sah mich gezwungen, in die Partei einzutreten. Es wurde mir nahegelegt, wegen meiner Stellung. Und da müssen Sie doch einsehen, dass ich nicht an Juden vermieten kann.«

Saul stöhnte auf. Er selbst hatte ihm wenige Tage zuvor versehentlich verraten, dass sie Juden waren, Hofer hatte es zuvor vermutlich nicht einmal geahnt. Aber die beiden Männer waren im Treppenhaus ins Plaudern geraten, und Saul hatte ihm von dem neuen Hebräisch-Kurs berichtet, den er in der *Jüdischen Rundschau* gab. Mascha hatte gleich ein ungutes Gefühl gehabt, als Saul ihr von der Unterhaltung berichtet hatte. Nun verloren sie also die Wohnung, und es gab keine Möglichkeit, dagegen vorzugehen. Also zogen sie, nach nur einem Jahr in der Meierottostraße, in eine kleine und zugige Wohnung in der stark befahrenen Lietzenburger Straße. Es war eine Übergangslösung, und kaum dass sie die Umzugskisten ausgepackt hatten, begann Mascha schon nach einer anderen Unterkunft zu suchen. Auch die Wirtschafterin hatte inzwischen aufhören müssen, weil ein Gesetz verbot, dass nichtjüdische Frauen bei einem Juden angestellt waren. Wenig später hatte auch die Haushaltshilfe gekündigt.

Seit dem Vorfall auf dem Kurfürstendamm hatte sich Maschas Freundschaft mit Franz Hessel noch mehr vertieft. Ihre Spaziergänge wurden länger und die Gespräche intensiver.

»Ich sehe Sie und Saul kaum noch gemeinsam im Café«, stellte er fest, als sie an einem dunklen Novemberabend, in dicke Wintermäntel gehüllt, durch den Park gingen. »Ist alles in Ordnung bei Ihnen?«

»Natürlich«, antwortete Mascha.

Die grellglühenden Augen der Autos kamen auf sie zu, am Schokoladenautomaten an der Ecke stand ein junges Pärchen.

»Aber leider stelle ich immer wieder fest«, fuhr Mascha nach einer Weile fort, »dass Saul mich langweilt. Ich kann ihn manchmal kaum in meiner Nähe ertragen. Alles an ihm ist berechenbar, nie überrascht er mich.«

Franz Hessel lächelte. »Nun, das nennt sich Ehe.«

»Ja«, seufzte Mascha, »aber wir sind doch erst seit wenigen Jahren verheiratet, und …« Sie verstummte.

»Sie können sich nicht vorstellen, wie Sie noch ein Leben lang an seiner Seite verbringen sollen«, sagte Franz Hessel, und Mascha sah ihn überrascht an.

»Ja«, gab sie leise zu. »Der Gedanke ist mir manchmal unerträglich. Ich weiß nicht, ob es nur an unserer Ehe liegt oder ob ich den vielen verpassten Gelegenheiten hinterhertrauere.«

»Sie flirten gern«, stellte Hessel fest. »Ich selbst habe es schon oft beobachtet. Sie genießen es, wenn Männer Ihnen Aufmerksamkeit schenken, und lassen sich auch gern mal ein Getränk ausgeben.«

Mascha nickte und hakte sich fester bei Franz Hessel unter. »Sie kennen mich gut.«

Hessel summte ein paar Takte einer Melodie mit, die aus einem der Lokale zu ihnen herüberwehte. Ausnahmsweise schwiegen die Lautsprecher der Nationalsozialisten.

»Aber vielleicht gibt es sie ja gar nicht, die große Liebe, von der alle sprechen«, überlegte Mascha laut.

»Doch, Mascha«, antwortete Franz Hessel. »So viel kann ich Ihnen sagen. Es ist nicht immer leicht, sie zu erkennen, aber ich habe sie selbst erlebt und bei vielen meiner Freunde mitangesehen. Die Frage ist nur, inwieweit man bereit ist, sich selbst aufzugeben, um diese große Liebe zu erfahren.«

»Wie meinen Sie das?«, fragte Mascha und blickte auf das letzte Laub am Rand des Gehwegs, das die Straßenkehrer übersehen hatten.

»Vor mehr als zwanzig Jahren habe ich in München mit einer der stärksten Frauen zusammengelebt, die ich je kennengelernt habe«, begann Franz Hessel. »Fanny zu Reventlow. Sie war eine Gräfin, verzichtete aber schon früh auf Titel und Erbe, um sich nicht den strengen Konventionen ihrer Familie unterwerfen zu müssen.«

»Und Sie haben sie geliebt?«, fragte Mascha lächelnd.

»Vielleicht ein bisschen«, antwortete Franz Hessel. Dann lachte er. »Oder auch sehr. Doch in erster Linie habe ich sie bewundert. Ich habe sie bewundert, weil sie nichts mehr liebte als ihre Freiheit. Aber sie hat mich verschmäht. Dass Fanny heiraten würde – erneut heiraten würde, meine ich, denn sie hatte es in jungen Jahren schon einmal getan –, war unvorstellbar für mich. Dabei war es eine fingierte Ehe, die ihr lediglich Geld bringen sollte. Ihr Mann war homosexuell.« Er grinste. »Sie müssen wissen, Fanny hatte immer Geldsorgen. Aber die hatte sie nur, weil sie sich früh für eine größtmögliche Unabhängigkeit entschieden hatte. Sie stammte aus einer wohlhabenden Familie, hatte einen gutsituierten Mann, stellte aber fest, dass ein einziger Mann ihr niemals genug sein konnte.«

»Und warum erzählen Sie mir von ihr?« Mascha zog die Augenbrauen zusammen.

Ein Straßenverkäufer, an dem sie vorübergingen, röstete Maronen, und Mascha spürte die Wärme des Feuers. Der Duft ließ ihr das Wasser im Mund zusammenlaufen.

»Weil Fanny auch sehr leidenschaftlich war. Sie ist immer wieder intensive Beziehungen eingegangen, obwohl sie wusste, dass jede Liebe sie ersticken würde, sobald sie einem Mann ihre Treue geschworen hätte. Deshalb ist sie auch nie mit einem Mann zusammengezogen. Sie hatte immer mehrere Verhältnisse gleichzeitig und war sehr diskret.«

»Aber mit Ihnen ist sie zusammengezogen«, warf Mascha ein.

»Ja, das stimmt.« Er lächelte in sich hinein. Einen Moment lang schien er in Erinnerungen versunken zu sein. »Es war nur für drei Jahre. Damals hatte Fanny kein Geld, und ich bot ihr ein Dach über dem Kopf. Wir lebten zu dritt in der Münchner Kaulbachstraße – Fanny, ich und Bohdan von Suchocki, ihr damaliger Freund und Geliebter.« Franz Hessel machte eine kurze Pause. »Das war eine … wilde Zeit, damals in Schwabing.«

»Dort schrieben Sie Ihren ›Kramladen des Glücks‹«, sagte Mascha leise.

»Ja«, bestätigte Hessel. »In dem Roman habe ich meine Münchener Zeit verarbeitet. Fanny hat auch einen Roman darüber geschrieben.«

»›Herr Dames Aufzeichnungen‹. Ich weiß.« Mascha kannte das Buch, hatte es aber noch nicht gelesen.

»Ich erzähle Ihnen das, Mascha, weil Fanny zu Reventlow ein Freigeist war. Sie hat sich oft und leidenschaftlich verliebt. Bei ihrer ersten Ehe war sie noch jünger als Sie, und sie hat schon damals gemerkt, dass sie nicht für die Ehe geschaffen war.«

Mascha sah ihn von der Seite an. »Sie meinen, ich hätte nicht heiraten sollen?«

Hessel zuckte die Schultern. »Das will ich damit nicht sagen. Sie sind anders, als Fanny es war.« Er wich einer Gruppe Studenten aus, die ihnen auf dem Gehsteig entgegenkam. »Fanny hat viel getan, um überleben zu können. Und damit meine ich, dass sie auch Dinge getan hat, die … nun, die ich niemals befürworten würde. Aber der Preis war ihr nicht zu hoch, sie hat ihn für ihre Unabhängigkeit bezahlt.«

»Was hat sie denn getan?«, wollte Mascha wissen.

»Sie hat sich prostituiert. Lange bevor ich sie kannte, hat sie in einem Bordell gearbeitet, aber auch in späteren Jahren hat sie manchmal Männern ihre Gunst erwiesen, die ihr Geld dafür gaben.«

»Und das alles hat sie getan, um ein freies Leben zu führen?«

Franz Hessel nickte. »Damals gab es für Frauen noch viel weniger Möglichkeiten, Geld zu verdienen, als heute. Fanny hat einiges für Albert Langen übersetzt, aber die Aufträge reichten meist nicht, um ihr Überleben und das ihres Sohnes zu sichern.«

Sie hatten den Platz an der Gedächtniskirche erreicht. Es war kalt geworden. Mascha zog sich den Schal enger um den

Hals und betrachtete ihren väterlichen Freund nachdenklich. Sie wusste, dass auch seine Ehe nicht immer leicht gewesen war. Seine Frau Helen hatte viele Jahre lang einen seiner Freunde geliebt. Mascha wusste nicht, ob diese Beziehung noch immer bestand, und sie traute sich nicht, ihn darauf anzusprechen. Seine Frau lebte in Paris, während er hier in Berlin war.

Wenig später betraten die beiden das Romanische Café und nickten Nietz zu, der in seiner Pförtnerloge saß. Das Schwimmerbassin war wie so oft in letzter Zeit kaum zur Hälfte gefüllt. Die Rauchschwaden waren nicht so dicht, wie sie es einst gewesen waren, das Lachen klang leiser von der Galerie herunter, und die Unterhaltungen waren gedämpfter. Mascha und Franz nahmen am Lektoren-Stammtisch Platz, als Mascha eine Gestalt am Musikertisch entdeckte.

Ihr Herz schlug schneller, als ihr Blick auf die braunen Augen traf. Er war wieder da! Chemjo Vinaver.

Still und abwartend sah er sie an. Sanft und begehrlich. Nur mit Mühe riss sie sich von seinem Blick los. Verwirrt wandte sie sich wieder Franz Hessel zu, der gerade dem Kellner winkte.

Während der letzten eineinhalb Jahre, die Chemjo Vinaver fort gewesen war, hatte sie ihn schon fast vergessen. Aber jetzt merkte sie, wie sehr sie sich über seine Rückkehr freute. Damals, als die alte Welt zusammengebrochen war, als Mascha noch hoffte, Hitler und seine Schergen wären nur ein kurzes Intermezzo gewesen, war Vinaver mit seinem Chor auf Europatournee gegangen. In der Zwischenzeit war so viel passiert – statt der SA war die SS jetzt der neue Schrecken der Straßen geworden, viele Freunde waren emigriert –, dass Mascha nicht mehr an die hohe Stirn, die dunklen Augen und die schönen, edlen Hände des Musikwissenschaftlers gedacht hatte. Vor allem aber faszinierte sie jetzt sein Blick, der ihr so deutlich sagte, wie sehr er sie begehrte.

»Ich habe übrigens noch eine Überraschung für Sie«, riss Franz Hessels Stimme sie aus ihren Gedanken.

»So?« Mascha verdrängte das Bild der dunklen Augen aus ihrem Kopf.

Hessel lächelte. »Das ›Kleine Lesebuch für Große‹ geht in die zweite Auflage. Im Dezember.«

»Wunderbar!« Mascha atmete erleichtert auf.

Als sie im September 1934 ihre Stellung bei der *Jüdischen Organisation* aufgegeben hatte, war sie nicht sicher gewesen, ob es der richtige Zeitpunkt war. Sie hatte in der Folge zwar viele Werbetexte und journalistische Beiträge verfasst, aber es gab keine Zeitungen mehr, die Gedichte von ihr abdrucken wollten. Zu wissen, dass sich ihre Bücher weiterhin gut verkauften, stimmte sie zuversichtlich.

Ich kannte ihn vom Sehen
Und Hörensagen, (ehe mir Hören und Sehen verging)
Er aber liebte mich schon
Sieben Jahre.

Sieben Jahre suchte er mich
im Café, im Theater
langweilte sich in Abendvorträgen
die ich besuchte.

Als ich dann doch des
»stupiden Akademikers«
Ehefrau wurde, haßte er ihn.

An verregneten Sonntagen
wartete er am Hauseingang,
vielleicht, daß ich am Abend
doch noch ausginge mit dem Rivalen
um mir, bestenfalls, sagen zu können,
daß es ein Hundewetter sei
nicht wahr?

Als dann das Feuer
auf mich übersprang
sah ich wie rein seine Stirn war
wie edel die Hände
in seinen Augen ertrank ich
endlich.

Er holte mich ab von der Englischstunde
Er ging mit mir in die Bibliothek
Nun liebte ich ihn fast sieben Tage schon
und auf dem kleinen Marmortisch
im Romanischen Café
kritzelte er auf einen Zettel
»I want a child from you«.

Mein kleinbürgerliches Kinderherz erschrak zu Tode
Acht Wochen drauf klagte ich dem Frauenarzt
Ich will ein Kind und kriege keines

Liebe

Berlin, Ende 1935

Als Mascha wenige Tage später abends aus dem Englischkurs kam, regnete es. Sie hatte gerade den Schirm aufgespannt, als eine Gestalt aus der Dunkelheit auf sie zutrat. Erschrocken sah sie auf.

»Herr Vinaver!«

Er deutete auf den Schirm. »Darf ich?«

Plötzlich fing ihr Herz heftig an zu pochen. Sie wusste, dass sie es hätte ablehnen müssen, stattdessen aber sagte sie: »Ja.«

Chemjo Vinaver nahm ihr den Schirm ab und reichte ihr seinen Arm. Zögernd hakte Mascha sich bei ihm unter. Mit einem Mal schien die ganze Welt unter diesen Regenschirm zu passen.

»Ich habe auf Sie gewartet«, sagte Vinaver und blickte lächelnd auf Mascha hinunter.

»Wirklich?« Sie blieb stehen, und ihre Blicke trafen sich.

Im Dämmerlicht der Gaslaternen schimmerten seine dunklen Augen geheimnisvoll.

Vinaver nickte. Mascha schüttelte sich ein paar Regentropfen vom Ärmel, ehe sie sich in Bewegung setzten. Sie gingen dicht nebeneinander unter Maschas Schirm. Plötzlich wurde ihr seine Nähe überdeutlich bewusst. Ein schwacher Duft nach Sandelholz und Eukalyptus umgab ihn. Er war fast einen Kopf größer als sie. Mascha zwang sich, nach vorn zu sehen. Vinaver ging langsam, sodass sie mühelos mit ihm Schritt halten konnte.

Als sie an der Ampel stehen blieben, konnte sie es nicht mehr ertragen und warf ihm einen Blick zu. Einen Moment lang versank sie in seinen funkelnden Augen. Zärtlich strichen sie über ihr Gesicht, tasteten es liebevoll ab. Ein Schauer überlief Maschas Haut, während ein Lächeln seine Lippen umspielte. Das Fußgängerlicht des Verkehrsturms war auf Grün umgesprungen, und die Menschen schoben sich an ihnen vorbei.

»Woher wussten Sie, wo Sie mich finden würden?«, fragte Mascha. Sie wich einer Pfütze aus, die sich mitten auf der Fahrbahn gebildet hatte.

»Ich habe diesen Englischkurs vor ein paar Jahren nur Ihretwegen besucht«, erwiderte er und blieb stehen, als sie die andere Straßenseite erreicht hatten. Er sah sie sanft an. »Und mit dem Englischlehrer bin ich bis heute in Kontakt. Er hat mir erzählt, dass Sie wieder angefangen haben.«

Mascha nickte verwirrt. Sie schwieg für einen Moment und versuchte, ihre Gedanken zu ordnen. Hatte er das eben wirklich gesagt …?

»Sie haben den Kurs nur wegen mir besucht?«, wiederholte sie ungläubig.

»Ich liebe Sie, Mascha.«

Perplex blieb sie stehen.

»Seit sieben Jahren schon.«

»Was?«, flüsterte sie überrascht.

Vinaver lächelte. »Ich wollte Sie nicht erschrecken, Mascha.« Er schob sie sachte zur Seite, denn sie bildeten auf dem Bürgersteig ein kleines Hindernis.

Vinaver sah sie abwartend an. In seinem dunklen Blick lagen Melancholie und Sehnsucht. Menschen eilten an ihnen vorbei, Autos fuhren ratternd über die Straße, Lautsprecher plärrten unsägliche Volksmelodien.

Mascha schluckte. »Aber ich bin verheiratet.«

Sein Gesicht wurde ernst. »Ich weiß. Ich habe mich in Sie verliebt, schon als ich Sie zum ersten Mal sah. Damals waren sie mit ihm zusammen im Romanischen. Ich hatte gehofft, dass Sie mich bemerken würden.«

»Das habe ich«, sagte Mascha, denn sie erinnerte sich an ihre zufälligen Begegnungen mit Chemjo Vinaver, die offenbar gar nicht so zufällig gewesen waren.

»Erst viel später. Anfangs waren Sie noch nicht verheiratet, und ich war mir sicher, dass Sie sich niemals für diesen stupiden Akademiker entscheiden würden. Ich habe sie schon damals geliebt. Und dann …« Er brach ab, ohne den Blick von ihr abzuwenden.

»Habe ich ihn doch geheiratet«, beendete Mascha den Satz für ihn. »Warum haben Sie mich nie angesprochen?«

Er lächelte sie traurig an. »Sie waren in ihn verliebt. Ich wusste, Sie würden mich abweisen.«

Mascha schwieg. Das Damals schien unendlich weit fort zu sein. Sie konnte sich kaum noch an die Zeit vor ihrer Ehe erinnern. Hätte sie sich von Chemjo Vinaver umstimmen lassen?

»Und jetzt? Woher wollen Sie wissen, dass ich nicht mehr in ihn verliebt bin?« Mascha reckte ihr Kinn herausfordernd nach vorn.

Er stieß ein sanftes Lachen aus. »Sie haben es mir selbst verraten. Ich hätte fast meine Tournee abgesagt.«

»Wie bitte?« Mascha runzelte ungläubig die Stirn, und während sie langsam weitergingen, hielt sie noch immer seinen Arm, dicht an ihn geschmiegt.

Vinaver fragte: »Erinnern Sie sich an die Zeit, kurz bevor ich aufgebrochen bin?«

»Natürlich«, erwiderte Mascha, »wer könnte diese schlimmen Tage je vergessen?«

»Oh ja«, seufzte er. »An jenem letzten Tag, als ich mich von

Ihnen verabschiedete, haben Sie mich zum ersten Mal so angesehen.«

»Wie habe ich Sie denn angesehen?«, fragte sie mit einem neckischen Ton in der Stimme.

»Interessiert.«

Mascha lachte.

»Verraten Sie es mir – was haben Sie damals gedacht?« Seine Stimme war voll und dunkel, sie schien Mascha förmlich zu umschließen.

Sie konnte sich noch genau an diesen Moment vor beinahe drei Jahren erinnern. Ja, sie hatte sich damals tatsächlich ein bisschen in ihn verliebt.

»Ich weiß es nicht mehr«, log sie.

Vinaver grinste. »Ich durchschaue Sie.«

»Wie darf ich das verstehen?«, erwiderte Mascha lächelnd. »Sie verfolgen mich seit sieben Jahren und haben sogar Herrn Krause beauftragt, Ihnen Bescheid zu geben, sobald ich wieder in den Englischunterricht gehe?«

»Nicht nur das«, er zwinkerte ihr schelmisch zu, »ich habe stundenlang im Regen gestanden, nur um Sie einen Augenblick lang zu sehen. Ich bin in langweilige Abendvorträge gegangen, um mit Ihnen in einem Raum sein zu können, und habe Stunden im Café verbracht, in der Hoffnung, sie kämen noch auf eine Tasse Kaffee herein.«

Mascha blieb stehen. Sie hatte keine Ahnung gehabt, dass Chemjo Vinaver so für sie empfand. Ja, sie hatte ihn immer schon attraktiv gefunden, und wäre sie nicht mit Saul zusammen gewesen, hätte sie sich vielleicht auf einen Flirt mit ihm eingelassen. Aber damals hatte sie sich vor allem darauf konzentriert, in der literarischen Welt Berlins Fuß zu fassen.

»Mascha«, Vinaver zog sie ganz sanft noch ein wenig näher zu sich heran, »Sie finden meinen heutigen Überfall vielleicht seltsam. Dabei hätte ich Sie sicher noch hundert Jahre lang aus der Ferne geliebt. Aber die politischen Entwicklungen machen mir Angst. Ich hatte, als ich nach Berlin zurückkam, schon befürchtet, Sie seien fort. Doch als ich Sie letzte Woche wieder im Romanischen traf und den Ausdruck in Ihren Augen sah, wusste ich, dass ich diese Chance nicht vorübergehen lassen darf. Wenn Sie mich jetzt fortschicken, verspreche ich Ihnen, Sie fortan in Frieden zu lassen, aber ich werde nie aufhören, Sie zu lieben.«

»Liebe«, sagte Mascha leise, »ist ein sehr großes Wort.«

»Ja«, antwortete er. »Genauso groß wie meine Gefühle für Sie.«

Der Regen prasselte auf den Schirm, während sich der Verkehr über die Rankestraße schob, Autos hupten und Menschen an ihnen vorbeieilten. Sie standen inmitten der lauten, pulsierenden Großstadt und waren doch auf einer einsamen Insel. Mascha sah zu Chemjo Vinaver auf, und plötzlich war Berlin in weite Ferne gerückt. In diesem Moment geschah etwas Seltsames. Mascha hatte mit einem Mal das Gefühl, dass die Schrecken des Nationalsozialismus und all ihre Alltagssorgen unwichtig geworden waren. Der Regen schien wie eine warme Brise um sie herumzuschweben. Hier stand ein Mann, der sie mit seinem dunklen, leidenschaftlichen und liebevollen Blick so berührte, wie sie es sich immer von Saul gewünscht hatte.

Plötzlich rempelte sie jemand an, und Mascha kehrte langsam in die Realität zurück. Der Regen war wieder kalt und ungemütlich, aus den Lautsprechern dröhnte Lärm, und es stank nach Benzin.

»Ihnen ist bestimmt kalt«, stellte Chemjo Vinaver fest. »Wollen wir einen Kaffee im Romanischen trinken?«

Mascha lächelte. »Nachdem Sie mir ein solches Geständnis

gemacht haben, bleibt mir wohl gar nichts anderes übrig, als mir wenigstens einen Kaffee ausgeben zu lassen.«

Vinaver lachte leise und führte sie weiter die Straße entlang. Die Gedächtniskirche tauchte vor ihnen auf, deren Lichter in die Nacht hinausleuchteten, und wenige Minuten später betraten sie den warmen Gastraum des Kaffeehauses.

Es war schon halb neun und das Schwimmerbassin fast leer. Mascha war froh darüber, denn sie hatte das Bedürfnis, mit Chemjo Vinaver allein zu sein. Sie setzten sich an den Lektoren-Stammtisch, bestellten Kaffee und saßen sich dann schweigend und ein wenig verlegen gegenüber. Ihre Blicke begegneten sich. Wieder hatte sie das Gefühl, in seinen Augen zu ertrinken. Erst als der Kellner mit dem Kaffee kam, ließen sich ihre Augen wieder los.

»Sie haben mich wenigstens nicht ausgelacht«, stellte Vinaver fest, als sie wieder allein waren. »Und Sie haben mich auch nicht weggeschickt.«

Mascha umschloss ihre Tasse mit beiden Händen. »Ich bin völlig durcheinander«, gestand sie ihm. »Ihre Worte schmeicheln mir. Natürlich tun sie das – ich glaube, dass nicht viele Frauen eine solche Liebeserklärung in ihrem Leben erhalten haben. Noch dazu von einem Mann, den sie zuvor nicht einmal geküsst haben.«

»Ich hoffe, dass wir das bald nachholen werden«, warf Vinaver ein, und ein schelmisches Lächeln lag auf seinen Lippen, die weich und einladend schienen.

Mascha erlaubte sich einen Moment lang die Vorstellung, sie zu küssen und darin zu versinken.

»Sehen Sie … und das verwirrt mich so«, fuhr sie fort. »Dass ich mir genau das ebenfalls wünsche. Ja, ich fand Sie immer schon anziehend, aber ich habe vor dem heutigen Tag nie ernsthaft über uns beide nachgedacht. Ich habe nicht einmal ansatzweise geahnt, was Sie mir heute gesagt haben. Und jetzt, wo ich es weiß, beginne ich, mich nach Ihnen zu sehnen … Ich würde am liebsten mit Ihnen allein sein …« Verschämt brach sie ab.

Seine Hand wanderte näher an Maschas Finger heran, die immer noch um ihre Tasse geschlossen waren. Er streckte sie aus und sah Mascha fragend an.

Zögernd und vorsichtig nahm sie ihre Hand von dem warmen Porzellan und legte sie in seine. Die Berührung traf sie wie ein elektrischer Schlag, der durch ihren Arm fuhr, in ihren Körper hinein bis zu den Zehenspitzen, um sich schließlich mit einem warmen Kribbeln in ihrem Bauch zu manifestieren. Vinavers Hand schloss sich zärtlich und sanft um ihre. Er betrachtete Mascha mit so viel Liebe, dass ihr der Atem stockte. Lange Zeit saßen sie so da, ohne ein Wort zu sprechen und ohne den Blick voneinander abzuwenden.

Maschas Kaffee wurde kalt. Die Menschen um sie herum kamen und gingen. Irgendwann, es konnten Stunden oder auch nur Minuten vergangen sein, löste Mascha widerstrebend ihre Hand aus seiner und stand auf.

»Ich muss gehen«, rief sie erschrocken, nachdem sie einen Blick auf ihre Armbanduhr geworfen hatte. »Himmel! Es ist schon nach zwölf Uhr.«

Vinaver nickte traurig. »Sie werden erwartet. Ich begleite Sie noch ein Stück.«

Er erhob sich und schlüpfte in seinen Mantel. Dann hielt er Mascha ihren hin. Während sie ihn anzog, stand Vinaver ganz dicht hinter ihr. Sie hörte seine leisen Atemzüge und nahm wieder den leichten Duft nach Sandelholz und Eukalyptus wahr. Vinaver strich ihr sanft von hinten über die Oberarme, und Mascha schloss kurz die Augen. Es wäre ein Leichtes gewesen, sich jetzt umzudrehen und sich einfach in seine

Arme sinken zu lassen. Aber sie konnte es nicht, nicht hier, nicht jetzt. Sie riskierte ohnehin schon, gesehen zu werden. Und sie wollte es auch Saul niemals antun, dass er ahnungslos ins Romanische kam und dort seine Frau in leidenschaftlicher Umarmung mit einem anderen Mann vorfand.

Sie verabschiedeten sich von Nietz und traten in die Nacht hinaus. Es hatte aufgehört zu regnen, Chemjo Vinaver trug Maschas Schirm. Sie gingen schweigend nebeneinanderher.

»Da vorn.« Mascha zeigte auf ihr Haus, das in einiger Entfernung auftauchte. »Ich sollte jetzt lieber allein weitergehen.«

»Natürlich«, sagte Chemjo Vinaver. »Darf ich Sie morgen wiedersehen?«

»Ich muss am Nachmittag in die Bibliothek, um ein paar Englischbücher auszuleihen.«

»Ich werde Sie begleiten«, beeilte sich Vinaver zu versichern.

Mascha zögerte. Doch sie wusste, dass sie es nicht schaffen würde, seinen Vorschlag abzulehnen. Es war schnell gegangen, aber er hatte an diesem Abend innerhalb weniger Minuten ihr Herz erobert und ihr Leben auf den Kopf gestellt. Dabei war ihr bewusst, dass sie gerade jetzt, wo das Leben so unsicher geworden war, keine komplizierten Beziehungen eingehen sollte. Sie war verheiratet, und es stand außer Frage, dass sie, sollte es in Deutschland zum Schlimmsten kommen, an der Seite ihres Mannes das Land verlassen musste. Aber noch hoffte sie, dass das nicht passieren würde. Und doch war die Zeit äußerst ungünstig, um sich in einen anderen Mann zu verlieben.

»Bitte …« In Chemjo Vinavers Blick lag ein unendliches Flehen, das Mascha tief ins Herz traf.

»Na gut«, antwortete sie leise, und eine warme Freude breitete sich in ihr aus.

Vinaver sah sie erleichtert an. Dann griff er nach ihrer Hand und führte sie an seine Lippen. Er küsste sie zärtlich, und Mascha erschauderte.

»Gute Nacht«, sagte Chemjo Vinaver und blickte ihr tief in die Augen.

Als Mascha in ihre Wohnung kam, war Saul bereits zu Bett gegangen. Sie trank in der Küche ein Glas Wasser und sah einen Moment lang aus dem Fenster. Chemjo Vinavers Gesicht tauchte vor ihr auf. Seine hohe Stirn, der weiche Mund und diese sanften Augen, die ihr alles versprachen. Sie lehnte ihren Kopf gegen die Fensterscheibe und küsste ihr Spiegelbild. Einen Moment lang stellte sie sich vor, es wäre Chemjos Mund. Bebend löste sie sich von der kalten Scheibe und wischte mit der Hand über die Flecken, die sie hinterlassen hatte. Sie sehnte sich nach Vinaver, wollte in seinen Armen versinken und seine Nähe spüren. Ihr Körper schmerzte beinahe vor Verlangen nach ihm. Noch nie hatte sie eine so starke Anziehung zu einem Mann gespürt, nie hatte sie ein Gedanke so sehr in Erregung versetzt wie in diesem Moment die Erinnerung an Chemjo Vinaver.

Hastig versuchte sie sein Bild zu vertreiben und löschte das Küchenlicht. Doch auch als sie sich neben Saul ins Bett legte, dachte sie nur an Vinaver. Sie schlief keine Minute in dieser Nacht, immer wieder hatte sie sein Gesicht vor Augen und stellte sich vor, wie sie neben ihm lag. Dann überkamen sie Schuldgefühle, und sie verbot sich, weiter an ihn zu denken.

Am nächsten Tag fieberte sie wie ein Schulmädchen dem Moment entgegen, in dem sie ihn wiedersehen sollte. Sie trafen sich dort, wo sie sich in der Nacht getrennt hatten. Vinaver lächelte ihr entgegen. Sie redeten kaum, während sie nebeneinander die Straßen entlanggingen.

In der Bibliothek fand Mascha schnell die Bücher, die sie

brauchte. Danach schlenderten sie ziellos durch die Stadt, bis sie sich im Tiergarten wiederfanden. Es war kalt, die Wege waren nach dem Regen sehr matschig, aber das alles störte Mascha nicht.

»Sie scheinen mich gut zu kennen«, brach Mascha schließlich das Schweigen. »Aber ich weiß kaum etwas von Ihnen.«

Vinaver zuckte mit den Schultern. »Was wollen Sie wissen?«

»Alles.« Mascha lachte.

Er fiel in ihr Lachen ein und antwortete ihr dann: »Ich bin ein Nachfahre des Rabbiners Israel Yitzhack. Ich habe in Warschau chassidische Musik studiert und bin dann nach Berlin gekommen, um bei verschiedenen Dirigenten und Komponisten weiterzulernen. Ich bin Musiker und Musikwissenschaftler und komponiere Lieder. Aber durch das Berufsverbot darf ich nur noch Aufträge von jüdischen Organisationen annehmen. Vor Kurzem habe ich einen Chor mit zehn Musikern gegründet, die alle ihre Anstellungen verloren haben. Ich wurde als Nechemia Winawer geboren, nenne mich aber Chemjo Vinaver, weil das leichter zu verstehen ist – und vor sieben Jahren habe ich mich in eine wunderschöne Frau verliebt. Aus diesem Grund bin ich heute noch in Berlin.«

Mascha sah ihn überrascht an. »Sie sind wirklich nur wegen mir in dieser Stadt geblieben?«

»Ja«, gab er unumwunden zu. »Sie haben mich immer wieder hierhergezogen.«

Vinaver blieb stehen, fasste nach Maschas Händen und drehte sie zu sich. Sie standen sich jetzt ganz nah gegenüber. Seine Finger fuhren über Maschas Mantelärmel an ihrem Körper hinauf bis zu ihren Schultern. Sanft hob er ihr Kinn an, und sein Daumen strich unendlich zärtlich über ihre Haut. Chemjo blickte sie ernst und beinahe ehrfurchtsvoll an. Mit der Außenseite seines Zeigefingers fuhr er an ihrer Wange entlang bis in den Nacken. Und dann näherte sich sein Mund ihrem. Maschas Herz klopfte bis zum Hals.

Als sich ihre Lippen berührten, durchfuhr sie ein heißer Schauer. Chemjo küsste sie vorsichtig, beinahe fragend, und Mascha brachte es nicht fertig, ihm Einhalt zu gebieten. Zu weich, zu warm, zu verführerisch war sein Mund, und das Gefühl, das diese Berührung in ihrem Körper auslöste, ließ etwas in ihrem Inneren schmelzen. Mascha erwiderte seinen Kuss erst zaghaft, dann immer leidenschaftlicher. In ihrem Bauch breitete sich ein längst verloren geglaubtes Kribbeln aus. Mascha seufzte und sog den süßen Duft seiner Haut tief ein. Auch ihn schien die Leidenschaft in Glut zu versetzen. Er streichelte Maschas Kopf, seine Lippen öffneten sich drängend, und im nächsten Moment umspielten sich ihre Zungen. Chemjos Atemzüge wurden schneller, und Mascha schmiegte sich immer heftiger, lustvoller, erregter an ihn. Sie hatte den Eindruck zu schweben.

Lange standen sie dort, auf einem kleinen Pfad im Tiergarten, und küssten sich heiß und innig. Die Stadt um sie herum war vergessen, es gab nur sie beide. Als sie sich schließlich voneinander losrissen, hatte es bereits zu dämmern begonnen.

»Ich liebe dich«, flüsterte Chemjo Vinaver ihr ins Ohr und legte seinem Arm um Maschas Schultern. »Mehr als mein eigenes Leben.«

Mascha sah zu ihm auf. Seine Züge waren ihr schon so vertraut wie ihre eigenen. Das leicht vorstehende Kinn mit dem Grübchen, die geschwungene Nase, die dichten Wimpern und Augenbrauen. Ja, auch sie empfand tiefe und zärtliche Gefühle für ihn. Noch traute sie sich nicht, von Liebe zu sprechen, und doch wusste sie, dass sie nie wieder auf diesen Mann verzichten wollte. Chemjo streichelte sanft ihre Schulter, und Mascha kuschelte sich an ihn. Und im nächsten Moment hatten sich ihre Lippen erneut gefunden.

Als es so dunkel geworden war, dass sie die Wege kaum mehr erkennen konnten, steuerten sie auf das Romanische Café zu. Dort stießen sie auf Franz Hessel, und zum ersten Mal war Mascha wenig erfreut darüber, ihren Freund zu sehen. Sie setzten sich dennoch zu ihm an den Tisch, schließlich wäre alles andere unhöflich gewesen, und Franz Hessel erzählte ihnen von der Nachauflage des »Kleinen Lesebuch für Große«, die gerade aus der Druckerei gekommen war.

Als Mascha wenig später aufblickte, stockte ihr vor Schreck der Atem. Saul war ins Schwimmerbassin getreten. Er hatte sie bereits entdeckt und kam unbekümmert auf sie zu. Saul begrüßte die Herren mit einem Handschlag und küsste Mascha auf die Wange. Dann setzte er sich zwischen Franz Hessel und Chemjo Vinaver, direkt seiner untreuen Ehefrau gegenüber. Saul und Chemjo kannten sich bereits, da Chemjo regelmäßig für die Rubrik »Singblatt« in der *Jüdischen Rundschau* schrieb. Mascha fühlte sich abgrundtief schlecht. Sie hatte ihren Mann gerade mit einem seiner Kollegen betrogen.

»Mascha schreibt übrigens auch für eine musikalische Rubrik«, erklärte Saul gerade Chemjo und riss sie damit aus ihren Gedanken.

Plötzlich richteten sich alle Blicke auf Mascha. Sie spürte, wie ihr das Blut in die Wangen schoss, und schüttelte schnell den Kopf.

»Das kann man nicht vergleichen. Herr Vinaver schreibt schließlich über ernsthafte Musik, ich verfasse nur Werbetexte.«

»So?« Chemjos Augen streichelten ihre Haut, während Mascha kurz zu Franz Hessel sah und erklärte: »Für die *Deutsche Grammophon*. Sie haben eine Werbezeitschrift, *Die Stimme seines Herrn*. Und darin habe ich eine Rubrik. Ich tue es in erster Linie, weil ich nicht weiß, wie lange ich als Jüdin noch Gedichte veröffentlichen kann.«

»Interessant«, erwiderte Chemjo Vinaver, und Mascha blickte schnell in ihre Kaffeetasse.

Sie spürte noch seine Lippen auf ihren, sehnte sich danach, den Duft seiner Haut wieder einatmen zu können, und hasste sich gleichzeitig für ihre Gefühle. Saul war ihr immer treu gewesen, daran bestand kein Zweifel. Mascha wusste, wie sehr ihr Mann sie liebte und wie sehr es ihn verletzen würde, wenn er die Wahrheit erführe.

Die Unterhaltung wandte sich jetzt den Schreibverboten einiger Autoren und Journalisten zu. Als Franz Hessel davon erzählte, dass er nun nicht mehr als Lektor tätig sein durfte, erschrak Mascha. Sie atmete tief durch und versuchte, diesen Abend irgendwie hinter sich zu bringen.

»Sollen wir aufbrechen?«, fragte Saul nach einer Weile, und Mascha war beinahe erleichtert, dass ihr Versteckspiel nun ein Ende finden sollte.

Ihr Blick wanderte unwillkürlich zu Chemjo. Sie sah die Enttäuschung in seinen Augen, dass ihnen kein Moment der Zweisamkeit mehr gewährt wurde. Aber ihr fiel kein plausibler Grund dafür ein, warum sie ihren Mann nicht nach Hause begleiten sollte, immerhin war es inzwischen schon nach elf Uhr. Also nickte sie und stand zögerlich auf. Als Saul zur Garderobe ging, um ihre Mäntel zu holen, trafen sich Chemjos und Maschas Blicke.

»Morgen?«, fragte er leise. »Um drei, an der Ecke?«

Mascha nickte, und eine Sekunde später war Saul schon wieder bei ihnen, und sie verließen zu dritt das Romanische Café.

Der Wettergott schenkte Mascha und Chemjo einen goldenen Herbst. Die beiden trafen sich zu unterschiedlichen Zeitpunkten, die immer von Chemjos Chorproben abhängig waren. Sie gingen dann jedes Mal in den Tiergarten, wo sie Arm in Arm herumschlenderten und lange Küsse austauschten. Gegen Abend kehrten sie meist im Romanischen ein, manchmal gingen sie auch in ein anderes Kaffeehaus oder Lokal, um nicht Gefahr zu laufen, sich bei ihren Freunden und Bekannten zu verraten.

An einem Donnerstagabend im Dezember 1935 fand ein Konzert von Chemjos Chor, der *Hanigun* hieß, im Logenhaus in der Kleiststraße statt. Mascha beschloss hinzugehen, sie wollte endlich die Arbeit des Mannes sehen, der ihre Gedanken in jeder Minute des Tages beherrschte.

Als sie den großen Saal betrat, stellte sie erstaunt fest, dass sich richtig viele Zuschauer hier versammelt hatten. Alle Stühle waren besetzt, es gab nicht einmal Stehplätze mehr. Gut dass Chemjo für sie reserviert hatte. Kaum dass sie sich durch die vielen Zuschauer hindurchgezwängt und hingesetzt hatte, wurde auch schon das Deckenlicht gelöscht, und sechs Männer in dunklen Fracks, weißen Hemden und mit schwarzen Hüten auf den Köpfen betraten die Bühne. Maschas Herz schlug wild, als sie Chemjo entdeckte. Er nickte den Sängern zu, und kurz darauf erhoben sie die Stimmen.

Es war, als hielte der ganze Saal den Atem an, als die melancholischen Stimmen des Chors den Raum erfüllten. Mascha überlief eine Gänsehaut, während sie dem Gesang lauschte. Chemjo gab den Rhythmus an, und die Männer wiegten sich im Takt der Musik. Dann steigerte sich das Stück zu einem rasanteren Tempo, Melancholie und Traurigkeit wichen einer hoffnungsvollen und freudigen Melodie, und Chemjos Hände bewegten sich immer schneller. Manche der Sänger hatten hingebungsvoll ihre Augen geschlossen.

Irgendwann schien der ganze Saal von der Heiterkeit der Sänger angesteckt worden zu sein. Füße stampften den Takt mit, Köpfe und Schultern wippten. Dann wurde die Musik wieder leiser und sentimental. Die Zuhörer hingen gebannt an den Lippen der Sänger.

Mascha staunte und betrachtete immer wieder ihren Geliebten, der mit fast unsichtbaren Gesten den Chor dirigierte. Mascha meinte, Chemjo heraushören zu können. Die Sänger achteten auf ihn, er hielt alle Stimmen zusammen.

Mascha merkte kaum, wie die Zeit verstrich. Als plötzlich Applaus aufbrandete und die Sänger die Bühne verließen, stellte sie erstaunt fest, dass die erste Hälfte des Konzerts bereits vorbei war. Sie brauchte eine Weile, bis sie aus den intensiven Gefühlen auftauchte, die die Lieder bei ihr hinterlassen hatten. Natürlich kannte sie Synagogalmusik, und sie hatte schon so manchen Chor bei Festtagen in der Synagoge gehört, aber das, was sie eben erlebt hatte, war um einiges gefühlvoller gewesen und hatte ihr den Atem geraubt.

Nach einer kurzen Pause postierte sich ein kleines Ensemble mit einer Flöte, einer Geige und einem Klavier in einer Ecke der Bühne. Dann kamen Chemjo und seine Sänger und stellten sich in einem Halbkreis davor auf. Wieder trugen sie Mascha und die anderen Zuhörer mit ihren melancholischen Liedern weit fort, bevor sie sie mit schnellen Rhythmen und festen Takten in freudige und zuversichtliche Stimmung versetzten. Mascha betrachtete Chemjo mit neuer Bewunderung. Er war nicht nur ein Musiker und Künstler, nein, er war erleuchtet, mit einem Talent gesegnet, das so viel größer war als Maschas kleine Gabe zum Verseschreiben. Was für ein Genie! Mascha fielen kaum die passenden Worte ein, die ihre Anerkennung für das, was Chemjo auf der Bühne schuf, beschreiben konnte.

Das Schicksal hatte sie mit diesem Mann zusammengebracht, und sie wusste jetzt, dass ihre Aufgabe darin bestand, sein außergewöhnliches Talent zu unterstützen.

Während die letzten Klänge der Musik verhallten, während das Publikum erneut applaudierte und das Licht im Saal anging, war Mascha erfüllt von den Melodien und Gefühlen, die sie heute durchströmt hatten. Als sie mit den anderen Zuschauern den Saal verließ, verstand sie, warum so viele Menschen gekommen waren, um den Hanigun-Chor zu hören.

Sie stellte sich unter eine Laterne in der Kleiststraße, um auf Chemjo zu warten, der zehn Minuten später bei ihr eintraf.

Er trat auf sie zu und zog sie in seine Arme. Mascha küsste ihn innig. Sie konnte es kaum glauben, dass dieser Mann sie liebte. Engumschlungen gingen sie durch die Straßen, bis Chemjo sich in der Lietzenburger Straße von ihr löste.

»Ich will dich gar nicht gehen lassen«, sagte er mit so viel Liebe in seinem Blick, dass es Mascha ganz warm ums Herz wurde.

»Danke für diesen schönen Abend«, antwortete sie. »Ihr wart wundervoll.«

Während sie die Haustür aufschloss und in dem muffigen Treppenhaus nach oben stieg, wollten ihr Chemjos Worte nicht mehr aus dem Sinn. Mascha wusste, dass auch sie ihn nie mehr loslassen würde.

Inzwischen war eine ganze Woche vergangen, in der Mascha nichts anderes getan hatte, als den Spaziergängen im Park entgegenzufiebern und von Chemjos Küssen zu träumen. Ihre Vernunft hatte sie ausgeschaltet, sie folgte nur ihrem Herzen. Sie hatte sich längst bis über beide Ohren in den Synogogalmusiker verliebt, und ihre Gefühle für ihn waren viel tiefer als die, die sie jemals für Saul empfunden hatte – was sie daran zweifeln ließ, ob sie ihren Ehemann überhaupt wirklich geliebt hatte. Die Beziehung zu Chemjo schien so viel ernsthafter zu sein, es ging nicht um Spaß, sondern um echte Zugehörigkeit.

»Heute ist unser Einwöchiges«, sagte Chemjo. Er hatte Mascha an diesem Abend von ihrem Englischunterricht abgeholt und sie ins Romanische Café geführt, um mit ihr anzustoßen.

Sie hatten gerade an einem der Tische Platz genommen, als Julius Kupfer zu ihnen trat. »Frau Kaléko! Wie schön, Sie hier anzutreffen.«

Der Werbechef der *Deutschen Grammophon* setzte sich neben sie, und bald darauf gesellten sich auch Franz Hessel und Ernst Rowohlt zu ihnen, mit zwei jungen Lektoren, die Mascha nicht kannte. Es entstand ein lebhaftes Gespräch, wie es in diesen dunklen Tagen nicht mehr oft geführt wurde. Mascha genoss die Unbeschwertheit und lachte über die Scherze, aber sie sehnte sich danach, mit Chemjo allein zu sein.

»Und Sie kommen wieder vom Englischunterricht?«, fragte Franz Hessel Mascha.

»Englisch?«, mischte sich Rowohlt ein. »Denken Sie etwa auch darüber nach, ins Ausland zu gehen?«

Mascha schüttelte den Kopf. »Ich bleibe in Berlin. Solange meine Gedichte noch in Ihrem Verlag erscheinen, kann ich schlecht gehen, oder?«

»*Right*«, erwiderte der Verleger mit einem Augenzwinkern. »*You see, I also speak English very well.*«

Alle lachten, und Rowohlt fuhr fort: »Ich musste damals, als ich meinen ersten Verlag gründete, Englisch lernen, denn eigentlich hatte ich schon vor dem Krieg daran gedacht, zeitgenössische amerikanische Literatur übersetzen zu lassen.«

Während Mascha der Geschichte seiner Verlagsgründung lauschte, spürte sie plötzlich eine Berührung an ihren Fingern. Chemjo hatte ihr ein Zettelchen unter die Handfläche geschoben, die auf der Marmorplatte des Tisches ruhte. Schnell ließ sie den Brief in ihrer Faust verschwinden und unter den

Tisch wandern. Ohne Chemjo aus den Augen zu lassen, der sie lächelnd beobachtete, entfaltete sie vorsichtig das Papier. Dann lehnte sie sich zurück und schielte auf die Nachricht in ihrem Schoß.

I want a child from you.

Mascha sog heftig die Luft ein und spürte, wie ihr das Blut in die Wangen schoss. Sie sah wieder zu Chemjo, der sie jetzt ganz ruhig ansah. Er nickte kaum merklich. Es war ihm ernst, das war offensichtlich. Mascha biss sich auf die Unterlippe und betrachtete ihn zärtlich. Dieser Glanz in seinen dunklen Augen kam ihr wie eine Verheißung vor. Sie hatte den Gedanken an ein Kind immer von sich geschoben, aber in diesem Moment wurde ihr bewusst, dass sie nie ernsthaft darüber nachgedacht hatte, mit Saul ein Kind zu bekommen. Aber jetzt spürte sie instinktiv, dass Chemjo der Vater ihres Kindes werden würde – in einer schicksalsschweren Zeit, in der niemand wusste, was der nächste Morgen bringen würde, mit einem Reichskanzler und Führer, der unberechenbar und gefährlich war. Mascha wusste nicht einmal, wo sie ihr künftiges Leben verbringen würde. Sie wusste nur – und das mit einer Klarheit, die ihr den Atem nahm –, dass sie an der Seite von Chemjo Vinaver leben wollte.

Mascha nickte dem Musiker zu, und sie standen beide auf und verabschiedeten sich von den Lektoren.

Während sie über den Auguste-Viktoria-Platz gingen und in die Rankestraße einbogen, legte Chemjo seinen Arm um Maschas Schultern.

»Was denkst du darüber?«, fragte er.

Mascha streckte ihr Kinn vor und sah zu ihm auf. »Das ist ziemlich unverfroren, muss ich sagen.«

»Nein, denn es ist die Wahrheit. Ich wünsche mir nichts sehnlicher als ein Kind von dir. Und ich will dir gegenüber ehrlich sein.« Er küsste sie zärtlich auf die Stirn. »Du weißt, dass ich schon seit vielen Jahren darauf hoffe, dich lieben zu dürfen.«

Mascha schmiegte ihren Kopf an seinen Hals. »Ich wünsche mir auch ein Kind von dir.«

»Wirklich?« Er blieb stehen und sah sie ungläubig an. »Das meinst du ernst?«

»Ich habe noch nie etwas so ernst gemeint.«

»Ich auch nicht.«

Sie lachten und gingen weiter die Straße entlang, vorbei an Menschen in Abendgarderobe, die aus den Theatern und Konzertsälen kamen, an Bettlern, Straßenverkäufern, Polizisten und Menschen wie ihnen, die gerade auf dem Weg in ein neues Leben waren.

Als sie die Lietzenburger Straße erreicht hatten, fragte Chemjo: »Kommst du mit mir? Jetzt gleich?«

Mascha zögerte. Der Gedanke, mit Chemjo in seine Wohnung zu gehen, war verlockend. Aber Saul würde misstrauisch werden, wenn sie erst gegen Morgen nach Hause käme. Deshalb schüttelte sie den Kopf.

»Nicht heute. Es ist schon spät. Morgen?«

»Oh Mascha …« Chemjo zog sie an sich und küsste sie, ungeachtet der Passanten um sie herum. »Ich erwarte dich hier an der Ecke. Um fünf Uhr am Nachmittag?«

Sie nickte und löste sich von ihm. Mit schwerem Herzen kehrte sie nach Hause zu Saul zurück.

Am nächsten Tag bereitete Mascha ihr Treffen mit Chemjo sehr genau vor. Sie wählte ihre beste Wäsche aus und zog ihr himbeerfarbenes Wollkostüm an, das sie sich von ihren Tantiemen für das »Lyrische Stenogrammheft« gekauft hatte. Dann schlüpfte sie in ihre Winterstiefel und verließ frühzeitig die Wohnung, um nicht mit Saul zusammenzutreffen, dem sie jetzt nicht begegnen wollte. Sie hatte kein schlechtes Gewissen oder Zweifel, denn sie wusste, dass sie es tun musste. Zu oft schon hatte sie davon geträumt, es war ihr nur nicht klar gewesen, dass es Chemjo war, auf den sie all die Jahre gewartet hatte.

Zehn Minuten zu früh kam sie an ihrem vereinbarten Treffpunkt an, doch Chemjo war bereits da. Ein warmes Gefühl breitete sich in Mascha aus, als sie ihn sah. Sie fuhren mit der Stadtbahn in eine Gegend, die Mascha gut kannte. Chemjo wohnte im Scheunenviertel, ganz in der Nähe ihrer früheren Arbeitsstätte.

Er führte sie in ein Wohnhaus, drei Treppen hoch, und schloss die Tür zu seiner kleinen Wohnung auf. Links befand sich eine winzige Küche, rechts ein geräumiger Schlaf- und Wohnraum und geradeaus ein Waschraum. Chemjo nahm ihr den Mantel ab, und Mascha sah sich um. Der Wohnraum war mit Bücherregalen vollgestellt. Mascha erkannte vor allem Notenbücher, aber auch Lexika, Wörterbücher und Gedichtbände. Sie ging zu einem der Regale und strich über die Buchrücken ihres »Lyrischen Stenogrammheft« und des »Kleinen Lesebuch für Große«.

»Du hast ja meine Bücher«, stellte sie gerührt fest.

»Natürlich«, sagte er, während er sich an seinem Grammophon zu schaffen machte. Er legte eine Schallplatte auf, und bald erfüllte Mahlers dritte Symphonie das Zimmer.

Chemjo trat zu ihr und drehte sie sanft zu sich herum. Mascha schlang ihre Arme um ihn – zum ersten Mal konnten sie sich ohne die dicken Wintermäntel umarmen, ohne Blicke von Fremden um sie herum. Mascha zog ihn näher an sich heran. Chemjo hatte seine Hände um ihr Gesicht gelegt und betrachtete sie zärtlich. In seinen Augen lagen so viel Hingabe, Verlangen, Sehnsucht und Liebe, dass unwillkürlich Tränen in ihr aufstiegen. Dann fasste er sanft unter Maschas Kinn und küsste ihre Tränen fort, die ihr nun über die Wangen liefen.

Leise fragte er: »Bist du dir auch sicher, dass du das tun willst?«

Sie nickte. »Das sind Freudentränen.«

Er atmete tief ein und strich mit seinem Daumen unendlich zärtlich über Maschas Mund.

»Meine wunderschöne Mascha«, murmelte er.

Seine Augen schimmerten, und im nächsten Moment trafen ihre Lippen aufeinander. Mascha geriet in einen Strudel der Leidenschaft, der sie rettungslos mit sich zog. Sie schmiegte sich an Chemjo und genoss seine Küsse. Seine Lippen lösten sich von ihren, um jeden Zentimeter ihres Gesichtes zu liebkosen, bis er schließlich zart an ihren Ohrläppchen knabberte. Seine Hände hatten sich unter Maschas Bluse geschoben, und seine Haut auf ihrer zu spüren, ließ sie aufstöhnen.

Schließlich hob er sie in seinen Armen hoch, als wöge sie nicht mehr als eine Feder, und trug sie hinüber zum Bett. Mascha sank in seine weichen Kissen, die nach Eukalyptus und Sandelholz rochen, und überließ sich ihrer Lust. Chemjo legte sich sanft neben sie, küsste sie und betrachtete sie dann wieder mit so viel Liebe, dass Mascha überzeugt davon war, genau das Richtige zu tun. Sie drängte sich an ihn und spürte nun seine Erregung, fest und fordernd wie ein loderndes Feuer, das jetzt nicht mehr zu verbergen war. Und während sie sich gegenseitig entkleideten und erforschten, sich vor Lust stöhnend umeinanderwanden, wusste Mascha, dass sie endlich ihre Heimat gefunden hatte. Chemjo war ihr Hafen, der Sandhügel, an den sie sich lehnen konnte, um vor wütenden Winden und hasserfülltem Regen Schutz zu finden. Dieser Mann besaß kein Haus und kein Geld, aber er war reicher als jeder Mensch, den Mascha bislang getroffen hatte. Er hatte wilde Träume, eine leidenschaftliche Liebe für Mascha und war ihr beinahe kindlich ergeben. Mascha würde jederzeit alles, was sie besaß, dafür geben, um gemeinsam mit ihm bettelarm zu sein.

Sogenannte Mesalliance

Die Herren offerierten Hof und Haus,
Um mir die Zukunft »rosig« zu gestalten.
Sie hielten sie mir hin wie einen Strauß.
Ich lachte mir mein Teil und lief hinaus:
Da saßen sie mit ihren Bügelfalten.

Die klugen Nachbarn schüttelten das Haupt:
Die wird es nie zu etwas Rechtem bringen.
Und Zeiten gab's, da ich es selbst geglaubt.
Da aber kam der Wanderer, bestaubt,
Und als er sprach, begann mein Herz zu singen.

Er hatte nichts als seine wilden Träume,
Auch war der Kindheit ferner Widerschein
In seiner Art – wie Tiere oder Bäume –
So ganz und unverhüllt er selbst zu sein.

Er glich in keinem Atemzug den andern,
Denn ihn besaß nicht Haus noch Hof und Feld.
Das Ufer jenseits war sein Ziel beim Wandern
Und nachts das Sternbild über seinem Zelt.

– Wer tauschte nicht des Krösus Scheckbuch ein,
In seiner Nähe bettelarm zu sein …

Lüge und Leid

Berlin, 1936

Es wurde spät, als Chemjo an diesem Abend im Dezember 1935 Mascha nach Hause begleitete. Sie schmiegte sich eng an ihn, und es kam ihr vor, als leuchteten die Straßenlaternen heute heller als sonst. Die Pfützen schimmerten geradezu verheißungsvoll, und jedes Haus, jeder Baum und jede Bank schienen nur dafür da zu sein, ihren Weg zu schmücken. Immer wieder streichelte Chemjo glücklich über Maschas Schulter.

Als sie die Lietzenburger Straße erreicht hatten und Chemjo von Mascha Abschied nahm, um rasch in der Dunkelheit zu verschwinden, kam es Mascha vor, als hätte er einen Teil von ihr mitgenommen. Plötzlich fror sie. Trotzdem ging sie langsam, beinahe ängstlich die letzten Schritte die Straße entlang bis zu ihrer Haustür. Mit dem Schlüssel in der Hand hielt sie inne.

Dort oben wartete ihr Mann auf sie, während sich irgendwo in der Finsternis ihr Liebhaber durch die Nacht entfernte. Seltsamerweise hatte Mascha keinerlei Schuldgefühle, zu tief und schicksalhaft war ihre Liebe zu Chemjo. Diese Liebe konnte nicht falsch sein, sie würde sie niemals bereuen.

Mascha steckte mit zitternden Fingern den Schlüssel ins Schloss. Die Farbe blätterte von der alten Holztür ab, die Glasscheibe hatte einen Sprung. Als sie in den Hausflur trat, schlug ihr der Geruch von Bohnerwachs und Seifenlauge entgegen. Zögernd ging sie über die ausgetretenen Fliesen zur Treppe.

Das Holz knarrte unter ihren Schritten. Als sie die Wohnungstür erreicht hatte, atmete sie tief durch und schloss sie auf.

Es drang noch Licht aus der Küche. Mascha biss sich auf die Unterlippe, sie hatte gehofft, ihr Mann wäre schon zu Bett gegangen.

»Mascha!« Saul erschien in der Tür. Er hob sich schwarz und mächtig gegen die Helligkeit in seinem Rücken ab.

Mascha sah ihn überrascht und müde an. »Wieso bist du noch wach?«

»Ich habe dich vermisst«, erwiderte er.

Mascha zog ihren Mantel aus und schlüpfte aus den Schuhen.

»Komm her, mein Schatz.« Saul streckte seine Arme aus.

Mascha strich ihm flüchtig über die Brust und huschte an ihm vorbei ins Zimmer. Chemjos Geruch haftete noch an ihr, sie trug seine Wärme an ihrer Haut und seinen Samen in ihrem Leib. Wie konnte sie ihren Mann da umarmen?

Saul ließ seine Hände irritiert sinken und sah sie forschend an. »Ist alles in Ordnung mit dir?«

»Natürlich«, murmelte Mascha und füllte den Wasserkessel.

»Ich habe etwas für dich«, sagte Saul, er stand dicht hinter ihr.

Erschrocken drehte Mascha sich um. Er hielt ihr ein kleines Päckchen entgegen. Die Schachtel war mit einer Schleife verziert. Auf den Deckel hatte Saul ein Herz gemalt und ihren Namen danebengeschrieben. Mascha schluckte. Widerstrebend griff sie nach dem Geschenk. Ausgerechnet heute musste er sie mit dieser liebevollen Geste überraschen. Nun kam sie sich doch recht schäbig vor, weil sie Saul hintergangen hatte. Er war ein guter Mann, der immer das Beste für Mascha wollte und sie mit seiner Liebe überschüttete.

Mit schlechtem Gewissen öffnete sie die Pappschachtel.

Darin lag, in Seidenpapier eingeschlagen, ein wunderschönes goldenes Armband, das ein filigranes Muster mit kleinen Saphiren schmückte. Mascha traten Tränen in die Augen. Ihr Herz zog sich schmerzhaft zusammen. Das hatte er nicht verdient, es war gemein von ihr, den Mann, der sie so liebte, zu betrügen.

Leise sagte sie: »Oh, Saul, das darfst du nicht tun. Das ist viel zu teuer.«

»Ich möchte dir meine Liebe beweisen«, flüsterte er, und in seiner Stimme klangen so viel Angst und Unsicherheit mit, dass es Mascha ganz schwindlig wurde.

Sie wollte fliehen, aber sie schaffte es nicht. Zuneigung und Zärtlichkeit lagen in seinem Blick, seine Liebe schien sie festzuhalten.

Saul fasste nach ihrem Kinn und strich sanft über ihre Haut.

»Bitte, Mascha, ich weiß, dass ich nicht der beste Ehemann der Welt bin, ich arbeite zu viel und könnte aufmerksamer sein. Aber ich liebe dich, und ich möchte, dass du das weißt.« Er zog sie an sich.

Mascha schloss die Augen, während er sie küsste, um ihre Verzweiflung zu verbergen. Als er sie ins Schlafzimmer zog, ließ sie es geschehen.

»Liebst du mich, Mascha?«, fragte er, sobald er die Tür hinter ihnen geschlossen hatte, und begann, ihre Bluse aufzuknöpfen.

»Das weißt du doch«, antwortete Mascha und sah benommen, wie er seinen Gürtel öffnete. Sie hatte den ganzen Abend in Chemjos Armen verbracht und ihm gegenüber eine Liebe und Verbundenheit gespürt wie nie zuvor in ihrem Leben. Und jetzt, kaum eine Stunde nachdem sie sein Bett verlassen hatte, sollte sie mit einem anderen schlafen? Aber dieser andere war ihr Mann, wie sie sich still in Erinnerung rief.

Als Saul sich wieder Mascha zuwandte, saß sie noch immer wie betäubt auf ihrem Ehebett.

»Alles in Ordnung?«, fragte er, während er seine Hose abstreifte.

Mascha nickte und schluckte die Verzweiflung hinunter.

Als sie wenig später erschöpft nebeneinander im Bett lagen und Saul sich eine Zigarette angezündet hatte, fragte er wieder, den Kopf auf eine Hand gestützt: »Liebst du mich?«

Mascha zog die Augenbrauen zusammen und versuchte, ihre Gefühle zu sortieren. »Warum fragst du mich das?«

»Weil ich es wissen muss. Du bist mein Leben, Mascha, meine ganze Welt, und ich muss sicher sein, dass diese Welt auch wirklich existiert. Du weißt, dass du alles tun kannst, was du willst – hab Spaß, amüsiere dich, aber vergiss nie, zu mir zurückzukommen. Versprichst du mir das?«

Mascha schluckte. Dann nickte sie.

Saul legte die Zigarette in den Aschenbecher auf dem Nachttisch.

»Mein Schatz, meine süße Mascha«, murmelte er und strich ihr übers Gesicht.

Mascha zog die Bettdeckte höher und zwang sich zu einem Lächeln. »Gute Nacht, Saul.«

Sie drehte sich auf die andere Seite.

Mascha hörte das leise Knistern, als er an seiner Zigarette zog. Dann löschte er das Licht.

Mascha starrte in die Dunkelheit. Was hatte sie nur getan? Saul würde es das Herz brechen, wenn sie ihn verließe. Und wollte sie das überhaupt? So verlockend der Gedanke an ein Leben an Chemjos Seite auch war, so sehr fürchtete sie, die Sicherheit aufzugeben, die Saul ihr vermittelte. Er kümmerte sich um so vieles, von dem sie keine Ahnung hatte. Er wusste, wie man Steuererklärungen erstellte und welche Mittel gegen Erkältungen und Durchfall halfen. Saul wusste einfach immer, was zu tun war.

Warum war er ausgerechnet heute so leidenschaftlich und liebevoll gewesen? Es kam durchaus vor, dass er ihr Geschenke machte, und er schlief regelmäßig mit ihr. Aber normalerweise war er nicht so zärtlich und bemüht, wie er es heute gewesen war. Ob er etwas ahnte? Vielleicht hatte er Mascha in den letzten Tagen angesehen, dass sie sich verändert hatte, dass es einen anderen Mann in ihrem Leben gab. Wie sollte es jetzt weitergehen?

Während sie sich unruhig von einer Seite auf die andere wälzte, überlegte sie, wie lange sie sich noch aus den Armen des einen in die Arme des anderen stürzen wollte. Sie konnte Saul nicht verlassen, denn er liebte sie zu sehr, er würde sie nicht einfach gehen lassen. Und Chemjo hatte tatsächlich nicht viel Geld. Obwohl Maschas Einnahmen unregelmäßig waren, hatte sie sich bisher nie darum gesorgt, denn ihr Mann bezog inzwischen ein sehr gutes Gehalt. In dieser unsicheren Zeit, in der auch ihre Bücher jederzeit verboten werden konnten, wäre es schlicht wahnsinnig von ihr, Saul zu verlassen. Chemjo würde sie nicht beide versorgen können.

Mascha fielen in dieser Nacht keine Antworten auf ihre Fragen ein, und daran würde sich in nächster Zeit wohl nicht viel ändern.

Mascha besuchte Chemjo von nun an täglich in seiner kleinen Wohnung. In diesen gemeinsamen Stunden gab es nur sie beide, sie dachten nicht an Saul und die gefährliche politische Situation, in der die Nationalsozialisten immer mehr Gesetze erließen, die sie zu Menschen zweiter Klasse machten, und ihre Freunde ins Ausland emigrierten. In den Stunden mit Chemjo vergaß Mascha beinahe alle Sorgen um sich herum.

Nachts, wenn sie zu Saul zurückkehrte, sich neben ihn legte und mit ihm schlief, war es, als wäre sie eine andere, eine fremde Person. In diesen Momenten flog ihr Herz fort und wartete darauf, dass sie wieder sie selbst wurde, die Frau, die sie durch Chemjos Liebe geworden war. Diese Mascha hatte all die Jahre darauf gewartet, zum Leben erweckt zu werden.

Chemjo explodierte förmlich vor Leidenschaft, Mascha konnte sich ihm hingeben, wie sie es nie zuvor gekannt hatte. Sie lernte sich selbst und die Liebe vollkommen neu kennen, und ihr fielen Verszeilen ein, die diese Gefühle ausdrückten.

Wenn sie nach Hause kam, war da Saul, der sie wie ein treuer Hund erwartete, sie umsorgte und dankbar war für jedes Lächeln und jedes Wort.

Mascha, die zuvor immer sehr penibel darauf bestanden hatte, dass Saul ein Fromms-Gummi zur Verhütung benutzte, die sie in Dreierpackungen für zweiundsiebzig Pfennige in der Drogerie kaufte, versuchte jetzt jeden Trick, von dem sie hinter vorgehaltener Hand je gehört hatte oder über den sie in anzüglichen Frauenblättern gelesen hatte, um Chemjos Kind zu empfangen.

Und wenn sie abends zu Saul zurückkehrte und er sie küsste und liebkoste, zog sie die grün-violett gestreifte Schachtel mit den Frommsern aus dem Nachttisch hervor und achtete sorgfältig darauf, dass er sie auch verwendete.

Als aber trotz aller Bemühungen schon zum zweiten Mal ihre Periode einsetzte, begann Mascha sich Sorgen zu machen. Sie hatte alles dafür getan, um von Chemjo schwanger zu werden – warum wollte es nicht klappen? Ohne mit ihrem Geliebten darüber zu sprechen, ging sie Ende Februar 1936 zu ihrer Frauenärztin in der Bleibtreustraße und schilderte ihr die

Situation. Als die Ärztin hörte, dass sie es erst seit acht Wochen versuchten, lächelte sie und riet Mascha zur Geduld.

»Wir haben uns«, tröstete Chemjo sie, als sie ihm von ihrem Besuch bei der Ärztin erzählte. »Und alles andere kommt von selbst.«

In diesen Tagen ertranken sie in ihrem Glück, und Mascha versuchte nicht einmal, wieder daraus aufzutauchen. Sie hatte nie geahnt, zu welchen Empfindungen und Genüssen ihr eigener Körper fähig war.

Chemjo schien davon auszugehen, dass Mascha nicht mehr mit ihrem Ehemann schlief, denn als sie sich eines Sonntags, den sie seit dem Morgen in Chemjos Bett verbracht hatten, abends zum Heimgehen anzog, erklärte er, wie glücklich er sei, dass Mascha ihre Leidenschaft nun mit ihm und nicht länger mit Saul teile. Er sah sie forschend an, als wollte er von ihr eine Bestätigung erhalten. Doch Mascha tat, als habe sie ihn nicht gehört, und knöpfte weiter ihre Bluse zu.

»Mascha?«, fragte Chemjo und schlang seine Arme von hinten um ihre Taille. »Du bist doch jetzt nur mir treu, nicht wahr?«

Mascha hielt kurz inne. Sie kannte Chemjo noch nicht lange, aber sie wusste, dass er ihre große Liebe war. Sie brachte es nicht übers Herz, ihm die Wahrheit zu sagen. Deshalb sagte sie leise: »Ich betrüge nur einen, meinen Ehemann.«

Chemjo küsste sie in den Nacken, und Mascha musste lachen, weil sein Atem sie kitzelte. Kurz darauf lagen sie schon wieder auf dem Bett, obwohl sie dringend losmusste.

Sie war sich immer noch nicht sicher, ob Saul wohl ahnte, dass sie ihn betrog. Vielleicht spürte er auch nur, dass Mascha ihm mehr und mehr entglitt. Er wollte sie nun regelmäßig ins Romanische Café begleiten, und Mascha hatte Mühe, ihn abzuschütteln, damit sie zu Chemjo eilen konnte. Die unruhige politische Situation trug vermutlich zu Sauls Anhänglichkeit bei. Die Angriffe auf Juden nahmen ständig zu, es gab kaum noch ein jüdisches Geschäft, dessen Inhaber nicht zur Aufgabe oder zum Verkauf gebracht worden war.

Ende Februar 1936 überreichte Franz Hessel Mascha die dritte Auflage des »Lyrischen Stenogrammheft«, als sie sich für einen Spaziergang unter den Linden am Brandenburger Tor trafen. Im letzten Jahr hatte Hessel ein Arbeitsverbot erhalten und durfte seitdem nicht mehr in den Verlag. Ernst Rowohlt beauftragte ihn mit Übersetzungen, die er zu Hause erledigen und von denen er einigermaßen leben konnte. Aber Hessel war nach wie vor ein wichtiger Lektor für Mascha, auch wenn er das offiziell nicht mehr sein durfte.

»Ich bin Herrn Rowohlt sehr dankbar«, sagte Mascha und steckte das Büchlein in ihre Handtasche. »Mir ist bewusst, dass die meisten jüdischen Autoren nicht mehr schreiben dürfen.«

»Vermutlich dürften auch Sie das schon lange nicht mehr, wenn die Regierung wüsste, dass Sie Jüdin sind«, sagte Franz Hessel leise, nicht ohne sich vorher umgesehen zu haben, ob sie vielleicht belauscht wurden. »Es ist ihnen wohl noch nicht aufgefallen.«

»Ja, wie gut, dass man es mir nicht ansehen kann«, erwiderte Mascha mit einem Lächeln, während sie neben ihm unter den blattlosen Linden herschlenderte. Sie zog den Schal enger um ihren Hals. Seit Wochen war es weit unter null Grad, und heute fielen immer wieder einzelne Schneeflocken aus den dichten Wolken.

»Aber ich sehe Ihnen an, dass Sie verliebt sind«, wechselte Franz Hessel unvermittelt das Thema.

»Was?« Mascha blieb erschrocken stehen.

»Chemjo Vinaver, nicht wahr?«, fragte Hessel und zwinkerte ihr schelmisch zu.

Mascha atmete tief durch. Die kalte Luft brannte in ihrer Lunge. »Woher wissen Sie es? Ist es so offensichtlich?«

Hessel nickte nachdenklich. »Sie haben weniger Zeit für Ihre Freunde, und immer wenn ich Sie sehe, strahlen Sie, wie ich es noch nie bei Ihnen gesehen habe. Außerdem ist Chemjo Vinaver unglaublich oft an Ihrer Seite.«

Mascha betrachtete eine Litfaßsäule mit Seifenwerbung, die neben dem Gehweg stand. Bislang hatte sie noch niemandem von ihrer Liebe zu Chemjo erzählt.

»Ich habe es nicht geplant, und jetzt stecke ich in einer Misere«, gestand Mascha ihrem Freund nach einer Weile. »Chemjo macht mich unendlich glücklich, aber Saul ist mein Ehemann.«

»Oje«, seufzte Franz Hessel, während sie an einigen großen Automobilen vorbeigingen, in denen livrierte Chauffeure saßen und auf Touristen warteten, die sie durch die Stadt fahren konnten. Im Sommer, wenn die Olympischen Spiele in der Stadt begannen, würden sie vermutlich viel zu tun haben. Aber jetzt plätscherte ihr Geschäft ruhig dahin.

»Ich habe viele Jahre in einer ähnlichen Beziehung gelebt«, sagte Hessel nachdenklich.

»Aber Ihre Frau liebt Sie, nicht wahr?«, fragte Mascha.

»Das weiß ich nicht. Sie lebt in Paris, ich in Berlin. Ich war wohl nie ein vorbildlicher Ehemann«, antwortete Hessel. »Aber es soll jetzt nicht um mich gehen. Lieben Sie beide Männer?«

Mascha nickte. »Auf sehr unterschiedliche Weise. Saul ist mein Vertrauter, er bedeutet mir viel, und ich schätze ihn.«

»Das scheint mir zu wenig für eine Ehe zu sein«, stellte Hessel fest.

Sie hatten das Denkmal Friedrichs des Zweiten erreicht und wichen einer Schülergruppe in dicken Wintermänteln aus, deren Lehrer sich von den Minusgraden nicht abschrecken ließ und ihnen gerade einen Vortrag hielt.

»Ich hätte Saul nie heiraten dürfen«, seufzte Mascha. »Ich war zu jung, und ich weiß heute, dass ich die große Liebe einfach noch nicht kannte. Erst durch Chemjo habe ich gelernt, wie man lieben kann. Nie wieder würde ich einem Mann die Treue schwören, wenn ich nicht so intensiv für ihn empfinden würde wie für Chemjo. Aber jetzt bin ich Sauls Frau.«

»Dann sprechen Sie mit Ihrem Mann, und bitten Sie ihn um eine Trennung«, schlug Franz Hessel vor.

»Das ist nicht so einfach.« Mascha vergrub ihre Hände tief in den Manteltaschen. »Saul hat mir immer schon alle Freiheiten gelassen. Es war für ihn in Ordnung, dass ich mich mit anderen Männern traf. Aber er wird mich nie gehen lassen, da bin ich mir sicher. Und ich habe Angst, einen Fehler zu begehen, wenn ich mich wirklich von ihm trenne.«

»Sie haben noch nicht mit ihm darüber gesprochen?«

Mascha schüttelte den Kopf. »Das wollte ich nicht. Er hat mir immer gesagt, dass er nicht wissen möchte, wenn ich ihn einmal betrügen sollte. Er hat mir sogar Gedichte dazu geschrieben. Und immer war ihm eins wichtig: dass er nie von meinen Affären erfahren muss.«

»Verstehe«, murmelte Hessel.

Mascha betrachtete das Liebermann-Palais am Pariser Platz, an dem sie gerade vorübergingen. Der große Maler, den Mascha selbst noch einige Male im Romanischen Café hatte sitzen sehen, war im letzten Jahr verstorben.

»Nun, zunächst einmal müssen Sie sich klarmachen, was Ihre Absichten mit Chemjo sind«, fuhr Hessel fort. »Wollen Sie mit ihm zusammenleben, ihn vielleicht sogar heiraten? Oder ist er eine Affäre, die irgendwann vorüber sein wird? Und wenn sie das ist, sind Sie danach wieder glücklich an Sauls Seite?«

»Ich weiß nicht, ob ich es je war«, gab Mascha zu. »Aber eins weiß ich ganz bestimmt: Chemjo ist meine Zukunft, mein großes Glück.« Sie schwieg einen Augenblick. Dann sagte sie: »Und er ist besonders, er ist ein Genie. Ich habe ein Konzert von seinem Chor gehört und noch nie zuvor etwas derart Beeindruckendes erlebt. Er ist ein wahrer Meister seines Fachs. Ich bewundere ihn. Und ich liebe ihn.«

»Dann ist die Sache entschieden«, sagte Franz Hessel lächelnd. »Sehen Sie, meine Frau Helen hat mich und ihren Freund Henri-Pierre Roché immer beide geliebt. Und wir waren aus Liebe bereit, sie zu teilen. Aber wenn sie nur einen von uns geliebt und den anderen ertragen hätte, wäre es nicht gutgegangen.«

»Ich bin sicher, dass ich auch Saul liebe. Nur auf eine andere Art«, überlegte Mascha laut. »Er gehört zu meinem Leben, und wenn ich ihn nicht mehr hätte, würde ich ihn vermutlich sehr vermissen.«

»Wir sind nicht immer Herr unserer Gefühle«, erklärte Hessel nachdenklich, während sie am Brandenburger Tor vorbeigingen.

Und Mascha wusste, dass er recht hatte. »Manchmal wünschte ich, mein Herz hätte sich nicht von Chemjo in Fesseln legen lassen. Aber wenn wir zusammen sind, ist unser Schicksal jede Träne, jede Verzweiflung wert.«

Am 7. März 1936 ließ Hitler seine Truppen ins Rheinland einmarschieren, was eine Verletzung des Pariser Friedensabkommens war. Mascha hatte die Nachricht auf dem Weg zu Chemjo aus den Lautsprechern gehört, das Ereignis wurde den ganzen Tag gemeldet. Jetzt lag sie in Chemjos Armen.

»Was ist, wenn es tatsächlich zum Krieg kommt?«, überlegte sie laut. »Ich habe schon einmal einen Krieg erleben müssen, und er hat mein Dasein von Grund auf verändert. Ich habe Angst.«

»Aber ist nicht sowieso schon alles anders, seit die Nationalsozialisten in unserem Land wüten?«, fragte Chemjo und küsste Maschas Haar. »Ich erkenne Berlin kaum mehr wieder. Überall sind Uniformierte, es herrschen Hass und Angst … Dabei fürchte ich, dass wir erst am Anfang der Entwicklungen stehen. Wenn du nicht wärst, hätte ich längst das Weite gesucht.«

Mascha drehte sich auf den Rücken, um ihn ansehen zu können. Seine Wangen waren gerötet, das Haar war struppig. Sie küsste seine Brust und sog seinen Duft ein. »Du wärst einfach nicht mehr von deiner Tournee zurückgekehrt, nicht wahr?«

»Ja«, bestätigte Chemjo und stützte den Kopf in seine rechte Hand. Mit der Linken fuhr er zärtlich über Maschas nackte Haut. »Aber für dich gehe ich überallhin.«

»Ich kann mir nicht vorstellen, Berlin zu verlassen.« Mascha zog die Bettdecke höher und kuschelte sich enger an ihren Geliebten.

»Berlin will uns Juden nicht mehr haben«, sagte Chemjo traurig. »Wir müssen fort, da bin ich sicher.«

Mascha seufzte und dachte an die vielen Freunde aus dem Romanischen Café, von denen so viele längst weg waren. Würde sie sie jemals wiedersehen?

»Vielleicht kommen die Menschen bald zur Besinnung. Irgendwann muss ihnen doch auffallen, welch schreiendes Unrecht Hitler und seine Leute begehen.«

»Mascha, ich muss im April noch einmal für ein paar Wochen fort«, sagte Chemjo plötzlich und griff nach ihrer Hand. »Wir haben eine Aufführungsreihe in der Tschechoslowakei.«

Mascha hob erschrocken den Kopf.

»Ich habe versucht, es abzuwenden, aber die Konzerte sind bereits ausverkauft. Wir sind auf solche Gelegenheiten angewiesen, denn als Juden bekommen wir nicht mehr viele Engagements.« Chemjo sah sie besorgt an. »Aber ich habe Angst, dass mich die Nationalsozialisten hinterher vielleicht nicht mehr ins Land lassen.«

»Nein!«, rief Mascha. »Das dürfen sie doch nicht tun.«

Chemjo hob eine Augenbraue. »Wie oft hast du das schon gedacht? Für diese Menschen gelten keine Gesetze.«

Mascha rieb sich verzweifelt über das Gesicht. Sie wusste, dass Chemjo recht hatte.

»Falls es so weit kommen sollte«, sagte er und griff nach Maschas Hand, »muss ich sicher sein, dass du mir folgen wirst.« Er sah ihr fest in die Augen. »Versprichst du mir das?«

Mascha schwieg für einen Moment. Der Gedanke, sich von Chemjo trennen zu müssen, war unerträglich für sie. Wenn er wirklich im Ausland festsaß, musste sie sich endgültig zwischen ihm und Saul entscheiden.

»Ich will nie wieder ohne dich sein«, sagte sie mit fester Stimme, »und wenn du nicht zurückkommst, folge ich dir, wohin auch immer du gehst. Aber ich gebe die Hoffnung noch nicht auf, dass es in Berlin irgendwann einmal wieder so werden kann, wie es war. Daher bitte ich dich inständig, dass du alles dafür tust, um wieder hierher zurückzukehren.«

»Ich verspreche es«, sagte Saul und küsste sie liebevoll. »Ich will doch auch nicht von dir fort. Ich bin so glücklich, dass ich endlich das hier mit dir machen kann.« Er bedeckte ihre Brüste mit Küssen.

»Aber wenn Frankreich Deutschland den Krieg erklärt?«, fragte Mascha und richtete sich auf. »Dann fährst du doch sicher nicht, oder?«

»Wenn es zum Krieg kommt, fliehen wir beide, Mascha.« Er sah sie an. »Ich würde dich in einer solchen Gefahr niemals hier zurücklassen.«

Aber es kam nicht zum Krieg. Hitlers Provokation sorgte

für Unmut im Ausland, zog jedoch keine ernsten Konsequenzen nach sich. Als Chemjo im April 1936 abreiste, kam sich Mascha verlassen und einsam vor. Saul bemühte sich rührend um seine Frau, und sie war froh, nicht ganz allein mit ihren Gedanken zu sein. Saul war zärtlicher und liebevoller denn je, und Mascha war sicher, dass er ihren Verrat ahnen musste. Manchmal war sie nah daran, ihm die Wahrheit zu sagen, brachte es dann aber doch nicht fertig, ihn zu enttäuschen. Gerade jetzt, wo Chemjo nicht in der Stadt war, fand sie nicht die Kraft dazu. Sie sehnte sich jeden Tag, jede Minute nach Chemjo, lief manchmal die Plätze ab, an denen sie zusammen glücklich gewesen waren, oder stand wehmütig vor seinem Haus, um zu den verlassenen Fenstern hinaufzublicken.

Im April 1936 blieb Maschas Periode aus. Außerdem bildete sie sich ein, dass es ihr morgens leicht übel war. Allerdings war Maschas Magen grundsätzlich etwas empfindlich, und ihr Unwohlsein hätte auch in ihrer Sorge um Chemjo begründet sein können. Sie sehnte den Tag herbei, an dem er endlich wieder sicher in Berlin war. In der Zwischenzeit schrieben sie sich liebevolle Briefe. Noch wagte sie nicht, ihm von ihrer leisen Hoffnung, schwanger zu sein, zu erzählen, sie wollte erst einen weiteren Monat abwarten.

Jeden Tag ging sie zum Postamt in der Lietzenburger Straße, wo sie immer ein Brief ihres Geliebten erwartete, den er postlagernd dorthin geschickt hatte. Sie versteckte die Briefe in ihrem Schrank, ganz hinten zwischen den Sommerkleidern, damit Saul sie nicht finden konnte. Chemjo beteuerte, wie sehr er sie vermisste. Er berichtete von seiner Tournee, von den Erfolgen, die sein Chor zu verzeichnen hatte. Überall wurden sie frenetisch gefeiert. Aber die schönsten Sätze waren die, in denen er seine Liebe zu Mascha mit tausend unterschiedlichen Worten beschrieb.

Auf diese Weise verging der April, und als endlich der Mai begann und die warme Frühlingssonne Blüten und Blätter hervorsprießen ließ, war Mascha sich sicher, schwanger zu sein.

Chemjo kam im Mai 1936, an einem Mittwoch, in Berlin an. Mascha hatte ihn am Bahnhof abholen wollen, aber Chemjo wusste nicht, wie pünktlich die Züge sein würden, und so verabredeten sie sich in seiner Wohnung. Als sie am Nachmittag zu ihm kam, stand sein Koffer noch gepackt mitten im Raum, seinen Reisemantel hatte er über einen der wackligen Stühle geworfen.

Überglücklich fielen sie sich in die Arme.

»Ich habe dich so vermisst«, murmelte Chemjo und küsste sie leidenschaftlich.

Mascha genoss die Weichheit dieses Kusses und freute sich, ihren Geliebten endlich wieder spüren zu können. Wie oft hatte sie sich in den letzten Wochen danach gesehnt! Sie rissen sich die Kleider vom Leib und fielen übereinander her.

»Chemjo«, sagte sie wenig später, als sie atemlos vor Leidenschaft auf seinem Bett lagen. »Ich glaube, ich bin schwanger.«

Er riss die Augen auf. Freude und Liebe leuchteten ihr daraus entgegen.

»Mein Liebling!« Er küsste sie wieder und drückte sie fest an sich.

Chemjo drängte sie, ihre Frauenärztin aufzusuchen, aber Mascha zögerte den Besuch hinaus. Wenn sie die Bestätigung der Ärztin hätte, müsste sie wohl auch Saul mitteilen, dass sie schwanger war. Wie würde er reagieren? Aber bald würde sie es sowieso nicht mehr verbergen können. Sie bildete sich ein, dass sie schon eine kleine Wölbung an ihrem Bauch wahrnehmen konnte.

Doch als ihre Periode auch den dritten Monat ausblieb, ging sie zur Ärztin, die ihren Verdacht bestätigte. In ihr wuchs ein neues Leben heran, für das sie fortan die Verantwortung tragen musste. Sie war erfüllt von Liebe zu diesem kleinen Geschöpf, das noch nicht einmal einen Namen hatte.

Eines Abends Anfang Juni trafen Mascha und Chemjo in der Rankestraße zufällig auf Saul.

»Guten Abend!« Saul streckte Chemjo die Hand entgegen und legte seinen Arm um Mascha. Kurz zuvor hatte noch Chemjos Arm an dieser Stelle gelegen – ob Saul das wohl gesehen hatte?

»Herr Vinaver, ich möchte Sie um ein Gespräch bitten«, sagte Saul und rückte seine Brille auf der Nase zurecht.

»So?« Chemjos Blick wanderte zu Mascha. »Worum geht es denn?«

»Nicht hier auf der Straße.« Saul deutete mit einer Kopfbewegung zum Romanischen, das vor ihnen lag. »Sollen wir ins Schwimmerbecken gehen?«

»Gern.«

Wieder suchte Chemjo Maschas Blick, und Mascha fühlte sich plötzlich elend. Bestimmt hatte Saul sie gerade beobachtet, wie sie Arm in Arm die Straße entlanggeschlendert waren. Mascha hätte schon längst mit ihm reden müssen, es war gemein von ihr, dass er es allein hatte herausfinden müssen. Sie war fast erleichtert, dass das Versteckspiel nun vorbei sein würde.

Im Romanischen nahmen sie an dem verwaisten Lektoren-Stammtisch Platz.

»Ich möchte mit Ihnen und mit dir, Mascha, über eine ganz bestimmte Angelegenheit sprechen«, begann Saul, sobald der Kellner ihre Bestellungen aufgenommen hatte.

Maschas Herz raste. Gleich würde sie seine schlimmsten Befürchtungen bestätigen und damit sein Leben zerstören.

»Ich habe eine Anfrage von der Synagoge erhalten«, erklärte Saul, und Mascha zog die Augenbrauen zusammen. Hatte sie jemand zusammen mit Chemjo gesehen, der sie zufällig kannte? War derjenige in der Synagoge aktiv? Vielleicht war es ein Schüler von Saul oder ein Kollege?

»Ich bin gefragt worden, ob ich die Oper *Chaluzim* von Weinberg übersetzen kann. Soweit ich weiß, sind Sie als Dirigent für die Uraufführung vorgesehen«, fuhr Saul fort und musterte Chemjo fragend.

Chemjo sah Saul genauso irritiert an wie Mascha selbst. Auch er hatte offenbar mit einer Katastrophe gerechnet. Dann antwortete er: »Ja, das stimmt.«

Saul nickte zufrieden. »Was würden Sie dazu sagen, wenn Mascha den Text übersetzt? Ich habe gerade sehr viel zu tun und weiß nicht, wie ich diesen Auftrag noch unterbringen soll. Mascha hat in letzter Zeit fleißig Hebräisch gelernt, und ich denke, es wäre eine gute Übung für sie und auch eine wunderbare Möglichkeit, ein wenig Geld zu verdienen. Ich stehe natürlich als ihr Berater und Lektor zur Verfügung.«

»Das ... ja, von mir aus sehr gern«, antwortete Chemjo und lehnte sich zurück, um dem Kellner Platz zu machen, der ihnen den Kaffee brachte.

Saul lächelte zufrieden. Dann wandte er sich an Mascha. »Wie sieht es aus? Bist du einverstanden?«

Mascha war zu perplex, um etwas antworten zu können. Daher nickte sie nur.

»Sehr schön.« Saul griff nach seiner Kaffeetasse. »Dann werde ich mich wohl damit abfinden müssen, dass ich meine Frau in Zukunft mit Ihnen teilen muss, Vinaver.«

Er zwinkerte Chemjo zu, der sich an seinem Kaffee verschluckte. Hustend stellte er die Tasse ab und versuchte, wieder zu Atem zu kommen.

An mein Kind

Dir will ich meines Liebsten Augen geben
Und seiner Seele flammend reines Glühn.
Ein Träumer wirst du sein und dennoch kühn
Verschlossne Tore aus den Angeln heben.

Wirst ausziehn, das gelobte Glück zu schmieden.
Dein Weg sei frei. Denn aller Weisheit Schluss
Bleibt doch zuletzt, dass jedermann hienieden
All seine Fehler selbst begehen muss.

Ich kann vor keinem Abgrund dich bewahren,
Hoch in die Wolken hängte Gott den Kranz.
Nur eines nimm von dem, was ich erfahren:
Wer du auch seist, nur eines: sei es ganz.

Du bist, vergiss es nicht, von jenem Baume,
Der ewig zweigte und nie Wurzeln schlug.
Der Freiheit Fackel leuchtet uns im Traume,
Bewahr den Tropfen Öl im alten Krug.

Erfüllung

Berlin, 1936

Maschas Schuldgefühle wurden immer größer – auch wenn sie und Chemjo nun sogar mit Sauls Segen viel Zeit miteinander verbringen durften, um an der Opernübersetzung zu arbeiten.

An einem Abend im Juni 1936, als sie schon früh nach Hause zurückgekehrt war, beschloss sie, es nicht länger hinauszuzögern und Saul die Wahrheit zu sagen.

Sie sah sich in der Wohnung um, die dreimal so groß wie Chemjos kleines Apartment und deutlich luxuriöser eingerichtet war. Erst vor Kurzem hatten die Kalékos für Sauls Büro ein neues Herrenzimmer gekauft, und eine neue Sitzgarnitur.

»Saul«, begann Mascha, als sie sein Arbeitszimmer betrat.

Ihr Mann, der am Schreibtisch saß, sah auf. »Du bist schon zurück?«

Sie nickte unbehaglich. »Können wir uns unterhalten? Ich möchte dir etwas sagen.«

Sein Lächeln verschwand, ein ängstlicher Ausdruck legte sich auf sein Gesicht, als vermutete er etwas Schlimmes. »Muss das jetzt sein? Ich stecke mitten in …«

»Ja, ich fürchte, schon.« Sie atmete tief durch. »Ich bin schwanger.«

Saul sah sie fassungslos an. »Was … du bist … wirklich?«

Mascha nickte.

»Aber wir haben doch immer achtgegeben. Wir benutzen die Fromms.« Er stand auf, ging um den Schreibtisch herum, fasste ihre Hände und strahlte sie an. »Und du bist absolut sicher?«

»Ich war schon bei meiner Ärztin.«

Saul zog sie an sich. »Ich bin unbeschreiblich glücklich.« Er löste sich so weit von ihr, dass er sie ansehen konnte. »Ich weiß, du wolltest noch nicht schwanger werden, und ich war bereit, dir so viel Zeit zu geben, wie du brauchst. Ich gebe zu, dass es im Augenblick nicht gerade ideal ist, aber ich freue mich sehr darüber, endlich Vater zu werden.«

Er bedeckte ihr Gesicht mit Küssen. Dann sah er sie fragend an: »Wie geht es dir denn damit? Sag mir, was ich tun kann, damit du dich entspannt auf die Geburt vorbereiten kannst. Du weißt doch, dass ich alles für dich tun würde. Du bist mein Lebensinhalt, dein Glück ist alles, was ich will.«

Oh Gott, er ging tatsächlich davon aus, dass es sein Kind war. Sie hatte falsch angefangen, hätte ihm nicht zuerst von ihrer Schwangerschaft berichten sollen. In diesem Moment erschien es ihr unmöglich, ihm die Wahrheit zu sagen. Er wirkte so glücklich, dass seine Enttäuschung viel zu groß sein würde. Sie schluckte gegen die Übelkeit an, die plötzlich in ihr aufstieg. Nein, sie würde es ihm heute nicht sagen, aber so bald wie möglich. Chemjo würde niemals akzeptieren, dass Mascha Saul in dem Glauben ließ, der Vater ihres Kindes zu sein.

»Mascha?«, sagte ihr Ehemann besorgt.

»Es geht mir gut.«

Er sah sie liebevoll an. Seine Brille war beschlagen. »Du und unser Kind, ihr seid schon jetzt meine ganze Welt.«

»Ich … Saul, bitte …« Mascha schüttelte den Kopf. Plötzlich lief ihr der Schweiß in Strömen den Rücken hinunter.

»Mascha? Ist alles in Ordnung?«, hörte sie Sauls Stimme wie von weit her.

Ein Pfeifen erklang in ihren Ohren, das alle anderen Geräusche verdrängte. Ihr wurde schwindelig, und im nächsten Moment verlor sie das Bewusstsein.

Als sie wieder erwachte, hatte Saul sie ins Bett gebracht und saß besorgt auf der Bettkannte.

Mascha richtete sich mühsam auf. »Was ist passiert?«

»Ich bringe dich morgen zum Arzt«, sagte Saul besorgt. »Das kommt bestimmt von der Schwangerschaft.«

»Das ist nicht nötig.« Mascha ließ sich in die Kissen zurückfallen.

»Keine Widerrede«, sagte Saul und löschte das Licht.

Am nächsten Morgen bestand Saul darauf, sie zu ihrer Frauenärztin zu begleiten, der einzigen praktizierenden Ärztin in der Stadt. Mascha vertraute ihr sehr, auch wenn es für eine Frau eher ungewöhnlich war, ein Medizinstudium absolviert oder überhaupt die Universität besucht zu haben. Die Ärztin ging ebenfalls davon aus, dass Saul der Vater des Kindes war, und nachdem sie Mascha untersucht hatte, rief sie Saul ins Sprechzimmer, um ihm mitzuteilen, dass es seinem Kind gut gehe.

»Ich bin sehr froh darüber«, sagte er erleichtert. »Aber wie können wir weitere Ohnmachtsanfälle meiner Frau verhindern?«

»Sie sollten gut auf Ihre Frau achten«, riet ihm die Ärztin, »verwöhnen Sie sie, dann wird sicher alles gutgehen.«

Saul reichte ihr strahlend die Hand. »Ich werde meiner Frau nicht mehr von der Seite weichen.«

Mascha schluckte.

Glücklicherweise musste Saul wenig später in die Redaktion, sodass er Mascha mit einer Tasse Tee und einer Wolldecke auf dem Sofa zurückließ. Kaum war er aus dem Haus, zog Mascha ihren Sommermantel über und eilte zu Chemjos Wohnung. Sie erzählte ihm von ihrem Besuch bei der Frauenärztin und dass es ihrem Nachwuchs gutgehe.

Chemjo hob sie hoch und wirbelte sie durch die Luft. »Du solltest deine sieben Sachen packen und gleich bei mir einziehen.«

»Was?« Mascha sah sich um. Sie nahm einen Stapel Notenhefte vom Stuhl und legte sie auf die Zeitungen, die auf dem Tisch lagen. In Chemjos winzigen Zimmern herrschte immer ein künstlerisches Chaos.

»Wie stellst du dir das vor?«, sagte sie. »Wo soll das Kinderbett stehen? Wohin kommen meine Bücher und Kleider? Diese Wohnung ist kaum groß genug für einen. Ich weiß nicht, wie wir zu dritt hier leben könnten.«

Chemjo strich zärtlich durch ihre Haare. »Mascha, dir ist sicher bewusst, dass ich nicht damit leben kann, wenn du noch mit Saul zusammen bist. Schlimm genug, dass du mit ihm verheiratet bist. Ich kann es nicht ertragen, wenn du auch noch das Bett mit ihm teilst.«

»Es bleibt mir gar nichts anderes übrig«, antwortete sie ausweichend und führte Chemjo zu seiner Schlafstatt, wo sie sich auf seinen Schoß setzte. »Wir haben nämlich kein Gästezimmer. Außerdem käme ihm das wohl seltsam vor.«

Chemjo schüttelte den Kopf. »Weiß er von deiner Schwangerschaft?«

Mascha presste die Lippen zusammen. Wenn sie ihm gestand, dass Saul davon ausging, der Vater zu sein, würde Chemjo wissen, dass Mascha noch mit ihrem Ehemann schlief. Chemjo war aufbrausend, das hatte Mascha schon bemerkt. Bisher hatte sie seine manchmal fast cholerischen Wutausbrüche nie selbst abbekommen, aber sie hatte schon zwei- oder dreimal miterleben müssen, wie er die Musiker seines Chores angefahren hatte, wenn etwas nicht so lief, wie er es gern gehabt hätte. Wie würde er reagieren, wenn Mascha ihm gestand, dass sie weiterhin mit Saul schlief?

»Mascha?« Chemjo sah sie fragend an.

»Ich musste es ihm gestern sagen«, erwiderte sie vorsichtig.

»Und? Freut er sich? Wahrscheinlich denkt er, es ist sein eigenes Kind.«

Mascha nickte. In Chemjos Augen spiegelten sich Traurigkeit, Wut und Resignation.

»Verstehe.« Er schob sie von seinem Schoß und stand auf. Dann ging er zum Fenster und sah hinaus. Mit den Händen auf die Fensterbank gestützt, fragte er: »Weißt du denn überhaupt, wer von uns der Vater ist?«

»Natürlich.« Mascha trat hinter ihn. »Du bist es, daran besteht kein Zweifel.«

Die winzige Möglichkeit, dass ein Frommser versagt haben könnte, schob sie schnell beiseite.

Chemjo drehte sich um und lehnte sich gegen das Sims in seinem Rücken. »Na schön. Ich kann wohl kaum eifersüchtig sein, schließlich ist er dein Ehemann.«

Er zog Mascha an sich, die erleichtert in seine Arme sank.

»Aber ich bringe es einfach nicht fertig, ihm zu gestehen, dass ich einen anderen Mann liebe«, sagte sie leise. »Er ist immer noch mein Ehemann, und ich will keinen Streit. Und wenn ich ihn nicht hätte, gäbe es kaum noch Möglichkeiten für mich, meine Gedichte zu veröffentlichen. Saul ist ein geschätzter Mitarbeiter der *Jüdischen Rundschau*, der einzigen Zeitung, die noch Berichte und Verse von mir abdruckt. Ohne ihn hätte ich keinerlei Einkommen mehr. Und von Luft und Liebe allein können wir nicht leben.«

»Jedenfalls nicht hier in Berlin. Aber wir könnten Deutschland verlassen. Wir könnten irgendwohin, wo wir arbeiten dürfen und als Juden willkommen sind …«

»Wohin denn? Wen interessieren denn meine deutschen Gedichte im Ausland?«

Chemjo ging zurück zum Bett und ließ sich in die Kissen fallen. »Ich weiß nicht, wie ich das ertragen soll. Ich werde verrückt bei dem Gedanken, dass er …« Er brach ab, aber Mascha wusste, was er meinte.

Sie setzte sich neben ihn und fasste nach seiner Hand. »Ich liebe nur dich, glaub mir. Ich habe mich längst für dich entschieden.«

Sie streichelte mit ihren Fingerspitzen über Chemjos Wangen, während ihr Blick zum Fenster wanderte. Vor dem Haus stand eine Kastanie, durch deren Blätter der Wind rauschte. Dann betrachtete sie wieder den Mann, den sie mehr als alles auf der Welt liebte.

»Und ich werde Saul die Wahrheit sagen. Nur ist jetzt nicht der richtige Moment. Wir sind beide arm und müssen auch an unser Kind denken. Wir werden eine Hebamme bezahlen müssen, und was ist, wenn es Komplikationen gibt? Wer kommt dann für die Medikamente auf, für das Krankenhaus? Saul verdient gutes Geld. Immer mehr Juden wollen Hebräisch lernen. Und im Augenblick darf er noch für die *Jüdische Rundschau* schreiben.« Sie nahm Chemjos Hand und küsste sie. Dann legte sie sie sanft auf ihren Bauch. »Ich gehöre jetzt dir. Dir und unserem Kind. Aber wir müssen vernünftig sein.«

Chemjo seufzte und streichelte verliebt über Maschas gewölbten Bauch. »Du hast recht. Und doch ist es unerträglich für mich, dich immer noch mit ihm teilen zu müssen.«

Mascha raffte ihr Kleid und lächelte ihren Geliebten an. »Nein, das hier ist unerträglich für mich. Neben dir zu liegen und mich nach dir sehnen zu müssen.«

Einen Moment lang schien Chemjo noch gegen seinen Unmut anzukämpfen, doch dann siegte die Lust. Chemjos Gesichtsausdruck hellte sich auf, und er rutschte näher an Mascha heran.

»Versprich mir, dass du die Sache mit Saul bald klärst.«

»Ich verspreche es«, murmelte Mascha, während Chemjos Hand sich zwischen ihre Schenkel tastete.

Im Laufe der nächsten Wochen war Saul aufmerksam und anhänglich. Er begleitete Mascha, sooft er konnte, in die Arztpraxis oder ins Romanische Café, wo sie auch mit Chemjo zusammensaßen. Es wurde für Mascha fast unmöglich, Chemjo sonntags allein zu treffen. Saul wollte an seinen freien Tagen nicht von ihrer Seite weichen und schlug ihr kleine Spaziergänge oder Picknicks auf den duftenden Sommerwiesen des Grunewalds vor. Manchmal begleitete Chemjo sie beide, Saul sah ihn inzwischen als Freund an. Mascha konnte die Ahnungslosigkeit und Freundlichkeit ihres Mannes dem Rivalen gegenüber kaum ertragen. Saul ahnte offensichtlich nichts und war nach wie vor fest davon überzeugt, der Vater des Kindes zu sein.

Oft ertappte Mascha ihren Ehemann dabei, wie er mit glückseligem Gesichtsausdruck vor sich hin starrte, und dann brach es ihr fast das Herz. Wenn Saul mit ihr ins Romanische ging und sie danach zu dritt nach Hause zurückkehrten, Mascha in der Mitte zwischen ihrem Mann und ihrem Geliebten, dann fühlte sie sich so elend wie noch nie in ihrem Leben. Chemjo wusste wenigstens, dass er Mascha mit einem anderen teilen musste, aber Saul schien nicht den leisesten Verdacht zu hegen, und dass Mascha ihren Mann derart hinterging, war gemein und beschämte sie zutiefst. Es war ihre große und unerträgliche Lebenslüge. Aber Saul die Wahrheit zu sagen, war ihr schlicht unmöglich. Seine Freude auf das Kind war so groß, sein Glück so deutlich für jedermann zu erkennen, dass er den Fall aus dieser Höhe vermutlich nicht überleben würde.

Maschas morgendliche Übelkeit verstärkte sich. Inzwischen war ihre Schwangerschaft nicht mehr zu übersehen, und Saul erhielt viele Glückwünsche und Nachfragen. Auch das war für Mascha kaum auszuhalten, beinahe schlimmer noch als die bösen Kommentare, die ihr die Hitlerjungen aus dem Nachbarhaus eines Tages zuriefen, dass sich Juden nicht vermehren sollten, und schon gar nicht in Deutschland.

An einem Mittwoch im August 1936 hatte Mascha gerade den Kaffee aufgebrüht und den Frühstückstisch gedeckt, als Saul mit vor Aufregung geröteten Wangen ins Zimmer stürzte. Er schlang seine Arme um sie und sagte leise. »Stell dir vor, wir können ins Ausland! Ich habe ein Palästina-Zertifikat bekommen.«

Mascha fuhr herum. Ihr Herz hämmerte voller Panik gegen ihre Brust. »Wie bitte? Wovon sprichst du?«

Sie konnte es kaum glauben – wo sie es doch selbst schon so lange hartnäckig versucht hatte und sogar in Palästina von den Ämtern abgewiesen worden war.

»Ich habe noch einmal im Amt nachgefragt und ihnen unsere Situation geschildert. Dass ein Kind unterwegs ist und ich fließend Hebräisch spreche, hat den Ausschlag gegeben.« Er strahlte Mascha an. »Ich bin so froh, dass mein Kind nicht in diesem Land aufwachsen muss, wo ihm nur Hass entgegenschlägt.«

Mascha war plötzlich übel geworden. Mit letzter Kraft schleppte sie sich zum Küchenstuhl. Kalter Schweiß stand ihr auf der Stirn.

»Ist alles in Ordnung mit dir? Du bist ganz blass geworden.« Saul füllte schnell ein Glas mit Wasser und reichte es ihr.

Mascha trank in kleinen Schlucken. Die kalte Flüssigkeit half ihr, sich ein wenig besser zu fühlen. Doch ihre Gedanken rasten. Sie konnte auf keinen Fall von hier fort, nicht ohne Chemjo. Sie hatte jahrelang versucht, dieses Zertifikat zu erhalten, und jetzt, da Saul es bekommen hatte, konnte Mascha es nicht nutzen.

»Aber wir haben uns jetzt doch auf Amerika vorbereitet«, sagte sie, weil ihr keine andere Antwort einfiel. »Meine Englischkurse und …«

»Wir müssen hier weg«, unterbrach Saul sie. »Für Amerika brauchen wir ganz andere Papiere. Da fangen wir wieder von vorn an. Die Sache mit den Jungs aus dem Nachbarhaus, die dich beschimpft haben, hat mir die Augen geöffnet. Es wird für uns Juden von Tag zu Tag gefährlicher hier in Deutschland …«

»Nein«, Mascha hob abwehrend die Hände, »du brauchst gar nicht weiterzusprechen. Ich gehe nicht von hier fort.«

»Wir haben keine Wahl, wir müssen es tun«, sagte Saul eindringlich.

Doch Mascha schüttelte nur den Kopf. »Du kannst gehen. Aber ohne mich.«

»Sei nicht albern.« Saul stöhnte. »Du weißt, dass das für mich nicht infrage kommt. Ich werde ohne dich nirgendwo hingehen.«

»Dann ist das Thema erledigt«, sagte Mascha und strich sich den Schweiß von der Stirn. Jetzt war ihr plötzlich eiskalt geworden. Sie griff nach dem Kaffee, der sie hoffentlich wärmen würde.

»Wir haben hier keine Zukunft«, rief Saul geradezu panisch und senkte sofort, erschrocken über seinen Gefühlsausbruch, die Stimme. »Irgendwann werden sie uns alle umbringen. Der Hass auf der Straße nimmt zu. Wir mussten uns schon eine andere Wohnung suchen, weil man uns das Leben schwer gemacht hat.«

Mascha zuckte mit den Schultern. »Dann ziehen wir eben ein weiteres Mal um. Wir lassen uns nicht aus unserer Stadt vertreiben. Irgendwann müssen die Leute das einsehen.«

»Du wolltest doch auch weg von hier, wir haben es jahrelang versucht. Und jetzt bekommen wir endlich die nötigen Papiere, und du willst nicht mehr mitgehen? Ich verstehe dich nicht.« Saul schüttelte den Kopf. »Aber ich prophezeie dir, dass du bald keine andere Wahl mehr haben wirst. Bereite dich lieber schon einmal darauf vor. Meinetwegen suche ich noch einmal nach einer anderen Wohnung, aber ich bin sicher, dass wir nicht mehr lange hierbleiben werden.« Er wandte sich zur Tür. »Ich hoffe nur, dass unsere Papiere dann noch gültig sind.«

Mascha strich sich fröstelnd über die Arme. Inzwischen war auch sie nicht mehr überzeugt davon, dass die Menschen bald zur Vernunft kommen würden, und natürlich hatte Saul recht damit, dass sie dringend das Land verlassen sollten. Aber Maschas Leben hatte sich geändert seit der Zeit, als sie versucht hatte, die Einwanderungsbewilligung vom Palästina-Amt zu bekommen.

Sie schob den Frühstücksteller weg und stützte die Ellenbogen auf den Tisch. Beging sie einen Fehler? Warf sie etwas fort, das wertvoll war? Wie sehr musste Saul sie lieben, dass er sein Leben ausschließlich nach ihr ausrichtete. Würde sie diesen Mann wirklich verlassen können, der ihr so viel Sicherheit gab?

Doch dann dachte sie an Chemjo und schüttelte den Kopf. Er war ihre große Liebe, und sie konnte ihr Leben nur an seiner Seite führen. Aber solange sie nicht von Saul geschieden war, würde sie Chemjo nie heiraten können. Und ohne Trauschein könnten Mascha und Chemjo wohl kaum zusammenleben. Es würde schwer für sie werden, eine Wohnung zu finden. Und wenn sie Deutschland eines Tages wirklich verlassen mussten, hatten sie als unverheiratetes Paar vermutlich erst recht keine Chance, eine Ausreisegenehmigung zu erhalten. So ungern sie es sich auch eingestand – sie würde bald mit Saul sprechen müssen.

Mascha stöhnte auf. Wenn Hitler und seine braunen Schergen ganz Deutschland nur nicht so vergiftet hätten!

In den nächsten Wochen wurden Maschas Sorgen ein wenig in den Hintergrund gedrängt, denn am 1. August hielten die Olympischen Spiele Einzug in die Stadt und schienen alles zu beherrschen. Die Menschen hatten ihre Häuser mit Fahnen geschmückt, nur Juden war es verboten worden, die Deutschlandfahne zu hissen. Aber Mascha hätte das sowieso nie getan, da auf der deutschen Fahne jetzt ein Hakenkreuz prangte. Ausländische Reporter, Fotografen, Sportler und Touristen strömten ins Deutsche Reich, und die diskriminierenden Schilder mit der Aufschrift »Für Juden verboten« verschwanden aus dem Straßenbild, vermutlich um keinen Anstoß in der Welt zu erregen. Die Schaukästen der Wochenzeitung *Der Stürmer*, die sonst mit Artikeln voller antisemitischer Hetze gefüllt waren, blieben in diesen Wochen leer. Im Westen Berlins war ein großes Stadion gebaut worden, und auf den Straßen schienen alle nur noch in diese Richtung zu ziehen. Überall erklangen fremde Sprachen, wie Mascha sie sonst nur auf ihren Reisen gehört hatte. Immer wieder wurde sie nach dem Weg zum Stadion oder zu den Sehenswürdigkeiten der Stadt gefragt, und bei ihrer Antwort konnte sie endlich ihr kürzlich gelerntes Englisch anwenden. Über die Lautsprecher wurden jetzt den ganzen Tag lang die Wettkämpfe übertragen, und in großen Hallen wurden neumodische Fernsehgeräte aufgestellt, auf denen man sie in schwarzweißen Bildern und in Echtzeit verfolgen konnte. Die Cafés der Stadt waren voller Menschen, und auch das Romanische war wieder bis auf den letzten Platz gefüllt – nur dass Mascha die Besucher nicht mehr kannte.

Selbst Stammtische, die früher für bestimmte Personen freigehalten worden waren, wurden jetzt an fremde Gäste vergeben. Mascha kämpfte mit den Tränen, als sie dieses veränderte Bild ihres geliebten Kaffeehauses sah. Sie machte auf dem Absatz kehrt und kam, solange die Olympischen Spiele andauerten, nicht mehr hierher zurück.

Als sie ein paar Wochen später wieder in das Café ging, stellte sie mit Schrecken fest, dass es einen neuen Stammtisch dort gab, an dem sich SS-Leute trafen. Er fand im Nichtschwimmerbecken statt – wenigstens das –, doch von da an fühlte Mascha sich im Romanischen nicht mehr zu Hause.

Im September 1936 überraschte Saul seine Frau mit der Nachricht, dass sie in eine helle, große Wohnung in der Bleibtreustraße im Berliner Stadtteil Charlottenburg umziehen würden. Nachdem es für Juden immer schwerer geworden war, eine Bleibe zu finden, und die städtischen Wohnungsbaugesellschaften begonnen hatten, Mietverträge wegen »Nichtariertums« aufzulösen, waren diese schönen Räume wie ein kleines Wunder. Saul hatte sogar ein Zimmer für das Baby eingerichtet. Mascha betrachtete die Wiege und den Wickeltisch, die Stühlchen und Tischchen, die er angeschafft hatte, und ihr liefen Tränen über das Gesicht. Saul legte ihr milde lächelnd den Arm um die Schulter. Er schien sich zu freuen, dass es Mascha offenbar gefiel. Doch die Tränen waren keine Freudentränen, sondern ein Ausdruck von Maschas Verzweiflung. Im nächsten Moment wurde sie ohnmächtig.

Als sie wieder zu sich kam, lag sie auf dem Bett, und Saul beugte sich besorgt über sie. Er hatte ihr ein nasses Tuch auf die Stirn gelegt und wollte sie sofort zum Arzt bringen. Aber Mascha winkte ab und beruhigte ihn, dass das während der Schwangerschaft ja gar nicht ungewöhnlich sei.

Sie verbrachte so viel Zeit wie möglich mit Chemjo. Sie wanderten durch den Grunewald, während im Olympiastadion die Athleten gefeiert wurden. An grauen Regentagen lagen die beiden auf Chemjos Bett und sprachen über das Baby. Mit der Übersetzung der Oper hatten sie noch nicht begonnen, obwohl Saul davon auszugehen schien, dass sie fleißig daran arbeiteten.

An einem dieser tristen Tage schmiegte sich Mascha besorgt an Chemjo. Der Regen trommelte gegen die Fensterscheibe.

»Saul will unbedingt nach Palästina auswandern«, sagte sie. »Ich habe ihm schon mehrmals erklärt, dass ich nicht mit ihm kommen werde, aber er fängt immer wieder davon an.«

»Du musst ihm endlich die Wahrheit sagen«, erwiderte Chemjo, beugte sich über Maschas Bauch und küsste ihn. Dann fuhr er fort: »Wenn das Kind auf der Welt ist, musst du es ihm doch sowieso erzählen.«

Mascha seufzte. »Ja, das ist mir inzwischen klar geworden. Das Kind wird dem Gesetz nach seines sein. Solange wir nicht geschieden sind, gilt es als sein Sohn oder seine Tochter.« Sie biss sich auf die Unterlippe. »Wenn Saul also nach Palästina geht, wovon er immer häufiger spricht, dann kann er unser Kind mitnehmen. Und wir können nichts dagegen tun.«

»Das wird er nicht«, sagte Chemjo mit einer Überzeugung, die Mascha überraschte.

Sie richtete sich auf. »Wieso bist du dir da so sicher?«

»Weil er ein guter Kerl ist«, erwiderte Chemjo nachdenklich. »Er liebt dich, aber wenn du ihm von unserer Liebe erzählst, wird er es verstehen.«

»Ich wünschte, ich könnte deine Zuversicht teilen«, seufzte Mascha und drehte sich auf die Seite. »Und ich wünschte auch, diese Schwangerschaft wäre weniger anstrengend. Meine Übelkeit lässt einfach nicht nach.«

»Du hast es bald geschafft, mein Liebling. Im Dezember kommt das Kind«, sagte Chemjo und küsste sie auf die Nasenspitze. »Den letzten Monat schaffst du auch noch.«

Mascha war erfüllt von der Liebe zu ihrem Kind und schrieb Gedichte für das Ungeborene in ihrem Bauch. Sie arbeitete gerade an ihrem dritten Buch, und Franz Hessel drängte sie, den Versband möglichst bald fertigzustellen. Auch wenn nun offiziell Ernst Rowohlt dieses Buch betreute, da Hessel ja nicht mehr arbeiten durfte, besprach Mascha fast alles mit ihrem alten Lektor. Er schien jederzeit mit der Schließung des Verlags zu rechnen oder mit einer Übernahme durch eine staatliche Stelle, so wie es auch bei anderen Verlagshäusern schon geschehen war. Und da Mascha nicht wusste, wie viel Zeit ihr nach der Geburt zum Arbeiten bleiben würde, nutzte sie jede Minute, um Verse zu schreiben. Im November 1936 ging das »Lyrische Stenogrammheft« in die vierte Auflage, was Mascha erleichterte und ihr zeigte, dass die Menschen noch immer ihre Gedichte mochten, auch wenn sie längst keine Zeitungen mehr abdruckten. Bei der *Deutschen Grammophon* hatte sie schon im letzten Jahr ihre Rubrik wieder verloren, als man herausgefunden hatte, dass Mascha Jüdin war. Selbst Julius Kupfers Unterstützung hatte da nicht geholfen. Glücklicherweise blieben ihr die Tantiemen ihrer Bücher und die Artikel, die sie für jüdische Zeitungen schrieb.

Der Winter kam, und Maschas Sorgen wurden immer größer. Saul sprach viel von dem Baby und schien Maschas Schweigen und Unbehagen nicht zu bemerken. Sooft sie konnte, flüchtete sie zu Chemjo. Als er sie eines Abends zurück in die Bleibtreustraße begleitete, begegneten sie Saul, der gerade aus der Redaktion nach Hause kam.

Er schloss sich ihnen an und berichtete so begeistert und liebevoll von ihrer gemeinsamen Zukunft, dass Mascha ängstlich zu Chemjo hinüberblickte, der verbissen auf die Straße starrte. Während Saul enthusiastisch von seinem Kind erzählte, fasste Mascha vorsichtig nach der Hand ihres Geliebten und drückte sie.

Sie verabschiedeten sich vor Chemjos Tür, und Maschas Herz zog sich schmerzhaft zusammen, als sie ihn zum Abschied nicht umarmen konnte.

»Ein wirklich netter Kollege«, stellte Saul fest, während sie sich auf den Heimweg machten.

Im Dezember wurde die Schwangerschaft unerträglich. Mascha war kugelrund und konnte sich nur noch mühsam vorwärtsbewegen. Ihre Füße waren angeschwollen, der Rücken schmerzte, und die Übelkeit ließ einfach nicht nach. Immer wieder hatte sie Ohnmachtsanfälle und traute sich kaum noch, allein hinauszugehen. Chemjo holte sie nun meist von zu Hause ab, oder er besuchte sie, wenn Saul nicht in der Wohnung war. Beide Männer waren sehr besorgt um sie. Saul verbrachte so viel Zeit wie möglich zu Hause und schrieb seine Artikel dann auf der Schreibmaschine im Arbeitszimmer, statt in die Redaktion zu gehen. An manchen Tagen sah Mascha Chemjo daher gar nicht, was ihren Geliebten schnell in Rage brachte. Er wollte am liebsten jede Minute mit Mascha verbringen, weil er ständig in Sorge war, dass er die Geburt des Kindes möglicherweise versäumen könnte.

Die Wehen setzten an einem Sonntagabend ein, während Mascha und Chemjo gerade nach Hause gingen. Aus der Kneipe nebenan war das Horst-Wessel-Lied zu hören, als Mascha den ziehenden Schmerz im Unterleib wahrnahm. Sie stand vor ihrem Haus und schrie auf. Chemjo half ihr in die Wohnung, wo Saul aus seinem Arbeitszimmer herbeistürzte. Sie halfen Mascha ins Bett, und Saul rief die Hebamme an.

»Danke, Herr Vinaver«, sagte Saul zu Chemjo, der aufgeregt im Schlafzimmer stand. »Ich denke, wir kommen jetzt allein zurecht.«

»Oh, es macht mir nichts aus zu warten«, erklärte Chemjo und ging vor dem Bett auf und ab. »Ich könnte Ihnen helfen. Vielleicht brauchen Sie etwas, ich könnte es besorgen.«

Sein Blick wanderte flehentlich zu Mascha, die sich gerade von der letzten Wehe erholte.

»Er soll bleiben«, stöhnte sie, »vielleicht brauchen wir wirklich Hilfe. Außerdem kann er dir Gesellschaft leisten, wenn die Hebamme endlich hier ist.«

In diesem Moment ertönte schon die Türglocke, und Saul ließ die Frau herein.

Sobald die rundliche Hebamme in ihrer Schwesterntracht ins Zimmer getreten war, stellte sie ihre große Tasche ab, krempelte die Ärmel hoch und sah sich um.

»Wer ist der Vater?« Ihr Blick wanderte zwischen den beiden Männern hin und her.

»Das bin ich«, erklärte Saul, und Chemjo sah mit gesenktem Blick zu Mascha, die ihn dankbar anlächelte.

Die Hebamme nickte. »Bringen Sie mich ins Bad, ich möchte meine Hände waschen. Wir brauchen heißes Wasser. Am besten, Sie setzen den Kessel und einen großen Topf auf. Und dann bereiten Sie saubere Tücher vor. Ich werde Ihnen Bescheid geben, sobald Sie das Wasser ins Schlafzimmer bringen sollen.«

Sie verschwand mit Karbolseife, einer Nagelbürste und einem Handtuch, die sie alle ihrem Hebammenkoffer entnommen hatte, hinter Saul im Flur.

»Mascha«, flüsterte Chemjo und trat an ihr Bett. »Ich muss bei dir bleiben. Ich würde es nicht aushalten, wenn er mich jetzt fortschicken würde.«

»Das wird er nicht«, sagte sie mit einem matten Lächeln und fügte leise hinzu: »Ich liebe dich.«

In diesem Moment rollte die nächste Wehe heran, und Mascha schrie auf.

»Ich bin da, Kindchen, ich bin da!« Die Hebamme kam an ihr Bett geeilt. »So, meine Herren. Schließen Sie bitte die Tür, wenn Sie im Nachbarzimmer warten. Ich werde mir jetzt erst einmal anschauen, wie weit wir hier sind.«

Nachdem Chemjo und Saul das Zimmer verlassen hatten, zog die Hebamme Gummihandschuhe über und untersuchte Mascha eingehend.

»Es wird noch ein paar Stunden dauern«, erklärte sie wenig später. »Der Muttermund ist noch nicht weit genug geöffnet. Ich werde Ihnen ein Schmerzmittel geben, das sollte die Wehen erträglicher machen.«

Am nächsten Morgen, nach einer schmerzvollen und unruhigen Nacht, erblickte Maschas kleiner Sohn das Licht der Welt. Als die Hebamme Mascha das brüllende Baby in die Arme legte, waren die Torturen der letzten Stunden auf einen Schlag vergessen. Immer wieder küsste sie das flauschige Köpfchen, betrachtete die dunklen Augen und die kleine Nase. Die Fingerchen waren so winzig und vollkommen, ein echtes Wunderwerk. Eine Welle tiefster, reinster Liebe durchströmte Mascha, die ihr die Tränen in die Augen trieb. Für dieses kleine Geschöpf würde sie alles geben, sie würde dafür sorgen, dass ihm niemals ein Leid widerfuhr.

Dann rief die Hebamme auch Saul herein, dem sie herzlich zur Geburt seines Sohnes gratulierte. Er nahm den Jungen in seine Arme und sah ihn zärtlich an.

Chemjo war im Türrahmen stehen geblieben. Mascha sah, dass ihm Tränen über die Wangen liefen, und es brach ihr das Herz, dass er seinen Sohn nicht liebkosen und in den Arm nehmen durfte. Chemjo war nur hier als Freund der Familie, und Mascha konnte gut nachvollziehen, wie unerträglich die Situation für ihn sein musste.

Saul gab Mascha das Kind zurück, das sich sofort an seine Mutter schmiegte, als hätte es schon immer dort hingehört.

»Chemjo, möchtest du den Kleinen auch einmal halten?«, fragte Mascha ihren Geliebten mit sanfter Stimme.

»Ich …« Chemjos Blick wanderte zu Saul.

»Natürlich, Herr Vinaver!« Saul machte eine großzügige Geste. »Nur zu.«

Chemjo trat an Maschas Bett, und in diesem Moment fiel Mascha ihr Versteckspiel schwerer denn je. Sie wollte ihren Geliebten jetzt umarmen, mit ihm und dem Kind allein sein und ein paar Momente als Familie genießen.

»Danke, Mascha«, sagte Chemjo liebevoll und nahm seinen Sohn aus ihren Armen entgegen.

Er hielt den Jungen vorsichtig fest, betrachtete ihn ungläubig und küsste ihn dann auf die Stirn. Die Hebamme hatte ihre Sachen inzwischen zusammengepackt und sich verabschiedet.

Saul ging einen Schritt auf Chemjo zu. »Herr Vinaver, da fällt mir etwas ein. Ich habe zwar noch nicht mit Mascha darüber gesprochen, aber in Anbetracht der Tatsache, dass die meisten unserer Freunde im Ausland sind, möchte ich Sie fragen, ob Sie vielleicht der Pate unseres Sohnes werden würden.«

Mascha schluckte. Tatsächlich hatte sie noch nicht über die Beschneidungszeremonie nachgedacht, die am achten Tag nach der Geburt stattfinden musste. Dafür waren neben dem Paten auch zehn jüdische Männer vonnöten, die Saul vermutlich unter seinen Arbeitskollegen finden würde.

»Ich …«, jetzt wanderte sein Blick zu Mascha, »was sagst du dazu?«

Sie zwang sich zu einem Lächeln. »Das wäre großartig.«

Chemjo nickte stumm. Mascha sah die Verzweiflung in seinen Augen. Und sie verstand ihn nur zu gut. Während des Beschneidungsrituals musste der Vater seinen Sohn in den Armen halten. Es war ein inniger Moment zwischen ihm und seinem Kind, und der Pate spielte dabei nur eine untergeordnete Rolle.

»Sehr gern«, erwiderte Chemjo schließlich und drückte seinen Sohn fest an sich.

»Danke«, sagte Saul und schob seine Brille hoch. »Ich werde mich sofort um alle Einzelheiten für die Brit Mila kümmern.«

Wenig später verließ er das Zimmer, und Mascha und Chemjo waren endlich für einen Moment allein.

Chemjo hielt noch immer das Kind. Er setzte sich auf die Bettkante.

»Es tut mir so leid, dass du nicht als Vater bei der Beschneidung dabei sein kannst«, sagte Mascha.

Er lächelte sie zärtlich an und antwortete leise: »Ich würde lügen, wenn ich behaupten würde, dass ich unsere Situation angenehm finde. Aber glaub mir, ich beneide Saul nicht dafür, unseren Liebling festhalten zu müssen. Er wird sicher schrecklich schreien.«

Sie hörten Sauls Stimme aus seinem Büro, er sprach offenbar mit einem jüdischen Mohel, der die Beschneidung durchführen sollte.

»Aber du wirst es ihm trotzdem sagen müssen, er ist so stolz auf das Kind. Je länger du ihn in dem Glauben lässt, umso schwerer wird es für ihn«, sagte Chemjo und küsste seinen Sohn jetzt auf die kleine Wange.

Mascha nickte. Sie war erschöpft und müde von der Geburt.

»Ich sollte jetzt gehen, mein Liebling. Du weißt, wie sehr ich dich liebe.«

Die Tür zum Arbeitszimmer wurde geöffnet, und Chemjo

stand schnell von der Bettkante auf. Er drückte seinen Sohn noch einmal fest an sich und reichte ihn dann wieder Mascha. Bevor Saul zu ihnen ins Zimmer trat, sagte Chemjo schnell: »Ich komme morgen wieder.«

Saul nahm Mascha den kleinen Jungen ab und legte ihn in seine Wiege. Dann begleitete er Chemjo zur Tür. Noch bevor er wieder zurück bei Mascha war, war sie eingeschlafen.

Irgendwann wurde sie wach, weil das Baby schrie. Die Vorhänge waren zugezogen, und schummriges Licht fiel ins Zimmer.

»Warte«, hörte sie Sauls Stimme und nahm müde wahr, wie er sich aus dem Stuhl neben der Wiege erhob. »Ich bringe ihn dir.«

Mascha richtete sich mühsam auf. Ihr Unterleib schmerzte, und sie stöhnte.

Behutsam legte Saul das Kind in ihre Arme. »Er möchte bestimmt trinken.«

Mascha legte das Kind an ihre Brust, aber es dauerte eine Weile, bis es zu saugen begann. Dann lauschte sie den glucksenden, schmatzenden Lauten, die der Kleine von sich gab, und ließ sich glücklich in die Kissen sinken.

»Wie spät ist es?«, fragte Mascha, während ihr schon wieder die Augen zufielen.

»Drei Uhr am Nachmittag.«

»Danke«, murmelte sie und versuchte zu errechnen, wie lange sie geschlafen hatte. Aber bevor sie zu einem Ergebnis kam, war sie schon wieder eingenickt.

Als sie das nächste Mal wach wurde, vernahm sie leise Stimmen vor der Tür. Es war stockfinster. Dann fiel ein Lichtschein ins Zimmer, und sie hörte Schritte.

»Mascha?« Das war Sauls Stimme. »Darf ich das Licht einschalten? Du hast Besuch.«

Saul drehte den Schalter, und im nächsten Moment blendete sie die Deckenlampe. Sie brauchte einen Augenblick, ehe sie ihren Besucher erkannte.

»Chemjo!«

Mascha lächelte ihn glücklich an, während er zu ihr ans Bett trat.

»Wie geht es dir? Ich habe die ganze Zeit an euch denken müssen«, sagte er.

»Es geht mir gut. Aber wie lange habe ich denn geschlafen?«, fragte sie erstaunt.

»Den ganzen Tag und die ganze Nacht«, erklärte Saul lächelnd. »Ich habe dir das Kind gegeben, sobald es geschrien hat, und du hast es auch immer angelegt, warst aber kaum eine Minute lang wach.«

»Und weil Saul jetzt dringend in die Redaktion muss, habe ich ihm angeboten, hierzubleiben und mich um euch zu kümmern«, sagte Chemjo und rückte sich den Stuhl zurecht.

»Hier ist der Kleine.« Saul hob das Baby aus der Wiege und reichte es Mascha, während Chemjo ihn mit ehrfurchtsvollem Staunen beobachtete. Dann räusperte er sich. »Mascha, ist es für dich in Ordnung, wenn ich zur Arbeit gehe? Ich sollte mich wenigstens kurz dort blicken lassen.« Saul strich ihr die Haare aus der Stirn.

»Natürlich. Geh nur«, antwortete Mascha. Sie konnte es kaum erwarten, bis er fort war.

Sobald Saul das Zimmer verlassen hatte, legte Mascha den Jungen an ihre Brust, und Chemjo küsste sie behutsam auf die Stirn.

»Ich bin so stolz auf dich, du hast das wunderbar hinbekommen.« Chemjo nahm den Stuhl und stellte ihn dicht neben Maschas Bett. Nachdem er Platz genommen hatte, sah er sie ernst an. »Du musst unbedingt mit ihm sprechen.«

»Ich weiß«, seufzte Mascha, und das Glücksgefühl, das sie vor einer Sekunde noch empfunden hatte, war mit einem Mal verschwunden. »Er geht so liebevoll mit dem Kind um, es wird ihm das Herz brechen.«

Sie dachte an das Glitzern in Sauls Augen, wenn er den Kleinen betrachtete, an seine Zärtlichkeit, mit der er Mascha gerade überschüttete. Ihr würde übel, als sie daran dachte, dass sie ihm die Wahrheit sagen musste.

Chemjo zuckte mit den Schultern. Seine dunklen Augen blickten sie zärtlich an. »Er liebt dich sehr, Mascha. Aber das tue ich auch. Ich weiß, dass die Situation schwer für dich ist. Sie ist schwer für uns alle. Aber wir müssen damit rechnen, dass wir jederzeit das Land verlassen müssen, und dann muss ich sicher sein, dass unser Sohn mit uns auswandern darf.«

Mascha presste die Lippen zusammen. Tränen stiegen in ihr auf. Sosehr sie Chemjo auch liebte, so schrecklich war der Gedanke daran, Saul verletzen zu müssen.

Sie schwiegen für eine Weile und betrachteten ihren Sohn, der friedlich seine Milch trank.

»Evjatar«, sagte Chemjo leise und streichelte mit einem Finger zärtlich über die Wange des kleinen Jungen.

Mascha nickte. Sie hatten sich auf einem ihrer Spaziergänge auf den hebräischen Namen Evjatar geeinigt. Mascha hatte sämtliche Bücher ihrer Lieblingsdichter durchgeblättert, auf der Suche nach einem bedeutsamen Namen für ihren Sohn. Doch dann hatte sie sich für Evjatar entschieden. Evjatar war ein Nachkomme des Propheten Jeremia gewesen und entstammte somit dem ältesten biblischen Adel. Als zweiten Namen sollte der Junge den seines Urgroßvaters mütterlicherseits tragen: Alexander.

In den nächsten Tagen besuchte Chemjo sie, sooft es möglich war, ohne dass Saul misstrauisch wurde. Da Mascha sehr schwach war und immer noch häufig in Ohnmacht fiel, freute sich Saul, dass er sie nicht allein lassen musste, wenn er Termine in der Stadt wahrnahm. Er schien nach wie vor keinen Verdacht zu schöpfen und betrachtete Chemjo inzwischen als guten Freund.

Silvester und Neujahr verbrachte Mascha im Bett, und erst Anfang des neuen Jahres 1937 konnte sie ein paar vorsichtige Schritte aus der Wohnung tun. Es war ein klarer Wintertag, als sie und Chemjo ihren ersten Spaziergang als kleine Familie unternahmen. Evjatar schlief friedlich in seinem Kinderwagen, der perfekt in den Aufzug passte, den es glücklicherweise im Flur des Hauses in der Bleibtreustraße gab. Schon während Maschas Schwangerschaft war sie für diese Annehmlichkeit dankbar gewesen, als ihr das Treppensteigen zunehmend schwererfiel. Saul war an diesem Tag in der Redaktion. Evjatars Beschneidung sollte am kommenden Nachmittag stattfinden.

Mascha und Chemjo schlenderten den Kurfürstendamm entlang bis zum Auguste-Viktoria-Platz und warfen einen Blick in die Fenster ihres geliebten Romanischen Cafés. Da sie ihren neugeborenen Sohn nicht den Rauchschwaden im Romanischen aussetzen wollten, begnügten sie sich mit einer Runde um die Gedächtniskirche und gingen dann wieder zurück zu Maschas Wohnung. Als das Haus in der Bleibtreustraße gerade in Sichtweite kam, begann Evjatar zu schreien. Sein kleines Gesicht wurde dunkelrot, und Mascha beeilte sich, die letzten Meter zurückzulegen.

Sie hatten kaum die Wohnungstür hinter sich geschlossen, als Saul aus seinem Arbeitszimmer trat. Er war von der Arbeit zurückgekommen, während Mascha und Chemjo noch auf ihrem Spaziergang waren.

Mascha nahm mit dem Baby auf dem Sofa Platz, und

Chemjo verschwand in der Küche, um Kaffeewasser aufzusetzen.

»Der kleine Evjatar muss angemeldet werden«, sagte Saul, der sich lächelnd neben sie setzte.

Mascha nickte bekümmert. Sie hatte den Gedanken bislang beiseitegeschoben. Denn spätestens jetzt musste sie ihrem Ehemann die Wahrheit sagen.

»Ich werde morgen früh zum Standesamt gehen.« Saul atmete tief durch. »Meinst du, du schaffst die letzten Vorbereitungen für die Zeremonie allein?«

Mascha lächelte bitter. »Natürlich, geh nur. Vielleicht kann Chemjo mir ja helfen.«

Saul blickte zur Küchentür und sagte mit gedämpfter Stimme: »Ehrlich gesagt, stört es mich allmählich, dass er ständig hier ist.«

Maschas Herz schlug unwillkürlich schneller. »Ich finde es gut, dass er uns zur Seite steht. Schließlich ist das neue Leben zu dritt eine große Umstellung für mich.«

Saul nickte, und Mascha atmete erleichtert auf, als er das Thema ruhen ließ.

Nachdem Saul das Haus am nächsten Tag verlassen hatte, kam Chemjo in die Bleibtreustraße und half Mascha, das Wohnzimmer so umzuräumen, dass die erwarteten Gäste alle Platz finden konnten. Um die Mittagszeit kehrte Saul vom Standesamt zurück, er hatte den kleinen Evjatar problemlos anmelden können, auch wenn Mascha Sorgen gehabt hatte, dass man ihn als Juden nicht mehr ins Gebäude lassen würde. Wenig später fand die Beschneidungszeremonie statt, und nachdem auch der Mohel in Gottes Vertretung den Jungen Evjatar genannt hatte, gab es nun offiziell einen neuen Erdenbürger: Evjatar Alexander Kaléko.

Signal

Als wir zu dritt
Die Straße überquerten
Wurde sogar
Die Verkehrsampel
Rot.
Umstellt von der Meute
Abgasschnaubender Wagen,
Ergriff ich den Arm des Einen,
Der rechts von mir ging.
Nicht den des Anderen,
Dessen Ring ich trug.
Als wir zu viert
Uns jenseits der Kreuzungen
Trafen,
Wußten es alle.
Der Eine. Der Andre.
Das Schweigen.
Und ich.

Geständnis

Berlin, 1937

Mitte Januar besuchte Mascha mit ihrem kleinen Sohn Franz Hessel. Sie ging die kurze Strecke zur Lindauer Straße zu Fuß, wie so oft in den letzten Jahren, wenn sie ihren Lektor aufgesucht hatte, um mit ihm an ihren Versen zu arbeiten. Die beiden zogen die Ruhe seiner Wohnung dem Trubel im Romanischen Café oder dem Verlagshaus vor.

Hessel freute sich über Maschas Besuch. Seit er nicht mehr im Verlag arbeiten durfte, fehlten ihm die Freunde und die Kollegen. Er nahm den kleinen Evjatar auf seinen Arm und küsste ihn.

»Die Verse fließen nur so aus mir heraus«, sagte Mascha, während sie ihren Sohn wieder entgegennahm. »Sie glauben nicht, wie inspirierend ein Kind sein kann. Ich dichte viel mehr als je zuvor. Wenn es so weitergeht, können wir bald einen Drucktermin für mein drittes Buch ins Auge fassen. Ich habe gestern schon versucht, Herrn Rowohlt zu erreichen, aber er ist nicht an den Apparat gegangen. Vielleicht sollten wir uns schon Gedanken über einen möglichen Titel machen …«

»Warten Sie«, Hessel hob abwehrend die Hand, »Sie überfallen mich ja regelrecht.«

Mascha lachte. »Nun, ich bin voller Energie. Obwohl ich immer noch mit dieser großen Lebenslüge lebe.«

Sie nahm auf dem grünen Diwan Platz, der an der Wand des kleinen Wohnraums stand. Wie kam es, dass sie einerseits so sehr litt und andererseits so glücklich sein konnte? In manchen Stunden, in denen sie mit Evjatar allein war, vergaß sie das komplizierte Beziehungsgeflecht, in das sie sich verwickelt hatte. Sobald Saul jedoch nach Hause kam und sie seinen liebevollen Gesichtsausdruck sah, brach alles umso mächtiger über sie herein, und sie fühlte sich niederträchtig und gemein. Inzwischen war die Angst vor Sauls Enttäuschung so groß, dass sie nicht wusste, wie sie es ihm jemals gestehen sollte.

»Sie haben noch immer nicht mit Ihrem Mann gesprochen?« Franz Hessel hob die Augenbrauen. »Ich hatte es mir beinahe gedacht. Bei der Brit Mila hat er die Rolle des Vaters eingenommen.«

Mascha nickte. »Es ist kaum mehr zu ertragen, aber ich kann es Saul einfach nicht sagen. Wie kann ich seine glückliche, perfekte Welt zerstören?«

»Seine Welt ist schon lange nicht mehr perfekt«, erinnerte Hessel sie sanft. »Unser aller Welt ist es nicht mehr, seit die Nationalsozialisten das Land beherrschen. Aber jetzt wird es Zeit, dass Sie Ihrem Mann reinen Wein einschenken, meinen Sie nicht?«

Mascha lehnte sich auf dem Diwan zurück und verbarg ihr Gesicht hinter dem Baby. »Oh Gott, warum musste das alles passieren? Ich hasse mich selbst für meine Gefühle.«

»Nein, Mascha«, sie spürte Hessels Hand auf ihrem Arm, »Ihrer Gefühle sollten Sie sich niemals schämen. Aber sie müssen zu dem stehen, was Sie getan haben. Und je länger Sie warten, umso schlimmer wird es werden«, sagte er eindringlich. »Saul wird sich an seine Vaterrolle gewöhnen.«

»Ich weiß«, sagte Mascha leise.

Sie schwiegen für eine Weile. Dann setzte sich Hessel in den einzigen Sessel, den es in dem winzigen Zimmer gab, und sah seine Freundin traurig an. »Mascha, es fällt mir schwer,

Ihnen noch weiteren Kummer zu bereiten, aber ich fürchte, ich habe schlechte Nachrichten für Sie.«

Sie schüttelte resigniert den Kopf. »Ich glaube, allmählich kann mich nichts mehr schrecken.«

Hessel atmete tief durch und strich sich über die imposante Glatze. »Letzte Woche, am 9. Januar, hat der Rowohlt Verlag die Nachricht bekommen, dass Sie aus der Reichsschrifttumskammer ausgeschlossen wurden. Schon vor zwei Jahren. Wir wussten es nur bislang nicht.«

»Was?« Mascha starrte ihn entsetzt an. »Aber … das würde ja bedeuten, dass ich nicht mehr arbeiten darf.«

Franz Hessel nickte. »Es tut mir sehr leid.«

Mascha schluckte und drückte ihr Kind fest an sich. Wenn sie nicht mehr schreiben durfte, würde es kein neues Buch geben. Und wenn es kein neues Buch gab, hatte sie keine Einnahmen mehr. Seit 1935 gab es nur noch wenige Zeitungen, die Gedichte von ihr abdruckten – und jetzt durfte sie auch kein neues Buch mehr herausbringen? Wovon sollte sie ihren Sohn ernähren? Wie konnte sie sich in dieser Situation von Saul trennen oder ihm die Wahrheit sagen? Momentan war Saul der Einzige von ihnen dreien, der noch ein festes Einkommen hatte, auch wenn das sicher nicht mehr lange der Fall sein würde. Irgendwann würden die Nationalsozialisten auch die *Jüdische Rundschau* einstellen.

»Was ist mit meinen beiden bereits erschienenen Büchern? Könnten wir sie vielleicht neu herausgeben?«, fragte sie Hessel. Bisher waren beide Versbände in den Buchhandlungen gut verkauft worden, und wenn es Neuausgaben gäbe, würden sie bestimmt neue Aufmerksamkeit erhalten.

»Das ›Lyrische Stenogrammheft‹ ist auf die Liste unerwünschten Schrifttums gesetzt worden, und auch das ›Kleine Lesebuch für Große‹ darf ab sofort nicht mehr verkauft werden. Beide Neuauflagen sind noch in der Druckerei beschlagnahmt worden.« Franz Hessel sah Mascha an, und in seinen Augen lag Mutlosigkeit. »Es tut mir sehr leid, Mascha.«

Sie starrte ins Leere. Mit einem Mal war ihr auch die letzte Lebensgrundlage entzogen worden. Wie verheißungsvoll hatte alles vor wenigen Jahren begonnen, doch noch bevor es richtig Fahrt aufgenommen hatte, sollte es offenbar schon wieder zu Ende sein. Und das nur, weil sie eine Jüdin war!

»Das bedeutet, ich darf in Deutschland nichts mehr publizieren?«, fragte Mascha tonlos.

Franz Hessel nickte. »Wir teilen alle dasselbe Schicksal. Auch ich bin aus der Reichsschrifttumskammer ausgeschlossen worden. Mir bleiben nur noch die Übersetzungen, die Ernst Rowohlt mir heimlich zuschiebt. Sie könnten Ihren Mann fragen, ob er Ihnen nicht auch etwas besorgen kann. Er müsste doch durch seine Hebräisch-Kurse und die Arbeit bei der *Rundschau* entsprechende Kontakte haben.«

Mascha fiel wieder die Opernübersetzung ein, die Chemjo und sie im letzten Jahr als Vorwand für ihre häufigen Treffen genutzt hatten – vielleicht sollten sie sich jetzt ernsthaft daranmachen.

»Glauben Sie nicht, es wäre besser, von hier wegzugehen?«, sagte Mascha nach einer Weile. »Ich konnte mir lange nicht vorstellen, Berlin zu verlassen. Trotzdem habe ich schon vor Jahren versucht, die Papiere für eine Auswanderung nach Palästina zu bekommen. Leider vergeblich.« Mascha dachte an den Besuch bei ihren Eltern. Glücklich wäre sie in dem so fremden, trockenen und heißen Land sicher nicht geworden. »Saul ist es gerade gelungen, ein solches Zertifikat zu erhalten. Aber ich kann nicht mehr mit ihm emigrieren. Mein Platz ist jetzt natürlich an Chemjos Seite. Wir bereiten uns auf eine Auswanderung nach Amerika vor.«

»Oh nein, Sie auch? Ich bin anscheinend der Einzige von uns, der hier in Berlin bleibt.« Franz Hessel richtete sich auf. »Aber ich werde mich nicht von den Nationalsozialisten vertreiben lassen. Ich werde das aussitzen, irgendwann wird der ganze Spuk vorbei sein.«

Mascha atmete tief durch. Anfangs hatte sie das auch gedacht, inzwischen war sie sich da nicht mehr so sicher. »Ich hoffe, Sie haben recht. Ich bin selbst ein Emigrantenkind und habe unter meiner Heimatlosigkeit sehr gelitten. Hier in Berlin habe ich ein Zuhause und mein Glück gefunden. Meinem Sohn will ich dieses Schicksal eigentlich ersparen. Aber ich habe Angst vor dem, was noch kommen wird.«

»Das habe ich auch«, gab Franz Hessel zu. »Nur gebe ich dieser Angst nicht nach.«

Mascha dachte in den nächsten Wochen immer wieder über ihre und Evjatars Zukunft nach. Chemjo versicherte ihr, dass er sie begleiten würde, wohin auch immer sie gehen wolle. Mascha absolvierte sämtliche Kurse für Auswanderer, die von der Reichsvertretung deutscher Juden angeboten wurden. Dort erfuhr sie, dass sie nur nach Amerika auswandern konnte, wenn sie einen sogenannten Affidavit-Geber fand. Ein Affidavit war die Zusage eines amerikanischen Staatsbürgers, für die Einwanderer zu bürgen und eventuell anfallende Kosten zu übernehmen. Aber wie sollte Mascha ein solches Affidavit erhalten, wenn sie doch niemanden in Amerika kannte?

Außerdem würden sie ihre sämtlichen Ersparnisse verlieren, wenn sie emigrierten. Die vor wenigen Jahren eingeführte Reichsfluchtsteuer schrieb nämlich eine Art Teilenteignung der jüdischen Auswanderer vor, sie durften lediglich zehn Reichsmark mitnehmen. Sie beschlossen also, niemandem mitzuteilen, dass sie für immer gehen wollten, und hofften, dass die Bank ihnen das Geld auszahlen würde, das noch auf ihrem Konto war.

Als Maschas Schwester Lea sie in der Bleibtreustraße besuchte, um ihren Neffen Evjatar zum ersten Mal zu sehen, sprachen sie auch über Maschas Wunsch, in die USA zu emigrieren, und Mascha berichtete ihr von der Schwierigkeit, einen Affidavit-Geber zu finden.

»Vielleicht findest du in Palästina einen«, schlug Lea vor, die in dem Wohnzimmersessel saß und das Baby auf dem Schoß hielt. »Viele amerikanische Staatsbürger leben dort. Dann könntest du auch unsere Eltern besuchen.«

Mascha sah auf. An diese Möglichkeit hatte sie noch gar nicht gedacht. »Das ist eine gute Idee. Es wäre sicher nicht verkehrt, vor unserer Ausreise noch einmal Puttel und die anderen zu sehen.« Sie dachte an ihre jüngere Schwester, die sie sehr vermisste.

»Wann wirst du fahren?«, fragte Lea. »Vielleicht begleite ich dich.«

Mascha schenkte ihrer Schwester Kaffee nach. »Nicht in nächster Zeit«, erwiderte sie. »Ich kann Evjatar nicht mitnehmen, das wäre zu anstrengend für ihn. Das Klima in Palästina ist gewöhnungsbedürftig, und die Reise mit dem Schiff übers Mittelmeer sehr anstrengend. Und solange ich ihn stille, kann ich ihn auch nicht hierlassen.« Allein der Gedanke, sich ohne ihr Kind auf den Weg in ein fernes Land zu machen, erschien ihr grausam.

»Kennt Saul denn niemanden, der euch das Affidavit geben könnte? Er hat doch viele Kontakte. Gibt er nicht Fernunterricht? Vielleicht ist da ja ein Amerikaner dabei.« Lea nahm sich ein Stück Kuchen, der in der Mitte des Kaffeetisches stand.

Mascha musste lachen. »Warum sollten Amerikaner Hebräisch lernen? Nein, in seinen Kursen sind meist deutsche Juden, die sich auf eine Auswanderung nach Palästina vorbereiten.«

Lea ging natürlich wie alle anderen davon aus, dass Saul Evjatars Vater war. Mascha war klar, dass sie nicht nur ihrem Mann das Herz brechen, sondern auch sämtliche Menschen vor den Kopf stoßen würde, wenn sie diese Lüge aufdeckte. Hatte ihre Schwester nicht das Recht, zu erfahren, wer der wirkliche Vater ihres Neffen war? Aber selbstverständlich konnte sie Lea nicht einweihen, bevor Saul die Wahrheit kannte. Es war eine furchtbar verfahrene Situation. Mascha wurde schon wieder übel, und sie entschuldigte sich bei Lea, um ins Bad zu laufen.

Weitere Wochen vergingen, und immer wieder fand Mascha einen neuen Grund, warum sie ihrem Mann nicht die Wahrheit sagen konnte. Berlin veränderte sich zunehmend. Bettler und Prostituierte verschwanden aus dem Straßenbild. Mascha hätte zu gern geglaubt, dass es sie einfach nicht mehr gab, dass sie eine auskömmliche, gute Arbeit gefunden hatten, aber sie befürchtete, dass die Gerüchte stimmten, die man sich hinter vorgehaltener Hand erzählte. Demnach wurden sie in Lager gebracht, wo sie unter unwürdigen Bedingungen leben und arbeiten mussten. Angeblich gab es dort viele Todesopfer. Die Fröhlichkeit, die noch vor wenigen Jahren auf den Straßen der Großstadt geherrscht hatte, war verschwunden. Im Romanischen Café saßen SS-Männer und Offiziere, wo einst Literaten, Schauspieler, Musiker und Maler ihre Stammtische gehabt hatten. Mascha ging nur noch selten ins Schwimmerbassin, und irgendwann gab sie es vollkommen auf.

Der Frühling hielt Einzug in Berlin, und Mascha fuhr den kleinen Evjatar jeden Tag stundenlang durch den Park. Meist begleitete Chemjo sie. An einem sonnigen Tag im Mai 1937 schlenderten sie durch den Tiergarten und erreichten gerade den Goldfischteich mit dem Dreimusikerdenkmal, als ihnen eine dunkelhaarige, schlanke Frau entgegenkam, die zwei Kinder an der Hand hielt.

»Chemjo?« Die Frau blieb stehen.

Chemjo lachte. »Lola! Wie schön, dich zu sehen. Wie geht es dir?«

Die beiden umarmten sich, und es versetzte Mascha einen kleinen Stich, als sie erkannte, dass die beiden sich einmal sehr nahegestanden haben mussten.

»Mir persönlich geht es gut, aber du weißt ja …« Der Blick der Frau wanderte zu Mascha und dem Kinderwagen.

»Ja«, antwortete Chemjo. »Darf ich dir Mascha Kaléko vorstellen? Mascha, das ist meine alte Freundin Lola Hahn-Warburg.«

Lola hob erstaunt die Augenbrauen. »Mascha Kaléko? Sind Sie etwa die großartige Lyrikerin?«

Mascha lächelte verlegen. »Höchstpersönlich. Nur leider hat man mir verboten zu publizieren.«

»Ja, es sind schlimme Zeiten.« Lola Hahn-Warburg nickte. »Aber ich liebe Ihre Gedichte und freue mich sehr, Sie kennenzulernen.«

Mascha bemerkte den neugierigen Blick, den Lola Chemjo zuwarf, und fragte sich, was er zu bedeuten hatte. Ob die beiden wohl einmal ein Paar gewesen waren?

»Ist das Ihr Kind?«, fragte die junge Frau jetzt und beugte sich über den Kinderwagen.

Mascha lächelte. »Ja, das ist Evjatar.«

Die beiden Kinder hatten sich inzwischen von Lolas Hand losgemacht und spielten im Gras.

»Er sieht aus, als wäre er eigentlich dein Sohn, Chemjo«, sagte Lola, nachdem sie Evjatar eingehend gemustert hatte. »Er hat deine Nase, und auch das Kinn …« Sie sah auf.

»Oh, also …« Chemjo blickte hilflos zu Mascha.

»Verzeihung, ich wollte nicht …«, winkte Lola Hahn-Warburg schnell ab, als sie Chemjos Unbehagen bemerkte.

Mascha überlegte kurz, dann erklärte sie: »Sie haben recht.«

Auf dem schönen Gesicht der Frau zeigte sich ein glückliches Lächeln.

»Dann hat sie dich endlich erhört!«, sagte sie strahlend zu Chemjo. Und in verschwörerischem Tonfall fügte sie hinzu: »Er liebt Sie seit Jahren, Mascha.«

Mascha errötete. »Ich hatte keine Ahnung davon. Er hat es mir erst viel später gestanden.«

»Ich bin so froh, dass er Sie für sich gewinnen konnte.« Lola sah sich nach ihren Kindern um, die gerade zwei Schnecken am Wegrand gefunden hatten und sie bewunderten. »Einen besseren und treueren Mann hätten Sie nicht wählen können. Und er ist ein Genie, aber das wissen Sie ja vermutlich schon.«

»Ja, das ist er«, sagte Mascha und lächelte stolz. »Ich muss Sie nur bitten, Stillschweigen zu bewahren, denn mein Mann …«

»Ich verstehe Sie nur zu gut«, antwortete Lola Hahn-Warburg und zwinkerte Mascha zu. »Denn ich befinde mich in einer ähnlichen Situation.«

Mascha sah sie erstaunt an. Sie hatte schon viel von der berühmten Familie Warburg gehört, eine der einflussreichsten jüdischen Familien des Landes. Lolas Vaters war, soweit Mascha wusste, Berater von Kaiser Wilhelm gewesen. Außerdem leiteten die Warburgs seit Generationen eine große familieneigene Bank in Hamburg. Niemals hätte sie gedacht, dass sich ein Mitglied dieser Familie in die gleiche unglückliche Lage bringen konnte wie sie selbst.

»Ich muss weiter«, sagte Lola mit einem Blick auf ihre Kinder. »Ich wünsche euch alles Gute, vielleicht können wir uns einmal in Ruhe zum Essen treffen?«

»Das wäre großartig«, erwiderte Mascha, während die junge Frau mit ihren Kindern davonging.

»Ich danke dir«, sagte Chemjo, als sie sich ebenfalls wieder auf den Weg machten.

Mascha blinzelte in die Sonne, die zwischen den Parkbäumen hindurchschien. »Wofür?«

»Dass du ihr die Wahrheit gesagt hast.« Er legte liebevoll seinen Arm um Mascha. »Obwohl du sie ja nicht kanntest und nicht wusstest, ob du ihr vertrauen kannst.«

»Sie ist eine Freundin von dir. Dieses Wissen genügte mir, um ihr zu vertrauen.« Mascha seufzte, während sie den Kinderwagen neben eine freie Bank stellte und sich auf das von der Sonne angewärmte Holz setzte. »Außerdem mute ich dir ohnehin sehr viel zu. Evjatar ist dein Sohn, aber du darfst dich öffentlich nicht zu ihm bekennen. Wenigstens zu deiner alten Freundin wollte ich ehrlich sein.«

Chemjo atmete tief durch. »Du musst dich allmählich entscheiden, Mascha. Ich verstehe, dass du Angst hast, aber ich bin davon überzeugt, dass wir Deutschland möglichst bald verlassen sollten. Hier haben wir keine Zukunft.«

Plötzlich stiegen Tränen in Mascha auf, die sie schnell hinunterschluckte. »Ich hatte immer gehofft, meinen Sohn hier in Berlin großziehen zu können.«

Chemjo zog Mascha zärtlich an sich. »Es ist eine Chance für ihn. Wir werden uns in Amerika ein neues Leben aufbauen.«

Mascha seufzte und beobachtete die Hummeln, die im Frühlingswind von Blüte zu Blüte flogen. »Es wird schrecklich für Saul werden. Stell dir vor, wie verzweifelt er sein wird, wenn er erfährt, dass sein Leben mit mir eine Lüge war.«

»Vielleicht ist die politische Situation in diesem Fall ja sogar hilfreich«, sagte Chemjo nachdenklich.

Mascha sah ihn fragend an.

»Nun, wenn du ihm die Wahrheit sagst, muss er sich nicht schämen und braucht seinen Kollegen, seinen Freunden und seiner Familie gar nicht erst zu sagen, dass Evjatar nicht sein Sohn ist. Da sich unser aller Leben ohnehin in Auflösung befindet, kann er emigrieren und ein neues Leben beginnen. In Palästina wird niemand den Skandal kennen.«

»Stimmt«, gab Mascha zögernd zu. »Und doch wird es ihm das Herz brechen.«

»Du schuldest es ihm.« Chemjo strich sanft über Maschas Arm. »Er hat das Recht, die Wahrheit zu erfahren. Nur so kann er seine Zukunft planen. Im Moment geht er davon aus, dass ihr zusammen ausreisen werdet. Aber wenn er weiß, dass du ihn nicht begleiten wirst, kann er anders planen. Er hat das Einwanderungszertifikat für Palästina, und er spricht fließend Hebräisch. Er kann dort problemlos eine Arbeit finden.«

Mascha musste Chemjo recht geben. Und doch hatte sie schreckliche Angst vor Sauls Enttäuschung.

»Ich weiß, ich bin es euch beiden schuldig.« Mascha streckte ihre Hand aus und strich zärtlich über Chemjos glattrasiertes Kinn. »Du hast dich schon viel zu lange als Evjatars Vater verstecken müssen.«

Chemjo seufzte und blickte den ersten Schmetterlingen nach, die über den bunten Blumenrabatten flatterten.

»Das ist auch meine eigene Schuld. Schließlich wusste ich, worauf ich mich einlasse, als ich dich an jenem Abend nach deinem Englischunterricht angesprochen habe. Aber ich wusste auch, dass ich dich für immer verlieren würde, wenn ich es nicht tue, und mir war klar, dass ich keine zweite Chance bekommen würde.«

Mascha nickte. »Wenn wir damals ein Einwanderungszertifikat erhalten hätten, wären wir beide uns vermutlich niemals nähergekommen.«

»Ich weiß, mein Liebling. Und ich bin jeden Tag unendlich dankbar dafür, dass du noch hier warst.« Chemjo küsste ihre Finger.

»Ich auch«, sagte Mascha und lächelte. »Aber ich bitte dich noch um etwas mehr Zeit. Ich will den richtigen Moment finden, um mit Saul zu sprechen. Und ich selbst brauche die Kraft dafür. Oh Gott, das wird das Schwierigste, was ich je tun musste.«

»Du musst es hinter dich bringen, Mascha«, redete Chemjo auf sie ein. »Je länger du wartest, umso schwieriger wird es.«

Er stand auf und reichte ihr die Hand, um sie von der Bank zu ziehen.

Nachdem Mascha sich eine Stunde später vor dem Haus in der Bleibtreustraße von Chemjo verabschiedet hatte, fuhr sie mit großer Beklemmung im Lift nach oben. Sie wusste, dass Chemjo vollkommen recht hatte, Saul musste die Wahrheit erfahren. Wenn Saul sie schlecht behandelt, wenn er sie geschlagen oder erniedrigt hätte, dann hätte sie niemals so lange gezögert. Aber sie liebte ihren Mann, wenn auch auf andere Weise, als gut für eine Ehe war. Hätte Chemjo ihr nicht sein Herz offenbart, vermutlich wäre sie bis an ihr Lebensende bei Saul geblieben. Aber diese schicksalhafte Begegnung mit Chemjo hatte das unmöglich gemacht.

Als sie oben in der Wohnung die Tür aufschloss, hörte sie Saul im Arbeitszimmer auf seiner Schreibmaschine tippen. Mascha zog ihren Frühjahrsmantel aus und nahm Evjatar aus dem Kinderwagen.

»Mascha, bist du das?«, vernahm sie Sauls Stimme.

»Ja.« Sie ging langsam den Flur entlang zum Arbeitszimmer.

»Ich muss mit dir reden«, sagte Saul, als sie eintrat.

Er tippte das Wort zu Ende, dann stand er auf und kam

um den Schreibtisch herum, um ihr das Baby abzunehmen. Er küsste Evjatar auf die Wange.

»Wir müssen fort! Ich habe unsere Einwanderungsbewilligung aus Palästina prüfen lassen, sie ist noch gültig. Ich bitte dich, lass uns gehen. Es ist hier zu gefährlich geworden. Und wir haben uns doch so viele Jahre danach gesehnt. Evjatar ist noch klein, er wird sich später nicht mehr an Berlin erinnern können und in Palästina aufwachsen, als wäre es immer schon seine Heimat gewesen. Ich schreibe gerade meine Kündigung für die *Rundschau*. Wir sollten so schnell wie möglich aufbrechen.«

»Was?« Mascha kam es vor, als hätte sie jemand in einen bodenlosen Abgrund gestoßen. »Ich habe dir doch gesagt, dass ich noch nicht fortwill.«

»Aber wir müssen, Mascha, sei vernünftig.« Er sah sie flehentlich an. »Ich muss auch im Sinne unseres Sohnes entscheiden. Und dieses Land ist gefährlich für uns alle. Ich werde morgen Bahnfahrkarten kaufen. Und dann müssen wir all unser Geld von der Bank holen, am besten am Tag unserer Abreise, das ist sicherer.« Er umarmte Mascha und Evjatar. »Ich bin doch bei euch, mach dir keine Sorgen.«

Mascha schluckte. Sie hatte keine Zeit mehr, den richtigen Moment abzuwarten – er war jetzt gekommen. Sie atmete tief durch.

»Ich muss etwas mit dir besprechen«, sagte Mascha mit seltsam rauer Stimme.

»Bitte, mein Liebes, wenn du mir sagen willst, dass du nicht …«, begann er.

Doch Mascha unterbrach ihn. »Nein, nein, nicht das.«

Saul ging wieder zu seiner Schreibmaschine. Er zog den Bleistift hinter seinem Ohr hervor, um sich eine Notiz auf dem Blatt zu machen, das noch in der Walze steckte. »Was gibt es denn?«

Mascha überlegte, wie sie es am besten anfangen sollte, aber ihr fiel keine Möglichkeit ein, das Schreckliche weniger schrecklich zu machen.

»Du bist einer der besten, liebsten, fürsorglichsten Menschen, denen ich jemals begegnet bin«, begann sie schließlich zögernd und setzte sich auf die Kante des Sessels, der neben Sauls Schreibtisch stand.

»Das Gleiche kann ich auch von dir behaupten«, erwiderte Saul und lächelte.

»Nein, warte bitte«, Mascha hob eine Hand, sie hielt ihren Sohn fest im Arm, »lass mich erst ausreden.«

Saul nickte auffordernd.

»Ich war sehr jung, als wir geheiratet haben, zu jung«, fuhr Mascha fort. »Und vor einiger Zeit ist mir aufgefallen, dass ich nicht mehr glücklich bin – was nicht an dir lag, sondern eindeutig an mir«, beeilte sie sich zu erklären. »Ich habe mich verändert in den letzten zehn Jahren, ich habe mich weiterentwickelt. Und ich habe mich verliebt.«

Mascha wagte kaum, ihren Ehemann anzusehen. Ihr Mund war trocken. Ihr war schlecht. Als sie den Blick hob, nahm sie die starre Miene ihres Mannes wahr, der inzwischen zu ahnen schien, dass etwas Unangenehmes folgen würde.

»In einen anderen Mann. Und diese Liebe ist so groß, dass ich nicht mehr mit dir zusammenleben kann. Und jetzt, wo du planst wegzugehen … Ich kann nicht mit dir kommen, weil ich ihn nicht verlassen kann. Das ist der Grund, warum ich nicht nach Palästina auswandern möchte.« Sie wippte auf und ab, um Evjatar zu beruhigen, der gerade anfing, leise zu wimmern.

»Was?«, sagte Saul mit tonloser Stimme. Er saß wie erstarrt auf seinem Schreibtischstuhl.

Mascha presste die Lippen zusammen.

Nach einer Weile fragte Saul: »Wer ist es?« Er klang nüchtern und eisig kalt.

»Chemjo«, antwortete Mascha leise. »Chemjo Vinaver.«

Saul fuhr auf und sah sie entsetzt an. Dann traten Wut und Enttäuschung in seine Augen. »Aber er ist mein Freund. Mein Kollege …«

»Ich weiß«, sagte Mascha mit Tränen in den Augen.

Saul war inzwischen in seinem Stuhl zusammengesackt. »Seit wann geht das schon mit euch?«

»Seit eineinhalb Jahren«, gab Mascha flüsternd zu.

Saul schüttelte den Kopf. Und als er ihr in die Augen sah, erkannte Mascha, dass er in diesem Moment alles verstand: Chemjos Anwesenheit bei Evjatars Geburt, die viele Zeit, die er und Mascha seitdem zusammen verbracht hatten.

»Evjatar?«, fragte er schließlich mit gepresster Stimme und stand auf. Es war, als erwartete er sein Urteil vor irgendeinem Gericht. Und nichts anderes war es, dachte Mascha. Ihr Richterspruch würde über Sauls weiteres Leben entscheiden.

Mascha liefen Tränen über die Wangen. Dabei stand es ihr nicht an, in diesem Augenblick zu weinen, denn schließlich wurde nicht ihr das Herz aus dem Leib gerissen, sondern ihrem lieben Ehemann.

»Er ist Chemjos Sohn«, flüsterte sie schließlich.

Saul stand einen Moment lang wie erstarrt da. Das Urteil war gefallen. Kurz darauf wandte er sich ab und trat ans Fenster. Er stützte sich mit den Händen auf dem Sims ab.

»Chemjo Vinaver ist der Vater meines Kindes?«, sagte er, mehr zu sich selbst als zu Mascha. »Bist du sicher?«

»So sicher man sich nur sein kann.«

»Die Frommser«, stellte Saul tonlos fest. »Du hast mich immer dazu gedrängt, sie zu verwenden. Und er hat sie nicht benutzt, vermute ich. Du wolltest ein Kind von ihm haben.«

Mascha nickte, obwohl sie wusste, dass er es nicht sehen konnte.

Plötzlich stieß er ein spöttisches Lachen aus, das Mascha zusammenzucken ließ. »Ich hätte es mir denken können!«

Mascha schluckte. Was konnte sie ihm sagen, wie konnte sie sein Leid mindern?

»Wir lieben uns«, sagte sie schließlich hilflos.

»Das tun wir beide auch«, erwiderte Saul und wirbelte herum. Mit mühsam beherrschter Stimme fuhr er fort: »Zumindest dachte ich das, bis gerade eben. Während ihr euch über mich lustig gemacht habt, wie schwer von Begriff der alte Tor von Ehemann ist. Ihr habt über mich gelacht, euch hinter meinem Rücken über meine Blindheit amüsiert, und ich habe dich die ganze Zeit geliebt. Glücklich wie ein Kind war ich! Dabei war ich nur dumm. Ich habe mir Hörner aufsetzen lassen. Wie konntest du nur, Mascha? Ich habe dir vertraut. Ich habe ihm vertraut.« Er schüttelte fassungslos den Kopf. Das Licht der Abendsonne, die durchs Fenster fiel, tauchte sein Gesicht in ein merkwürdiges, unheimliches Licht.

»Es tut mir unendlich leid«, sagte Mascha, und Tränen strömten über ihre Wangen. »Es ist allein meine Schuld.«

Saul strich sich über das Gesicht. »Bitte, lass mich allein.«

Sie sah ihn forschend an. Mascha hatte erwartet, dass er sie anschreien würde, wütend werden, ja vielleicht sogar, dass er sie schlagen würde. Diese eigenartige Ruhe verunsicherte sie.

»Geh jetzt!«, wiederholte Saul.

Mascha verließ das Arbeitszimmer und ging mit Evjatar ins Schlafzimmer. Die ganze Nacht war nichts von Saul zu hören. Vermutlich hatte er auf dem Sofa geschlafen, während Mascha sich unruhig in ihrem Bett hin und her wälzte. Immer wieder musste sie an Saul denken und an die Enttäuschung, die sie ihm bereitet hatte. So groß ihre Liebe zu Chemjo auch war, so sehr bedauerte sie, dass sich ihrer beider Wege nun trennen mussten.

Als sie am nächsten Morgen müde und unendlich traurig aufstand, erwartete ihr Ehemann sie in der Küche. Mascha blieb erschrocken in der Tür stehen, als sie den gedeckten Frühstückstisch sah. Eine Kerze brannte, und Saul hatte einen Strauß Rosen besorgt, der neben Maschas Platz stand. Es duftete nach Kaffee.

»Guten Morgen«, sagte er. »Du wunderst dich vermutlich über diesen Empfang, nachdem du gestern alles dafür getan hast, mein Leben zu zerstören.«

»Es tut mir leid«, flüsterte Mascha. »Glaube mir, ich wollte das nicht. Ich habe in den letzten zwei Jahren mehr gelitten, als menschenmöglich ist. Ich habe gelitten unter der Lebenslüge, die ich begangen habe. Weil ich musste.«

»Ich verzeihe dir, dass du dich verliebt und mich betrogen und belogen hast.« Er griff nach der Kanne und goss Kaffee in beide Tassen. »Aber meine Gefühle für dich sind dadurch nicht beeinträchtigt. Ich liebe dich, Mascha. Und ich liebe Evjatar. Ich werde ihn immer lieben und beschützen wie meinen eigenen Sohn.«

Mascha räusperte sich. Sie trat einen Schritt auf ihn zu. »Was willst du damit sagen?«

»Ich werde dich nicht verlassen, mein Engel. Ich werde geduldig abwarten, bis diese Phase vorüber ist.«

Mascha starte ihn fassungslos an. Hatte er denn kein Wort von dem verstanden, was sie ihm gestern gesagt hatte? »Aber ich liebe dich nicht mehr. Ich werde nicht mit dir nach Palästina gehen, Saul.«

»Ich werde auch nicht gehen. Wir bleiben hier. Bei Chemjo Vinaver. Du kannst uns beide lieben«, stieß er geradezu verzweifelt aus.

Mascha schluckte. »Das kann ich nicht. Es tut mir leid, Saul, aber ich muss dich verlassen. Ich kann nicht mehr mit dir zusammenleben.«

Sauls Stimme war eindringlich. Mit der Kanne Kaffee in der Hand kam er einen Schritt auf Mascha zu. »Tu das nicht, mein Engel. Du musst mich nicht lieben, meine Liebe reicht für uns beide. Ich verlange nur von dir, dein Mann bleiben zu dürfen. Ich gebe dir nach wie vor alle Freiheiten, die du dir wünschst.«

»Oh Saul«, Mascha schüttelte den Kopf und ging um den Küchentisch herum, »das reicht mir nicht.«

Ihr Mann nahm ihre Hand und sah sie flehentlich an. »Wirf all das nicht weg, Mascha. Unsere Ehe ist so wertvoll, und unsere Beziehung war immer von einem großen Vertrauen geprägt.«

Sie schluckte. Übelkeit stieg in ihr auf, und sie zog ihre Hand aus seinem festen Griff.

»Ich werfe all das hier nicht weg, ohne gut und gründlich darüber nachgedacht zu haben. Aber ich muss es tun. Ich muss meinem Herzen folgen.«

»Und was ist mit mir?«, fragte Saul und Tränen schimmerten in seinen Augen. Er starrte auf seine Hände, in denen gerade noch Maschas Finger gelegen hatten. »Mascha, ich werde keine andere Frau als dich jemals lieben. Wenn du mich verlässt, bin ich zur Einsamkeit verdammt. Dabei bist du nicht nur meine Frau, du bist meine Vertraute, meine Freundin, mein Leben und meine ganze Welt.«

»Das alles kann ich dir nicht mehr sein«, sie legte sanft ihre Hand auf seinen Arm, »und ich bin sicher, dass du wieder glücklich werden wirst. Es wird eine Frau geben, die du noch mehr lieben wirst, als du mich geliebt hast. Aber solange du an mir festhältst, werden wir beide nicht glücklich sein. Denn du wirst die ganze Zeit wissen, dass ich einen anderen liebe und eigentlich nur bei ihm sein will.«

»Chemjo Vinaver!« Saul spuckte den Namen verächtlich aus.

»Er kann nichts dafür«, verteidigte Mascha ihren Geliebten.

»Ach nein?« Saul riss sich von Mascha los. »Aber er weiß doch, dass du verheiratet bist. Warum hat er sich dann …?«

»Liebe und Moral gehen leider nicht immer Hand in Hand«, erklärte Mascha. »Es ist allein meine Schuld – ich bin deine Frau und habe mich in einen anderen Mann verliebt. Und Chemjo ist der Vater meines Kindes, wir gehören zusammen. Als Familie.«

»Ich wollte auch immer ein Kind, aber du sagtest, du würdest noch Zeit brauchen. Wie kommt es, dass er jetzt …?« Saul stockte und ließ sich auf den Stuhl ihr gegenüber sinken. Er nahm die Brille ab und wischte sich über die feuchten Augen.

»Ich habe von Anfang an gespürt, dass mir etwas fehlt. Ich war nie sicher, dass wir bis an unser Lebensende zusammenbleiben würden«, gab Mascha zu und setzte sich ebenfalls.

»Warum hast du mich dann geheiratet?«, schrie Saul auf einmal. Erschrocken schlug er sich die Hand vor den Mund und verbarg sein Gesicht in den Händen.

Mascha sah ihn überrascht an. In all den Jahren hatte sie Saul nur selten so leidenschaftlich gesehen wie jetzt.

»Das war ein Fehler«, sagte sie leise. »Ich war noch jung, ich wusste selbst noch viel zu wenig über mich.«

Saul schluchzte leise in seine Hände. Seine Schultern bebten, sein ganzer Körper zitterte unter dem Leid, das sie ihm zugefügt hatte. Ihr Herz krampfte sich schmerzhaft zusammen. Niemals hatte sie ihm so wehtun wollen.

Sie stand auf und ging um den Tisch herum zu ihm. Vorsichtig nahm sie seine Hände von seinem Gesicht und zwang ihn, sie anzusehen. Seine Augen ertranken in Traurigkeit. Eindringlich sagte sie: »Ich habe dich geliebt, und ich tue es noch immer. Ein Teil von mir wird dich bis an mein Lebensende lieben, glaube mir. Und ich war in den ersten Jahren unserer Ehe auch glücklich an deiner Seite. Aber dann kam das Gefühl in mir auf, dass da noch mehr sein muss, dass das einfach noch nicht alles gewesen sein kann.« Sie strich ihm sanft die Tränen von den Wangen, bereute es aber im nächsten Moment, als sie die Hoffnung in seinem Blick aufschimmern sah. Schnell fuhr sie fort: »Ich bin mir sicher, dass es so etwas wie die große Liebe gibt, und ich habe sie in Chemjo gefunden. Auch du wirst eine Frau finden, an der du für immer festhalten willst. Aber das werde nicht ich sein. Es wäre doch schrecklich, wenn wir nur verheiratet blieben, weil wir es uns in jungen Jahren einmal geschworen haben, während wir die Menschen ziehen lassen, für die wir eigentlich bestimmt sind.«

Saul schüttelte den Kopf und sog zitternd die Luft ein. »Ich werde mein Leben lang niemand anderen lieben. Ich werde einer Scheidung nicht zustimmen.«

Mascha strich sich müde über das Gesicht. Wenn ihr Mann sich weigerte, die Scheidung einzureichen, könnte er auch ihren Sohn mitnehmen, wenn er ins Ausland ginge. Mascha wäre auf ewig an ihn gebunden. Sie atmete tief durch und redete inständig auf ihn ein: »Ich bitte dich, noch einmal darüber nachzudenken. Wie du selbst immer wieder gesagt hast, ist es gefährlich für uns Juden hier in Berlin. Die meisten unserer Freunde sind bereits emigriert. Auch wir sollten so bald wie möglich das Land verlassen. Du hast bereits eine Einwanderungserlaubnis für Palästina. Nutze diese Gelegenheit. Und wenn Chemjo und ich gehen, ist es wichtig für uns, dass wir verheiratet sind und dass Evjatar auch offiziell unser Sohn ist.«

»Wenn ich gehe, werdet Evjatar und du an meiner Seite

sein. Du bist meine Frau.« Saul sah sie wütend an. »Ich möchte dich um alles in der Welt glücklich machen, und wenn das bedeutet, dass ich einen Mann wie Chemjo als deinen Liebhaber akzeptieren muss, dann werde ich das tun. Ich habe dir immer versprochen, dir alle Freiheiten zu gewähren, die du brauchst. Und im Gegenzug habe ich nur eins von dir verlangt: Loyalität. Die hast du mir vor Gott versprochen, du hast mir dein Wort gegeben, an meiner Seite zu bleiben, ein Leben lang. Und ich brauche dich, gerade jetzt.«

Verzweiflung stieg in Mascha auf. Sie lehnte sich auf ihrem Stuhl zurück. Ihr wurde schon wieder flau, der Vorbote einer ihrer viel zu häufigen Ohnmachten der letzten Zeit. Kraftlos stieß sie aus: »Bitte, Saul, ich liebe dich nicht mehr, nicht so, wie ich Chemjo liebe. Du musst mich freigeben. Die Umstände sind sowieso schon schwer genug. Mache es doch nicht noch schwerer.«

»Nicht ich mache es schwerer, sondern du.« Saul stand auf. »Ich habe alles gesagt, was zu sagen ist. Ich werde auf meine Emigration nach Palästina vorerst verzichten. Entweder wir gehen zusammen dorthin, oder wir bleiben zusammen hier. Eine andere Entscheidung gibt es nicht. Du bist meine Frau, Mascha, bitte vergiss das nicht.« Damit verließ er den Raum, und Mascha blieb allein zurück.

Mit Tränen in den Augen blies sie die Kerze auf dem Frühstückstisch aus. Sie ging ins Schlafzimmer und nahm den kleinen Evjatar aus der Wiege. Vorsichtig legte sie ihn in seinen Kinderwagen, zog ihren Mantel an und machte sich auf den Weg zu Chemjo. Verzweiflung trieb ihre Schritte an. Berlin erschien ihr heute, trotz des strahlend blauen Himmels, trostlos und deprimierend. Wie sehr hatte sich ihre Stadt verändert! Die Menschen auf der Straße wirkten verbissener als noch vor wenigen Jahren, es war, als wäre die fröhliche Unbeschwertheit, die einst in dieser Stadt geherrscht hatte, über Nacht verschwunden.

Als sie bei Chemjo eintraf, war er anscheinend gerade aufgestanden. Das Bett war nicht gemacht, und seine Haare waren ungekämmt.

Er betrachtete sie besorgt. »Was ist passiert? Du siehst blass aus.«

»Mir ist entsetzlich übel«, gestand Mascha.

Schnell räumte er einen Stuhl frei, auf dem sie Platz nahm. Unter Tränen berichtete sie ihm von ihrem Gespräch mit ihrem Mann und seiner heutigen Reaktion.

»Er wird uns niemals gehen lassen«, beendete sie ihren Bericht.

Chemjo zog Mascha zärtlich in seine Arme. »Gib ihm Zeit. Dein Geständnis hat ihm den Boden unter den Füßen weggerissen. Du wirst sehen, er wird sich bald an den Gedanken gewöhnen.«

Mascha nickte zögerlich. Sie hoffte aus tiefster Seele, dass Chemjo recht hatte. Ihr war entsetzlich unwohl. Das Zimmer begann sich plötzlich zu drehen.

»Ich muss mich einen Augenblick ausruhen«, sagte sie.

Chemjo sah sie erschrocken an und legte dann behutsam einen Arm um sie, um sie zum Bett zu begleiten. Vorsichtig machte Mascha einen Schritt, als ihr mit einem Mal schwarz vor Augen wurde. Chemjos Stimme drang nur noch wie aus weiter Ferne an ihr Ohr.

Als sie wieder zu sich kam, lag sie auf seinem Bett, während er sich mit erschrockener Miene über sie beugte.

»Mascha!« Er streichelte ihre Wange. »Gott sei Dank! Ist alles in Ordnung?«

»Wasser, bitte«, krächzte sie.

Chemjo eilte davon, und Mascha hörte, wie er in der Küche

den Hahn aufdrehte. Als er wieder bei ihr war, hatte sie sich aufgerichtet.

»Ich dachte, meine Ohnmachtsanfälle wären damals von der Schwangerschaft gekommen.«

»Du musst das untersuchen lassen. Evjatar kann ja nun nichts mehr damit zu tun haben, oder?« Chemjo sah sie so hilflos an, dass Mascha lächeln musste. Sie hatte ihm nichts von ihren ständigen Ohnmachten erzählt, damit er sich keine Sorgen machte.

Sie blickte lächelnd zum Kinderwagen, in dem der kleine Junge friedlich schlief. »Nein, es ist wohl einfach alles zu viel für mich.«

Das Ende vom Lied

Ich säh' dich gern noch einmal, wie vor Jahren
Zum erstenmal. – Jetzt kann ich es nicht mehr.
Ich säh' dich gern noch einmal wie vorher,
Als wir uns herrlich fremd und sonst nichts waren.

Ich hört' dich gern noch einmal wieder fragen,
Wie jung ich sei ... was ich des Abends tu –
Und später dann im kaumgebornen »Du«
Mir jene tausend Worte Liebe sagen.

Ich würde mich so gerne wieder sehnen ...
Dich lange ansehn stumm und so verliebt –
Und wieder weinen, wenn du mich betrübt,
Die vielzuoft geweinten dummen Tränen.

– Das alles ist vorbei ... Es ist zum Lachen!
Bist du ein andrer oder liegt's an mir?
Vielleicht kann keiner von uns zwein dafür ...
– Man glaubt oft nicht, was ein paar Jahre machen.

Ich möchte wieder deine Briefe lesen,
Die Worte, die man liebend nur versteht.
Jedoch mir scheint, heut ist es schon zu spät.
– Es ist ein unbarmherzig Wort: »Gewesen!« ...

Drohendes Unheil und Veränderungen

Berlin, Sommer 1937 bis Sommer 1938

In den nächsten Wochen hatte Mascha immer wieder Magenschmerzen und wurde noch zweimal ohnmächtig. Irgendwann gab sie Chemjos Drängen nach und ging zu ihrem Hausarzt, der Maschas Verdacht jedoch nur bestätigte. Körperlich konnte er nichts feststellen, was die Ohnmachten und Übelkeiten auslöste. Er erklärte, es müsse psychische Ursachen geben. Mascha glaubte ihm, denn ihr Magenleiden hatte tatsächlich erst mit ihrer Beziehung zu Chemjo und den damit verbundenen Heimlichtuereien begonnen. Wenn ihre Eheprobleme gelöst wären, würde sie bestimmt wieder gesund werden.

Aber das Verhältnis zwischen Mascha und Saul war weit davon entfernt, sich zu klären. In den ersten Wochen sprach Saul kein Wort mit ihr, und sie ging ihm aus dem Weg. Sie erlebte ihren Mann so kalt und verbissen, wie sie ihn in all den Jahren zuvor nicht gekannt hatte. Doch eines Abends, als Mascha in die Bleibtreustraße zurückkam, fand sie einen großen Blumenstrauß auf dem Küchentisch vor. Saul erwartete sie im Wohnzimmer und reichte ihr einen langen Brief, in dem er ihr seine ewige Liebe und Treue schwor. Mascha starrte ungläubig auf das Papier, unfähig, etwas zu erwidern.

In den kommenden Tagen überhäufte Saul sie mit kleinen Geschenken. Jeden Tag fand Mascha Briefe oder Zettelchen vor, auf denen er ihr seine Liebe beteuerte. Sauls Aufmerksamkeiten schmerzten sie mehr als seine vorherige Ignoranz. Mit jeder lieben Geste, mit jedem Brief oder zärtlichen Wort fühlte Mascha sich schlechter.

Und doch war sie überzeugt davon, dass sie ihr Glück nur an Chemjos Seite finden konnte. Sie sah ihren Sohn an und wusste, dass ihr Kind mit seinem leiblichen Vater aufwachsen musste.

Chemjo hatte immer weniger Verständnis für Sauls Unnachgiebigkeit. Er bot an, mit ihm zu sprechen. Das hielt Mascha jedoch für ungeschickt, denn Saul schien noch wütender auf Chemjo zu sein als auf Mascha selbst.

So verging der Juli, den Mascha so viel wie möglich im Park oder im Grunewald verbrachte. Sie legte Evjatar auf eine Decke in den Schatten und betrachtete still ihren kleinen Liebling. Dieses Kind erfüllte sie mit Glück und Zuversicht, obwohl auch die politischen Entwicklungen um sie herum immer beängstigender wurden.

An einem schönen Sommertag im August 1937 machte Mascha sich gerade fertig, um mit Evjatar nach draußen zu gehen, als es an der Wohnungstür klingelte. Saul war in der Redaktion, und sie überlegte, ob es vielleicht Chemjo sein könnte, der früher von seiner Chorprobe gekommen war und sie nun abholen wollte. Als sie die Tür öffnete, zuckte sie erschrocken zusammen. Vor ihr standen zwei Männer in SS-Uniform.

»Frau Mascha Kaléko?«, fragte einer von ihnen.

Sie nickte.

»Wir haben Hinweise erhalten, dass Sie weiterhin in deutscher Sprache publizieren, obwohl Sie längst aus der Reichsschrifttumskammer ausgeschlossen wurden.«

Einer der Männer baute sich drohend vor ihr auf, während der andere seinen Blick wachsam durch den Hausflur wandern ließ. Mascha hörte, wie in der Etage über ihr eine Tür geöffnet wurde. Vermutlich lauschte ein neugieriger Nachbar.

Einen Moment lang dachte sie darüber nach, die Männer hereinzubitten, um keine Aufmerksamkeit zu erregen, aber sie wollte diese Leute nicht in ihrer Wohnung haben.

»Ich und auch mein Verleger wussten nichts davon«, erklärte Mascha leise. Ihr Herz pochte, während sich ihre Gedanken überschlugen. Würden die Männer sie jetzt mitnehmen, wie es bei so vielen anderen Juden schon passiert war? Aber sie hatte doch nichts verbrochen. Das hatten andere allerdings auch nicht. Dieses Regime kannte keine Kategorien wie Schuld und Gerechtigkeit. Willkür war das Gebot der Stunde, und es konnte jeden treffen, insbesondere Juden. Aber was würde dann aus Evjatar werden? Er brauchte Mascha, sie stillte das Baby doch noch. Und sie war mit Saul verheiratet – was, wenn er während ihrer Haft mit Evjatar nach Palästina ging? Und was würde mit Chemjo geschehen?

»Es ist Ihre Pflicht, sich darüber zu informieren«, hörte sie die Worte des SS-Manns, der höchstens so alt wie Mascha war.

»Verzeihung«, sagte sie leise, obwohl sie ihm am liebsten verächtlich ins Gesicht geschrien hätte. Aber sie wusste, dass sie dann schnell in einem der Lager landen würde, von denen sie gehört hatte. Sie durfte ihre Freiheit nicht riskieren, schließlich hatte sie einen Sohn, der auf sie angewiesen war.

»Wir werden Sie beobachten«, sagte der Mann mit kalter Stimme. »Hüten Sie sich also davor, noch einmal das Gesetz zu brechen.«

Mascha nickte. Ihre Hände hatte sie auf dem Rücken verschränkt, damit den Männern ihre zitternden Finger nicht auffielen.

»Wir kommen wieder.« Die beiden warfen ihr noch einen strengen Blick zu, ehe sie die Treppe hinunterpolterten.

Mascha wartete, bis die Haustür ins Schloss gefallen war, dann ging sie in die Wohnung zurück und sank erschöpft zu Boden. Ein Schluchzen schüttelte sie. Sie hatte geglaubt, jetzt würde es sie treffen, und sie hatte entsetzliche Angst gehabt.

Mascha wusste nicht, wie lange sie zitternd und in Tränen der Angst aufgelöst im Flur gekauert hatte. Irgendwann fing Evjatar an zu weinen, und sie stemmte sich mit allergrößter Anstrengung auf die Beine. Mascha nahm den kleinen Jungen, der in seinem Kinderwagen zu schwitzen begonnen hatte, und zog ihm das Jäckchen aus. Nachdem sie ihn an ihre Brust gelegt hatte, wurde das Baby ruhiger. Aber Maschas Hände zitterten noch lange. Spätestens jetzt wusste sie, dass sie gehen mussten, sie waren hier nicht mehr sicher. Heute hatte sie noch Glück gehabt, aber das konnte sich schon bald ändern.

Als Saul am Nachmittag nach Hause kam, berichtete Mascha ihm aufgeregt, was geschehen war. Sie bettelte und flehte ihn an, in die Scheidung einzuwilligen. Doch er gab nicht nach, obwohl sie hier in Deutschland doch in allergrößter Gefahr waren.

Eine Stunde später traf sie Chemjo vor ihrem Haus und erzählte auch ihm in knappen Sätzen von den Ereignissen des Vormittags.

»Es ist mir jetzt vollkommen gleichgültig, ob Saul einer Scheidung zustimmt oder nicht«, sagte sie aufgeregt. »Wir müssen alles für unsere Auswanderung vorbereiten. Zur Not gehen wir, ohne verheiratet zu sein.«

»Und was ist mit Evjatar?«, fragte Chemjo. »Saul hat das Recht, ihn mitzunehmen.«

»Ich bin seine Mutter«, sagte Mascha und blickte zu einem der Fenster ihres Hauses hinauf, wo sich gerade die Gardine bewegte. Sie wurden beobachtet. »Wir werden Saul nichts von unseren Plänen verraten.«

Nach diesen Ereignissen taten sie alles dafür, einen Affidavit-Geber zu finden und in größter Eile alle Unterlagen zusammenzutragen, die für eine Auswanderung nötig waren. Seit dem Besuch der Gestapo fühlte Mascha sich bedroht. Jedes Mal, wenn sie SS- oder SA-Männer in Uniform sah, zuckte sie zusammen und war überzeugt davon, dass sie sie mitnehmen würden. Leider fanden sie trotz eifriger Bemühungen keinen Amerikaner, der ihnen die nötige Bürgschaft zu geben bereit war.

Doch irgendwann Mitte August 1937 saßen Mascha und Chemjo im Grunewald auf einer Bank im Schatten und betrachteten ihren Sohn, der auf einer Decke neben ihnen lag, als Chemjo erklärte: »Ich glaube, ich habe eine Idee, wie wir nach Amerika gelangen können.«

Mascha sah ihn überrascht an.

»Ich werde mit Lola Hahn-Warburg sprechen«, fuhr Chemjo fort. »Sie hat Verwandte in den USA, die amerikanische Staatsbürger sind. Die Warburgs haben wohl schon vielen Menschen geholfen, die erforderlichen Papiere zu bekommen. Ich wundere mich, dass ich bislang nicht daran gedacht habe.«

Mascha richtete sich auf. Im Gras neben Evjatars Decke hüpften zwei Amseln über die Wiese.

»Wenn sie Kontakte hat, solltest du sie auf jeden Fall fragen.« Sie seufzte. »Ich würde die Warburgs ja zum Essen einladen, aber Saul würde das niemals erlauben ... Und deine Wohnung ist zu klein, um Gäste zu empfangen.«

»Wir könnten ein Picknick im Grunewald veranstalten«, schlug Chemjo vor.

»Ja«, rief Mascha begeistert. »Das ist eine wundervolle Idee.«

Sie begannen sofort, den Ausflug zu planen. Chemjo rief bei seiner Freundin Lola an und lud sie mit ihren Kindern für die nächste Woche in den Grunewald ein. Mascha bereitete einen großen Korb mit einem einfachen Picknick aus Brot, Käse, Weintrauben und Kuchen vor. Dazu gab es Limonade und eine Thermosflasche mit Kaffee.

Der verabredete Tag hielt bestes Wetter für sie bereit. Mascha konnte einen Teil der Speisen neben Evjatar im Kinderwagen verstauen. Den Rest trug Chemjo im Picknickkorb. Sie trafen Lola und ihre Kinder an der Kreuzung Hohenzollern/Kronprinzenallee. Lola entschuldigte ihren Mann, der nicht mitkommen konnte, weil er geschäftlich zu tun hatte.

»Obwohl er offiziell ja nicht mehr arbeiten darf«, bemerkte sie bitter. »Die Zeiten sind beängstigend. Es ist erschreckend, dass den Juden alles genommen werden kann. Viele unserer Bekannten und Freunde wurden gezwungen, ihre Firmen zu verkaufen, für lächerlich niedrige Summen.«

Mascha nickte unbehaglich. »Ich hatte letzte Woche Besuch von der Gestapo.«

Lola sah sie erschrocken an, und Mascha berichtete ihr leise von dem schrecklichen Tag.

Wenig später fanden sie eine schattige Stelle in der Nähe des Sees und breiteten ihre Decke aus. Der kleine Evjatar wurde von Lolas Tochter umsorgt, die mit ihm auf der Wiese spielte.

Die drei Erwachsenen unterhielten sich eine Weile über die Kinder und über die schwierige Situation mit Saul, in der Mascha und Chemjo sich befanden.

»Wir denken darüber nach, zu emigrieren«, sagte Mascha vorsichtig. »Aber ohne die Scheidungspapiere wird es schwer, das Kind mitzunehmen – immerhin gilt Evjatar offiziell als Sauls Sohn. Aber nach dem, was letzte Woche passiert ist …«

Lolas Miene verfinsterte sich. »Es ist schlimm, dass man aus seinem Heimatland vertrieben wird. Ich fürchte, wir alle werden irgendwann gehen müssen, wenn die Menschen nicht endlich zur Vernunft kommen.«

»Danach sieht es nicht aus«, erwiderte Chemjo und betrachtete Evjatar, der gerade versuchte, sich auf den Bauch zu drehen. »Ich habe eher das Gefühl, dass es immer schlimmer wird.«

Der Lavendel neben ihnen verströmte seinen Duft. Es war Sommer wie in jedem Jahr, und doch war alles anders geworden.

Mascha begann, den Picknickkorb auszuräumen, und legte Brot, Käse und Weintrauben auf die Decke. Während sie die mitgebrachten Emailletassen mit Kaffee und Limonade füllte, fuhr sie fort: »Meine Eltern haben Deutschland schon sehr früh verlassen, sie sind erst nach Frankreich und dann nach Palästina gegangen. Ich habe sie vor zwei Jahren besucht und muss sagen, dass mir das Klima dort nicht sehr behagen würde. Aber in dieser Situation darf man wohl nicht wählerisch sein.«

»Stimmt«, sagte Lola traurig. »Wohin würdet ihr denn gehen, wenn ihr die Scheidungspapiere von Saul bekommen würdet?«

Mascha sah zu Chemjo. Das war eine gute Gelegenheit, Lola um Hilfe zu bitten.

Chemjo reichte seiner alten Freundin einen Teller. »Nach Amerika. Aber uns fehlt ein Affidavit-Geber.«

Lola nickte. »Ja, das ist sehr schwierig im Augenblick.«

»Sie kennen auch niemanden, der uns helfen könnte?«, fragte Mascha und sah sie ängstlich an. All ihre Hoffnungen ruhten auf dieser Frau, die Warburgs waren ihre letzte Chance.

Lola legte die Stirn in Falten und ließ ihren Blick über die grünen Wiesen des Stadtparks wandern. »Ich werde mein Möglichstes tun. Ich werde mich umhören. Vielleicht finde ich ja jemanden, der bereit ist, für euch zu bürgen. Aber ich brauche ein wenig Zeit.«

»Das ist wirklich sehr freundlich von Ihnen«, sagte Mascha erleichtert.

Lola nahm ihre Hand und drückte sie.

Während ihres Picknicks herrschte eine trübselige Stimmung. Brot, Käse und Weintrauben erfreuten sie schon lange nicht mehr. Und sosehr Mascha es auch versuchte, spätestens seit dem Gestapo-Besuch gelang es ihr nicht mehr, die Bedrohung zu verdrängen und ihre Tage zu genießen.

Nachdem sie sich von Lola und ihren Kindern verabschiedet und ihre Sachen für den Heimweg zusammengepackt hatten, sagte Chemjo zu Mascha: »Lass mich mit Saul sprechen. Vielleicht kann ich ihn umstimmen.«

Sie legte den kleinen Evjatar wieder in den Kinderwagen und antwortete zögernd: »Ich weiß nicht.«

»Wir haben doch nichts mehr zu verlieren. Vielleicht bewegen ihn meine Worte ja mehr als deine«, beharrte Chemjo und griff nach dem Picknickkorb.

Mascha atmete tief durch, während sie einer Gruppe vom Bund Deutscher Mädel auswichen, die anscheinend von einem Ausflug ins Grüne zurückkamen. Sie trugen selbstgepflückte Sträuße in den Händen und geflochtene Blumenkränze auf den Köpfen. »Ich möchte nicht, dass es eskaliert.«

»Hältst du uns für so barbarisch?«, fragte Chemjo mit einem Augenzwinkern.

Mascha seufzte. »Saul fühlt sich von uns beiden verraten, aber seltsamerweise besonders von dir. Und du kannst aufbrausend sein. Wenn er dir vorwirft, dass du unsere Ehe zerstört hast und du dich von ihm provozieren lässt, ist hinterher alles nur noch viel schlimmer.«

»Ich verspreche dir, vernünftig zu sein, einverstanden?« Saul legte seinen freien Arm um Maschas Schultern. In der anderen hielt er den leeren Picknickkorb. Dann wiederholte er: »Schlimmer kann es doch nicht werden.«

»Na schön«, gab Mascha nach.

Sie erstarrte, als sie wenig später in die Bleibtreustraße einbogen und eine Gruppe SS-Männer auf sie zukommen sahen. Waren sie etwa zurückgekommen, um sie abzuholen? Mascha wurde übel. Sie krallte sich am Kinderwagen fest, sodass die Knöchel ihrer Hände weiß hervortraten.

Plötzlich spürte sie Chemjos Hand in ihrem Rücken, der sie beruhigend stützte. Die Männer kamen immer näher. Mascha hielt den Atem an. Jetzt waren sie nur noch wenige Meter von ihnen entfernt. Mascha schloss die Augen, um sich auf das Unvermeidbare vorzubereiten.

»Sie sind in der Kneipe verschwunden«, murmelte Chemjo ihr zu, und Mascha öffnete die Augen.

Tatsächlich! Es war nichts mehr von den Männern zu sehen. Schweiß brach Mascha aus, und ihre Beine wurden weich. Im nächsten Moment war sie zusammengebrochen.

Als sie wieder zu sich kam, beugten sich Chemjo und eine unbekannte Frau über sie.

»Geht es wieder?«, fragte die Frau. »Soll ich Ihnen nach Hause helfen?«

»Danke«, Mascha richtete sich auf, »ich denke, ich schaffe es schon.«

Chemjo musterte sie besorgt. Dann wandte er sich an die fremde Frau. »Wenn Sie so freundlich wären, dort drüben bei Kaléko zu klingeln und Herrn Kaléko zu bitten, uns zu Hilfe zu kommen?«

Die Frau nickte und eilte davon.

Zwei Minuten später war Saul bei ihnen und half Chemjo, Mascha, den Kinderwagen und den Picknickkorb nach oben zu tragen.

Mascha fühlte sich schon besser, als sie in den kühlen Hausflur getreten waren. Der Lift kam schnell, und sie fuhren nach oben. Mascha lehnte sich gegen die Wand und schluckte gegen die Übelkeit an, die sie befallen hatte. Sie lauschte dem leisen Ächzen der Seilzüge. Ihre Nachbarn schienen Kohlsuppe zu kochen, und der strenge Geruch brachte sie erst recht zum Würgen. Oben angekommen, griff sie nach dem Kinderwagen, um sich abzustützen. Als sie vor der Wohnungstür standen, atmete Mascha tief durch.

Sie schob den Kinderwagen in den Korridor und ging dann mit wackligen Schritten ins Wohnzimmer, wo sie sich auf das Sofa fallen ließ.

Chemjo kam mit einem Glas Wasser, das er Mascha reichte, bevor er sich neben sie auf das Sofa setzte, Saul nahm im Sessel Platz.

»Was ist passiert?«, fragte Maschas Ehemann mit unbewegter Miene.

»Die SS-Männer«, erklärte Mascha mit schwacher Stimme. »Ich dachte, sie sind wegen mir hierhergekommen.«

Unwillkürlich klopfte ihr Herz schneller.

»Bitte, Saul«, begann Chemjo. »Ich weiß, dass Sie Mascha die Scheidung verwehren, aber Sie sehen, wie wichtig es für sie ist, ins Ausland zu gehen. Sie hat seit dem Vorfall letzte Woche panische Angst, abgeholt zu werden.«

Saul blickte Mascha nur stumm an.

»Bitte, denken Sie noch einmal darüber nach«, insistierte Chemjo.

Plötzlich stand Saul auf und schob mit zitternden Fingern seine Brille zurück.

»Warum sollte ich das tun?«, fragte er aufgebracht.

»Es tut mir unendlich leid, dass wir Ihnen diesen Schmerz zufügen.« Chemjo rutschte auf die Kante des Sofas vor.

Saul schnaubte. »Es tut Ihnen leid? Und was soll das bringen? Sie haben mir vorgetäuscht, mein Freund zu sein. Sie sind hier ein und aus gegangen, obwohl Sie hinter meinem Rücken …«

Chemjo hob hilflos die Arme. »Vielleicht hilft es Ihnen nicht viel weiter, aber es ist mir wichtig, dass Sie wissen, dass ich Sie nie verletzen wollte. Und ja, wir hätten Ihnen früher die Wahrheit sagen sollen, aber es war einfach zu schwer …«

Saul hatte die Lippen zusammengepresst.

Chemjo fuhr fort: »Doch unsere Gefühle sollten im Moment keine Rolle spielen, denn wir müssen alle unser Leben schützen.«

»Da bin ich ganz Ihrer Meinung, Vinaver«, stieß Saul hervor. »Ich habe eine Einreisebewilligung für Mascha, Evjatar und mich. Was haben Sie vorzuweisen?«

Chemjo atmete tief durch. Er stand nun ebenfalls auf und lehnte sich gegen die Wand neben der Zimmertür. »Ich habe alles in die Wege geleitet, um einen Affidavit-Geber für Amerika zu bekommen.«

Saul, der noch immer neben dem Sessel stand, wandte sich jetzt ab. Er fuhr sich müde über das Gesicht. »Wissen Sie, was? Ich habe keine Kraft mehr, zu kämpfen.«

Mascha sah, wie Sauls Unterlippe zitterte, als er jetzt zu ihr kam.

»Du weißt, dass ich alles für dich tun würde, du warst meine große Liebe und wirst es auch immer bleiben. Ich habe nie verstanden, warum du mich gewählt hast, obwohl du jeden anderen hättest haben können.«

»Weil ich dich geliebt habe«, flüsterte Mascha, und sie wusste, dass das stimmte. Es hatte eine Zeit gegeben, in der sie nicht daran gezweifelt hatte.

Saul machte eine wegwerfende Handbewegung. »Aber das alles scheint definitiv vorbei zu sein. Und auch wenn ich mich nach wie vor gegen den Gedanken wehre, muss ich mir eingestehen, dass dein Herz nicht mir gehört. Und da es hier in Berlin nun tatsächlich immer gefährlicher für uns wird, bin ich bereit, deinen Wunsch zu akzeptieren. Ich werde mich um die Scheidung kümmern.«

Mascha starrte ihn ungläubig an.

»Danke«, murmelte Chemjo.

Saul hob abwehrend die Hand. »Bitte nicht.«

Er ging zur Tür und drehte sich ein letztes Mal um. »Aber ich werde dich immer lieben, Mascha, das kannst du mir nicht verbieten.«

Am 4. Oktober 1937 wurde die Ehe vom Rabbinatskollegium geschieden, und Mascha erhielt von Saul den Scheidebrief. Deutlich schwieriger war die Scheidung bei den deutschen Ämtern durchzusetzen, obwohl Mascha bereit war, die Schuld auf sich zu nehmen. Saul musste ein Schriftstück verfassen, in dem er seine Sicht der Dinge darlegte, und Mascha schrieb ihrerseits einen Bericht. Saul zog aus der gemeinsamen Wohnung aus und mietete sich ein Zimmer in einer Pension in der Berliner Mommsenstraße.

Da Saul Kaléko offiziell als Evjatars Vater galt, bat Mascha ihn um ein Schreiben, mit dem er auf den gemeinsamen Sohn verzichtete. Im November überreichte Saul ihr einen formlosen Brief, in dem stand, dass Mascha im Falle einer Auswanderung berechtigt sei, Evjatar mitzunehmen. Außerdem durfte das Kind von nun an bei Mascha leben.

Nach der Trennung von Saul wurde das Geld knapp, und um die Miete in der Bleibtreustraße bezahlen zu können, kündigte Chemjo seine kleine Dachgeschosswohnung und zog zu Mascha nach Charlottenburg. Mascha nahm so viele Übersetzungsaufträge an, wie sie nur bekommen konnte, doch da es vielen so erging wie ihr, waren diese Aufträge knapp. Außerdem hatte sie Angst zu arbeiten, was ihr ja eigentlich verboten war. Der Besuch der Gestapo bei ihr zu Hause hatte sie zutiefst verunsichert.

Chemjo dirigierte unterdessen den Chor in der Synagoge. Es machte ihm keinen Spaß, und er beklagte sich oft über das fehlende Talent der Sänger, über das schlechte Gehör der Musiker und über die Werke, die er vorgesetzt bekam. Aber es brachte ihnen zumindest ein wenig Geld ein, und so ging er tapfer regelmäßig in die Synagoge. Sie hatten sich mit Saul geeinigt, dass sie alle Möbel benutzen durften, aber wenn sie aufgrund der geplanten Emigration verkauft werden würden, sollten sie den Erlös mit ihm teilen.

Das Jahr 1937 neigte sich dem Ende zu, und Mascha und Chemjo hatten immer noch nichts von Lola Hahn-Warburg gehört. Es war kalt geworden, und Ende Dezember lag dicker Schnee auf den Gehwegen. Die Autos schlitterten über die Straßen, die Pferdeäpfel der Fuhrwerke dampften in der eisigen Luft. Mascha und Chemjo hatten sich ihre wärmsten Jacken angezogen und Evjatar, in mehrere Decken gewickelt, in den Kinderwagen gelegt. Zusätzlich hatte Mascha einen heißen Kieselstein an sein Fußende gelegt, der den gesamten Korb warm hielt. So eingepackt machten sie sich auf den Weg hinaus in die Kälte. Seit einiger Zeit bekamen beide kaum noch Aufträge und lebten von ihren letzten Ersparnissen. Die Wohnung in der Bleibtreustraße würden sie nicht mehr lange bezahlen können.

»Wir müssen uns unbedingt etwas einfallen lassen«, rief Mascha über das Propaganda-Geschrei aus den Lautsprechern hinweg, während sie den Kinderwagen über den Kurfürstendamm schob. »Sonst werden wir Mitte nächsten Jahres kein Geld mehr haben.«

Chemjo sah sie von der Seite an. »Die Wohnung … wir sollten nach etwas Preiswerterem suchen.«

Mascha nickte. »Ich muss Evjatar bald nicht mehr stillen. Dann kann ich nach Palästina zu meinen Eltern reisen. Meine

Mutter hat mir geschrieben, dass sie mir meinen Erbteil auszahlen will, auch wenn das nicht viel sein wird. Aber wir brauchen es, um unsere Überfahrt bezahlen zu können, falls wir je einen Affidavit-Geber finden sollten.«

»Und aus dem Verkauf der Möbel steht uns auch die Hälfte zu«, warf Chemjo ein, während sie ein paar hartnäckige Spatzen beobachteten, die im Schnee nach weggeworfenem Brot pickten.

Mascha sah zum Himmel. Dort türmten sich Wolken auf, die den nächsten Schnee bringen würden. Es wurde Zeit, wieder ins Warme zurückzukehren.

»Aber du solltest dir nicht zu viel davon versprechen«, sagte sie zu Chemjo. »Momentan verkaufen viele Menschen ihr Hab und Gut. Schließlich sind wir nicht die Einzigen in dieser Lage.«

Chemjo schüttelte traurig den Kopf. »Ich kann einfach nicht verstehen, was in den letzten Jahren alles geschehen ist.«

»Berlin ist nicht mehr das Berlin, wie wir es kannten«, pflichtete Mascha ihm bei. »So viele sind fortgegangen.« Sie warf einen Blick auf die Gedächtniskirche, die am Ende des Ku'damms stand, bevor sie den Kinderwagen wendete. »Lass uns nach Hause gehen.«

»Ja«, antwortete Chemjo nachdenklich. »Solange wir noch ein Zuhause haben.«

Eine Weile gingen sie schweigend nebeneinanderher. Dann sagte Chemjo: »Sobald Saul die Scheidung durchgebracht hat, sollten wir heiraten.«

Mascha blieb stehen und lachte. »Das klingt ja sehr romantisch.«

Chemjo grinste. »Ich weiß, es ist kein Heiratsantrag, wie ihn sich eine Frau erträumt. Aber wir leben in einer Zeit, in der wir uns keine Romantik erlauben können. Wenn wir auswandern wollen, sollten wir vorbereitet sein. Eine Heirat wäre im Vorfeld gut.«

Mascha musste ihm zustimmen. Auch wenn sie insgeheim gehofft hatte, Chemjo würde ihr einen Antrag im Mondschein machen, zum Beispiel bei einem Abendspaziergang im Grunewald, wusste sie doch, dass dazu kaum noch Zeit blieb. Und bei all den Sorgen, die sie im Augenblick teilten, stand ihm vermutlich auch nicht der Sinn nach einem unbeschwerten Liebesbeweis.

Als sie am 22. Januar 1938 die standesamtliche Scheidung erhielt, atmete Mascha erleichtert auf.

Vor dem Rathaus verabschiedete sie sich von Saul. Sie musste die Tränen hinunterschlucken, die unweigerlich in ihr aufgestiegen waren.

»Das ist also das Ende«, sagte Saul und schob seine Brille nach oben. Eine vertraute Geste, die für Mascha nun Vergangenheit sein würde.

»Danke, dass du zugestimmt hast«, sagte sie zu Saul.

Er streckte ihr die Hand entgegen. »Ich wünsche euch alles Gute. Passt auf euch auf.«

»Du auch«, sagte Mascha und schluckte wieder.

Saul lächelte traurig, dann drehte er sich um und ging davon. Mascha sah ihm noch lange nach.

Wehmut hatte sich wie die graue Wolkendecke am Himmel über Mascha gelegt. Sosehr sie sich diese Scheidung auch gewünscht hatte, so sehr schmerzte es sie, Saul nun für immer gehen zu lassen. Einen Moment lang gestattete sie es sich, den Erinnerungen nachzuhängen, an eine Zeit, als sie nicht auf ihre Religionszugehörigkeit reduziert worden, sondern eine junge Frau mit einem Talent zum Dichten gewesen war. Sie dachte an die fünfzig Pfennige, die Saul ihr damals für das Romanische geschenkt hatte, und an John Höxter, den die Nationalsozialisten genau wie sie selbst aus dem Café vertrieben hatten. Wo er heute wohl war? Mascha schüttelte die Gedanken an die Vergangenheit ab. Das alles kam ihr vor wie ein vollkommen anderes Leben. War das wirklich erst knapp zehn Jahre her?

Sie musste nach vorn blicken, an ihren Sohn denken und dafür sorgen, dass er eine Zukunft bekam.

Eine Woche später, am 28. Januar 1938, heirateten Mascha und Chemjo in der Synagoge. Für die standesamtliche Trauung bekamen sie erst im Juni einen Termin.

Am Tag nach der Hochzeit wachte Mascha mit dem ersten zarten Lichtschein auf, der ins Zimmer fiel. Sie tastete neben sich, aber das Bett war leer. Sie stand auf und zog ihren Morgenmantel über. Als sie in die Küche kam, saß Chemjo am Tisch und fütterte den kleinen Evjatar mit Brei.

»Guten Morgen«, sagte Mascha und trat hinter Chemjo, um ihn zu umarmen.

Er drückte kurz ihre Hand und drehte sich dann wieder zu seinem Sohn.

Mascha hob die Augenbrauen. »Für einen Frischvermählten bist du erstaunlich kühl zu deiner Frau.«

Sie hatte es halb als Spaß und halb im Ernst gesagt. Tatsächlich war sie ein wenig enttäuscht über diesen ersten Morgen als Ehefrau von Chemjo Vinaver.

Aber Chemjo fuhr verärgert auf. »Was willst du eigentlich? Ich habe dich schlafen lassen und Evjatar leise aus der Wiege genommen, um ihn zu füttern. Das habe ich für dich getan, damit du dich noch etwas ausruhen kannst. Und jetzt wirfst du mir vor, ich sei zu kühl?«

Tränen stiegen in ihr auf, die sie zurückzuhalten versuchte. Sie wandte sich ab und griff nach einer Tasse. Mit zitternden

Händen goss sie sich Kaffee ein und tastete in der Tasche ihres Morgenmantels nach einem Tuch, mit dem sie sich die Wangen trocknen konnte.

Chemjo war jähzornig, das hatte sie schon einige Male erlebt, aber erst jetzt wurde ihr bewusst, was es im Alltag für sie bedeutete. Sich mit Saul zu streiten, war beinahe unmöglich gewesen. Mascha konnte sich nicht erinnern, dass er jemals die Stimme erhoben hatte. Er war einer Diskussion lieber aus dem Weg gegangen und hatte Mascha immer schnell recht gegeben. Auch das hatte sie damals gestört, aber diese Wutausbrüche von Chemjo machten sie zutiefst unglücklich. In solchen Momenten konnte sie ihn nicht erreichen.

Zwei Tage später saßen sie beim Mittagessen. Sie hatten sich seit dieser Unstimmigkeit noch nicht ausgesprochen. Mascha verkroch sich in ihre Gedanken, Chemjo war den ganzen Tag in der Synagoge bei Chorproben gewesen. Jetzt fütterte er Evjatar mit dem Gemüsebrei, den sie gekocht hatte.

Aber Evjatar spuckte die passierten Möhren wieder aus.

»Evjatar«, rief Chemjo. »Lass das!«

Das Kind lachte. Als sein Vater ihm erneut einen Löffel Brei in den Mund schob, spuckte er ihn noch vehementer aus.

»Evjatar!« Chemjo wich verärgert zurück, während das Kind vor Vergnügen kreischte.

Mascha unterdrückte ein Grinsen. »Wenn du darauf reagierst, wird er es immer wieder tun.«

Chemjo hielt inne. Dann warf er den Löffel mit voller Wucht auf den Tisch. »Du bist ja verrückt! Das kannst du doch nicht ernsthaft glauben.«

Mascha sah ihn erschrocken an. Sie hatte es nicht böse gemeint. »Was habe ich denn jetzt schon wieder falsch gemacht?«

»Ich betreibe hier einen riesigen Aufwand, um dem Kind

das Essen einzuflößen, und du machst dich lustig über mich«, rief er wütend. Dann warf er Evjatars Lätzchen hin und stand so heftig auf, dass der Stuhl nach hinten kippte und mit einem lauten Knall auf dem Küchenboden landete. Evjatar begann zu weinen. Chemjo stürmte aus der Küche, und Mascha hörte kurz darauf die Wohnungstür ins Schloss fallen.

Sie stand auf und nahm das verängstigte Kind in den Arm. Ihre Tränen vermischten sich mit denen ihres Sohnes.

Was war nur mit Chemjo los? Warum war er so hasserfüllt? Sie hatte sich in den letzten Jahren so sehr auf ein Leben mit Chemjo gefreut, den sie von Herzen liebte. Aber jetzt, wo es endlich so weit war, erwies er sich als aufbrausend und unberechenbar. Seit vier Monaten lebten sie nun schon gemeinsam in der Charlottenburger Wohnung, und anfangs war alles noch sehr harmonisch gewesen. Sie hatten sich zunächst auf die anstehenden Probleme konzentriert: die Geldnot, Maschas Scheidung, die Verbote für Juden, die ihnen das tägliche Leben zunehmend schwerer machten, und die immerwährende Angst davor, die Gestapo könnte wieder vor ihrer Haustür auftauchen.

Die Nationalsozialisten hatten angekündigt, dass Juden demnächst ihre Vermögensverhältnisse offenlegen mussten. Mascha konnte darüber nur die Stirn runzeln. Ihnen war doch kaum Geld geblieben, nach den Arbeits- und Veröffentlichungsverboten.

Sie atmete tief durch und verfütterte dann den restlichen Brei an ihren Sohn, der ihn jetzt artig aufaß.

Als Chemjo am Abend nach Hause kam, konnte Mascha ihm ansehen, dass ihm sein Gefühlsausbruch aufrichtig leidtat. Aber er schaffte es nicht, sich bei ihr zu entschuldigen. In den nächsten Tagen bemühte er sich, aufmerksam und zärtlich zu sein, doch Mascha blieb zurückhaltend. Sie befürchtete, schon im nächsten Moment wieder seinem Jähzorn ausgesetzt zu sein.

»Mascha, es tut mir leid«, sagte Chemjo einige Tage später, als sie abends in der Küche beim Abwasch standen. Mascha sah, wie schwer es ihm fiel, das zuzugeben. Evjatar schlief friedlich in seinem Korb. »Bitte, sei mir nicht mehr böse.«

Mascha ließ den Teller ins warme Spülwasser gleiten und drehte sich zu Chemjo um.

»Ich liebe dich«, sagte sie. »Du bist der wichtigste Mensch für mich. Aber du machst mir auch Angst. Ich weiß nie, wie du im nächsten Moment reagieren wirst. Dabei bin ich mir keiner Schuld bewusst. Wenn ich nur wüsste, was dich immer so wütend macht, dass du plötzlich einen Tobsuchtsanfall bekommst.«

»Es tut mir so leid«, wiederholte Chemjo und legte das Geschirrtuch zur Seite. Er schlang seine Arme um Mascha und zog sie an sich. »Ich habe noch nie mit einer Frau zusammengelebt. Ich verspreche dir, ich werde mich bemühen, dich immer glücklich zu machen.«

»Dann versuche deinen Jähzorn in den Griff zu bekommen«, sagte Mascha, während sie sich an seinen Hals schmiegte.

»Versprochen«, murmelte er und strich mit seinen Lippen an ihrem Hals entlang.

Mascha stöhnte auf. Chemjos Hände fuhren unter ihren Pullover, und sie vergaß das Spülwasser, das langsam kalt wurde. Sie vergaß den Streit, den sie tagelang mit sich herumgetragen hatte, und sie vergaß sogar die schrecklichen politischen Ereignisse, die ihr Leben bedrohten. Während Chemjo sie hochhob und ins Schlafzimmer trug, lösten sich ihre Lippen nicht voneinander, und Mascha hatte ihm all seinen Unmut und seinen Jähzorn verziehen.

In den nächsten Tagen bemühte Chemjo sich, ihr auch im Alltag seine Liebe zu zeigen. Er brachte ihr eine Blume oder ein Stück Schokolade mit, und als sie Maschas Reise nach Palästina planten, besorgte er unaufgefordert sämtliche Kleinigkeiten, die sie dafür benötigte.

Mascha und Chemjo stellten eine jüdische Kinderfrau ein, Frau Zibel, die Chemjo während Maschas Abwesenheit zur Seite stehen sollte. Da Nichtjuden nicht mehr für Juden arbeiten durften, hatten sie Glück, dass sie eine der wenigen jüdischen Kinderfrauen für das bisschen Geld gefunden hatten, das sie zahlen konnten.

Im März 1938 reiste Mascha zu ihren Eltern nach Palästina. Schon kurz nach ihrer Abfahrt vom Bahnhof vermisste sie Evjatar und Chemjo so sehr, dass ihr die Tränen über die Wangen liefen. Während der langen Schiffsreise war die Sehnsucht nach den beiden ihr beinahe unerträglich.

Als sie endlich in Jerusalem ankam, musste sie entsetzt feststellen, dass es ihrer Mutter gesundheitlich sehr schlecht ging. Mascha erkannte die alte Frau kaum wieder. Seit ihrem letzten Besuch vor drei Jahren war ihre Schwermut noch viel größer geworden. Maschas einst so strenge, stolze und starke Mutter war zu einem Schatten ihrer selbst geworden.

Rosa litt unter einer tiefen Traurigkeit, die vermutlich durch den Verlust der Berliner Heimat und ihrer Tochter Lea, die in Berlin bei ihrem Ehemann geblieben war, hervorgerufen worden war. Mascha genoss die Tage mit Puttel, ihrer jüngeren Schwester, die sich darüber freute, während Maschas Besuch von der Depression ihrer Mutter abgelenkt zu werden.

Mascha ging noch einmal zum Einwanderungsamt, aber auch dieses Mal erhielt sie keine Bewilligung. Und obwohl sie sich um ihre Zukunft in Deutschland sorgte, war sie insgeheim froh darüber. Denn erneut musste sie sich eingestehen, dass das Klima in Palästina ihrer Gesundheit nicht guttat. Sie litt unter einem hartnäckigen Husten und fiel wieder mehrere Male in

Ohnmacht. Das Essen bekam ihr hier nicht besonders gut, sie hatte ständig Magenschmerzen. Auch ihre Suche nach amerikanischen Verbindungen, die sie sich hier in Jerusalem zu finden erhofft hatte, blieb erfolglos.

Mascha war froh, als sie nach vier Wochen nach Berlin zurückfahren konnte. Sie hatte während ihrer Zeit in Palästina auch Chemjos Bruder Jankl kennengelernt und auf Anhieb in ihr Herz geschlossen. Sie verabredeten, so bald wie möglich ein Familientreffen abzuhalten, aber sie wussten beide, dass das in den nächsten Jahren wohl schwierig sein würde. Zu groß waren die Unsicherheiten, wie es auf der Welt weitergehen sollte. Im Augenblick war das nackte Überleben das Wichtigste.

Als Mascha Ende April 1938 wieder zu Hause ankam, umarmte Chemjo sie überglücklich und wollte sie gar nicht mehr loslassen. Er hatte sich während ihrer Abwesenheit um Evjatar gekümmert, der sich freute, seine Mutter wiederzuhaben.

»Wo fahren wir hin?«, fragte Mascha, als sie am Bahnhof in ein Taxi stiegen.

»Überraschung!«, rief Chemjo. »Ich habe eine neue Wohnung gefunden.«

»Was?« Mascha starrte ihn an. Hatte er etwa ganz allein eine preiswertere Unterkunft für sie angemietet, den Umzug organisiert und die Möbel verkauft?

»Aber sei bitte nicht enttäuscht, wir haben nicht besonders viel Geld für die Möbel bekommen, die wir jetzt nicht mehr brauchen können. Du weißt ja, die Menschen nutzen die Not anderer aus …«

Mascha seufzte. »Hast du Saul seinen Teil gegeben?«

Chemjo schüttelte den Kopf. »Er hat darauf verzichtet. Noch hat er seine Stellung bei der *Rundschau*, und er meint, wir bräuchten es dringender …«

Mascha lächelte. Wie großherzig von Saul! Ein warmes Gefühl breitete sich in ihr aus.

Die neue Wohnung befand sich in der Björnsonstraße im Berliner Stadtteil Steglitz, ziemlich weit von ihrem alten Lebensmittelpunkt entfernt. Aber da sie sowieso nicht mehr ins Romanische Café gingen, trauerte Mascha der Bleibtreustraße nicht lange nach – obwohl sie in Charlottenburg so viel Freude erlebt hatte und auch Evjatar dort geboren worden war, das würde sie nie vergessen. Sie hoffte, ihrem Sohn eines Tages die alte Wohnung zeigen zu können. Die neue war nur halb so groß und kostete etwa zwei Drittel weniger.

»Und –«, sagte Chemjo, als er die Koffer abgestellt und Mascha die beiden Zimmer gezeigt hatte, »wir haben einen Affidavit-Geber!«

Mascha sah ihn überrascht an. »Wirklich? Wer ist es?«

»Ein Cellist. Es ist Gerald Warburg, der Cousin von Lola. Er lebt in Palästina, ist aber Amerikaner. Lola bringt uns das Dokument, sobald sie es hat.«

Mascha fiel Chemjo überglücklich um den Hals. »Jetzt können wir endlich ernsthaft unsere Auswanderung vorbereiten.«

Chemjo nickte.

Dann sagte Mascha nachdenklich: »Ist es nicht seltsam, dass wir uns so darüber freuen, unsere Heimat verlassen zu können? Dabei bricht mir das Herz, wenn ich an all das denke, was wir verlieren.«

Chemjo lächelte traurig. »Wir haben es längst verloren. Unser Berlin gibt es nicht mehr. Das lebt nur noch in unserer Erinnerung weiter.«

»Dann sind wir jetzt also heimatlos?«

Chemjo seufzte, und Mascha strich ihm liebevoll über die Wange.

»Solange wir zusammen sind, werden wir unser Zuhause nie verlieren. Du bist meine Heimat, du und Evjatar.«

Sie löste sich von ihm und trat ans Fenster, um in den Nachmittag hinauszusehen. Die Aussicht war ungewohnt und bei Weitem nicht so schön wie in der Bleibtreustraße, wo sie in die Baumkronen der Kastanien schauen konnte. Hier blickte Mascha auf die Backsteinwand des heruntergekommenen Nachbarhauses. Und plötzlich fiel ihr eine Verszeile ein. Sie murmelte: *»Zur Heimat erkor ich mir die Liebe.«* Das passende Gedicht dazu würde ihr sicher eines Tages einfallen, wenn sie genug Abstand hatte, um mit dem Schicksal versöhnt auf diese Zeit zurückblicken zu können.

An Maschas 31. Geburtstag, am 7. Juni 1938, machte Evjatar ihr das schönste Geschenk. Er schaffte es, sich selbstständig hinzustellen und ein paar Sekunden auf den Beinen stehen zu bleiben. Im Monat darauf konnte er seine ersten wackeligen Schritte tun, und von da an war nichts mehr vor ihm sicher. Die Kinderfrau kam jetzt jeden Morgen für ein paar Stunden, um den Jungen zu beaufsichtigen. In dieser Zeit versuchte Mascha von sämtlichen Ämtern die nötigen Papiere für ihre Auswanderung zusammenzutragen. Chemjo und sie schlossen am 28. Juni auch standesamtlich den Bund der Ehe, sodass Mascha von nun an Vinaver-Kaléko hieß. Von ihrem ersten Ehenamen wollte sie sich nicht trennen, schließlich hatte sie darunter ihre größten Erfolge gefeiert.

In den nächsten Wochen wurde immer deutlicher, wie unabdingbar ihre Auswanderung war. Mascha und Chemjo waren wie alle Juden gezwungen, dem Staat mitzuteilen, wie viel Vermögen sie besaßen.

Inzwischen waren deutsche Truppen in Österreich einmarschiert, und die Österreicher hatten sich in einer Volksabstimmung dazu bekannt, Teil des Deutschen Reichs zu werden. Mascha konnte darüber nur verzweifelt den Kopf schütteln.

Im August 1938 wurde beschlossen, dass alle Juden ab dem 1. Januar des kommenden Jahres einen einheitlichen Namen tragen sollten. Die Frauen mussten den Namen Sara vor ihren Vornamen setzen, die Männer hießen mit erstem Namen Israel. Aber bis dahin, so hoffte Mascha, wären sie längst fort. Doch die Vorbereitung ihrer Emigration erwies sich als aufreibend. Sie eilten von Amt zu Amt, füllten unzählige Formulare aus und wurden von einem Ende der Stadt zum anderen geschickt. Im September hatten sie endlich alle Unterlagen zusammen. Mascha betrachtete mit Erleichterung, Wehmut und Angst den Stapel Papier, der ihre Zukunft bedeuten sollte.

Überfahrt

Wir haben keinen Freund auf dieser Welt.
Nur Gott. Den haben sie mit uns vertrieben.
Von all den Vielen ist nur er geblieben.
Sonst keiner, der in Treue zu uns hält.

Kein Herz, das dort am Ufer um uns weint,
Nur Wind und Meer, die leise uns beklagen.
Lass uns dies alles still zu zweien tragen,
Dass keine Träne freue unsern Feind.

Sei du im Dunkeln nah. Mir wird so bang.
Ich habe Vaterland und Heim verlassen.
Es wartet so viel Weh auf fremden Gassen.
Gib du mir deine Hand. Der Weg ist lang.

Und wenn das Schiff auf fremder See zerschellt,
Wir sind einander in dem Blut verschrieben.
Wir haben keinen Freund auf dieser Welt.
Uns bleibt das eine nur: uns sehr zu lieben.

Abschied

Berlin, Herbst 1938

Als Mascha im September 1938 zum letzten Mal durch Berlin spazierte, standen ihr die Tränen in den Augen. Evjatar schlief friedlich in seinem Kinderwagen und bekam nichts von der Wehmut und Traurigkeit seiner Mutter mit. Mascha ging die Tauentzien hinunter bis zur Gedächtniskirche. Sie blieb vor dem Romanischen Café stehen und winkte Nietz zu, der gerade neben dem Eingang stand und sein Gesicht in die Sonne streckte. Langsam ging sie weiter zum Kurfürstendamm, bog in die Bleibtreustraße ein und blieb vor ihrer alten Adresse stehen. Hier war ihr Glück zu Hause gewesen, als Evjatar geboren wurde, und während der Wochen, in denen sie endlich mit Chemjo zusammenleben durfte. Aber auch schlechte Zeiten hatte sie hier erlebt. Mascha dachte an das Leid, das sie Saul zufügen musste, an die Lügen und ihr Versteckspiel. Und an jenen schrecklichen Tag im August des letzten Jahres, als die Gestapo vor ihrer Tür gestanden hatte.

Schließlich ging Mascha in die Lindauer Straße zu ihrem Freund und Lektor Franz Hessel. Sie nahm Evjatar aus dem Kinderwagen, den sie unten im Hausflur stehen ließ, und stieg die vier Treppen hinauf. Hessel erwartete sie bereits in der Tür. Er trug ein weites, weißes Hemd und eine dunkle Hose aus Samt. Mascha ging wortlos in sein Wohnzimmer.

»Ich bin hier, um mich zu verabschieden«, sagte sie mit erstickter Stimme und setzte Evjatar auf den Boden, der sofort begann, mit den Fransen des Teppichs zu spielen und unverständliche Worte vor sich hin zu plappern.

»Ich weiß«, erwiderte Franz Hessel mit einem traurigen Lächeln. »Eine Freundin von mir hatte Anfang September ein Konzert mit Chemjo Vinaver. Sie hat von ihm erfahren, dass Sie nach Amerika auswandern werden.«

Mascha schluckte die Tränen hinunter, die in ihr aufstiegen. »Ich bin Ihnen so dankbar, Herr Hessel. Sie haben an mich geglaubt und meine Verse mit Ihrem sicheren Sprachgefühl noch besser gemacht.«

Franz Hessel hob abwehrend die Hände. »Mascha, ich bin froh, dass ich Ihre Gedichte herausbringen durfte. Sie wären damit ja fast zu Kiepenheuer oder Ullstein gegangen.«

Mascha lächelte, als sie daran dachte, wie sie der junge Mann damals in Franz Hessels Auftrag im Romanischen Café angesprochen hatte. »Ihr Name hatte Gewicht. Seit vielen Jahren schon hatte ich Sie bewundert. Ich liebe Ihre Bücher und wollte unbedingt mit Ihnen zusammenarbeiten.«

Franz Hessel umschloss ihre Finger mit beiden Händen. »Und ich hatte Ihre Gedichte aus den Zeitungen ausgeschnitten und in einer Mappe gesammelt. Sie stachen hervor unter all den anderen. Ich wollte Sie unbedingt für unseren Verlag haben, Mascha. Es ist eine Schande, dass nichts mehr von Ihnen gedruckt werden darf. Ich hoffe, Ihre Stimme wird bald wieder in diesem Land erklingen. Die Menschen werden Sie brauchen.«

Mascha schüttelte niedergeschlagen den Kopf. »Ich fürchte, das wird noch eine Weile dauern. Versprechen Sie mir, dass auch Sie gehen werden, solange es noch möglich ist. Ich habe am eigenen Leib erfahren, wie schnell es vorbei sein könnte. Denken Sie nur an all die Freunde, die vertrieben wurden, und an Ossietzky, der die Nationalsozialisten nicht überlebt hat.«

Mascha setzte sich auf Hessels Sofa und warf einen Blick auf ihren Sohn, der sie mit großen Augen beobachtete.

Franz Hessel seufzte. »Ich kann mich einfach nicht dazu überwinden.«

»Mir fällt es auch schwer, Berlin zu verlassen«, erwiderte Mascha. »Diese Stadt ist meine Heimat, hier habe ich wundervolle Jahre verbracht, meine Liebe gefunden und meinen Sohn zur Welt gebracht. Es ist unbegreiflich, dass dieselben Menschen, die einst meine Gedichte geliebt und mit mir gefeiert haben, plötzlich zu Feinden geworden sind. Aber ich habe es erlebt, ich erlebe es täglich. Nachbarn von einst, die plötzlich die Straßenseite wechseln, wenn sie uns kommen sehen, um uns nicht grüßen zu müssen. Kollegen, die mit dem Regime kooperieren und sich nicht mehr mit uns treffen, um ihre Karriere nicht zu gefährden. Immer muss man auf der Hut sein, mit wem man spricht und wer einen verraten könnte. Und dann steht eines Tages doch die Gestapo in der Tür.«

Franz Hessel presste seine Lippen zusammen und nahm im Sessel Platz.

»Kluge Leute sagen voraus, dass es tatsächlich noch schlimmer werden wird.« Mascha schloss für einen Moment die Augen. »Ich wünsche mir von Herzen, dass sie sich irren. Aber jetzt bleibt uns nichts anderes übrig, als zu fliehen und abzuwarten, dass alles vorübergeht.« Mascha stand auf, nahm ihren Sohn auf den Arm und drückte ihn an sich.

»Ich habe ein Abschiedsgeschenk für Sie, Mascha.« Franz Hessel ging zu einem schmalen, hohen Schrank an der Wand. Er schloss die Tür auf und nahm etwas heraus.

»Als kleine Erinnerung an mich«, sagte er lächelnd und reichte Mascha ein Foto.

Mascha betrachtete das Bild. Darauf war Hessel selbst zu sehen, als ungefähr achtjähriger Junge. Er trug einen Samtanzug und hatte lange dunkle Locken. Darunter hatte Franz Hessel die berühmte Zeile aus seinem Gedicht »Mondscheinklage eines alten Herrn« geschrieben: *»Als ich noch viele Haare hatte.«*

Mascha traten Tränen in die Augen, als sie dieses persönliche Geschenk entgegennahm.

»Und hier sind die Anfangszeilen eines Gedichts, das ich wohl nicht mehr zu Ende dichten werde. Merken Sie es sich.« Er nahm wieder im Sessel Platz und schlug die Beine übereinander. *»Wir sind die nichtarischen Christen. Sind wir nicht auch ganz nett? Als erster auf unseren Listen steht Jesus von Nazareth …«*

Mascha nahm sich vor, die Worte gleich in ihr braunes Notizbuch zu schreiben, sobald sie wieder zu Hause wäre, zwischen den gepackten Koffern und Kartons, die sie in einem Lagerraum der Synagoge in der Fasanenstraße unterstellen wollten, um sie sich später nach Amerika nachschicken zu lassen.

»Es ist Zeit, Abschied zu nehmen«, sagte sie. »Wir haben vor unserer Abfahrt noch viel zu erledigen. Es ist ein ganzes Leben, das aufgelöst werden muss. Wir können nur wenig mitnehmen.«

Franz Hessel nickte traurig. »Ich wünsche Ihnen nur das Beste, Mascha. Es war mir eine Ehre, Sie kennenzulernen.«

»Nein, mir war es eine Ehre«, antwortete sie mit erstickter Stimme, und Tränen liefen ihr die Wangen hinunter. »Wir werden uns wiedersehen. Passen Sie auf sich auf.«

Und dann tat Franz Hessel etwas, was er in all den Jahren, die sie sich nun kannten, noch nie getan hatte. Er zog sie in seine Arme und hielt sie einen Moment lang ganz fest. Mascha schluchzte an seiner Schulter, und er strich ihr beruhigend über den Rücken.

Zwei Tage nach Maschas letztem Besuch bei Franz Hessel saß sie mit Chemjo und Evjatar im Zug nach Hamburg. Obwohl sie sich elend fühlte, weil sie die Stadt hinter sich lassen musste, in der sie so glückliche Jahre verbracht hatte und die sie lange Zeit als ihre Heimat betrachtet hatte, genoss sie die Stunden, die sie mit Chemjo und ihrem Sohn gemeinsam verbrachte. Evjatar freute sich auf »Amegika« und sah die Reise als großes Abenteuer an. Im Hotel weigerte er sich jedoch, in einem fremden Bett zu schlafen, und von den anderen Gästen schlug ihnen eine deutliche Feindschaft entgegen.

Am nächsten Morgen ging Mascha zu einer Hamburger Bank und bekam dort die Devisen ausgehändigt, die sie für ihre Ausreise benötigten. Es war ihr letztes Geld, alles, was ihnen von ihren Ersparnissen geblieben war. Sie war erleichtert, dass sie nun wenigstens etwas Bargeld zur Verfügung hatten. Der Bankbeamte schien keinen Verdacht geschöpft zu haben, oder er sah großzügig darüber hinweg, dass Mascha mehr als die genehmigten zehn Reichsmark mitnahm.

Im Reisebüro kaufte sie Fahrkarten nach Paris, und wenig später verließen sie Deutschland mit der Eisenbahn. Evjatar weinte und wollte nicht essen, die Reise schien ihm plötzlich Angst zu machen. Vielleicht spürte er Maschas und Chemjos Verzweiflung.

In Paris verbrachten sie ein paar erstaunlich schöne Tage. Sie hatten zwar keine Ruhe, um sich die Museen anzusehen, doch sie besuchten die Sehenswürdigkeiten und genossen das gute Essen.

Am 14. Oktober 1938 bestiegen sie schließlich die *Britannic*, das Schiff, das sie in ein neues, unbekanntes Leben bringen würde. Mascha war unendlich erleichtert, der Gefahr entkommen zu sein, die ihnen in Berlin drohte. Und wann immer sie die Traurigkeit und Angst vor der Zukunft übermannte, erinnerte sie sich an die Panik, die sie erfasst hatte, als die Gestapo vor ihrer Tür stand.

Mascha hatte nur noch Chemjo und Evjatar, die von nun an ihre gesamte Welt, ihre Heimat und ihr Leben waren. Ja, dachte sie: Zur Heimat erkor ich mir die Liebe.

Bleibtreu heißt die Straße

Vor fast vierzig Jahren wohnte ich hier.
... Zupft mich was am Ärmel, wenn ich
so für mich hin den Kurfürstendamm entlang
schlendere – heißt wohl das Wort.
Und nichts zu suchen, das war mein Sinn.
Und immer wieder das Gezupfe.
Sei doch vernünftig, sage ich zu ihr.
Vierzig Jahre! Ich bin es nicht mehr.
Vierzig Jahre. Wie oft haben meine Zellen
sich erneuert inzwischen
in der Fremde, im Exil.
New York, Ninety-Sixth Street und Central Park,
Minetta Street in Greenwich Village.
Und Zürich und Hollywood. Und dann noch Jerusalem.
Was willst du von mir, Bleibtreu?
Ja, ich weiß. Nein, ich vergaß nichts.
Hier war mein Glück zu Hause. Und meine Not.
Hier kam mein Kind zur Welt. Und mußte fort.
Hier besuchten mich meine Freunde
und die Gestapo.
Nachts hörte man die Stadtbahnzüge
und das Horst Wessel-Lied aus der Kneipe nebenan.
Was blieb davon?
Die rosa Petunien auf dem Balkon.
Der kleine Schreibwarenladen.
Und eine alte Wunde, unvernarbt.

Epilog

Berlin, September 1974

Ein letztes Mal Berlin. Mascha ist schwach und sehr krank. Sie ahnt, dass sie die Stadt nach diesem Besuch nicht mehr wiedersehen wird. Sie hat sich ein Hotel in der Straße gesucht, an die sie in all den Jahren, die sie fort war, immer wieder denken musste: in der Bleibtreustraße. Beinahe hätte sie nicht kommen können. Ihre Ärzte wollten sie nach einer Blinddarmoperation nicht fahren lassen. Doch Mascha hat sich durchgesetzt, sie hat sich Kraft geliehen. Sie weiß, dass ihr nicht mehr viel Zeit bleibt.

Doch jetzt ist sie hier, auch wenn die Einsamkeit immer mit ihr reist. Um zehn Uhr trifft sie Horst Krüger, den sie erst gestern Abend kennengelernt hat. Sie hatten eine gemeinsame Lesung in der Amerika-Gedenkbibliothek. Etwas hat die beiden zueinander hingezogen. Was es bei ihm ist, weiß Mascha nicht. Aber sie braucht jemanden, mit dem sie diese Stadt ein letztes Mal gemeinsam erkunden kann, da sie an ihrer Trauer zu zerbrechen droht.

Mascha ist zum ersten Mal hier mit dem Wissen, dass kein Brief von Chemjo eintreffen wird. Und auch kein Brief von Steven, ihrem Sohn. Ihrem Evjatar, dem sie in New York einen neuen Namen gegeben haben, denn er sollte als Emigrantenkind nicht unnötig auffallen.

Mascha steht in der Hotelhalle. Sie sieht Horst Krüger hereinkommen.

»Bereit?«, fragt er, und Mascha nickt.

Sie will noch einmal alle Orte besuchen. Es ist eine Reise mit vielen Geistern. Zuerst fahren sie in die Lindauer Straße, wo Mascha Franz Hessel zuletzt gesehen hat. Sie bleiben stehen und blicken auf die Häuser. Nichts erinnert mehr an die Straße, die Mascha damals kannte. Die Häuser sind andere, nichts hat hier die Bomben überlebt. Aber Mascha sieht den kahlen Schädel ihres Freundes noch vor sich, der ihr damals, vor fast vierzig Jahren, sein Foto überreicht hat. Das Foto, das ihn als Achtjährigen zeigt, hat sie schon vor langer Zeit Alfred Polgar überlassen, Hessels treuestem Freund, der Mascha darum bat.

An jenem Tag, als Franz Hessel ihr das Bild schenkte, ahnte er nicht, dass er nur wenige Wochen nach Mascha, nämlich im Oktober 1938, Berlin verlassen würde. Seine Frau Helen hatte ihn mit einer List nach Frankreich gelockt. Doch er entkam den Nationalsozialisten nicht. Er wurde in ein Lager gebracht und starb im Januar 1941 an den Folgen dieser Haft.

Mascha winkt Franz Hessels Geist noch ein letztes Mal zu, ehe sie weiterfahren. Am Potsdamer Platz trennt heute eine Mauer die Stadt. Hier ist die Veränderung so groß, dass Mascha die Geister kaum heraufbeschwören kann. Alles ist ausgestorben. Nichts erinnert mehr an das bunte Treiben von damals, das Mascha aus ihrer Jugend kennt. Die Mauer ist mit Graffiti beschmiert, Kioske mit Souvenirs stehen davor. Mascha braucht keine Ansichtskarte. In ihrer Erinnerung ist Berlin ganz anders. An einem Zeitschriftenstand findet sie Bilder von früher, aus der Zeit der Zwanzigerjahre. Mascha kauft eines davon und schüttelt stumm den Kopf. Was für ein Wahnsinn! Eine gespaltene Stadt mit einer hässlichen Mauer.

Es geht weiter, zum ehemaligen Auguste-Viktoria-Platz. Heute heißt der Platz an der Gedächtniskirche Breitscheidplatz.

Die Kirche ist noch immer eine Ruine. Ihr zerstörter Turm ragt als Mahnmal in den Himmel. Mascha steht vor dem modernen Europa-Center. Nichts ist mehr, wie sie es kannte. Das Romanische Café ist wie vom Erdboden verschwunden. Mascha denkt an ihren Besuch 1956 zurück, damals konnte sie unter dem Schutt, den die Bomben zurückgelassen hatten, das Romanische noch erahnen. Heute ist es, als hätte es dieses Kaffeehaus nie gegeben. Mascha schließt die Augen und sieht den Platz wie vor vierzig Jahren vor sich. Auf der Terrasse des Romanischen sitzen die Geister der Touristen einer Weimarer Republik, die es längst nicht mehr gibt und die schon damals dem Untergang geweiht war. In der Tür stehen Nietz und Lehmann, die beiden Portiers des Cafés, und lenken die Geister in die Schwimmbassins. Die einen nach links, ins kleine Schwimmerbecken, die anderen – die Unwürdigen – ins große Bassin für Nichtschwimmer. Mascha winkt Kurt Tucholsky zu und Alfred Polgar, John Höxter, Hermann Kesten, Victor Wittner, Claire Waldoff und Rosa Valetti. Sie wartet auf Franz Hessel und Saul Kaléko. Aber auch sie sind nur noch Vergangenheit.

Einen Moment lang verharren ihre Gedanken bei ihrem ersten Ehemann Saul. Er ist vor drei Jahren an einer Thrombose gestorben. Sein Tod berührte Mascha mehr, als sie erwartet hatte. Sie lächelt, während sie an ihn denkt. Saul hat tatsächlich eine neue Liebe gefunden und noch einmal geheiratet. Mascha hofft, dass er mit seiner Frau so glücklich wurde, wie sie es mit Chemjo war – auch wenn Chemjo, genau wie Steven, immer etwas schwierig gewesen war.

Beim Gedanken an ihren geliebten Mann steigt wieder Trauer in ihr auf und nimmt ihr die Luft zum Atmen. Chemjo war ihre Heimat. Er ist nicht mehr da, Mascha ist endgültig heimatlos. Und hier in Berlin, das schon lange nicht mehr ihr Berlin ist, wird ihr diese Einsamkeit deutlich bewusst. Sie wendet sich ab und denkt an die Frau vom Zeitungskiosk, mit der sie sich bei ihrem ersten Berlinbesuch im Jahr 1956 unterhalten hat. Auch sie ist nicht mehr hier.

Alles ist vergänglich, denkt Mascha. Die Freunde vom Romanischen Café sind schon lange fort, die Frau von 1956 ebenfalls, und Mascha wird auch bald verschwunden sein. Heute laufen Menschen diese Straße entlang und über diesen Platz, von denen sich niemand mehr an das alte Berlin erinnern kann.

Beinahe widerwillig folgt Mascha Horst Krüger die Tauentzien hinunter. Der Abschied von den Überresten der Gedächtniskirche fällt ihr schwer.

Mascha atmet tief durch, bevor sie sich der Straße zuwendet, die sie damals so oft mit Chemjo und Evjatar und auch mit Franz Hessel entlangspaziert ist. Sie erinnert sich an ihre Freunde, mit denen sie sich hier oder in der Budapester Straße zum Aperitif getroffen hat. Auch sie sind Geister, die ihr zuwinken. Manchmal möchte sie die Hand ausstrecken, um sie festzuhalten, aber Geister lassen sich nicht fangen.

Horst Krüger zeigt ihr das Märkische Viertel, das beinahe so aussieht wie die Wohnblöcke in Amerika. Mascha denkt an ihre Zeit in den USA, wo sie immerhin zwanzig Jahre gelebt hat, aber nie zu Hause war.

Zum Glück hatte sie Chemjo, und ihre Liebe war immer ihre Heimat gewesen. 1959 waren sie für Chemjo, der sein Leben lang kränklich gewesen war, nach Jerusalem umgezogen. Sie hatten gehofft, sein Asthma würde in dem warmen Klima heilen, aber das Gegenteil war der Fall gewesen. Und Mascha hatte sich in Israel noch einsamer gefühlt als in Amerika, wo sie immerhin die Sprache einigermaßen beherrschte.

Ihr Mann hat an einem großen Werk gearbeitet, an einer Anthologie über chassidische Synagogalmusik. Aber das Klima bekam beiden nicht gut, und im Sommer flohen sie immer in gemäßigtere Zonen. Auch im Sommer des Jahres 1968, in dem sich die »Amerikanische Tragödie«, wie sie es nannte, ereignete. Steven, ihr kleiner Junge, damals schon ein begabter Musiker, Schriftsteller und Theaterautor, Hoffnungsträger der New Yorker Theaterwelt, starb an einer Bauchspeicheldrüsenentzündung.

Mascha bleibt schaudernd stehen, als sie daran denkt. Die Trauer nimmt ihr den Atem. Sie braucht einen Moment, um sich zu fangen. Mascha und Chemjo haben Stevens Tod nie überwunden.

Mascha ist daran zerbrochen. Sie kann kaum mehr schreiben. Kurz vor seinem Tod hatte Steven ihnen noch die Stereoanlage in der neuen Jerusalemer Wohnung eingerichtet. Für die lose herunterhängenden Kabel blieb ihm keine Zeit mehr. Mascha hat noch seine Worte im Ohr, als wäre es erst gestern gewesen: *»Don't get any electrician, I'll finish it next time I'm here.«*

Wer hätte ahnen können, dass es kein nächstes Mal mehr geben würde?

Einen Moment schließt Mascha die Augen, die Sonne wärmt ihre Haut, dennoch ist ihr eiskalt, hier, inmitten der Betonwüste des Märkischen Viertels.

Mascha blinzelt, um die Erinnerung an ihren Sohn zu vertreiben. Aber zu groß ist die Leere, die sich nicht davonjagen lässt. Sie kann nicht mit Stevens Tod leben. Aber solange Chemjo noch bei ihr war, konnte sie es irgendwie ertragen.

Doch jetzt ist auch Chemjo nicht mehr hier. Chemjo, der immer ihre Heimat war. Mascha lächelt, während sie an ihn denkt. In Amerika hat er den Chor *The Vinaver Chorus* gegründet, und Mascha hat ihre schriftstellerische Tätigkeit lange für ihn zurückgestellt. Sie hat Werbung für ihn gemacht und seine Korrespondenz erledigt, denn Chemjos Englisch war nie gut gewesen. Ständig steckten sie in Geldnot, hatten

Krankheiten zu bewältigen und kein Geld für die Arztbesuche. Aber sie waren zu zweit, und es ging immer irgendwie weiter.

Doch im letzten Jahr blieb Maschas Welt stehen. Mit Chemjo war auch ein Teil von ihr selbst gestorben.

Durch Chemjos Tod ist Mascha der letzte Halt im Leben genommen. Sie hört Horst Krüger etwas sagen und taucht langsam aus ihren Erinnerungen auf. Sie atmet tief durch. Er schlägt vor, nach Lübars zu fahren, wo sie in einer Gaststätte einkehren.

Während sie auf das Wasser des Flusses hier sehen, hat Mascha plötzlich das Bedürfnis, von Chemjo und Steven zu erzählen. Und so berichtet sie diesem Mann, den sie erst seit wenigen Stunden kennt, vom Verlust ihres Lebens. Aber solange sie sich an Steven und Chemjo erinnert, sind die Geister noch da.

Horst Krüger will sie zum Bleiben bewegen. Er versucht, ihr Berlin schmackhaft zu machen. Als ob das nötig wäre. Mascha kennt Berlins Vorzüge. Aber es ist zu spät für sie und Berlin. Sie hat nicht mehr viel Zeit, und sie muss die Tage, die ihr noch bleiben, nutzen, um Chemjos Werk zu vollenden. Sie muss den zweiten Teil seiner Anthologie herausbringen, das hat er nicht mehr geschafft. Mascha und Chemjo haben sich nie von Stevens Tod erholt, doch das Leben ging weiter. Sie hatten einander. Jetzt hat Mascha nichts mehr, nur das sechste Leben, das einsamste von allen.

Drei Tage lang begleitet Horst Krüger Mascha durch Berlin. Sie ist froh über ihren Gefährten. Allein hätte sie die Kraft für diese Wege nicht gefunden. Sie weiß, dass es ein Abschied ist. Ein Abschied von den Geistern der Vergangenheit und von ihrer Heimat, als sie noch einen Ort hatte, den sie Heimat nennen konnte. Heute weiß Mascha, dass diese kurzen Jahre in Berlin die unbeschwerteste Zeit ihres Lebens waren. Die leuchtenden Jahre, die nun für immer Vergangenheit sind.

Die frühen Jahre

Ausgesetzt
In einer Barke von Nacht
Trieb ich
Und trieb an ein Ufer.
An Wolken lehnte ich gegen den Regen.
An Sandhügel gegen den wütenden Wind.
Auf nichts war Verlaß.
Nur auf Wunder.
Ich aß die grünenden Früchte der Sehnsucht,
Trank von dem Wasser, das dürsten macht.
Ein Fremdling, stumm vor unerschlossenen Zonen,
Fror ich mich durch die finsteren Jahre.
Zur Heimat erkor ich mir die Liebe.

Liste der Gedichte

Wiedersehen mit Berlin
Erstveröffentlichung in: Der Abend, 1956.

Angebrochener Abend
Erstveröffentlichung in: Die Welt am Montag, 1932.

Für Einen
Erstveröffentlichung in: Kleines Lesebuch für Große, 1934.

Der nächste Morgen
Erstveröffentlichung in: Jugend, 1930.

Dem »Heiligen Franziskus« vom Rowohlt Verlag anno dazumal
Erstveröffentlichung in: Das lyrische Stenogrammheft/Kleines Lesebuch für Große, 1956.

Zeitgemäße Ansprache
Erstveröffentlichung in: Aufbau, 1942.

Ich kannte ihn vom Sehen
Erstveröffentlichung in: Frankfurter Allgemeine Zeitung 2007.

Sogenannte Mesalliance
Aus dem Nachlass.
Erstveröffentlichung in: In meinen Träumen läutet es Sturm, 1977.

An mein Kind
Erstveröffentlichung in: Gemeindeblatt der Jüdischen Gemeinde zu Berlin, 1937.

Signal
Aus dem Nachlass, Entstehung eventuell 1971.
Erstveröffentlichung: In meinen Träumen läutet es Sturm, 1977.

Das Ende vom Lied

Erstveröffentlichung in: Vossische Zeitung, 1930.

Überfahrt

Erstveröffentlichung in: Jüdische Rundschau, 1937.

Bleibtreu heißt die Straße

Aus dem Nachlass, vermutlich das letzte vollendete Gedicht, das M. K. schrieb.
Erstveröffentlichung in: Der Tagesspiegel 1975.

Die frühen Jahre

Aus dem Nachlass, entstand vermutlich in den letzten Lebensjahren.
Erstveröffentlichung in: In meinen Träumen läutet es Sturm, 1977.

Alle Gedichte wurden zitiert nach: Mascha Kaléko, Sämtliche Werke und Briefe in vier Bänden. Herausgegeben und kommentiert von Jutta Rosenkranz. München 2012.

Literaturverzeichnis

von Cziffra, Géza: *Das Romanische Café*, herausgegeben von Ingrid Feix, Berlin 2019.

Gruner, Wolf: *Die Verfolgung der Juden und die Reaktion der Berliner*, in: Kreuzmüller, Christoph, Wildt, Michael (Hg.): *Berlin 1933–1945. Stadt und Gesellschaft im Nationalsozialismus*, München 2013, S. 311–323.

Hessel, Franz: *Spazieren in Berlin*, München/Berlin 2011.

Hördler, Stefan: *Entgrenzung und Eingrenzung der Gewalt. Berliner SA, SS und Polizei (1933–1939)*, in: Kreuzmüller, Christoph, Wildt, Michael (Hg.): *Berlin 1933–1945. Stadt und Gesellschaft im Nationalsozialismus*, München 2013, S. 297–310.

Kaléko, Mascha: *Die paar leuchtenden Jahre. Mit einem Essay von Horst Krüger*, herausgegeben, eingeleitet und mit einer Biografie ›Aus den sechs Leben der Mascha Kaléko‹ von Gisela Zoch-Westphal, München 2003.

Kaléko, Mascha: *Sämtliche Werke und Briefe in vier Bänden*, herausgegeben und kommentiert von Jutta Rosenkranz, München 2012.

Landes, Brigitte: *Im Romanischen Café. Ein Gästebuch*, Berlin 2020.

Nieradka, Magali Laure: *Der Meister der leisen Töne. Biografie des Dichters Franz Hessel*, Hamburg 2014.

Peteuil, Marie-Françoise: *Helen Hessel. Die Frau, die Jules und Jim liebte. Eine Biographie*, Frankfurt am Main 2013.

zu Reventlow, Franziska: *Tagebücher 1886 bis 1910*, herausgegeben von Brigitta Kubitschek, Oldenburg 2004.

Rosenkranz, Jutta: *Mascha Kaléko. Biografie*, München 2012.

Schebera, Jürgen: *Vom Josty ins Romanische Café. Streifzüge durch Berliner Künstlerlokale der Goldenen Zwanziger*, Berlin 2020.

Schoeps, Julius H.: *Düstere Vorahnungen. Deutschlands Juden am Vorabend der Katastrophe*, Berlin/Leipzig 2018.

Szatmari, Eugen: *Was nicht im Baedecker steht: Berlin*, Leipzig 1997.

Weber, Elisabeth: *»Berlin, die Stadt ohne Bettler«. Die Verfolgung »Asozialer«*, in: Kreuzmüller, Christoph, Wildt, Michael (Hg.): *Berlin 1933–1945. Stadt und Gesellschaft im Nationalsozialismus*, München 2013, S. 325–340.

Zivier, Georg: *Das Romanische Café. Erscheinungen und Randerscheinungen rund um die Gedächtniskirche*, Berlin 1968.

Nachwort und Danksagung

Es gibt keine Gedichte, die mich so berühren wie Mascha Kalékos Verse. Ich habe sie 2005 kennengelernt und mich sofort in ihrer Sprache verloren. Mascha Kaléko schafft es, die großen und die kleinen Sorgen und Freuden, die jeder Mensch kennt, in einfache und schlichte Worte zu fassen. Dabei sind ihre Gedichte wie Musik, rhythmisch und klangvoll, wortgewaltig und harmonisch. Ihre ersten Gedichte sind vor fast einhundert Jahren entstanden, und sie sprechen mir auch heute noch aus der Seele.

In dieser Romanbiografie habe ich versucht, der Wahrheit so nah wie möglich zu kommen. Ich habe bereits vor vielen Jahren ein biografisches Theaterstück über Mascha Kaléko geschrieben, in enger Abstimmung mit Gisela Zoch-Westphal, die ihr literarisches Erbe verwaltet. Dass ich die Rolle der Mascha Kaléko viele Male auf der Bühne verkörpern durfte, ist für mich eine besondere Ehre. Ihre Gedichte begleiten mich seitdem, und ich habe mich mit ihr und ihrem Leben all die Jahre intensiv auseinandergesetzt.

Damals gab es noch keine Gesamtausgabe ihrer Werke, inzwischen hat das Jutta Rosenkranz mit ihrem unschätzbaren Mammutwerk nachgeholt. Gisela Zoch-Westphal und Jutta Rosenkranz bin ich beiden zu großem Dank verpflichtet, weil sie unglaublich viele Informationen zusammengetragen haben und Mascha Kalékos Werk der Öffentlichkeit zugänglich gemacht haben. Allen Leserinnen und Lesern, die sich für Mascha Kalékos Leben und Werk interessieren, empfehle ich die Biografien von Gisela Zoch-Westphal und Jutta Rosenkranz.

Als besondere Schwierigkeit beim Schreiben dieses Romans

habe ich das Wissen um das, was damals kurz bevorstand, empfunden. Denn wir wissen heute alle, dass der 30. Januar 1933 ein folgenschwerer Tag war, der Millionen von Menschen das Leben kosten sollte. Aber was konnte Mascha Kaléko von alldem ahnen? Was hat sie von den Unruhen mitbekommen, die damals in ganz Deutschland herrschten, aber in besonderer Weise in der Hauptstadt Berlin, ihrer Heimat? Wann genau hat sich ihr Leben merklich verändert? Es war schwer, unvoreingenommen an diese Zeit heranzugehen. Hier hat mir das Werk von Julius H. Schoeps sehr geholfen, in dem Schoeps sehr fundiert darlegt, was zu welcher Zeit in welcher Stadt geschehen ist.

Sämtliche Personen in diesem Roman sind historisch, alle Ereignisse haben so oder ähnlich stattgefunden. Glücklicherweise gibt es viele Erinnerungen und Zeitzeugenberichte über das Romanische Café, das Schwannecke oder das Künstler-Kabarett. Hin und wieder musste ich Kleinigkeiten hinzuerfinden oder Dinge vermuten, weil es darüber keine Aufzeichnungen gibt. Tucholsky habe ich beispielsweise seine zutreffende Prophezeiung ein wenig früher aussprechen lassen, er hat sie erst etwas später niedergeschrieben.

Mascha Kaléko hat es mir sehr leicht gemacht, eine Romanbiografie über sie zu schreiben, weil viele ihrer Gedichte autobiografisch sind oder zumindest einen großen autobiografischen Anteil haben. So hat sie unter anderem das Gefühl der Heimatlosigkeit immer wieder in ihren Gedichten verarbeitet. Als ich mit dem Manuskript begonnen habe, konnte ich nicht ahnen, dass wenige Monate später wieder ein Krieg in Europa herrschen und Tausende von Menschen ihre Heimat verlieren würden.

Dieses Buch widme ich meinem Vater Hubert Janorschke und allen anderen Emigrantenkindern dieser Welt. Mein Vater musste als vierzehnjähriger Junge seine Heimat in Oberschlesien verlassen. Bereits in seiner Kindheit galt er als deutschstämmiger Junge im polnischen Oberschlesien als nichtdazugehörig, von ihm habe ich mir die Geschichte mit den Püppchen ausgeliehen, die die kleine Mascha als einziges Kind der Klasse nicht geschenkt bekommen hat. Diese Geschichte ist dem Kind Hubert in Oberschlesien passiert, und er hat mir erst viele Jahre später, kurz vor seinem Tod davon erzählt. Dieses Ereignis hatte sich bei ihm so tief eingebrannt, dass er auch sechzig Jahre später noch immer schlucken musste, wenn er daran dachte. Ich wünsche mir aus tiefstem Herzen, dass niemand jemals mehr seine Heimat aufgrund von Kriegen verlieren muss, aber solange es blinde Macht und Gier auf der Welt gibt, wird das wohl immer nur ein Traum bleiben. Heimat ist für viele von uns selbstverständlich, doch der 24. Februar 2022 hat einmal mehr gezeigt, dass sich das sehr schnell ändern kann.

Ich danke Ulrike Schuldes, meiner großartigen Agentin und Außenlektorin, die mich erst auf die Idee zu dieser Romanbiografie gebracht hat. Wir arbeiten nun seit meinem ersten Roman zusammen, und immer wieder bin ich sehr glücklich, dass sie mit viel Feingefühl und den richtigen Worten meinem Text zum abschließenden Glanz verhilft. Ich bin sehr froh, dass ich sie seit einem Jahr auch meine Agentin nennen darf. Danke für alles!

Und nichts ginge ohne die liebe Hannelore Hartmann, meine dtv-Lektorin, die sofort an diese Romanbiografie geglaubt und ihr ihre Heimat in dem Verlag gegeben hat, in dem auch Mascha Kalékos Gedichtbände erscheinen. Ich bin sehr stolz, dass Mascha Kaléko und ich diese Heimat, den dtv, teilen. Ich danke dir, liebe Hanne, dass du das möglich machst.

Ich danke meiner großartigen Autorenkollegin Marlene

Averbeck, mit der ich einen wunderschönen Tag in Berlin verbracht habe, an dem wir sämtliche Orte meines Romans abgelaufen sind. Sie ist die beste Fremdenführerin, die ich mir vorstellen kann. Danke dir auch für unsere wunderbaren Hörspiele, die wir regelmäßig austauschen. Ich freue mich riesig, dass wir uns kennengelernt haben!

Sagte ich gerade, ich kann mir keine bessere Fremdenführerin vorstellen? Doch eine gibt es, die mir genauso sehr geholfen hat: meine liebe Freundin Anke Peters, die mit mir den Grunewald unsicher gemacht hat. Auch dir, liebe Anke, danke ich von Herzen für deine Begleitung auf Mascha Kalékos Spuren und natürlich für deine Freundschaft.

Und auch meiner Hagener dtv-Autorenkollegin und sehr guten Freundin Marlies Ferber bin ich, wie immer, zu Dank verpflichtet. Sie hat wieder mein Manuskript als eine der Ersten gelesen und mir viele wertvolle Hinweise gegeben. Danke, Marlies, auch dafür, dass du immer ein offenes Ohr für meine Fragen hast, und natürlich für die vielen Frühstücke, ob im Garten oder in eurem Wohnzimmer. Ich genieße die Zeit mit dir und Dobby immer sehr.

Und einer dritten, großartigen Autorenkollegin und Freundin möchte ich von Herzen danken: Dr. Birgit Ebbert, die über Erich Kästner promoviert hat und sich im Berlin der Zwanziger- und Dreißigerjahre bestens auskennt. Sie hat mein Manuskript ebenfalls als eine der ersten Leserinnen gelesen und mir viele nützliche Tipps gegeben. Ich freue mich immer, wenn du den Berg raufkommst und wir bei einem Pläuschchen über Kaléko, Kästner und die Welt reden. Danke für deine Hilfe, liebe Birgit!

Last, but not least danke ich meiner Mutter Sigrid Janorschke, einfach weil sie immer für mich da ist und ich mich auf sie verlassen kann. Und natürlich meinem Mann Dario

Weberg, der mir das Schreiben erst ermöglicht hat. Von Anfang an hat er mein Vorhaben voll und ganz unterstützt, und mein Erfolg ist daher auch seiner. Danke für alles!

Und meine Welt ist perfekt, weil es Poirot, Hastings, Barnaby, Miss Marple und Humphrey gibt, meine fünf geliebten Hunde, die für mich mehr bedeuten, als ich in Worte fassen kann. Ich liebe euch bis zum Mond und wieder zurück!